Der Milliardär mit dem gewissen Etwas

DIE SINCLAIRS, BUCH 3

J. S. SCOTT

Der Milliardär mit dem gewissen Etwas ~ Evan
Die Sinclairs, Buch 3

Copyright © 2017 J.S. Scott

Englischer Originaltitel: »The Billionaire's Touch (The Sinclairs)«

Deutsche Übersetzung: Ute Heinzel für Daniela Mansfield
Translations 2017

eBook:
ISBN: 978-1-946660-43-5

Taschenbuch:
ISBN: 978-1-946660-44-2

Titelbild entworfen von: Laura Klynstra

Widmung

Dieses Buch ist meiner geliebten Mutter Jennie gewidmet, die diese Welt am 2. August 2015 nach einem langen Kampf mit der Parkinson-Krankheit verlassen hat. Meine Mutter ist der Grund, warum ich Schriftstellerin geworden bin. Sie hat sehr viele Liebesromane gelesen und auch ich habe sehr früh angefangen, diese Bücher zu verschlingen. Als Jugendliche habe ich mir ihre Harlequin-Liebesromane immer sofort geschnappt, nachdem sie sie ausgelesen hatte. Das Lesen dieser Bücher hat in mir eine lebenslange Liebe für Liebesromane ausgelöst, die bis heute anhält und in mir den Wunsch geweckt hat, selbst diese Art von Literatur zu verfassen. Meine Mutter hat daran geglaubt, dass man im Leben weit kommen würde, wenn man nur hart arbeitete und freundlich zu seinen Mitmenschen wäre. Sie hat Recht gehabt und ich versuche immer, den Beispielen zu folgen, die sie mir vorgelebt hat.

Mom, ich liebe dich und werde dich für den Rest meines Lebens jeden Tag vermissen, doch du wirst durch mich und meine Erinnerungen daran, was für eine außergewöhnliche Frau du gewesen bist, immer weiterleben. Danke, dass du stets mein größter Fan und so stolz auf mich gewesen bist.

Von deiner geliebten Tochter, die dich niemals vergessen wird.

~Jan

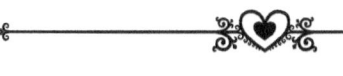

Inhalt

Prolog

Vierzehn Monate zuvor

Miranda Tyler kaute geistesabwesend auf dem Stift herum, den sie zwischen ihren Fingern hielt, und ignorierte die Bakterien, die sie auf diesem Weg vermutlich in ihren Mund befördern würde. Sie starrte nachdenklich auf den E-Mail-Entwurf vor sich. Würde sie es wirklich tun? Es schien relativ sinnlos zu sein, und doch …

Ihre Freundin Emily war gerade aufgebrochen, um mit dem einzigen Sinclair zu sprechen, der in der Gegend lebte, dem einzigen Mann, der die nötigen Mittel besaß, um Weihnachten für das Küstenstädtchen Amesport in Maine noch zu retten.

Es war nicht Emilys Schuld, dass das gesamte Geld des Jugendzentrums von Amesport gestohlen worden war, doch Miranda – ihren Freunden nur als Randi bekannt – wusste, dass Emily sich ganz allein für dieses Fiasko verantwortlich machte. Ihre Freundin war liebenswert und gutgläubig, und ausgerechnet diese Eigenschaften hatten sie zum Opfer eines Betrügers werden lassen. Das gesamte Geld, das für die Weihnachtsfeier des Zentrums vorgesehen gewesen war, war verschwunden, gestohlen von einem

Arschloch, dem Emily vertraut hatte. Und jetzt brauchten sie dringend Hilfe.

Komm schon, Randi! Wenn Emily es schafft, mit Grady Sinclair, dem Scheusal von Amesport, zu sprechen, dann kannst du ja wohl den Mut aufbringen, eine dämliche E-Mail abzusenden!

Ganz ehrlich, eine E-Mail an eine anonyme Adresse zu schicken, in der Hoffnung, dass einer der Sinclair-Milliardäre sie tatsächlich lesen und Amesport helfen würde, schien in der Tat *ziemlich* sinnlos zu sein. Doch Randi war verzweifelt und ihr fiel einfach nichts Besseres ein, auch wenn sie sich wünschte, dass ihr eine geniale Idee kommen würde. Ihre Pflegeeltern hatten ihr zwar ein Haus hinterlassen, doch ihre Arbeit als Lehrerin brachte ihr nicht gerade Unsummen ein. Sie kam mit ihrem Einkommen aus, doch sie besaß nicht das Geld, das sie benötigen würde, um das gestohlene Weihnachtsbudget zu ersetzen. Wenn sie es besäße, würde sie es sofort, ohne zu zögern, zur Verfügung stellen. Doch leider war das keine Option.

Sobald Emily gegangen war, um das Scheusal – auch als Grady Sinclair bekannt – zu treffen, hatte Randi an einem der alternden Computer des Zentrums Platz genommen und versucht, die E-Mail-Adressen der restlichen Mitglieder der Sinclair-Familie herauszufinden. *Als würden die Milliardärsgeschwister und deren Cousins wirklich ihre persönlichen E-Mail-Adressen öffentlich zugänglich machen.* Und dennoch, Randi wollte etwas unternehmen.

Emily war so niedergeschlagen und verzweifelt gewesen. Randi konnte es nicht ertragen und sie konnte ebenfalls nicht nur herumsitzen und nichts unternehmen, während ihre Freundin vor Grady Sinclair auf den Knien herumrutschte und weiterhin die Schuld auf sich nahm. In Wahrheit war Emily eine fantastische Leiterin des Zentrums, eine selbstlose Frau, die sich dieser Wohltätigkeitsorganisation verschrieben hatte, die das Herzstück von Amesport darstellte. Seit Emily die Direktorenstelle angetreten hatte, war das Zentrum ein besserer Ort geworden.

Tu es einfach! Schicke die verdammte E-Mail ab! Was kann schon Schlimmes passieren?

Randi legte den Stift ab, an dem sie herumgekaut hatte, und fügte die E-Mail-Adresse, die auf der Webseite der Sinclair-Stiftung öffentlich zugänglich war, in die Adresszeile ihrer noch leeren E-Mail ein. Sie hatte die Webseite während ihrer Recherche ausfindig gemacht – die Organisation war Teil einer großen Wohltätigkeitsorganisation, an der alle Sinclair-Milliardäre mitarbeiteten. Es war mehr als wahrscheinlich, dass ihre E-Mail in den Händen irgendeines Assistenten oder einer Sekretärin landen würde. Sie bezweifelte stark, dass irgendeiner der Sinclairs direkt an der Arbeit der Wohltätigkeitsorganisation beteiligt war. Doch vielleicht hatte einer der Mitarbeiter ja ein Herz und würde die Informationen in ihrer E-Mail an einen der Bosse weiterleiten. Weihnachten war schließlich nicht mehr weit entfernt.

Sehr geehrter Mr. Sinclair,

Nachdem sie diese allgemeine Anrede getippt hatte, hielt Randi inne. Für sie war es ein guter Anfang, wenn man davon ausging, dass alle von ihnen denselben Nachnamen trugen. Schnell schrieb sie die kürzest mögliche E-Mail, in der sie die prekäre Situation erklärte und ihn förmlich um seine Hilfe anflehte. Als sie fertig war, seufzte sie vor Erleichterung. Sie hasste es, um irgendetwas betteln zu müssen; es machte sie wütend. Doch sie liebte Emily und es gab nur sehr wenig, das sie nicht für ihre echten Freunde tun würde.

Grady war der einzige Sinclair, der in Amesport lebte, und zurzeit war Emily dabei, ihn *persönlich* anzusprechen. Ihm eilte der Ruf voraus, ein Idiot und Einzelgänger zu sein, und Emily hatte all ihren Mut zusammennehmen müssen, um ihn auf der abgeschiedenen Amesport-Halbinsel aufzusuchen.

Randis Augen wanderten zu der Wanduhr und sie rechnete sich aus, dass Emily ungefähr jetzt bei Gradys Anwesen angekommen sein musste. Gradys Brüder Evan und Jared besaßen jeder ein Haus auf demselben Landzipfel am Stadtrand, ebenso wie ihre Schwester Hope. Die Häuser standen derzeit leer und wurden selten, wenn überhaupt, besucht.

Über die Sinclairs wurde in der Stadt sehr viel geredet, besonders über Grady, doch niemand *kannte* irgendeinen von ihnen. Auch Randi musste ehrlich zugeben, dass sie sich nicht an eine Situation erinnern konnte, in der sie tatsächlich einen der anderen Sinclairs zum Urlauben nach Amesport hatte kommen sehen. Jared war zwar für den Bau der Häuser seiner Geschwister auf der exklusiven Halbinsel verantwortlich gewesen, doch sie hatte niemals einen der Sinclairs zu Gesicht bekommen.

Alle Sinclair-Männer müssen steife Wichtigtuer sein. Sie haben sicherlich noch niemals einen der ortsansässigen Läden betreten, andernfalls würden die Leute sie kennen.

Randi wünschte sich sehr, Informationen über die Sinclair-Schwester herausgefunden zu haben, doch Hope war in den Medien selten präsent und schien auch in sozialen Netzwerken nicht aktiv zu sein. Gradys Cousins Micah, Julian und Xander hatten kaum eine Verbindung zu der Stadt, obwohl einige ihrer Wurzeln in Amesport lagen. Aus diesem Grund hatte sie auch versucht, an ihren Familiensinn zu appellieren.

Nachdem sie die kurze Nachricht noch einmal gelesen hatte, um sie auf Fehler zu überprüfen, zögerte sie kurz und überlegte, wie sie unterschreiben sollte. Da sie von ihrer E-Mail-Adresse im Zentrum aus schrieb, sollte sie anonym bleiben, eine besorgte Bürgerin. Jeder in Amesport hatte Zugang zu den E-Mails hier in dem kleinen Computerraum, doch Randi besaß ihre eigene E-Mail-Adresse, die sie sich für Arbeitszwecke eingerichtet hatte. Sie nutzte sie allerdings nur, um den Eltern der Kinder, denen sie als freiwillige Helferin Nachhilfeunterricht gab, Fortschrittsberichte zu senden. Leider war sie sich ziemlich sicher, dass der Großteil der Eltern sich nicht einmal die Mühe machte, ihre E-Mails zu lesen.

Sie entschied sich schließlich dafür, die Nachricht mit *Eine besorgte Anwohnerin von Amesport* zu unterschreiben.

Mit einem tiefen Seufzer klickte sie auf »Senden« und sah dabei zu, wie die E-Mail im Cyberspace verschwand. Wieder fragte sie sich, *wer* sie wohl lesen würde. *Vermutlich irgendein Assistent, der sie, ohne einen weiteren Gedanken zu verschwenden, sofort löschen wird.* Bei der Sinclair-Stiftung handelte es sich um eine riesige Wohltätigkeitsorganisation, deren Aufgabe es war, Gelder für große, gemeinnützige Organisationen zu sammeln und diese nicht an eine kleine Stadt zu vergeben, die in finanziellen Schwierigkeiten steckte.

Randi loggte sich aus ihrem Mailkonto des Zentrums aus und fuhr den Computer herunter. Sie hatte Emily versprochen, die Aktivitäten hier im Auge zu behalten, während ihre Freundin Grady Sinclair einen Besuch abstattete, um zu versuchen, das Geld aufzutreiben, das sie benötigten, um Weihnachten für Amesport und die umliegenden Dörfer zu retten. Leider würde Weihnachten nicht sehr fröhlich sein, wenn sie es nicht schafften, das Geld zurückzuerhalten, um Geschenke für die bedürftigen Kinder zu kaufen und die jährliche Weihnachtsfeier auszurichten. Für einige Kinder würde das Geschenk, das sie vom Zentrum erhielten, das einzige Geschenk sein und das Essen, das bei der Feier zur Verfügung gestellt wurde, ihr Weihnachtsessen darstellen.

Randi schob den dunklen Gedanken beiseite und sah auf all die Dekoration, die sich in dem alten Gebäude befand. Emily hatte dem Zentrum wieder Leben eingehaucht, auch wenn es dringend saniert werden musste. Überall befanden sich bunte Kränze und Weihnachtsschmuck, liebevoll von den Mitarbeitern und freiwilligen Helfern für die Feiertage aufgehängt.

Sie warf einen Blick in den Bereich, in dem sich die Senioren zum Bingo versammelt hatten und in dem es verlockend nach Essen roch. Randis Magen fing plötzlich laut an zu knurren. Sie war von ihrem Job als Lehrerin in der örtlichen Schule direkt zum Zentrum gefahren, um einigen Kindern Nachhilfe zu geben, die Schwierigkeiten hatten, im Unterricht mitzuhalten, und sie war kurz davor zu verhungern.

Es war nie ganz einfach, sich leise in den Raum zu schleichen, um einige Hähnchenflügel und etwas Kuchen zu stibitzen, ohne von einer der aufmerksamen alten Damen erwischt zu werden, doch dieses Risiko würde sie gern eingehen. In ihrer Jugend hatte sie das Stehlen von Essen schon fast zu einer Kunstform entwickelt.

Nach einer Woche, in der Randi nervös jeden Tag ihre E-Mails auf eine Antwort überprüft hatte, vergaß sie schließlich, dass sie diese verzweifelte Nachricht überhaupt abgeschickt hatte … bis sie endlich doch eine Antwort erhielt …

Zwei Monate später …

Evan Sinclair hätte angesichts der lächerlichen E-Mail, die er gerade zu Ende gelesen hatte, laut losgelacht – wenn er der Typ wäre, der einen Sinn für Humor besaß … was er nicht tat. Niemals.

Er starrte auf die Nachricht und runzelte die Stirn, als er sie ein zweites Mal las. Was für ein Mensch würde die Frechheit besitzen, eine Wohltätigkeitsorganisation um Geld zu bitten, die es sich zur Aufgabe gemacht hatte, große Summen für die Krebsforschung, missbrauchte Frauen und zahlreiche andere Zwecke zu sammeln, denen die Sinclair-Stiftung tagtäglich half? Und dieses Geld war seiner Meinung nach nicht einmal für einen guten Zweck gedacht! Es sollte für eine kleine Küstenstadt bestimmt sein, die Weihnachtsgeld benötigte. Dachte die Verfasserin dieses Schreibens wirklich, dass er so etwas wie ein freundlicher Weihnachtself war, der ihren Wunsch erfüllen würde?

Wohl kaum!

Evan hielt nicht viel von Weihnachten. Wenn es einen modernen Grinch gab, dann war er es, mit der einzigen Ausnahme, dass er niemals die Eingebung haben würde, die dem alten Geizhals widerfahren war. Es war nämlich so, dass dieser Feiertag ihn *tatsächlich* irritierte, und das würde auch immer so bleiben. Für ihn bedeutete Weihnachten eine Unterbrechung seiner Geschäfte und dass er seine Treffen um diese sinnlose, kommerzialisierte Zeit herumlegen musste. Bereits als Kind war Weihnachten für ihn nicht sonderlich fröhlich gewesen, und jetzt als Erwachsener hasste er es beinahe genauso sehr.

Für gewöhnlich sah keiner seiner Brüder oder Cousins in dem Stiftungs-Postfach nach und sie beantworteten die Nachrichten erst recht nicht persönlich; dafür hatten sie Mitarbeiter. Doch diese E-Mail war ihm ins Auge gefallen, weil sein Assistent ihm geschrieben hatte, dass ein wichtiger Geldgeber sich über die E-Mail-Qualität des Kundenservices beschwert hatte. Evan hatte sich von Zuhause in das Postfach eingeloggt, um sich selbst ein Bild davon zu machen, wie einige der Anfragen bearbeitet wurden. Die Stiftung konnte es sich nicht leisten, die großen Spender zu verlieren, ganz besonders nicht einzelne Personen, die Millionenbeträge zur Verfügung stellten.

Die Betreffzeile »Helfen Sie uns, unsere Stadt zu retten« war für ihn nicht zu übersehen gewesen, als er durch die alten E-Mails scrollte.

Neugierig hatte er das Schreiben geöffnet.

Doch jetzt sah er stirnrunzelnd auf die Nachricht, die sich vor ihm befand. Die Verfasserin der E-Mail war anonym, die Mailadresse ließ ebenfalls keinen Rückschluss auf den Absender zu und die Unterschrift der kurzen Erklärung des Hilferufs bestand einfach nur aus »Eine besorgte Anwohnerin von Amesport«.

Er hätte das Schreiben ignorieren sollen, besonders weil er wusste, dass sein Bruder Grady dieses Problem bereits weit vor Weihnachten gelöst hatte. Tatsächlich wurde Grady in Amesport jetzt als Held gefeiert, weil er das benötigte Geld gespendet hatte. Bei dieser Gelegenheit hatte er sich ebenfalls verlobt und Emily, die Leiterin des Zentrums, geheiratet.

Weihnachten ist vorbei. Lass es gut sein! Grady hat diese lächerliche Situation bereinigt und sich währenddessen sogar verletzt.

Evan war nicht gerade begeistert von dem Ergebnis, denn sein jüngerer Bruder hatte sich selbst in Gefahr gebracht, um dieses Debakel zu verhindern und seiner zukünftigen Ehefrau das Leben zu retten. Doch seit seiner Hochzeit mit Emily schien Grady glücklich zu sein, auch wenn er sie Evans Ansicht nach zu überstürzt und ohne nachzudenken geheiratet hatte.

Die Weihnachtszeit war endlich vorbei … Gott sei Dank! Leider ging ihm die Dreistigkeit der Person, die diese Nachricht gesendet hatte, immer noch auf die Nerven.

Er las die E-Mail noch einmal mit düsterem Blick und fragte sich noch immer, wer wohl die Verfasserin sein könnte. Es handelte sich um eine gut geschriebene Zusammenfassung der Ereignisse zu der Zeit, doch die Nachricht selbst war und blieb anmaßend. Evan hasste die Tatsache, dass die Wortwahl darauf abzielte, dass seine Familie sich schuldig und verantwortlich fühlen sollte. Wenn es etwas gab, das Evan stets am Herzen lag, dann war es seine Familie. Als der Älteste in seiner zerrütteten Familie sah er alles, was seinen Geschwistern zustieß, als seine Angelegenheit und seinen Verantwortungsbereich an.

Untypischerweise war es ihm entfallen, warum er sich überhaupt in das E-Mail-Konto der Stiftung eingeloggt hatte. Er änderte kurzerhand seine Meinung, erstellte eine anonyme E-Mail-Adresse auf einer der zahlreichen Seiten, die diesen Service anboten, und entschied sich, auf dieses Schreiben zu antworten. Wie es sich gehörte, war die E-Mail zuvor von den Mitarbeitern ignoriert worden und hätte vermutlich einfach nur gelöscht werden sollen. Im Interesse der Stiftung wollte er die Verfasserin nicht wissen lassen, wer ihm antwortete. Er wollte ihr lediglich zu verstehen geben, dass die Sinclair-Stiftung nicht der geeignete Ort war, um nach einer Spende für solch ein triviales Problem zu bitten. Auf diese Weise konnte er die Person rügen und sie zukünftig davon abhalten, E-Mails mit ähnlichem Inhalt erneut an die Stiftung zu senden, ohne dass je irgendjemand davon erfahren würde.

Er kopierte die Originalnachricht der mysteriösen Schreiberin und fügte sie in eine leere E-Mail ein, bevor er antwortete.

Sehr geehrte besorgte Anwohnerin,

Wie konnte er das Antwortschreiben sonst noch beginnen? Die Verfasserin hatte ihren Namen nicht genannt und an der Art und Weise, wie sie die E-Mail unterzeichnet hatte, konnte er lediglich ausmachen, dass sie weiblich war. Das war auch mal wieder typisch. An gewissen Festtagen schienen Frauen immer unverhältnismäßig sentimental zu werden.

Er tippte eine rasche Antwort, schloss das Fenster des kostenlosen E-Mail-Dienstes und dachte nicht weiter über dieses Vorkommnis nach. Stattdessen widmete er seine Aufmerksamkeit endlich wieder dem Posteingang der Sinclair-Stiftung, um herauszufinden, ob sein Geldgeber tatsächlich Anlass zu einer Beschwerde gehabt hatte. Evan dachte nicht einmal mehr an die unerfreuliche E-Mail … bis er einige Tage später eine Antwort erhielt.

Randi starrte ungläubig auf die unverschämteste E-Mail, die sie je in ihrem Leben erhalten hatte, wobei sich ihr Mund tatsächlich wie bei einem an Land gestrandeten Fisch, der nach Luft schnappte, öffnete und wieder schloss.

Sehr geehrte besorgte Anwohnerin,
ich frage mich, ob Sie wirklich erwartet haben, eine Antwort auf Ihre E-Mail zu erhalten, die Sie kurz vor Weihnachten gesendet haben. Haben Sie wirklich gedacht, dass einer der Sinclairs Ihre E-Mail lesen würde, um daraufhin Geld für eine Stadt zur Verfügung zu stellen, die nicht einmal auf einer Landkarte zu finden ist, und das auch noch aus solch einem lächerlichen Grund? Wir von der Sinclair-Stiftung bemühen uns, dringende Probleme in unserem Land und der gesamten Welt zu lösen und haben keine Zeit, den Weihnachtsmann zu spielen. Ich denke, es wäre weitaus passender gewesen, wenn Sie Ihre E-Mail direkt an den Nordpol gesandt hätten.
Ich denke jedoch, dass Ihnen und den Einwohnern von Amesport der Weihnachtswunsch erfüllt worden ist. Wurde dieses Problem nicht vollständig durch Grady Sinclair gelöst?

Mit freundlichen Grüßen
Eine verständnislose Person in Boston

»*Verständnislose Person in Boston?* Oh mein Gott! Was für ein Arschloch!« Randi blickte wütend auf den Computermonitor im Zentrum und war absolut sprachlos über die Antwort auf die E-Mail, die sie zwei Monate zuvor geschickt hatte. Nach solch einer langen Zeit hatte sie die Hoffnung auf eine Rückmeldung bereits aufgegeben.

Der einzige Grund, warum sie sich überhaupt in dieses E-Mail-Konto eingeloggt hatte, bestand darin, die Eltern eines Kindes zu kontaktieren, dem sie Nachhilfeunterricht gab, und sie war erstaunt gewesen zu sehen, dass sie endlich eine Antwort auf die E-Mail erhalten hatte, die sie an die Sinclair-Stiftung gesendet hatte.

Sie überprüfte das Datum und sah, dass ihre Anfrage erst einige Tage zuvor beantwortet worden war. *Warum jetzt?* Nachdem sie die Sinclairs angeschrieben hatte, hatte sie mehr als eine Woche lang ungeduldig jeden einzelnen Tag nachgesehen und verzweifelt gehofft, dass irgendjemand ihr antworten würde. Und geantwortet hatten sie ihr … *nachdem* Weihnachten vorbei war und dann auch noch mit der pampigsten Nachricht überhaupt!

Während Randi weiterhin das hochmütige Antwortschreiben anstarrte, wurde sie wütender und wütender. Sie konnte einfach nicht glauben, dass ein Mitarbeiter einer Wohltätigkeitsorganisation auf solch unverschämte Art und Weise antworten würde. *Ihnen* erschien das Problem vielleicht nichtig, doch für ihre Stadt war es von Bedeutung.

»Herablassender Wichser«, fluchte sie leise, als sie über die Frage in der E-Mail nachdachte, ob das Problem nicht gelöst worden sei. Die Wahrheit war, dass die Krise *tatsächlich* mehr als nur abgewendet worden war. Emily war jetzt mit Grady Sinclair verheiratet und das Zentrum erfreute sich nicht nur großen Zulaufs, sondern wurde darüber hinaus auch noch aufwendig renoviert.

Sie schloss ihre E-Mails, fuhr den Computer herunter und stand auf. Die Fortschrittsberichte würden bis morgen warten müssen. Für den Augenblick war sie zu verärgert, um sich jetzt darum zu kümmern.

»*Nicht auf der Landkarte?* Amesport?«, murmelte sie vor sich hin und nahm ihre Jacke von der Stuhllehne. Zum Glück war sie allein im Computerraum, so konnte wenigstens niemand hören, wie sie mit sich selbst sprach. Niemand war da, der ihr zuhören konnte. Amesport war zwar nicht Boston, doch es war immerhin ein lebhaftes Küstenstädtchen, ein Ort, den Touristen im Sommer gern besuchten, um die Schönheit des Meeres zu bestaunen und zahlreiche Wassersportarten auszuüben. »An den Weihnachtsmann schreiben, dass ich nicht lache!« Sie zog sich wütend ihren Mantel an und nahm ihre Handtasche vom Tisch, bevor sie den Raum verließ. Ihr Gehirn war noch immer damit beschäftigt, die Tatsache zu verarbeiten, dass ein Mitarbeiter der Sinclair-Stiftung so unhöflich gewesen war. Dazu hatte keinerlei Notwendigkeit bestanden. Die Person hätte höflich ablehnen können. Oder noch besser … die E-Mail einfach weiter ignorieren, wie sie es bereits seit Monaten getan hatte. Schließlich hatte Grady Weihnachten ja *wirklich* gerettet und ihre Anfrage war bereits zwei Monate alt. Was hatte jemanden geritten, der solch eine alte Nachricht mit so viel Arroganz und Herablassung beantwortete?

Sie hielt beim Öffnen der Tür kurz inne und erinnerte sich an den letzten Satz der Nachricht.

Wurde dieses Problem nicht vollständig durch Grady Sinclair gelöst?

»Woher weiß der Schreiber das? Was interessiert es ihn überhaupt?«, fragte sie sich im Stillen, als sie die Tür gänzlich aufzog. »Wenn diese Person denkt, dass meine E-Mail dumm war, was für eine Rolle spielt es dann, ob Grady der Stadt geholfen hat oder nicht?«

Sie schob die Tatsache beiseite, dass jemand versucht hatte, ihr das Gefühl zu geben, lächerlich und klein zu sein, und wollte gern einen Sinn in dem letzten Satz der E-Mail finden. Wollte dieser Mensch wirklich, dass sie diese Frage beantwortete?

Randi holte tief Luft und versuchte, ihre negativen Gedanken zu ignorieren und stattdessen frei von Wut darüber nachzudenken. Sie sollte auf die E-Mail wirklich *nicht* antworten. Emily war ihre Freundin, sie sollte ihr von dem unhöflichen Mitarbeiter berichten. Randi hatte tatsächlich angefangen, Emilys neuen Ehemann zu mögen und zu respektieren. Doch irgendein Bauchgefühl ließ ihr einfach keine Ruhe und sie konnte und wollte die Situation einfach nicht so stehen lassen. Sie würde nicht zu Grady laufen, nur weil sie ihn jetzt als einen Freund bezeichnen konnte. Die E-Mail-Adresse war ihr merkwürdig vorgekommen, ein kostenloser Dienst, der vermutlich nicht zurückverfolgt werden konnte. Wenn sie das Opfer eines schlechten Scherzes oder eines unglücklichen Menschen war, dann würde sie zurückschießen. Irgendein Idiot in irgendeinem Büro würde sie und ihre geliebte Stadt nicht mit *irgendeiner* Antwort beleidigen.

Das Zentrum war ruhig, als sie es durch den Haupteingang verließ. Heute Abend war sehr wenig los, nur die Arbeiter, die die Sanierungsarbeiten durchführten, befanden sich noch immer im Gebäude. Randi zitterte, als der bitterkalte Wind sie von vorn erwischte und sie daran erinnerte, dass sie vergessen hatte, ihren Reißverschluss zuzumachen. Sie schlug beide Seiten ihrer Jacke provisorisch übereinander und lief zu ihrem Wagen. Dabei grinste sie teuflisch, denn ihr war gerade eine Idee gekommen, wie sie dem ungehobelten Witzbold antworten würde. Sie war Lehrerin, eine gebildete Frau. Wenn es etwas gab, in dem sie gut war, dann war es, Fehler zu finden und Fakten zu präsentieren.

Und genau das tat sie am nächsten Tag.

Zwei Tage später...

Evan war sich nicht sicher, warum er sich überhaupt sie Mühe machte, in seinem unechten E-Mail-Konto nachzusehen. Es war schließlich nicht so, als hätte er nichts Besseres zu tun. Er befand sich in seinem Büro in der Innenstadt und musste in weniger als fünfzehn Minuten einer wichtigen Besprechung beiwohnen. Seine Priorität sollte darauf liegen zu überprüfen, dass er alle Dokumente, die er benötigte, zur Hand hatte. Trotzdem trommelte er nervös mit den Fingern auf der Platte des Eichenholzschreibtisches und wartete darauf, dass sich die Seite mit seinem E-Mail-Konto lud.

Nach einer Wartezeit, die er, selbst für einen kostenlosen Dienst, als viel zu lang einstufte, erschien das Anmeldefenster und er loggte sich ungeduldig ein.

Das ist doch Zeitverschwendung. Ich habe weitaus wichtigere Dinge zu erledigen. Was interessiert es mich überhaupt, ob irgendeine überhebliche Frau in Amesport auf meine E-Mail geantwortet hat?

Er wusste ganz sicher, dass Grady mehr getan hatte, als nur das Zentrum und Amesport zu retten. Evan benötigte darauf keine Antwort. Und doch fragte er sich, *ob* seine Frage beantwortet worden war und ob es der Absenderin der E-Mail leidgetan hatte, die wertvolle Zeit einer wichtigen Wohltätigkeitsorganisation mit solch einer nichtigen Anfrage zu verschwenden.

Als der nervtötend langsame Posteingang endlich angezeigt wurde, stellte Evan stirnrunzelnd fest, dass er tatsächlich E-Mails erhalten hatte. Er markierte schnell die Werbung, deren Sendung er hatte zustimmen müssen, als er sich bei diesem Service angemeldet hatte, und löschte sie mit einem Mausklick. Dann zögerte er ungewöhnlich lange, denn er sah, dass er tatsächlich eine Antwort derselben E-Mail-Adresse erhalten hatte, an die er vor einigen Tagen die Nachricht gesandt hatte. Sein ohnehin schon arroganter Blick verdunkelte sich, als er die Betreffzeile las:

Der Beweis, dass Amesport auf der Landkarte existiert!!

Neugierig klickte er auf die Antwort.

Sehr geehrte verständnislose Person,
hätte ich gewusst, dass alle Mitarbeiter der Sinclair-Stiftung so herzlos und arrogant sind, *wie Sie zu sein scheinen, dann hätte ich mit Sicherheit an den Weihnachtsmann geschrieben. In Zukunft werde ich alle dringenden E-Mails direkt an den Nordpol adressieren.*
    Darüber hinaus sind Sie ebenfalls schlecht informiert. Amesport ist sehr wohl auf der Landkarte zu finden und ist

im Sommer ein beliebtes Touristenziel. Die Stadt ist deutlich zu erkennen, wie Sie dem Anhang entnehmen können.

P.S.: Grady Sinclair ist ein wunderbarer, herzlicher Mann und die Probleme des Zentrums sind in der Tat vollständig gelöst worden. Glücklicherweise gibt es jemanden in der Sinclair-Familie, der tatsächlich ein Herz besitzt.

Mit freundlichen Grüßen
Eine nicht länger besorgte Anwohnerin von Amesport

Evan las die E-Mail noch einmal und war auf wundersame Weise belustigt durch diese unfreundliche Antwort. Es kam nicht sehr häufig vor, dass ihn Menschen mit weniger als absoluter Hochachtung ansprachen. Diese Nachricht war merkwürdig ... erfrischend.

Er öffnete die angehängte Datei und starrte einen Moment lang darauf, bevor er verstand, was genau sie darstellen sollte. Es handelte sich um eine Karte der Küste von Maine, auf der Amesport rot eingekreist und hervorgehoben war, damit es deutlich zu erkennen war. Darunter befand sich eine handgeschriebene Notiz.

Amesport befindet sich sehr wohl auf der Karte. Es sticht deutlich heraus.

Evan sah von dem Kommentar zu dem übergroßen, rot eingekreisten Gebiet, das Amesport darstellen sollte. Dann tat Evan Sinclair etwas, das er so gut wie nie tat ... er lachte.

Kapitel 1

Heute

»Wir sollten in Kürze landen«, sagte Micah Sinclair beiläufig und sah aus dem Fenster von Evans Privatflugzeug. »Es ist schon eine Weile her. Ich bin mir sicher, dass du es kaum erwarten kannst, Hope und deinen kleinen Neffen zu sehen.«

Evan hob den Blick von seinem Laptop und sah Micah an. Dabei fiel ihm auf, dass die beiden während des gesamten Fluges kaum ein Wort miteinander gewechselt hatten. Als sein Cousin ihn gefragt hatte, ob er ihn von New York nach Amesport mitnehmen könnte, weil er sein eigenes Flugzeug seinem Bruder Julian geliehen hatte, war Evan sich sicher gewesen, dass er die Gesellschaft begrüßen würde. Micah besaß ein Anwesen in New York; Evan tat dies zwar nicht, doch er hielt sich dort relativ häufig auf Geschäftsreisen auf und die beiden trafen sich, wann immer es ihre Zeit zuließ.

Als der Älteste der Sinclairs hatte Evan am meisten mit Micah gemeinsam. Beide waren Mitte dreißig und, im Gegensatz zu den jüngeren Brüdern seines Cousins, war Micah besessen von Geschäftsdingen. Gut, bei seinem Unternehmen handelte es sich um Extremsport, doch er nahm die Erwirtschaftung seines Nettoprofits und seine Verantwortung gegenüber seinen Geschwistern sehr ernst. Als die Ältesten in ihren unmittelbaren Familien verstanden Evan und Micah einander, wenn es darum ging, was alle anderen als »Einmischung« in die Angelegenheiten der jüngeren Familienmitglieder ansahen. Er und Micah zogen es vor, es »Orientierungshilfe« zu nennen, und keinem von ihnen hatte es jemals leidgetan, dass sie sich um ihre Familie gekümmert hatten. Einigen Menschen mochte es vorkommen, als würden sie spionieren, doch Evan sah es so, dass sie für das Wohlbefinden ihrer Familienmitglieder sorgten.

Evan zuckte mit den Schultern. »Ich habe sie seit mehr als sechs Monaten nicht mehr gesehen und ich möchte meinen Neffen kennenlernen. Ich habe Fotos gesehen. Er sieht kahl aus. Das kann nicht normal sein. Kein Sinclair hatte jemals eine Glatze. Unser Großvater ist mit vollem Haupthaar gestorben.« Sein Großvater hatte ein stolzes Alter erreicht und Evan hatte ihn nur mit grauem Haar gekannt, doch er hatte niemals auch nur eine kahle Stelle auf seinem Kopf gehabt.

Micah lachte leise und schnallte sich in Vorbereitung auf die anstehende Landung an. »Er ist nicht kahl. Sein Haar ist blond und fein. Er ist ein süßes, kleines Kerlchen. Hope hat mir ein Foto auf mein Mobiltelefon geschickt.«

Evan überprüfte seinen Sicherheitsgurt und lehnte sich in dem Ledersitz seiner Privatmaschine zurück. Dabei sah er Micah, der ihm gegenübersaß, mit gerunzelter Stirn an. »Für mich sah er kahl aus. Und er ist nicht *süß*. Er ist attraktiv. Er ist ein Sinclair.«

Micahs Lachen schallte durch die Flugzeugkabine. »Mein Gott, du bist vielleicht ein arrogantes Arschloch! Aber das gefällt mir an dir. Hat es schon immer.«

Evan strich sich über das Jackett seines maßgeschneiderten Anzugs und rückte seine Krawatte gerade, bevor er antwortete: »Ich bin mir sicher, dass seine Gesichtszüge einfach zu erkennen sind, weil du zufällig die gleichen besitzt.«

Wenn Evan ganz ehrlich war – was er nicht sein würde – dann war Micah vermutlich nicht ganz so verklemmt wie er, doch *das* würde er vor seinem ältesten Cousin nicht zugeben.

»Warum ziehst du dich immer so an, als wärst du entweder auf dem Weg zu einem Geschäftstermin oder einer Beerdigung? Manchmal frage ich mich, ob du überhaupt im Besitz von Jeans bist«, hakte Micah nach und klang dabei eher neugierig als neckend.

Evan warf ihm einen herablassenden Blick zu. Er wollte auf gar keinen Fall zugeben, dass er tatsächlich keine Jeans oder andere, legere Kleidungsstücke besaß. »Ich fühle mich in einem Anzug sehr wohl.« Zumindest das entsprach der Wahrheit. In formeller Kleidung fühlte er sich, als hätte er die Dinge unter Kontrolle. Sein Anzug erinnerte ihn an seine Ziele. Er wollte sich nicht von etwas Albernem oder Unwichtigem ablenken lassen.

Evan besah sich Micah einen Moment lang und musste zugeben, dass das Tragen einer Jeans und eines grünen Hemdes die kraftvolle Aura seines Cousins keinesfalls minderte. Doch Micah war anders, normal. Bei zahlreichen Sportarten, für die er das neueste Zubehör verkaufte, war er selbst ein Experte und hatte keinen Grund, irgendwie anders als selbstsicher aufzutreten. Evan war zwar der Meinung, dass Micah nicht für zurechnungsfähig erklärt werden konnte, weil er einige der Extremsportarten selbst ausübte, doch er konnte nicht leugnen, dass sein Cousin gut darin war. Wirklich gut. Um die Stunts durchzuführen, zu deren Darbietung Micah fähig war, bedurfte es intensiver Konzentration. Ebenso ernst nahm er sein Unternehmen.

»Ich habe gehört, dass sie das Baby David genannt haben«, sagte Micah im Plauderton, als das Flugzeug zur Landung ansetzte.

Evan seufzte innerlich erleichtert auf, weil Micah davon abgelassen hatte, ihn aufzuziehen. Er war diese freundlichen Neckereien nicht gewohnt und fühlte sich nicht wohl damit, auch nicht, wenn sie von Familienmitgliedern kamen.

Er nickte und antwortete: »David war einer von Hopes Freunden. Er starb, als er Wirbelstürmen hinterherjagte. Ein Extrem-Meteorologe. Sie haben diesen Namen an ihren Sohn weitergeben wollen.«

Evan bewunderte die Tatsache, dass Hope ihren guten Freund würdigte, der bei dem Versuch, Wetterdaten zu sammeln, ums Leben gekommen war, doch er hoffte inständig, dass sein Neffe sich nicht dazu entscheiden würde, den gleichen Berufsweg wie seine Mutter oder sein Namensgeber einzuschlagen. Vielleicht war es ja ein Gutes, dass Evan nichts von Hopes Jagd auf Wirbelstürme und alle anderen Formen von extremem Wetter gewusst hatte, bevor sie Jason Sutherland geheiratet hatte. Es nagte jedoch immer noch an ihm, dass er seine Schwester im Stich gelassen und sie nicht vor den schrecklichen Dingen beschützt hatte, die ihr zu Beginn ihrer Karriere widerfahren waren. Sie hatte ihre Mitwirkung an gefährlichen Unterfangen gut versteckt gehalten, doch er hätte ein besserer Bruder sein und sich mehr in ihr Leben einbringen sollen. Er war der Älteste von allen und hätte dafür sorgen sollen, dass sie in Sicherheit war. Evan hasste es zu versagen, ganz egal worum es sich handelte, doch das, was Hope zugestoßen war, bereute er zutiefst und es stellte seine größte Niederlage dar. Er hatte sich noch immer nicht dafür verziehen und war sich ziemlich sicher, dass er auch niemals dazu in der Lage sein würde.

»Ich kann gar nicht glauben, dass unsere niedliche, kleine Hope solch ein wildes Mädchen war«, sagte Micah und seine Stimme klang beinahe ehrfürchtig.

»Es war ihr Beruf«, entgegnete Evan unglücklich. »Es war nicht so, als wäre sie losgezogen und hätte sich grundlos in Gefahr begeben.« Es gefiel ihm nicht, wenn andere sie als *wild* bezeichneten. Das war sie nicht. Nicht im normalen Leben. Wie Micah bereits erwähnt hatte, war Hope ein sehr süßes Kind gewesen und als Jugendliche eher still und zurückhaltend. Evan hatte angenommen, dass sie auch in Aspen ihr Leben auf diese Art und Weise führen würde, zurückgezogen, ruhig und abseits des Medienrummels in den Rocky Mountains von Colorado. In Wirklichkeit war sie jedoch um die Welt gereist und hatte extreme Wettersituationen fotografiert.

Ich kenne sie nicht wirklich. Mir sind alle meine Geschwister fremd geworden.

Wenn er ehrlich sein wollte – was nicht der Fall war – hatte er keinen von ihnen jemals gekannt. Sowohl als Kinder und auch später als Erwachsene hatten sie nur sehr wenig Zeit miteinander verbracht. Evan hasste es, dass eine Kluft zwischen ihm und seinen Geschwistern existierte, doch jetzt, da sie alle erwachsen und glücklich waren, war er sich nicht sicher, wie er in die Sinclair-Familie hineinpassen würde oder wie er diese Situation ändern könnte. Er wusste nicht einmal, ob er diese Situation ändern *wollte*. Es war einfach zu viel Zeit vergangen.

Vielleicht fühle ich mich ausgeschlossen, weil ich nicht so glücklich und zufrieden bin, wie sie es jetzt sind? Wir haben nichts gemeinsam.

Nein. Das war nicht ganz richtig. Evan hatte immer den Abstand wahren *müssen*, um seine Geheimnisse hüten zu können. Jetzt hatte er keine Ahnung, ob er einem von ihnen jemals wirklich nahe sein könnte oder würde. Er war sich jedoch ziemlich sicher, dass alle ihn mehr als Nervensäge empfanden, als in ihm den Bruder zu sehen, einfach deswegen, weil er sich von Zeit zu Zeit immer wieder in ihr Leben einmischte. Doch daran hatte er sich bereits gewöhnt. So lange sie nur alle unversehrt und glücklich waren.

»Ich finde immer noch, dass sie ziemlich mutig ist«, sagte Micah voller Bewunderung. »Und ihre Fotografien sind fantastisch.«

»Das sind sie«, stimmte Evan zu. Er war stolz auf alle seine Geschwister und Hopes Talent war wirklich bemerkenswert. In seinem Haus in Boston hingen so viele ihrer Fotos an den Wänden, wie er hatte ausfindig machen können, nachdem er von ihrem geheimen Berufsweg erfahren hatte.

Hope arbeitete derzeit an ihren Naturfotos, doch Evan liebte genau die Bilder, die sie in Gefahr gebracht hatten: ihre Extremwetterfotografien. Einige von ihnen waren dunkel und wirr, geradezu atemberaubend in ihrer Wildheit. Evan wusste nicht viel über die verschiedenen Fototechniken, doch er musste auch kein Experte sein, um zu bemerken, dass die geheimnisvollen Bilder etwas ganz tief in seinem Innersten berührten. Hopes Kreationen erinnerten ihn an sein eigenes Leben und an die Unbeständigkeit des Lebens an sich.

Keiner der beiden Männer sagte ein Wort, als die Maschine auf der Landebahn des Amesporter Flughafens zu einer holprigen Landung ansetzte. Beide schienen in ihre eigenen Gedanken vertieft zu sein. Evan hatte gesehen, dass sein Wagen samt seinem Fahrer Stokes bereits angekommen war. Der Rolls-Royce wartete direkt hinter dem Bereich, in dem die Maschine zum Halten kommen würde.

»Willst du bei mir wohnen?«, fragte Evan. Sowohl Micah als auch Julian nahmen an der Feier teil, die Hope ausrichtete und die sie den *Amesporter Ball zur Wintersonnenwende* nannte. Dennoch wusste Evan, dass es für sie nur ein Grund war, um die gesamte Stadt zusammenzubringen, damit die Einwohner ihren neugeborenen Sohn sehen konnten. Die Feier würde im Jugendzentrum stattfinden und er hatte keinen Zweifel, dass jeder Eingeladene auch erscheinen würde.

Als das Flugzeug zum Stillstand kam, schnallte er sich ab und war verdammt froh, dass er nicht an noch einer Hochzeit teilnehmen musste. Der einzige Grund dafür, dass er diese Stadt für gewöhnlich besuchte, schien der zu sein, dass er Teil einer Hochzeitsgesellschaft war. Wenn er nur noch ein einziges Mal gemeinsam mit Randi Tyler durch eine Kirche schreiten musste, dann würde er durchdrehen. Zum Glück hatte er keine weiteren unverheirateten Brüder mehr, seine Schwester war bereits mit Jason verheiratet und er würde nie mehr Randi gegenüberstehen und so tun müssen, als würde er sie mögen, während sie mit einem falschen Lächeln seinen Arm ergriff und sich von ihm den Kirchengang hinunterführen ließ. Hoffentlich konnte er auf seiner gesamten Reise ein Zusammentreffen mit ihr vermeiden. Es war schließlich nicht so, als würde er jeden Einwohner von Amesport bei jedem seiner Besuche sehen. Die Stadt war zwar klein, aber *so* klein dann auch wieder nicht. Leider bezweifelte Evan, dass es ihm gelingen würde, Randi die gesamte Zeit über aus dem Weg zu gehen. Sie war jetzt mit Hope befreundet und würde selbstverständlich auch an der Feier teilnehmen.

»Nein, ich habe schon einen Schlafplatz. Jared überlässt mir und Julian sein Gästehaus. Seit Mara aufgehört hat, es für ihr Unternehmen zu nutzen, steht es leer. Julian kommt erst morgen an. Er kann auch nicht lange bleiben – jetzt, da er für einen Oscar nominiert ist, denkt er, dass er viel zu tun hat.« Micah schmunzelte, während er seinen Koffer aus einem der geräumigen Gepäckschränke nahm. »In einem Monat beginnt er mit den Arbeiten zu seinem nächsten Film und die Preisverleihung findet bereits in zwei Wochen statt. Ich denke mal, dass er mit Interviewanfragen überhäuft wird.«

Evan wusste, dass Micah dies zwar im Spaß sagte, aber in Wirklichkeit sehr stolz auf seinen Bruder war. Auch Evan musste ehrlich zugeben, dass er stolz war. Julian hatte nie versucht, seine Macht als Sinclair oder sein geerbtes Vermögen einzusetzen, um ein Star zu werden. Er hatte zunächst all die kleineren Rollen angenommen und sich in der Filmindustrie hochgearbeitet. Als er nach vielen unsicheren Jahren endlich eine Hauptrolle in einem Film ergattert hatte, war dies seinem Talent zu verdanken gewesen. Seine Nominierung für einen Oscar war nun der Beweis, dass er seinen Erfolg seinem Talent und harter Arbeit verdankte.

»Ich hoffe, er gewinnt«, sagte Evan und sammelte die restlichen seiner Sachen zusammen, die er während seines Aufenthaltes in Amesport benötigen würde. Es war nicht sehr viel. Sein Assistent hatte vor einer Weile bereits alle notwendigen Dinge zu seinem Haus senden lassen.

»Ich auch«, stimmte Micah zu und zog sich auf dem Weg zur Flugzeugtür seine dunkelblaue Skijacke an. Evan schlüpfte in seinen schwarzen Wollmantel.

»Wie geht es Xander?« Evan wollte diese Frage eigentlich nicht stellen, doch er fühlte sich verpflichtet, sich danach zu erkundigen, wie es seinem jüngsten Cousin erging.

Micah zuckte etwas zu gleichgültig mit den Schultern und bewegte sich in Richtung Ausgang. »Unverändert. Ich weiß nie, was mich am nächsten Tag mit ihm erwartet. Er wird nicht zu Hopes Feier kommen.«

»Ist er trocken oder trinkt er wieder?«, fragte Evan vorsichtig, während er hinter Micah herging.

»Momentan ist er nüchtern«, antwortete Micah mit einem schweren Seufzer. »Aber ich bin mir nicht sicher, wie lange das so bleiben wird.«

Evan wurde schwer ums Herz und er fühlte mit allen seinen Cousins. Vor einigen Monaten hatte Xander nach einem tragischen Vorfall urplötzlich seine erfolgreiche Karriere als Musiker aufgegeben. Seitdem war es mit ihm bergab gegangen. Er war ein starker Alkoholiker und abhängig von genau den Medikamenten, die ihm eigentlich helfen sollten. Das Ganze erinnerte Evan an eine Episode in Jareds Leben, an die er nicht einmal denken wollte.

»Es tut mir leid, das zu hören, Micah.« Es tat ihm *wirklich* leid, weil er es nachfühlen konnte. Darüber nachzudenken, ob sein Bruder es schaffen würde, sich der Herausforderung des Lebens erneut zu stellen, oder so tief sinken würde, dass er von dort unten nicht mehr herauskam, war die Hölle. Und noch schlimmer war die Vorstellung, vielleicht irgendwann die Nachricht zu erhalten, dass Xander vollständig abgestürzt war und nie mehr wieder aufstehen würde.

»Ich hasse dieses Gefühl der Hilflosigkeit, nichts weiter tun zu können. Er hat einen Entzug gemacht und verweigert jegliche weitere Hilfe. Ich weiß nicht, ob ich ihm einfach nur Zeit geben muss oder ihn an einen sicheren Ort bringen sollte, an dem er sich nichts antun kann«, sagte Micah leise und in seiner Stimme schwang Trauer.

»Ich weiß.« Evan ging hinter Micah die Stufen des Flugzeugs herunter und klopfte ihm auf den Rücken, als sie endlich festen Boden unter ihren Füßen hatten. »Du hast alles getan, was du tun konntest. Xander muss selbst nüchtern bleiben wollen.«

Der bitterkalte Winterwind von Maine erfasste die beiden, als sie das schnittige Flugzeug verließen, doch Micahs Gesicht behielt seinen düsteren Ausdruck, als ob er zu stark nachdachte, um die brutal kalte Luft überhaupt zu spüren. Seine dunkelblonden Haare wurden vom Wind durcheinandergewirbelt, doch er schien seine Umgebung nicht wahrzunehmen. »Habe ich wirklich alles getan, was ich hätte tun können?«, fragte er leise und klang dabei, als würde er eher zu sich selbst als zu Evan sprechen.

»Das hast du«, antwortete Evan mit Nachdruck. Es gab keinen Grund, warum Micah irgendetwas anderes denken sollte. »Lass uns zum Wagen gehen. Du kannst mit mir zur Halbinsel fahren.«

»Danke«, entgegnete Micah aufrichtig und nickte Evan zu, als würde er ihm im Stillen für seine Unterstützung danken wollen, auch wenn keiner von ihnen seine Gefühle laut aussprechen würde. »Mein Wagen steht schon bei Jareds Haus.«

Evan sah dabei zu, wie Micah zum Rolls-Royce ging und bei dem Gedanken an die schlimme Situation, in der Xander gerade steckte, den Kopf schüttelte. Gott sei Dank waren die Tage, an denen er sich um die geistige Gesundheit eines jüngeren Bruders gesorgt hatte, für ihn vorbei und Jared war endlich ganz gesund geworden. Dennoch hatte Evan Mitleid mit seinem ältesten Cousin. Er war in der Position gewesen, in der Micah sich derzeit befand, und für ihn war es schon die Hölle gewesen, sich mit Jareds Trinkerei auseinanderzusetzen. Er konnte sich nicht vorstellen, wie es war, wenn auch noch Medikamentenabhängigkeit dazukam.

»Willkommen in Amesport, Sir«, sagte sein grauhaariger Chauffeur mit monotoner Stimme, ein Klang, der Evan in so gut wie jeder Stadt begrüßte, die er besuchte. Sein Fahrer war wie immer in einen grauen Anzug und Krawatte gekleidet. Sein silberfarbenes Haar war in tadellosem Zustand, obwohl es sehr windig war. Er nahm Evan den kleinen Koffer und seinen Laptop ab und stellte beides auf den Vordersitz.

»Stokes«, grüßte Evan ihn mit einem kurzen Kopfnicken, als der alte Mann ihm die Tür aufhielt.

Micah wartete gar nicht erst darauf, dass Stokes um den Wagen herumging, um ihm die Tür zu öffnen. Er schlüpfte durch die bereits offene Tür hinein und rutschte über den Rücksitz auf die andere Seite, um auch Evan hineinzulassen. Nachdem Evan Platz genommen hatte, schloss der ältere Mann die Tür hinter ihm, nahm seinen Platz hinter dem Steuer ein und setzte das Fahrzeug in Bewegung.

Evan segnete im Stillen die Art und Weise ab, wie Stokes das teure Gefährt sogar durch Schnee, Wind und über schlecht geräumte Straßen steuerte. Der Chauffeur arbeitete bereits seit Jahren für Evan und wusste genau, was sein Boss von ihm erwartete. Evan wollte seinen Bestimmungsort immer mit so wenig Drama wie nur möglich erreichen. Normalerweise würde er im Fond des Wagens arbeiten – wie Micah, der bereits seinen Laptop aufgeklappt vor sich hatte. Stokes brachte ihn sicher von Ort zu Ort, was es Evan ersparte, sich über den Verkehr, die Straßen oder sämtliche andere Geschehnisse außerhalb des Fahrzeugs Gedanken zu machen. Doch heute wusste er, dass er sich nicht auf seine Arbeit würde konzentrieren können.

Er machte sich zu viele Sorgen darüber, ob er *sie* sehen würde oder nicht.

Warum kümmert mich das überhaupt? Sie ist wirklich nicht die verschwendete Zeit wert, in der ich darüber nachdenke, warum wir scheinbar nicht zusammen sein können, ohne uns gegenseitig zu reizen. Was macht es schon, wenn wir uns bei dieser Feier über den Weg laufen? Wir sind zwei erwachsene Menschen. Für einen begrenzten Zeitraum können wir doch bestimmt höflich miteinander umgehen.

Es war nicht so, dass er und Randi es in der Vergangenheit jemals geschafft hatten, freundlich zueinander zu sein, doch Evan hatte sich geschworen, sich dieses Mal nicht wieder von ihr provozieren zu lassen. Er fragte sich zum wiederholten Mal – er dachte über dieses Thema wirklich viel zu häufig nach – warum er und Randi Tyler es nicht schafften, miteinander auszukommen, ohne sich gegenseitig zu beleidigen. Er verlor nie so sehr die Beherrschung, dass er anfing herumzubrüllen, wie es einige andere Männer taten. Er musste jedoch gestehen, dass er bei dieser teuflischen Frau, mit der er bereits drei peinliche Male zwangsweise zusammengetan worden war, sehr nahe dran gewesen war, sich zu vergessen. Beim ersten Mal war es Gradys Hochzeit gewesen, dann Dantes und schließlich Jareds. Jede einzelne Erfahrung hatte ihm eine neue Lehrstunde in Sachen Geduld erteilt.

Sie war der Meinung, er sei arrogant und herrschsüchtig.

Er war der Meinung, sie sei zickig und ungeduldig.

Merkwürdigerweise schien Randi weder von seinem Reichtum noch seinem Ansehen als Sinclair beeindruckt zu sein. Sie hatte angefangen, ihn wie einen Freund zu behandeln und ihn ebenso aufzuziehen wie einen ihrer Freunde oder die anderen Sinclairs. Das war ihm unangenehm gewesen, also hatte er sie ignoriert. Daraufhin hatte sie ihn jedes weitere Mal, wenn er sie gesehen hatte, entweder angeschnauzt oder beleidigt.

»Sie ist überempfindlich, unberechenbar und emotional«, murmelte Evan vor sich hin und war erleichtert zu sehen, dass Micah scheinbar E-Mails auf seinem Telefon beantwortete und ihn nicht gehört hatte. Randi Tyler war alles, was er an einer Frau abstoßend fand, doch aus irgendeinem Grund übte sie trotzdem eine starke Anziehungskraft auf ihn aus. Es war verblüffend und verwirrend. Er mochte sie nicht, doch sein Schwanz mochte sie dafür umso mehr. Ihre Persönlichkeit ging ihm zwar auf die Nerven, doch es hatte nie ein Zusammentreffen mit ihr gegeben, bei dem er sie nicht gegen eine Wand drücken und so lange ficken wollte, bis er vollständig befriedigt war. Es war eine Situation, die er noch niemals zuvor erlebt hatte, und sie gefiel ihm ganz und gar nicht. Er hatte noch niemals so unbeständig auf eine Frau reagiert. Es war ihm unangenehm.

Ich muss ihr einfach aus dem Weg gehen, nicht auf ihre spöttischen Bemerkungen reagieren.

Das Problem war nur, dass er nie wusste, ob sie ihm die kalte Schulter zeigen oder ihn mit Beschimpfungen bombardieren würde. Um ehrlich zu sein bevorzugte er keines von beiden. Vielmehr vermisste er die Art und Weise, wie sie ihn bei ihrem ersten Aufeinandertreffen behandelt hatte ... wie einen neuen Freund. Es war ... nett gewesen. Doch damals hatte er noch nicht gewusst, wie er ihr Verhalten einordnen sollte. Er war nicht dazu in der Lage gewesen, die Worte schnell genug in seinem Mund zu formen, um auf ihr freundliches Verhalten zu reagieren. Sie hatte seine Wortlosigkeit als Ablehnung gewertet – was wirklich nicht stimmte. Evan war sich nur nicht sicher gewesen, wie er ihr entgegentreten sollte, besonders deshalb, weil sie ihm eine sofortige Erektion bescherte, die niemals abklang, wenn er sich in ihrer Nähe aufhielt.

Manchmal wünschte ich mir, dass ich mit Randi noch einmal von vorn anfangen könnte. Es wäre schön, noch eine weitere Freundin zu haben. Doch zwischen uns hat sich nie etwas verändert und jetzt ist es schon zu spät, um noch einmal von Null zu beginnen. Davon abgesehen will ich sie immer noch flachlegen. Eine Freundin zu haben, die man vögeln wollte, konnte zu einem Problem werden.

Diese unsympathische Frau *hatte* aber auch ein umwerfendes Lächeln! Zu schade, dass es nach ihrer ersten Begegnung nie ihm gegolten hatte.

Evan hatte nur eine echte Freundin. Eine Frau, mit der er sehr viel mehr geteilt hatte, als er sollte, und die er noch nie persönlich getroffen hatte.

Bin ich ihr schon einmal in den Straßen von Amesport begegnet oder habe ich vielleicht sogar mit ihr gesprochen?

Die Frau aus Amesport, mit der er Nachrichten austauschte und die er zuvor als *Eine besorgte Anwohnerin von Amesport* kennengelernt hatte, blieb ihm ein Rätsel. Er hatte sein Bestes versucht herauszufinden, wer sie war, weil seine Neugier schließlich über seine Abmachung mit ihr, sich die echten Namen nicht zu verraten, gesiegt hatte. Jetzt wünschte er sich, niemals ihrem Vorschlag zugestimmt zu haben, ihre Namen geheim zu halten. Am Anfang ihrer E-Mail-Korrespondenz hatte es Sinn gemacht. Jetzt wollte er sie treffen, auch wenn sie noch immer nicht wusste, dass er wohlhabend war – oder ein Sinclair. Sie war die ganze Zeit davon ausgegangen, dass er ein Mitarbeiter der Sinclair-Stiftung war, und er hatte sie in dieser Annahme niemals korrigiert. Tatsächlich hatte er sogar gelogen und zahlreiche Male bestätigt, dass er nur ein Mitarbeiter war. Er hatte diese Lüge vor sich selbst gerechtfertigt, indem er sich selbst davon überzeugte, dass sie seine wahre Identität nicht kennen wollte. Wenn er ihr gesagt hätte, welche Position er wirklich innehielt, hätte ihn das verraten. Ein Teil von ihm wollte ihr ein Rätsel bleiben, nur ein Mann statt eines Milliardärs, der aus einer der bekanntesten Familien der Welt stammte. Doch nun, da sie sich bereits seit mehr als einem Jahr miteinander unterhielten, hatten sich seine Wünsche langsam geändert. Er war sich nicht sicher, wie sie von Angesicht zu Angesicht miteinander kommunizieren würden, doch er wollte es gern herausfinden.

Es hatte eine Zeit gegeben, da hatte er darüber nachgedacht, ob es sich bei der Frau um seine jetzige Schwägerin Mara handeln könnte. Seine geheimnisvolle Schreiberin hatte ihre E-Mails immer nur mit dem Initial »M.« unterschrieben – und Mara hatte an Dantes Hochzeit teilgenommen. Er hatte jedoch nicht lange gebraucht, um zu erkennen, dass Mara bis über beide Ohren in Jared verliebt war und ihm keine heimlichen, anonymen Nachrichten zukommen ließ.

Hätte ich es mit meinem eigenen Bruder aufgenommen, wenn es wirklich Mara gewesen wäre?

Evan schüttelte leicht den Kopf, während er dabei zusah, wie die Häuser von Amesport auf dem Weg zu der privaten Halbinsel, auf der sein Anwesen gelegen war, an ihm vorbeizogen. Jared verdiente es, glücklich zu sein, und Evan hätte sich niemals zwischen seinen Bruder und eine Frau gestellt, die für ebendieses Glück verantwortlich war. Er war froh, dass er für Mara nichts außer einer platonischen Zuneigung empfand, die bis zum heutigen Tag anhielt. Sie war die perfekte Frau für Jared und Evan hatte seinen jüngeren Bruder bis an seine Grenzen gedrängt und ihn auf die Probe gestellt, damit er einsah, dass er sich Mara schnappen musste, bevor ein anderer Mann es tat. Auch wenn seine Taktik etwas hinterlistig gewesen war, so hatte es keine Rolle gespielt. Mit seinen Taten hatte er Jared zu einem Happy End verholfen.

Völlig geistesabwesend hatte Evan beim Nachdenken die Luft angehalten. Er atmete hörbar aus. Es juckte ihm in den Fingern, seine E-Mails auf seinem Mobiltelefon einzusehen. Er wollte wissen, ob er eine Nachricht von seiner … Freundin erhalten hatte.

Das werde ich nicht tun. Ich kann es nicht tun. Ich brauche meine E-Mails nicht mehrere Male pro Tag durchzusehen, als sei ich besessen. Sie ist meine Freundin, aber das heißt noch lange nicht, dass ich wie ein Verrückter meinen Posteingang öffnen muss, in der Hoffnung, eine Antwort erhalten zu haben.

In Gedanken versunken strich er mit seinen Fingern über den steinernen Schlüsselanhänger, den ihm eine verrückte, alte Frau vor einigen Monaten zugeschickt hatte. Sie hatte eine Nachricht dazugelegt, in der stand, dass er diesen Stein benötigen würde, um seinen Weg zum Glück zu finden. Er hätte diese Apachenträne wegwerfen sollen. Wie er dem Schreiben entnehmen konnte, sah es so aus, als würde diese Frau genau diesen Kristall vorrätig haben, seit sie entschieden hatte, dass jeder der Sinclair-Männer und ihre potenziellen Partner ihn benötigten. Er hatte sie getroffen ... wie war noch gleich ihr Name? »Beatrice«, flüsterte er und erinnerte sich an die ältere Dame, der er erst bei Dantes und dann später bei Jareds Hochzeit begegnet war. Sie schien harmlos zu sein, doch sie war wirklich etwas »gaga« oder litt unter irgendeiner Form von Demenz.

Aus einem ihm unbekannten Grund war er den Stein nie losgeworden. Tatsächlich war es so, dass er ihn so gut wie immer bei sich trug. Vielleicht war es deswegen, weil er so gut wie nie ein Geschenk von jemandem erhielt, oder nur wegen der heilenden Kräfte, die diese angeblich mystische Frau dem Stein beimaß.

Ich werde Beatrice in Amesport aufsuchen und ihn zurückgeben.

Das war das Mindeste, das er tun konnte. Sogar *er* war nicht kaltherzig genug, um eine Frau fortgeschrittenen Alters zu verletzen, indem er ihr Geschenk einfach wegwarf. Vielleicht konnte sie ja einem anderen Menschen damit eine Freude bereiten.

Er war überrascht zu bemerken, dass sie bereits das Tor zur Halbinsel passiert hatten und sich der langen Einfahrt näherten, die zu Jareds Haus führte. Die Autofahrt schien nur eine kurze Zeit gedauert zu haben, doch er war mit seinem Kopf ganz woanders gewesen.

Verdammt! Er hatte einen Blick auf Maras altes Haus werfen wollen, das Jared gerade im Begriff war zu restaurieren, als sie daran vorbeigefahren waren. Nach dem Feuer, bei dem Mara beinahe ihr Leben verloren hatte, war es nur noch eine Ruine gewesen. Er hatte sich darauf gefreut, das Gebäude fast fertig zu sehen, doch hatte die Gelegenheit dazu verpasst, weil er tief in Gedanken versunken gewesen war.

Später. Es ist ja nicht so, als würde ich es nicht sehen, während ich in der Stadt bin.

Maras ehemaliges Wohnhaus, das ebenfalls ihren Laden beherbergt hatte, lag direkt auf der Main Street.

»Wir müssen Micah bei Jared absetzen«, teilte Evan seinem Fahrer mit.

»Ja, Sir«, antwortete Stokes höflich.

Micah wurde schnell und effizient abgeliefert, denn sobald Stokes seine Anweisungen erhalten hatte, machte er niemals einen Fehler. Evan wartete darauf, dass sie zu seinem Anwesen auf der Halbinsel gelangten, und zwang sich dazu, sein Telefon nicht auf neue Nachrichten zu überprüfen. Wenn es eine Sache gab, von der Evan zur Genüge besaß, dann war es Kontrolle. Sein Leben bewegte sich in sehr geordneten Bahnen, gerade so wie er es mochte und brauchte.

Die einzigen beiden Dinge, die ihn jemals unsicher gemacht hatten, waren sein Schriftwechsel mit der mysteriösen M. – und Randi Tyler. Seine Brieffreundschaft mit der geheimnisvollen Frau war einfacher gewesen. Er fühlte sich zu ihr und ihrer Persönlichkeit hingezogen, doch er war in der Lage gewesen, anonym zu bleiben. Außerdem rief M. in ihm nicht die gleiche instinktive, qualvolle Reaktion hervor, wie Randi es tat. Vielleicht war er einfach nur neugierig darauf, seine E-Mail-Freundin zu treffen, um herauszufinden, ob er bei ihr die gleichen Gefühle haben würde wie bei Randi, wenn er vor ihr stehen würde. Auf eine gewisse Art und Weise wäre das wirklich furchtbar. Denn dann würde er gleich zwei Frauen flachlegen wollen, die diese Gefühle nicht erwiderten.

Als sie bei seinem Zuhause auf der Halbinsel angekommen waren und Evan seine Sachen ausgepackt hatte, überprüfte er endlich seine E-Mails, weil es der passende Zeitpunkt für diese Aufgabe war. Er ließ sich mit dem Laptop auf seinen langen, ausgestreckten Beinen in seinem Lehnsessel im Wohnzimmer nieder und stellte eine Internetverbindung her.

Sein Herz schlug ein klein wenig schneller und auf seiner Stirn stand ein leichter Schweißfilm, als der kostenlose E-Mail-Dienst sich erneut viel Zeit ließ, bevor die Seite erschien. Er fühlte bei M. zwar nicht die gleichen körperlichen Reaktionen wie bei Randi, doch er war immer etwas aufgeregt zu hören, was sie zu berichten hatte. Und dann …

Nichts!

In seinem Posteingang befanden sich keine neuen Nachrichten.

Geht es ihr gut? Sie antwortet normalerweise immer sofort. Was, wenn sie verletzt ist? Was, wenn sie immer noch den Verlust ihrer Pflegemutter betrauert und schrecklich niedergeschlagen ist? Ich sollte für sie da sein. Sie hat mir bereits tausend Mal zugehört, wenn ich mich über irgendetwas beklagt habe.

M. hörte ihm immer als Mensch zu, nicht als der Boss. Aus diesem Grund schätzte er die Beziehung zu ihr auch so sehr. Es war einzigartig, mit jemandem wie mit einem normalen Menschen zu sprechen.

Enttäuscht, aber dennoch entschlossen, die Tatsache, dass sie ihm nicht geschrieben hatte, nicht zu nahe an sich heranzulassen, wandte er seine Aufmerksamkeit wie immer der Arbeit zu und versuchte sich verzweifelt einzureden, dass ihm das Fehlen ihrer Antwort auf seine letzte Nachricht nichts ausmachte.

Kapitel 2

Liebe M.,

ich kann nicht behaupten zu verstehen, wie Du Dich nach dem Verlust Deiner Pflegemutter fühlst, aber ich verstehe durchaus Deine gemischten Gefühle. Ich glaube, dass es ziemlich normal ist, wenn Du sie von ihren Qualen erlöst sehen wolltest, aber zur gleichen Zeit auch ihren Verlust betrauerst.

In Momenten wie diesen wünsche ich mir, dass wir uns niemals das Versprechen gegeben hätten, vor dem anderen unerkannt zu bleiben. Ich würde Dir gern helfen, doch ich bin mir nicht sicher wie. Ich kann Dir lediglich virtuelle Unterstützung zukommen lassen und Dir sagen, dass ich in Gedanken bei Dir bin. Du bist nicht allein.
Herzlichst
S.

Randi seufzte, als sie die Nachricht ihres Brieffreundes las, doch immerhin fühlte sie sich nach dem Lesen seiner Worte ein klein wenig besser. Die E-Mail war zwar kurz, doch irgendwie tröstend. Was auch immer S. in seinen Nachrichten schrieb, sie hatte immer das Gefühl, dass er es ehrlich meinte.

F. A. Scott

Ihre Pflegemutter Joan Tyler war Anfang des Jahres an Herzversagen gestorben und Randi hatte gewusst, dass sie den Verlust des letzten Menschen auf dieser Erde, der sie bedingungslos geliebt hatte, sehr lange betrauern würde. Ihr Pflegevater Dennis war vor einigen Jahren verschieden und Joan war seitdem nicht mehr dieselbe gewesen. Ihre Herzprobleme hatten sich verschlimmert und seit Dennis' Tod war es mit ihr bergab gegangen. Manchmal fragte Randi sich, ob sie am Ende eher ihrer Trauer erlegen ist, als wegen ihres fortgeschrittenen Alters gestorben zu sein.

Joan und Dennis waren bereits Anfang siebzig gewesen, als sie Randi nach Amesport geholt hatten, und beide Pflegeeltern hatten ein langes, glückliches Leben geführt – bis weit in ihre Achtziger. Dieses Wissen minderte jedoch immer noch nicht Randis Verlustschmerz oder ließ in ihr nicht den Wunsch aufkommen, mehr Zeit mit ihnen verbracht zu haben.

Nichts hatte Randi auf die tiefe Leere vorbereitet, die sie seit dem Verlust ihrer Pflegemutter spürte. Dennis' Tod war schrecklich gewesen; der von Joan war unerträglich. Sie war sich nicht sicher, ob der unkontrollierbare Schmerz, den sie jedes Mal fühlte, wenn sie an ihre Pflegemutter dachte, jemals vergehen würde.

Sie sah auf die Nachricht und lächelte traurig. Ihr Schriftwechsel mit S. war mehr wie ein kontinuierliches Gespräch. Ihre Mitteilungen waren oftmals nicht sehr lang und manchmal sprachen sie über Themen, die nicht unbedingt wichtig waren, doch genau das machte diese geheime Freundschaft interessant.

Ich kann immer noch nicht glauben, dass ich mich mit einem Menschen angefreundet habe, der am Anfang solch ein Arschloch gewesen ist!

Ihr Freund, zuvor bekannt als die *Verständnislose Person in Boston*, war zu Beginn *wirklich* ein Idiot gewesen, doch das, was in ihren Augen nur ein schlechter Witz gewesen sein konnte, war schon bald zu einer Unterhaltung und irgendwann zu gegenseitiger Bewunderung geworden.

Randi fühlte zu dem Verfasser dieser E-Mails, die sie zum Lachen und Weinen brachten, eine Verbindung. Manchmal waren diese

Nachrichten so fürsorglich – wie diese E-Mail, die sie vor sich hatte – dass sie ganz melancholisch wurde.

Die meiste Zeit teilte sie ihre Gedanken und Gefühle mit ihm. Für sie war es wesentlich einfacher, das zu tun, wenn sie dabei anonym bleiben konnte. Sie hatte angenommen, dass es ihm am Anfang ähnlich ergangen war. In letzter Zeit hatte er jedoch immer wieder Andeutungen gemacht, dass sich die beiden persönlich treffen sollten.

»Will ich ihn jemals irgendwann treffen? Will ich ihm jemals meine Identität offenbaren?«, flüsterte sie sich selbst zu, während sie auf den Computermonitor im Zentrum starrte.

Ja.

Nein.

Oh verdammt, sie wusste es nicht! Sie hatte S. mehr über ihre wahren Gedanken und Gefühle anvertraut als jemals einem anderen Menschen. Sie hatten jedoch niemals persönliche Details ausgetauscht. Zu den wenigen Dingen, die er über sie wusste, zählte, dass sie Ende Zwanzig war und mit vierzehn Jahren zu einem liebevollen, älteren Ehepaar in eine Pflegefamilie gekommen war. Dieses lebensverändernde Ereignis hatte sie von Kalifornien nach Maine geführt.

Über ihn wusste sie nur, dass er männlich, Mitte dreißig und unverheiratet war, für die Sinclair-Stiftung arbeitete und sich in der Nähe eines Computers aufhielt, wenn er vielleicht besser rausgehen und sich mit Frauen treffen sollte. Er hatte ihr Interesse geweckt, als er auf ihre höhnische E-Mail geantwortet und ihr zu ihrer Intelligenz und ihrem Humor gratuliert hatte. Er hatte ihr mitgeteilt, dass sie ihn zum Lachen gebracht hatte, ganz so als ob dies bei ihm selten vorkäme. Sie nahm an, dass es zu den Dingen zählte, die er nicht sehr häufig tat.

Er hat meiner Trauer zugehört, versucht, meinen Schmerz zu verstehen und ihn zu lindern. Irgendwie scheint er immer zu wissen, wenn ich mich gerade allein fühle.

Dennis und Joan hatten sie vor vierzehn Jahren in ihr Haus geholt und zum ersten Mal in ihrem Leben hatte sie das Gefühl gehabt, wirklich »zu Hause« zu sein. Sie hatte Maine nur verlassen, um aufs College zu gehen, und war als Lehrerin nach Hause zurückgekehrt.

Die Tylers waren so stolz auf sie gewesen, hatten sie immer so sehr ermutigt. Eigene Kinder waren ihnen immer vergönnt gewesen und sie hatten ebenfalls keine engen Verwandten. Dennis und Joan waren nicht reich gewesen, doch sie hatten fast sechzig Jahre lang glücklich zusammengelebt. Randi hoffte, dass sie eines Tages eine Liebe finden würde, wie die beiden sie gehabt hatten. »Alles, was ich bin, verdanke ich ihnen«, sagte sie leise und klickte unter der gefühlvollen E-Mail ihres Freundes auf »Antworten«.

Lieber S.,
Deine letzte E-Mail ist nun schon ein paar Tage her und es tut mir leid, dass ich Dir noch nicht geantwortet habe. Ich habe mich endlich der Aufgabe gestellt, die Sachen meiner Pflegemutter durchzusehen. Sie würde nicht wollen, dass ich sie wegwerfe. Ich habe so viel wie möglich gespendet und die Dinge behalten, die mir am Herzen liegen. Alles scheint jetzt noch endgültiger zu sein und ich fühle mich in dem leeren Haus meiner Eltern immer noch alleine. Aber vielen Dank für Deine lieben Worte. Ich befinde mich nicht mehr in diesem gedanklichen Zwiespalt. Ich bin froh, dass das Leid vorüber ist, auch wenn die Einsamkeit bleibt. Ich versuche, mich auf meine Arbeit zu konzentrieren und meine Freunde wertzuschätzen. Ich glaube, es braucht einfach nur noch mehr Zeit.
Wo wir gerade von Eltern sprechen, leben Deine noch? Wir haben uns nie viel über Familie unterhalten.
Ich hoffe, Du hältst Dich in diesem unfassbar kalten Winter schön warm!
M.

Randi schickte die E-Mail ab und hoffte, dass sie mit der Frage nach so etwas Persönlichem wie Familie nicht die unsichtbare Grenze überschritten hatte, auf die sie und ihr Brieffreund sich geeinigt hatten. Sie hatte die Situation mit ihrer Pflegefamilie freiwillig geschildert, auch wenn sie Einzelheiten ausgelassen hatte. Die beiden

teilten ihre Gedanken und Gefühle miteinander, gingen jedoch nie
zu sehr ins Detail.

Erst kürzlich hatte er erwähnt, dass er sich manchmal wünschte,
sie könnten sich persönlich treffen. Es gab Momente, in denen Randi
das ebenfalls wollte, und mehr als nur manchmal wollte sie gern
mehr über den Mann erfahren, der während einer sehr schweren
Zeit ihre Vertrauensperson gewesen war.

»Der geheimnisvolle Mann in meinem Leben«, murmelte Randi.
»Wie heißt er mit Vornamen? Der erste Buchstabe ist ein S?« *Stewart?
Sam? Sylvester? Scott? Seth?* Randi war die Liste sehr viele Male
durchgegangen. Keiner dieser Namen hatte je zu ihm gepasst.

Als sie sah, dass sie bereits eine Antwort in ihrem Posteingang
hatte, beschleunigte ihr Herzschlag sofort. Sie klickte mit der Maus
auf die E-Mail, um seine Antwort anzuzeigen.

Liebe M.,

*es freut mich, dass die Dinge für Dich jetzt klarer sind, doch es
tut mir leid, dass Du Dich so allein fühlst. Sag mir bitte, was
ich tun kann, um Dir zu helfen. Ich weiß, dass wir uns noch nie
persönlich getroffen haben, doch Du bist mir im vergangenen
Jahr eine bessere Freundin gewesen als irgendjemand anderes
in meinem Leben.*

*Leben meine Eltern? Ja ... und nein. Mein Vater ist
gestorben, als ich noch aufs College ging, und meine Mutter
habe ich seit sehr vielen Jahren nicht mehr gesehen. Sie will
mit mir und meinen Geschwistern nichts mehr zu tun haben.
Das Letzte, was ich gehört habe, war, dass sie mit einem
Kerl in Europa lebt und dort vermutlich versucht, meinen
verstorbenen, alkoholkranken Vater zu vergessen. Er war
kein netter Mann. Vielleicht habe ich jetzt etwas zu viel
erzählt, doch es ist die Wahrheit.*

*Ich bin derzeit nicht in Boston, doch leider hat es mich
auch nicht in wärmere Gefilde verschlagen.*

Ich hoffe, Du hältst Dich auch warm.

Herzlichst

F. A. Scott

S.

Randi hatte die E-Mail zweimal lesen müssen, so erstaunt war sie darüber gewesen, dass S. so viele persönliche Einzelheiten preisgegeben hatte. Auf der anderen Seite sollte sie das vielleicht gar nicht schockieren. Sie hatte ihm in den vergangenen Monaten immer wieder ihr Herz über ihre Pflegeeltern ausgeschüttet. Vielleicht fühlte er sich sicherer. Sie klickte auf »Antworten« und wusste auf irgendeine Weise, dass er auf ihre Reaktion wartete. Manchmal war das einfach so. Wenn sich beide zur gleichen Zeit am Computer befanden, dann führten sie ein Gespräch, das blitzschnell hin- und herging.

Lieber S.,
wo bist Du jetzt?

Sie machte sich gar nicht erst die Mühe, die Antwort zu unterschreiben, denn sie befanden sich im Gesprächsmodus. Er antwortete innerhalb einer Minute.

Maine. Und ich muss mal kurz erwähnen, dass es hier verdammt
kalt ist.

»Er ist hier«, flüsterte Randi und fuhr mit ihren Fingern über seine Nachricht auf dem Monitor. Seine Antwort hätte unheimlich sein können, weil sie in demselben Staat wohnte, in dem er gerade zu Besuch war, doch das war sie nicht. Was immer sein Grund war, Maine zu besuchen, ihretwegen war er nicht hier. Er hatte von Anfang an gewusst, in welcher Stadt sie lebte, und sie schrieben sich seit mehr als einem Jahr regelmäßig Nachrichten. *Tu es nicht, Randi! Frag ihn nicht, ob er sich mit dir treffen will! Er ist vermutlich auf Geschäftsreise hier oder um Spenden zu sammeln. Vermutlich hält er sich in einer reichen Gegend auf, wo potenzielle Geldgeber zu finden sind,* versuchte sie an ihre Vernunft zu appellieren. Ihre Angst davor, einen fremden Mann zu treffen, war größer als ihre Neugier, ihn zu sehen, ganz egal wie sehr sie ihn persönlich kennenlernen wollte.

Randi tippte eine schnelle Antwort.

Warum bist Du hier? Übrigens … es zieht gerade ein Sturm auf. Ich hoffe, Du bleibst hier nicht stecken.

Seine Antwort kam rasch.

Meine Familie lebt in Maine. Ich bin nur zu Besuch hier. Und nein, ich habe nicht gewusst, dass wir schlechtes Wetter bekommen würden. Doch wenn ich etwas länger hierbleiben muss, ist das kein Problem. Ich habe eine Unterkunft.

Das machte Sinn. Er befand sich in der Gegend für einen Familienbesuch und hatte mit keinem Wort erwähnt, dass er sie persönlich kennenlernen wollte. Sich von Angesicht zu Angesicht gegenüberzustehen wäre genauso unwahrscheinlich wie unratsam. Und nun, da ein heftiger Sturm aufzog, konnten sie sich kaum treffen. Sie schrieb ihm ein letztes Mal zurück, weil sie wusste, dass sie sich in Bewegung setzen musste.

Ich muss los, aber ich hoffe, dass Du eine schöne Zeit mit Deiner Familie verbringst! Vielleicht können wir uns ja unterhalten, wenn Dir während des Sturms langweilig werden sollte.

Sie bewegte die Maus, um sich von dem Computer im Zentrum abzumelden, da sah sie, wie plötzlich eine neue Nachricht in ihrem Posteingang angezeigt wurde.

Heißes Date?

Randi musste laut lachen und war froh, dass sich außer ihr niemand im Computerzimmer des Zentrums aufhielt. Es war Freitagabend und die beiden trafen sich oft online am Wochenende, wo sie sich dann gegenseitig aufzogen, weil sie beide allein waren, während andere Singles, wie sie es waren, sich ins Nachtleben stürzten. Sie konnte nicht widerstehen und antwortete.

Ich habe tatsächlich ein Date, doch ich weiß noch nicht, ob es heiß ist. Eine Schulfreundin wollte, dass ich ihren Bruder kennenlerne. Sie meinte, dass wir uns gut verstehen würden. Wir treffen uns in ein paar Minuten, deswegen muss ich jetzt los. Bis bald! Und bring Dich vor dem Sturm in Sicherheit!

Sie musste *wirklich* gehen, weshalb sie ihre Jacke im Sitzen anzog, während sie noch immer auf den Bildschirm starrte. Beinahe wünschte sie sich, kein Fast-Date mit Liam Sullivan, dem Bruder ihrer Freundin Tessa, zu haben. Sie *kannte* Liam zwar, doch bisher hatten die beiden nur wenige Worte miteinander gewechselt. Nachdem Tessa ihr monatelang in den Ohren gelegen hatte, hatte Randi schließlich nachgegeben und sich einverstanden erklärt, ihn zu einem Kaffee im *Brew Magic* zu treffen. Doch wenn sie ihren Hintern jetzt nicht in Bewegung setzte, würde sie zu spät kommen.

Da sie sich praktisch bereits verabschiedet hatte, erwartete sie nicht wirklich, dass S. ihr erneut antworten würde. Sie erhielt trotzdem eine Nachricht.

Du hast am Freitagabend ein Date mit einem Typen aus der Umgebung? Ich glaube, ich bin eifersüchtig. Hoffentlich wird es schrecklich langweilig, während ich hier allein sitzen und arbeiten muss. Pass auf Dich auf und schreib mir eine E-Mail, wenn Du zu Hause bist.

Randi lächelte den Bildschirm an. Sie hatte sich bereits an den wundersamen Humor ihres geheimnisvollen Mannes gewöhnt. Doch die Aufforderung, ihm eine E-Mail zu schreiben, war … anders. Er wusste nicht, dass sie ihm immer nur E-Mails schrieb, wenn sie im Zentrum aushalf. Das Ganze war zwar etwas ungewöhnlich, doch sie machte sich keine Sorgen, dass er versuchen würde, sie ausfindig zu machen. Vielmehr fand sie es eigentlich ganz süß, dass er sich tatsächlich Gedanken um ihre Sicherheit machte.

Okay.

Sie schickte die Nachricht mit einem Wort und zwang sich dazu, den Computer herunterzufahren. Sie musste jetzt den kurzen Weg zum *Brew Magic* die Straße hinunterlaufen oder Liam würde denken, dass sie ihn versetzt hatte. Nach dem, was sie gehört hatte, war er ein ziemlich netter Kerl und sie wollte seine Gefühle nicht verletzen. Und wie konnte er auch nicht nett sein? Er hatte eine vielversprechende Karriere aufgegeben, um zurück nach Amesport zu ziehen und auf seine gehörlose Schwester Acht zu geben. Nicht dass Tessa irgendeine Form von Hilfe akzeptieren würde. Ihre Freundin war nicht der Meinung, dass sie ein anderer Mensch war, nur weil sie plötzlich ihren Gehörsinn verloren hatte.

Randi traf sich hauptsächlich mit ihm, damit Tessa endlich Ruhe gab; sie hatte das Gefühl, dass Liam diesem Treffen aus demselben Grund zugestimmt hatte. Ihre Freundin Tessa war zwar taub, doch sie war eine Meisterin darin, Menschen zu manipulieren. Wenn sie wirklich etwas wollte, dann ließ sie so lange nicht locker, bis sie ihr Ziel erreicht hatte, und in Liams Fall wollte sie ihren Bruder gern in einer glücklichen Beziehung sehen. Tessa liebte ihren Bruder, doch seit sie nicht mehr hören konnte, war er ihr gegenüber übermäßig fürsorglich. Weil sich Liam für Tessas Gehörlosigkeit verantwortlich fühlte, war er vor einigen Jahren sogar von Kalifornien zurück nach Amesport gezogen.

Er hat seinen Traumberuf aufgegeben, damit er sich um seine Schwester kümmern kann. Ich weiß, dass er ein lieber Kerl ist, doch irgendwie hat es bei uns nie gefunkt.

Die wenigen Male, die sie ihn getroffen hatte, waren in dem Restaurant gewesen, das er gemeinsam mit Tessa führte – *Sullivan's Steak and Seafood*. Randi wusste einiges über Liam, weil Tessa sehr viel von ihm erzählte, doch tatsächlich hatten die beiden immer nur im Vorübergehen miteinander gesprochen.

Vielleicht fangen wir an, uns zu mögen, wenn wir die Chance haben, ein privates Gespräch zu führen ...

Randi war eine Optimistin und mehr als alles andere wollte sie sich geliebt fühlen. Sicher, sie hatte feste Partner gehabt, doch daraus waren nie ernsthafte Beziehungen entstanden. Zwar genoss sie es, ab und zu Sex zu haben, doch sie war es leid, unbedeutende Beziehungen zu führen, bei denen es sich nur um das Eine drehte und sonst nichts. Da musste doch noch mehr sein! Sie hatte es bei der Ehe ihrer Pflegeeltern erlebt und sie sah es jeden Tag darin, wie ihre verheirateten Freundinnen mit ihren Partnern umgingen. Leider hatte sie diese unbeschreibliche, brennend heiße Verbindung noch nie bei jemandem gespürt, außer bei dem Mann, den sie nicht ausstehen konnte: Evan Sinclair.

Denk nicht an ihn. Er ist ein arrogantes, unausstehliches Arschloch!

Wenn sie sich daran erinnerte, wie viel Mühe sie sich am Anfang gegeben hatte, um Evan kennenzulernen, nur um entschieden zurückgewiesen zu werden, dann schauderte ihr. Es war ganz offensichtlich, dass sie als bescheidene Lehrerin einer Kleinstadt es nicht wert war, von ihm überhaupt höflich behandelt zu werden. Es war ja nicht so gewesen, als hätte sie sich auf ihn stürzen wollen. Gut ... vielleicht hatte sie das *doch*, aber zu dem Zeitpunkt hatte sie nur versucht, nett zu einem Mann zu sein, von dem sie wusste, dass sie mit ihm bei Emilys Hochzeit zu tun haben würde. Sie hatte es geschafft, Evans erste Abweisung während Emilys Trauung wegzustecken, und es damit abgetan, dass er vermutlich nur einen schlechten Tag erwischt hatte. Doch als die beiden bei Sarahs und Dates Hochzeit erneut zusammengetan worden waren und er sich genauso verhalten hatte, war es Randi klar geworden, dass Evan *sie* schlicht und einfach nicht mochte. Als Mara und Jared sich das Jawort gaben, war Randi bereits so weit, dass sie ihn, mit Ausnahme des notwendigen oberflächlichen Lächelns und den roboterartigen Bewegungen, die sie als Brautjungfer gemeinsam mit Evan als Trauzeuge ausführen musste, komplett ignoriert hatte. Weil alle bereits verheirateten Sinclairs mit ihren Ehefrauen zusammengetan werden wollten, war Randi zur Standard-Brautjungfer geworden, da Maras beste Freundin sich ihr Bein gebrochen hatte und bis zur Hochzeit immer noch nicht wieder gesund war. Sie bereute es nicht, so oft Brautjungfer gewesen zu sein. Während der Feiern hatte sie sehr viele neue Freundinnen gefunden, die sie in den vergangenen Wochen allesamt nach Kräften unterstützt haben. Leider hatte sie sich mit Evan Sinclair herumschlagen müssen, um diese Freundschaften schließen zu können.

Wirklich schade, dass er so ein selbstsüchtiger Wichser ist, denn im Grunde genommen ist er echt heiß. Ich wünschte, ich könnte verstehen, warum ich mich von ihm so angezogen fühle, wenn ich ihn doch nicht ausstehen kann.

Als sie das Gebäude verließ, dachte sie immer noch darüber nach, was sie an Evan so unglaublich irritierte. Im Zentrum war viel los, als Randi es verließ und sich dazu entschied, zu Fuß zum *Brew Magic* zu gehen. Wenn sie erst noch ihr Auto vom Schnee befreien müsste, würde sie noch mehr Zeit verlieren. Freitagabends war das Zentrum immer voll, besonders seit Grady Emily geheiratet hatte und so viele neue Kurse ins Programm aufgenommen worden waren.

Randi vergrub ihre kalten Hände in den Jackentaschen und ergriff automatisch den Apachentränen-Kristall, den Beatrice ihr vor Monaten gegeben hatte, als sie am Geschäft der alten Dame – Natural Elements – angehalten hatte, um einen Plausch zu halten. Beatrice war mit Randis Pflegemutter befreundet gewesen und Randi hatte den Laden oftmals besucht, um Beatrice über Joans Gesundheitszustand zu informieren. Bei einem dieser Besuche hatte Beatrice ihre Vorhersage getroffen, Randi den Kristall gegeben und ihr die Zukunft vorausgesagt.

Joan wird im Winter sterben, doch kurze Zeit später wird in deinem Leben ein neues Kapitel beginnen. Du wirst einen Mann treffen, der dich noch mehr braucht als du ihn. Er wird dein Seelenverwandter sein und du wirst endlich als Braut zum Altar schreiten und nicht mehr nur als Brautjungfer.

Randi schüttelte traurig lächelnd den Kopf, als sie an die Gewissheit dachte, die Beatrice an jenem Tag auf dem Gesicht hatte.

Sie beschleunigte ihren Schritt und stapfte zügig durch den langsam rieselnden Schnee, der sich auf dem Bürgersteig ansammelte. Es war nicht so, dass sie nicht daran glaubte, dass übernatürliche Kräfte existierten, doch sie nahm die Worte der älteren Frau nicht allzu ernst. Sie kannte Beatrice, seit sie als Jugendliche nach Amesport gezogen war. Einige ihrer Vorhersagen waren gespenstisch genau, mit einigen lag sie kilometerweit daneben. Randis Vernunft sagte ihr, dass es sich bei den akkuraten Vorhersagen, die Beatrice getroffen hatte, einfach nur um Zufälle gehandelt haben konnte. Es mussten Zufälle sein! Randi war nun wirklich unvoreingenommen, doch wenn es darum ging, dass jemand in ihre Zukunft sehen konnte, hörte bei ihr der Spaß auf. Sie glaubte daran, dass Menschen ihr eigenes Schicksal in die Hand nehmen konnten. Alles andere war nur … Zufall.

Sie wartete, dass die Straße frei wurde, und überquerte sie dann schnell. Ihre Stiefel rutschten auf dem frischen Schnee umher, als sie außer Atem das *Brew Magic* erreichte. Sie ignorierte das Gefühl des warmen Kristalls in ihrer Hand und zog die Hände aus den mit Fleece gefütterten Taschen, um sich schnell notdürftig ihr feuchtes, zerzaustes Haar zu richten.

»Der Stein, den Beatrice mir gegeben hat, besitzt *keine* magischen Kräfte und ihre Vorhersage ist nichts als Unsinn«, sagte sie sich nachdrücklich, rubbelte sich den Schnee vom Kopf und versuchte, vorzeigbar auszusehen, um Liam zu treffen. »Solche Dinge passieren Frauen wie mir einfach nicht. Ich bin meines eigenen Glückes Schmied und nehme die Zukunft selbst in die Hand!«

In Anbetracht ihrer Vergangenheit war Randi *zufrieden* mit ihrem Leben, auch wenn sie noch immer um Joan trauerte. Sie hatte eine gute Ausbildung erhalten, einen guten Job gefunden und Freunde, die ihr alles bedeuteten. Wenn sie jetzt, da ihre Pflegemutter nicht mehr bei ihr war, manchmal einsam sein würde, dann würde sie das auch überstehen. In ihrer frühen Kindheit hatte sie gelernt, dass das Leben hart war und dass sich Wünsche nicht sehr oft erfüllten. Dass Dennis und Joan in ihr Leben getreten waren, war ihr einem Wunder gleichgekommen, wenn so etwas überhaupt existierte. Sie brauchte nichts weiter als das, was die beiden ihr gegeben hatten: ein Zuhause für ein obdachloses Mädchen, das keine Hoffnung auf die Zukunft hat.

Randi versuchte, den Gedanken daran zu verdrängen, dass Beatrice vorausgesagt hatte, Dennis und Joan würden ihr Kind bekommen, auch wenn alle Hoffnung darauf, dass Joan doch noch schwanger werden würde, längst gestorben war. Bevor ihre Pflegeeltern nach Kalifornien gereist waren, um dort ihren Urlaub zu verbringen, hatte Beatrice sie an ihre Vorhersage erinnert und ihnen gesagt, dass ihre Geistführer ihr mitgeteilt hätten, sie würden ihre Tochter finden, während sie sich auf ihrer südkalifornischen Besichtigungsreise befanden.

Joan hatte immer sehr stark daran geglaubt, dass Beatrice diese besondere Begabung des Sehens besitzt. Als eine Realistin hatte Randi jedoch immer ihre Zweifel daran gehabt.

»Bei Beatrice trifft jede zweite Vorhersage nicht ein«, flüsterte Randi zu sich selbst. »Sie hat bei Jared und Mara richtiggelegen, also wird es Zeit, dass sie sich bei mir irrt.«

Sie schalt sich, dass sie bei diesem fürchterlichen Wetter draußen herumstand und über einen albernen Stein nachdachte. Sie beeilte sich, ins *Brew Magic* zu kommen, und war fest dazu entschlossen, es nicht zu bereuen, dass sie das Gespräch mit ihrem Brieffreund abgebrochen hatte, weil sie bereits andere Pläne gemacht hatte.

Als sie in dem überfüllten Café nach Liam Ausschau hielt, versuchte sie, nicht darüber nachzudenken, was S. wohl gerade in diesem Moment tat.

Kapitel 3

Im Café in Amesport wartete Evan ungeduldig darauf, endlich an der Reihe zu sein, nachdem er fast zehn Minuten in der Schlange gestanden hatte, bevor er an der Kasse ankam. Er war es nicht gewohnt zu warten, und er war für gewöhnlich immer *sofort* dran. Hier verschwendete er Zeit und das störte ihn gewaltig. Er vertrödelte keine Zeit, die er für die Arbeit nutzen konnte, und er verbrachte auch keine Abende so neben der Spur, dass er das Diktieren eines wichtigen Finanzberichts unterbrechen musste, um sich abzulenken.

Am Ende hatte er sich dazu entschlossen, zum *Brew Magic* zu fahren, um sich einen fettfreien Mokka ohne Schlagsahne zu gönnen, ein Getränk, das er gelernt hatte zu tolerieren, seit Jared ihn ständig in dieses Café schleppte, um seine Koffeinsucht zu befriedigen. Wenn Jared jetzt hier wäre, würde er garantiert nicht auf die Sahne oder das Fett verzichten. Evans jüngerer Bruder liebte seinen Kaffee mit allen teuflischen Dingen, die sich ein Mensch nur vorstellen konnte, und vertilgte dabei gern auch zahlreiche der kalorien-, zucker- und fettreichen Backwaren, die Evan jetzt auf den Regalen hinter dem Glas erkennen konnte.

»Kann ich Ihnen helfen, Sir?« Eine freundliche Jugendliche trat hervor, um Evans Bestellung aufzunehmen.

Er teilte dem lächelnden Mädchen rasch mit, was er haben wollte, und fing bereits an, sich in dem vollgestopften Laden unwohl zu fühlen. Menschen veranstalteten regelrechte Wettrennen zu freien Tischen, um sich setzen und Kaffee trinken zu können. Vermutlich, um den kalten Temperaturen draußen zu entkommen. Während er darauf wartete, dass sein Kaffee zubereitet wurde, schlenderten die Menschen achtlos um ihn herum.

Was mache ich nur hier?

Leider wusste Evan ganz genau, warum er sich an diesem Ort befand. Nachdem er herausgefunden hatte, dass seine Brieffreundin eine Verabredung hatte, war er unruhig geworden. Aus irgendeinem ihm unbekannten Grund hatte es ihn gestört, dass sie zu einem Date ging. Er hatte es ernst gemeint, als er ihr gesagt hatte, dass er eifersüchtig sei. Er war wirklich neidisch auf den Mann, mit dem sie heute Abend ausgehen würde. Irgendwie war er süchtig nach ihren Worten auf dem Bildschirm geworden und er wollte wissen, was sie tat. Amüsierte sie sich? War der Typ, mit dem sie sich traf, ein anständiger Kerl?

Verdammt! Das ist doch lächerlich. Ich kenne sie nicht einmal und mache mir Sorgen um sie.

Sein Problem bestand darin, dass sie für ihn zu einer Freundin geworden war und Evan Sinclair nicht sehr viele Freunde hatte. Er umgab sich zwar mit Menschen, die ihm jeden Wunsch von den Augen ablasen und ihm sagten, was er hören wollte. Doch diese Menschen mochten nicht *ihn*; ihnen gefielen sein Geld und seine Macht. Er hatte Bekannte mit dem gleichen Status wie er, doch sie waren alle zu beschäftigt, um eine wahre Freundschaft aufzubauen. Alles, was sie verband, war das Geschäft und das Geschäft hatte für jeden von ihnen absoluten Vorrang.

Ich mag sie. Und sie mag mich als Mensch. Sie hat ja keine Ahnung, wer ich wirklich bin.

Allein die Tatsache, dass seine geheimnisvolle Schreiberin ihn als Menschen mochte, ohne seine Identität zu kennen, war neu für ihn und ließ ihn nach ihrer Aufmerksamkeit eifern. Gut. Ja. Er war

gierig und egoistisch, doch es war das erste Mal, dass er etwas nur
für sich selbst haben wollte.

Ich hätte ihr sagen sollen, dass ich mich mit ihr treffen will.

Er hatte die Gelegenheit dazu gehabt, als er zugegeben hatte, sich
in Maine aufzuhalten, aber dann hätte er ihr auch mitteilen müssen,
dass er sich in der gleichen Stadt wie sie befand, was wiederum eine
Enthüllung seiner Identität zur Folge gehabt hätte. Wenn er ihr nicht
sagte, wer er war, dann würde sie denken, er sei irgendein verrückter
Stalker. Warum sonst würde ein Mitarbeiter der Sinclair-Stiftung
Amesport besuchen? Es wäre ein zu großer Zufall, dass seine Familie
ebenfalls in dieser Stadt wohnte. Sie könnte dadurch verschreckt
werden und Angst vor ihm bekommen.

Bei dem Gedanken daran, dass er seine E-Mail-Freundin eventuell
verschrecken könnte, zog er eine Grimasse, nahm seinen Kaffee
am Ausgabetresen entgegen und bahnte sich seinen Weg vorsichtig
durch den Laden nach draußen. Er würde in seinen schwarzen BMW
steigen, den er gekauft hatte, um einen Wagen bei seinem Haus in
Amesport zu haben, und sich wieder an die Arbeit begeben. Er hätte
Stokes anrufen können, damit er ihn in die Stadt fährt, doch der
ältere Mann hatte sich bereits in Evans Gästehaus zurückgezogen. Er
wollte seinen Fahrer nicht mehr stören, nachdem dieser vermutlich
schon ins Bett gegangen war. Stokes machte zwar den Eindruck,
als sei er unverwüstlich und durch nichts aus der Ruhe zu bringen,
doch er war kein junger Mann mehr. Evan hatte die Schlüssel zu
dem Wagen, den er noch nie zuvor genutzt hatte, gefunden und war
kurzerhand selbst gefahren.

An die Häuser aller Sinclairs auf der Halbinsel waren Gästehäuser
angegliedert, einige von ihnen größer als andere. Evans war relativ
klein. Vielleicht hatte Jared richtig gelegen, als er vermutet hatte,
dass Evan niemals Freunde haben würde, die zu Besuch kamen. Das
war ein bedrückender Gedanke.

»Verdammt!« Dem Fluch folgte ein Zusammenstoß mit Evans
Rücken, der ihn auf dem glatten Bürgersteig beinahe zu Fall gebracht
hätte. Er fand schnell sein Gleichgewicht und drehte sich dann um,
wo eine schuldig dreinblickende Randi Tyler genau vor ihm stand.

Evan bekam sofort eine Erektion und sein Körper spannte sich an. Diese automatische und triebgesteuerte Reaktion hatte er jedes Mal, wenn er Randi sah, und gerade jetzt ging ihm das ganz gehörig auf die Nerven.

Er starrte sie an, während sie ihm zerknirscht mitteilte: »Ich habe den Großteil meines Kaffees auf deinen Mantel geschüttet. Es tut mir leid.«

Er sagte kein Wort und sah nur auf ihre geröteten Wangen und ihr atemloses Erscheinungsbild. Ihr Haar wurde lose von einer Spange an ihrem Hinterkopf zusammengehalten. Heimlich wünschte Evan sich nichts sehnlicher, als ihr die Spange zu öffnen. Obwohl sie sich entschuldigt hatte, war in ihren wunderschönen, haselnussbraunen Augen, die direkt in seine blickten, keinerlei Angst zu erkennen. Sie sah so aus, als ob es ihr leid täte, dennoch fürchtete sie sich nicht vor ihm, wie es die meisten Menschen für gewöhnlich taten. Er hatte ihr noch nie Angst einjagen können.

»Das ist einer meiner Lieblingsmäntel«, murmelte er leise, weil er nicht wusste, was er sonst hätte sagen sollen. Es war in der Tat eines seiner liebsten Kleidungsstücke, doch es spielte keine Rolle, ob sich Flecke darauf befanden. Ein weiteres, identisches Modell hing zu Hause in seinem Kleiderschrank.

Evan bemerkte, wie ihre schönen Augen kurz irritiert aufblitzten. Ihre Augenfarbe wirkte in dem gedämpften Licht so kräftig, dass sie ihn an dunkle Trinkschokolade erinnerte. Je nach Lichtverhältnissen veränderten sich ihre Augen von einem Dunkelbraun in etwas Grünliches, doch die Ringe und Sprenkel in der Iris blieben immer gleich. Ganz egal welche Farbe sie anzunehmen schienen, sie waren frustrierenderweise immer wunderschön, genau wie der Rest von ihr. Eingerahmt von langen, samtenen, schwarzen Wimpern, die die gleiche Farbe hatten wie ihr Haar, wurde er von ihrem Blick beinahe hypnotisiert.

»Wenn der Fleck nicht rausgeht, dann zahle ich dir den Mantel«, teilte sie ihm mit genervter Stimme mit, während sie ihr Kinn stur in die Höhe reckte.

Er bezweifelte stark, dass ihr Lehrerinnengehalt ausreichend wäre, um einen sehr teuren, maßgefertigten Mantel zu bezahlen. »Es ist ja nur Kaffee.« Er zuckte zwar mit den Schultern, doch er fühlte sich alles andere als locker. Randis Nähe stimmte ihn nervös und missmutig. Bei Geschäftsterminen oder Wohltätigkeitsveranstaltungen konnte er sehr charmant sein, doch wenn er auf eine Frau wie sie traf, schien er einfach nicht die richtigen Worte zu finden – vielleicht deswegen, weil er niemals zuvor jemanden wie sie getroffen hatte.

Evan zuckte beinahe zusammen, als sie etwas Schokolade von ihren Lippen leckte und ein klebriges Gebäckstück in die Höhe hielt, das sie versuchte, mit einer Serviette am Krümeln zu hindern. Er schaute sie weiterhin intensiv an und beobachtete, wie sich ihre Augen schlossen und ihre Zunge über die vollen, feuchten Lippen fuhr, bevor sie wieder in ihrem Mund verschwand.

»Ich fürchte, ich habe ihn auch mit Schokolade vollgeschmiert«, teilte sie ihm ernst und nun wieder mit offenen Augen mit.

»Kein Problem«, entgegnete er steif. Er wusste, dass er sie vermutlich jedes Kleidungsstück, das er besaß, beschmutzen lassen würde, wenn er nur dasitzen und sie dabei beobachten konnte, wie sie den Rest von etwas aß, das aussah wie ein etwas zerquetschtes Eclair.

Ihm war an Randi schon früher aufgefallen, dass sie beim Essen fast schon sinnliche Erlebnisse hatte. Sie war nicht schüchtern und sie haute beim Essen rein, als würde sie tatsächlich jeden einzelnen Bissen genießen. Ihr stand förmlich ins Gesicht geschrieben, wie groß die Lust war, die sie beim Essen empfand. Evan fand das merkwürdig und faszinierend zugleich.

»Halt meinen Kaffee!«, sagte sie und drückte ihm den Becher, den sie hielt, in seine freie Hand. »Ich habe Servietten.« Sie griff in die Tasche, zog einen Haufen Papiertücher hervor und trat hinter ihn, um an dem Fleck auf seinem Mantel herum zu reiben. »Was treibst du hier, inmitten der einfachen Bevölkerung? Ich dachte, du verachtest alles, was dich von deiner Arbeit abhält.«

»Ab und zu gebe selbst ich mich mit gewöhnlichen Menschen ab«, gab Evan sarkastisch zurück. Ihr abfälliger Kommentar hatte seinen Verteidigungsmechanismus aktiviert. Er sah auf ihren Kaffee und bemerkte, dass sie sich eine doppelte Portion Schlagsahne hatte obendrauf häufen lassen. Dieses Getränk war sicherlich alles, nur nicht fettarm.

Randi warf die Servietten in einen nahestehenden Mülleimer und baute sich vor ihm auf. Dieses Mal jedoch schienen Dolche aus ihren Augen auf ihn einzustechen. Komischerweise war ihm ihre Wut lieber als ihre Gleichgültigkeit. Er hatte keine Ahnung wieso.

Sie nahm ihm ihren Kaffee wieder aus der Hand und biss wie zum Protest genüsslich in ihr Eclair, ganz so, als wollte sie ihn provozieren, einen Kommentar über ihre Essgewohnheiten abzugeben. »Schick mir die Rechnung«, sagte sie und blitzte ihn herausfordernd an.

»Ich denke nicht, dass das notwendig sein wird«, entgegnete er mit Gelassenheit in der Stimme, auch wenn er sich alles andere als gelassen fühlte. »Vielleicht könntest du in Zukunft einfach etwas besser aufpassen.«

»Ich?« Sie sah mit einem Mal erstaunt aus. »Ich war nicht diejenige, die genau vor der Tür angehalten hat. In diesem Laden ist viel los. Du hättest weitergehen können, wo du doch gewusst hast, dass ständig Leute rein- und rausgehen.«

Evan drehte den Kopf und musste zugeben, dass er tatsächlich nur einen Schritt herausgetreten und dann vor der Tür stehen geblieben war. »Du hättest gucken können, wo du hingehst«, blaffte er zurück, genervt davon, dass sie Recht hatte. Sie waren zwar aus dem nicht abreißenden Menschenstrom, der das Café betrat und wieder verließ, hinausgetreten, doch sein abruptes Anhalten hätte *wirklich* dazu geführt haben können, dass sie in ihn hineingelaufen wäre, als sie in Bewegung gewesen war. Nicht dass er einen Teil der Schuld auf sich nehmen würde. Dort wo er herkam war es so, dass Menschen darauf achteten, wohin andere Menschen gingen, die sich vor ihnen befanden, wie es in Großstädten meistens der Fall war. Würden sie sich im Straßenverkehr befinden, so hätte das hintere Auto die Pflicht anzuhalten, bevor es seinem Vordermann hinten hineinfuhr. Mit Menschen sollte es genauso funktionieren.

Randi aß den letzten Rest ihres Gebäcks und wischte sich die Finger an einer weiteren Serviette ab, die sie danach in den Mülleimer warf. Währenddessen ignorierte sie Evan geflissentlich. Nach einer ganzen Weile antwortete sie schließlich: »Es tut mir leid. Ich bin nur ein Mensch. Ich mache Fehler.«

Aus ihrem Mund kamen zwar entschuldigende Worte, doch Evan wusste, dass sie ihn verhöhnte. »Perfektion ist nicht einfach zu erreichen«, entgegnete er herablassend und wusste, dass seine arrogante Antwort ihr Blut zum Kochen bringen würde.

Sie drehte ihm den Rücken zu und begann, sich langsam von ihm zu entfernen. Dabei rief sie über ihre Schulter hinweg: »Schick mir die Rechnung, Mr. Perfect! Ich kümmere mich derweil um meine geistige Umnachtung.«

Er sah ihr nach, wie sie den verschneiten Bürgersteig entlang stapfte, und fragte sich, wohin zum Teufel sie wohl gehen würde. Wo war ihr Wagen? »Warte!«, rief er impulsartig hinter ihr her, als sie anfing, in der Dunkelheit zu verschwinden. Er folgte ihr, während sie kurz zögerte, sich jedoch nicht zu ihm umdrehte. An der Straßenecke holte er sie schließlich ein. »Wo hast du geparkt? Es ist dunkel.«

»Das hier ist Amesport, nicht New York City. Mir geht es gut«, teilte sie ihm mit und setzte sich wieder in Bewegung. Dabei ging sie trotz des dämmrigen Lichts ganz normal. »Was machst du überhaupt hier draußen? Das Wetter ist scheiße und es wird nur noch schlimmer. Dazu ist es noch verdammt kalt und ich bin mir sicher, du hast wichtigere Dinge zu tun.«

Evan passte sich ihrem forschen Schritt an. »Ich hatte keine Lust zu arbeiten«, gab er widerwillig zu. »Warum bist du noch in der Stadt unterwegs?« Er wusste, dass sie als Lehrerin arbeitete und spätnachmittags Feierabend hatte.

»Ich habe im Zentrum gearbeitet und wollte noch einen Kaffee trinken, bevor ich nach Hause gehe«, rechtfertigte sie sich. »Und ich hatte Appetit auf das Eclair, das ich dir auf den Mantel geschmiert habe.«

»Mir ist aufgefallen, dass du es trotzdem gegessen hast«, sagte er.

Sie schnaubte. »Wir reden hier von *deinem* Mantel. Ich kann mir nicht vorstellen, dass er nicht absolut sauber gewesen ist.«

Sie machte sich über seine Kleidung lustig.

Lass dich von ihr nicht provozieren. Ignoriere es einfach.

»Steht dein Wagen am Zentrum?«

»Ja. Und mir wird nichts passieren. Du brauchst mir also nicht zu folgen.«

Evan spürte, wie er noch wütender wurde und mit seiner Geduld langsam am Ende war. »Ist es nicht etwas ignorant anzunehmen, dass schlimme Dinge nur in Großstädten passieren?«

»Aus eigener Erfahrung kann ich sagen, dass das normalerweise so ist«, sagte sie leise. »Wir haben jede Menge Besucher hier, doch von den Vorfällen mit deinen Brüdern im Zentrum einmal abgesehen ist hier in Amesport nie viel geschehen.«

»Das bedeutet aber nicht, dass nicht doch etwas passieren könnte«, warf Evan ein. Der Gedanke daran, dass Randi etwas Schlimmes zustoßen könnte, beunruhigte ihn. Zum Teufel, Grady und Dante waren beide hier in Amesport von ziemlich fiesen Typen verletzt worden. Diese Dinge passierten. Amesport war ein Touristenort. In der Stadt konnten alle möglichen Verrückten herumlaufen, die nur zu Besuch gekommen waren.

Sie hielt plötzlich an, drehte sich zu ihm um und sah im dämmrigen Licht der Straßenlaternen zu ihm auf. »Evan, ich habe keine Lust, mich jetzt mit dir zu streiten. Wenn du mir morgen oder an irgendeinem anderen Tag begegnest, dann nehme ich es mit dir auf. Aber heute bin ich müde. Ich hatte einen langen Tag. Kannst du jetzt nicht einfach zu deinem Wagen gehen und mich in Ruhe lassen?«

Evan sah auf sie herab. Sogar ohne große Beleuchtung konnte er die dunklen Ringe unter ihren Augen und die Erschöpfung in ihrem Gesicht erkennen.

Sie befanden sich auf der anderen Straßenseite des Zentrums, wo sie ihr Auto abgestellt hatte.

»Wenn du nichts sagst, dann sage ich auch nichts«, schlug er ihr sehr untypisch für sich vor. Aus irgendeinem Grund wollte er nicht, dass sie so niedergeschlagen aussah. Wenn sie schon nicht miteinander sprechen konnten, ohne sich gegenseitig zu kritisieren, dann würde er eben still bleiben, um sie zu ihrem Wagen zu begleiten.

Ohne einen Mucks drehte sie sich um und überquerte die Straße, nicht ohne ihm einen zweifelnden Blick zuzuwerfen, als er ihr folgte.

Evan hielt Wort und sagte nichts, während er im Gleichschritt neben ihr herging. Er wollte sie fragen, warum sie erschöpft war, doch er vermutete, dass sie den ganzen Tag gearbeitet hatte, um danach im Zentrum als freiwillige Helferin Nachhilfe zu geben. Es war offensichtlich, dass sie einen langen Arbeitstag gehabt hatte, wenn sie um diese Zeit noch draußen war. Dennoch, er spürte, dass noch weitere Faktoren eine Rolle spielten, doch sie gingen ihn nichts an und er wollte sich nicht auf einen weiteren verbalen Schlagabtausch mit ihr einlassen.

Ich fühle mich, als hätte ich nur zwei Möglichkeiten: mit ihr zu streiten oder sie gegen eine Wand zu pressen und sie so lange zu vögeln, bis ich sie aus meinem Kopf herausbekommen habe.

Es war egal, dass sie sich draußen in der Eiseskälte befanden. Sein Schwanz stand aufmerksam aufrecht und bettelte ihn an, er möge sich doch bitte für die zweite Möglichkeit entscheiden.

Leider hasste sie ihn und Evan hatte nicht das Gefühl, als hätte er überhaupt die Option, sie bis zur Besinnungslosigkeit zu ficken.

Gedankenverloren schlossen sich seine Finger um den Kristall in seiner Manteltasche und er wünschte sich, einen Weg finden zu können, um mit Randi zu kommunizieren. Was bedrückte sie? Warum sah sie so müde aus? Er wollte ein vernünftiges Gespräch beginnen, doch er hatte Angst davor, ins Fettnäpfchen zu treten … schon wieder. Sobald sie anfing, ihn in die Ecke zu drängen, schlug er verbal zurück. So war es immer mit ihr.

»Hier sind wir. Das ist mein Auto«, sagte Randi außer Atem und zeigte auf ein schneebedecktes Fahrzeug, das eines der wenigen war, die sich noch immer auf dem Parkplatz befanden.

Sie ließ ihren Becher mit dem kleinen Rest Kaffee in eine nahestehende Mülltonne fallen und Evan tat es ihr gleich. Er hatte das Getränk eigentlich sowieso nicht haben wollen.

»Gib mir den Schlüssel!«, forderte er.

Überraschenderweise griff sie in ihre Tasche und reichte den Autoschlüssel herüber. Als sie den Schlüssel herauszog, fiel ein weiterer Gegenstand auf den Boden. Ohne nachzudenken, beugte sich Evan hinunter und hob ihn auf. Er hielt das Objekt einen Moment lang erstaunt in der Hand. »Du hast auch so einen?«, fragte er heiser.

»Die Apachenträne. Ja. Beatrice hat sie mir gegeben. Sie denkt, dass ich meinen Seelenverwandten treffen werde.« Randi nahm ihm den Stein aus der Hand und steckte ihn zurück in ihre Tasche. »Ich mag sie. Ich wollte ihre Gefühle nicht verletzen.«

Evan nahm den Schlüssel, den sie vor seiner Nase baumeln ließ, und öffnete die Wagentür. Unter der Schneedecke war es schwer zu sagen, um welches Auto es sich genau handelte, doch es schien ein kleiner Geländewagen zu sein. Er ließ das Fahrzeug an und nahm sich den Schneebesen vom Rücksitz, um den Wagen und die Scheiben von Schnee und Eis zu befreien.

»Ich kann das selbst machen«, protestierte Randi und versuchte, ihm den Besen aus der Hand zu nehmen.

»Ich bin mir sicher, dass du vollkommen dazu in der Lage bist, doch lass mich das machen«, bat Evan mit monotoner Stimme. »Für dich gibt es keinen Grund, das selbst zu tun, wo ich doch hier bin.« Er bürstete schnell den Schnee ab und kratzte ihre Scheiben frei, während Randi ihm neugierig dabei zusah.

Sie verschränkte die Arme vor der Brust und beobachtete ihn bei seiner Arbeit. »Unter deiner Aufgeblasenheit steckt ja ein echter Gentleman.« Diese Aussage war fast schon eine Beleidigung.

»Ich bin kein Chauvinist«, sagte Evan vorsichtig. »In meinem Unternehmen arbeiten sehr viele kluge Frauen und einige von ihnen sind sogar noch intelligenter als meine männlichen Mitarbeiter.« Er legte den Besen zurück in ihr Auto, schloss die Tür, damit die Scheiben weiter auftauen konnten, und drehte sich zu ihr hin. »Aber ich gebe zu, dass es mir schwerfällt, einer Frau bei körperlicher Arbeit zuzusehen, wenn sich jemand in der Nähe aufhält, der stärker ist.«

Sie runzelte die Stirn und ließ ihren Blick über seinen großen, muskulösen Körper wandern. »Es fällt mir schwer, dir bei der Tatsache zu widersprechen, dass du größer und vermutlich stärker bist. Das heißt aber nicht, dass du immer die körperliche Arbeit verrichten musst.«

Evan besah sich ihre zierliche Figur. Es war nur logisch, dass sie gegen ihren Größenunterschied nichts sagen konnte. Mit etwas mehr als einem Meter achtzig überragte er sie. Sie war zwar sportlich, doch er trainierte jeden Tag und war um ein Vielfaches kräftiger als sie. »Außer im Fitnessstudio habe ich kaum Gelegenheit zu irgendeiner körperlichen Arbeit. Ich habe Angestellte, die mir das meiste abnehmen. Aber es macht mir nichts aus, und dein Auto sauber zu machen ist nun wirklich nicht anstrengend.« Er zögerte, bevor er in einer, wie er hoffte, lockeren Stimme sagte: »Darf ich dir eine Frage stellen?«

Sie zog eine Augenbraue hoch und entgegnete: »Was?«

»Verschenkt Beatrice diese Steine an jeden?« Er zog den Kristall aus seiner Tasche und hielt ihn ihr hin.

Zögernd streckte Randi ihre Hand aus und befühlte den Stein. Sie drehte ihn einige Male herum, bevor sie ihn mit einem verdutzten Gesichtsausdruck ansah. »Fast nie«, sagte sie. »Du hast auch einen bekommen?«

»Sie hat ihn mir vor einigen Monaten gemeinsam mit einem Brief geschickt, in dem sie mir mitteilte, dass ich in den kommenden sechs Monaten heiraten werde«, antwortete er widerwillig und ließ die Apachenträne wieder in seiner Manteltasche verschwinden. »Ich habe das Gefühl, dass sie etwas verrückt ist.«

Randi lachte und bei dem heiseren, sinnlichen Klang fuhr eine Welle der Lust durch Evans Körper.

»Sie ist nicht verrückt. Sie ist nur ein klein wenig exzentrisch. Manchmal treffen ihre Vorhersagen tatsächlich ein.«

Evan schüttelte den Kopf. »Bei mir wird sie definitiv eine Enttäuschung erleben.«

»Das Gleiche habe ich auch gedacht«, gab Randi zu und drehte sich zu der Tür ihres schnell auftauenden Fahrzeugs. Es handelte sich um einen Geländewagen in einem dunklen violett, der irgendwie gut zu ihrer frechen Persönlichkeit passte. Evan konnte endlich die Marke und das Modell deutlich erkennen.

»Randi?«, fragte er heiser.

»Ja?« Sie wandte sich um und sah ihn mit einem nicht länger feindlichen Gesichtsausdruck an.

»Mach dir keine Gedanken um meinen Mantel. Ich habe noch einen.« Es war nicht das, was er eigentlich hatte sagen wollen, doch er konnte ihr nicht wirklich mitteilen, was ihm in diesem Augenblick durch den Kopf ging. Sie würde ihm sehr wahrscheinlich das Knie in die Eier rammen und er wollte seine Hoden gern unversehrt belassen.

»Ich habe dir doch gesagt, dass du mir eine Rechnung schicken sollst, wenn der Fleck nicht rausgeht. Du kannst ja die Reinigung hier in Amesport versuchen. Dort haben sie bei einigen meiner Kleidungsstücke wahre Wunder bewirkt. Flecken gehören für uns Lehrer zum Arbeitsrisiko«, scherzte sie.

Es war ihr Lächeln, das Evan plötzlich den Verstand verlieren ließ. Ihre Augen waren warm und fröhlich und ihre Lippen formten einen wunderschönen Ausdruck der Freude, wenn sie über ihren Beruf erzählte. Doch das Grinsen war an ihn gerichtet und Evan konnte nicht widerstehen, den Moment auszukosten. Er hatte in seinem ganzen Leben noch niemals spontan gehandelt, doch wenn sie ihn so anlächelte, schien es, als würde er jegliche Kontrolle über seinen Kopf oder seinen Körper verlieren.

Ohne zunächst seine Möglichkeiten abzuwägen, trat er einen Schritt nach vorn, drückte sie mit dem Rücken gegen ihren Wagen und küsste sie, ganz ohne einen warnenden Gedanken im Kopf zu haben.

Evan stöhnte auf, als seine Lippen ihren Mund berührten. Er wusste, dass er gerade einen Fehler begangen hatte, der ihn vermutlich seine geistige Gesundheit kosten würde. Ihr Körper versteifte sich, als er sie in seine Arme zog, wobei er eine Hand in ihr Haar schob, um ihren Kopf zu halten und ihn in exakt die Position zu bringen, die ihm vollständigen Zugang zu ihrem Mund gewährte. Ein unbekanntes Gefühl von männlicher Befriedigung rumorte in seinem Magen, als sich die Spange, die ihr Haar zusammenhielt, löste und zu Boden fiel und ihre dunklen Strähnen sich auf ihren Schultern verteilten.

Sie schmeckte nach Schokolade und Kaffee und Evan kostete die wunderbare Weichheit ihrer Lippen unter seinen. Er war außer Kontrolle und begehrte Einlass, anstatt darum zu bitten. Endlich gab sie seinem Druck nach und ließ ihn herein. Innerlich seufzte er erleichtert auf, als sie ihre Arme um ihn schlang und seiner fordernden Zunge bei jedem Eindringen begegnete. Evan spürte, wie er in einem wundersamen Gefühl ertrank, das definitiv nicht der Kälte geschuldet war. Jeder seiner Instinkte drängte ihn, die Frau in seinen Armen einzunehmen und dafür zu sorgen, dass sie sich an die Hitze erinnerte, die zwischen ihnen beiden tobte, während sie sich küssten, als wären sie beide völlig ausgehungert. Sein Schwanz bettelte darum, herausgelassen zu werden, während Evan Randis Mund fordernd eroberte und sein Körper von der Art und Weise, wie sie willig seine Umarmung erwiderte, vollkommen überhitzte.

Als er endlich seinen Kopf anhob, war sie außer Atem und auch Evan musste Luft holen. Er hatte einige Minuten benötigt, bevor er es fertiggebracht hatte, sie freizugeben. Er hielt sie weiterhin in seinen Armen und sagte kein Wort. Ihrer beider schwerer Atem war das einzige Geräusch, das er zuordnen konnte, und die kleinen Wölkchen, die bei jedem Ausatmen spiralförmige Muster in die kalte Luft malten, das Einzige, das er zu sehen imstande war. Langsam und widerwillig nahm er seine Hand aus ihrem seidigen Haar und trat endlich einen Schritt zurück.

»Wir können so tun, als ob das nie passiert wäre«, quiekte Randi mit panischer Stimme.

Auf gar keinen Fall konnten sie das! Evan wusste, dass er vermutlich feuchte Träume darüber haben würde, was sonst noch hätte geschehen können, wenn sie sich nicht mitten auf einem verdammt kalten Parkplatz befunden hätten. »Ich bin mir nicht sicher, ob ich das kann«, gab er schlecht gelaunt zu.

»Na klar können wir das!«, plapperte Randi optimistisch. »Wir können einander nicht ausstehen. Das ist nur so ein verrücktes, körperliches Ding.«

Körperlich war es auf jeden Fall, doch es war weder verrückt noch war es zufällig. Seit er Randi Tyler zum ersten Mal begegnet war, wollte er seinen Schwanz dank eines unerklärlichen, primitiven Instinkts tief in ihr vergraben und er hatte das Gefühl, dass dieser Impuls nicht verschwinden würde. Nicht, nachdem er sie gekostet und ihre zustimmende Antwort gespürt hatte. Sie begehrte ihn und *das* zu wissen, veränderte das ganze Spiel, das sie zu spielen angefangen hatten, seit er sie das erste Mal gesehen hatte.

Sie mag mich vielleicht nicht, aber sie spürt die gleiche Anziehungskraft zwischen uns wie ich.

»Hast du eine Begleitung für Hopes Feier?« Er ignorierte ihren Vorschlag, dass sie so tun sollten, als hätten sie sich nie angefasst. Er hatte sie geküsst … und es hatte ihnen beiden gefallen.

»Nein.«

»Dann wirst du mich begleiten«, entschied er, zog sein Mobiltelefon hervor und hielt es ihr hin. »Ruf dein Telefon an, damit du meine Nummer hast. Ruf mich an, wenn du sicher zu Hause angekommen bist.« Die Art und Weise, wie der Wind nun stärker blies und den schneller fallenden Schnee herumwirbelte, gefiel ihm ganz und gar nicht.

Sie sah verwirrt aus, als sie ihre eigene Nummer wählte und es in ihrer Handtasche klingeln ließ, damit seine Telefonnummer angezeigt wurde. Dann gab sie ihm das Gerät zurück. »Evan, ich glaube nicht –«

Er legte einen Finger auf ihre Lippen. »Denk nicht darüber nach. Begleite mich einfach.«

Sie nickte langsam, als befände sie sich noch immer in einer durch Lust hervorgerufenen Trance. Evan entschied, dass ihm dieser Blick an ihr gefiel. Er war jetzt entschlossen zu sehen, wie sie wohl aussah, wenn sie einen Höhepunkt erlebte und seinen Namen schrie, während er mit seinem Schwanz tief in ihr steckte und spürte, wie ihr Körper erzitterte.

Sie würde bezaubernd aussehen und Evan war begierig, dieses Erlebnis mit ihr zu teilen. Vielleicht würde es den Knoten des Verlangens lösen, der sich gerade in seinem Magen enger und enger zusammenzuziehen schien.

Sich umzudrehen und von ihr zu entfernen bedurfte fast übermenschlicher Kräfte seinerseits, doch er tat es einfach. Er gab ihr keine Möglichkeit nachzudenken, keine Möglichkeit, es sich noch einmal anders zu überlegen. Er stoppte nur kurz, um ihre Haarspange aufzuheben und sie sich in die Manteltasche zu stecken.

Er schlenderte langsam zu seinem Auto und war zufrieden, als er sah, wie ihr Wagen über den verschneiten Parkplatz fuhr und das Zentrumsgelände verließ.

Was zum Teufel war gerade passiert?

Nachdem Evan beobachtet hatte, wie Randis Rücklichter im diesigen Nachtlicht verschwunden waren, hatte er seinen Schritt beschleunigt. Er war noch immer mehr als nur ein klein wenig schockiert über sein eigenes Verhalten. Er gab niemals einem Verlangen nach oder handelte impulsiv, aber heute Abend ... hatte er genau das getan.

Er bereute es nicht. Seit er und Randi Tyler sich zum ersten Mal begegnet waren, hatte sich eine sexuelle Anspannung zwischen ihnen beiden aufgebaut. Jetzt, da er wusste, dass sie von ihm genauso angezogen wurde wie er von ihr, verstand er die gesamte Wahrheit.

Sie hatte Unrecht. Die beiden hassten sich nicht. Was sie beide empfanden war Verlangen in seiner primitivsten Art und Weise. Er hatte versucht, es zu ignorieren, weil jeglicher Kontrollverlust ihm unfassbare Angst bereitete. Vielleicht fühlte auch sie sich unwohl damit.

Was wäre denn so schlimm daran, wenn sie etwas Zeit miteinander verbringen würden? Vielleicht konnten sie so lange miteinander schlafen, bis sie beide keine Lust mehr aufeinander hatten. Wenn sie sich verhielten, wie ihre Fantasie es ihnen vorgab, dann würde es früher oder später sowieso passieren. Evan hatte niemals mehr als einmal mit einer Frau geschlafen, bevor es ihm langweilig geworden und er wieder zurück an die Arbeit gegangen war. Beziehungen waren nichts für ihn. Er suchte nach Frauen, die das Gleiche wollten wie er ... einmaligen Sex, um den Trieb zu befriedigen. Die meisten von ihnen waren erfolgreiche Frauen, die ebenfalls mit ihrer eigenen Karriere oder ihrem Unternehmen beschäftigt waren. Diese Vereinbarungen passten ihm immer sehr gut.

Evan seufzte laut auf, als er endlich an seinem Wagen ankam, und musste sich eingestehen, dass es mehr als nur eine Nacht benötigen würde, um sich selbst die Lust auszutreiben, die er für Randi verspürte.

Tatsächlich war es so, dass es vermutlich sehr, sehr lange dauern würde.

Doch merkwürdigerweise fand er das in Ordnung.

Kapitel 4

Der Amesporter Ball zur Wintersonnenwende wurde abgesagt und auf das kommende Wochenende verschoben, weil die Umgebung von einem heftigen Schneesturm heimgesucht worden war.

Randi seufzte und sah aus dem Fenster des kleinen Hauses, das sie geerbt hatte. Sie war froh, dass ihr jetzt weitere fünf Tage Zeit blieben, um einen Weg zu finden, nicht mit Evan zu diesem Ball zu gehen.

Warum zum Teufel habe ich zugelassen, dass er mich küsst? Und noch viel schlimmer, warum habe ich es so sehr genossen?

Seit zwei Tagen hatte sie sich diese Frage immer wieder gestellt – seit er ihre Welt mit dieser fordernden, vereinnahmenden, unglaublich heißen Umarmung aus den Angeln gehoben hatte, die sie seitdem nicht mehr aus ihrem Kopf bekam.

Verdammt! Ich will Evan Sinclair nicht anziehend finden!

Müde und enttäuscht darüber, dass Liam nicht zu ihrem vereinbarten Treffen erschienen war, war ein Zusammentreffen mit Evan Sinclair das Letzte, was sie gebraucht hatte, als sie das *Brew Magic* verließ.

Warum er? Jeder andere, nur nicht er.

Erst als sie an diesem Abend zu Hause angekommen war, hatte sie erfahren, dass Liam die Grippe hatte. Er hatte ihre Handynummer nicht gehabt, um sie zu kontaktieren, und hatte auch Tessa nicht erreichen können. Er hatte in der Nachricht, die er zu Hause auf ihrem Anrufbeantworter hinterlassen hatte, furchtbar geklungen und sie hatte nicht einen Moment lang daran gezweifelt, dass er wirklich krank war. Sie hatte Evan schnell eine SMS geschickt – weil ihr ein Anruf zu persönlich erschienen war – um ihm mitzuteilen, dass sie sicher zu Hause angekommen war. Danach hatte sie S. noch eine E-Mail gesendet, damit er sich keine Sorgen machte.

Seit zwei Tagen war sie ziemlich eingeschneit. Die Flocken fielen schneller, als die Räumdienste den Schnee von den Straßen schaffen konnten. Sie lebte etwa fünfzehn Kilometer außerhalb der Stadt auf einem riesigen Grundstück, das niemanden wirklich interessierte. Dennis und Joan hatten niemals genügend Geld besessen, um sich ein Haus mit Seeblick leisten zu können, doch Randi hatte es nichts ausgemacht, nicht direkt am Strand zu wohnen. In der Stadt war es zu voll und im Sommer kamen zu viele Touristen zu Besuch. Sie genoss es, ihren eigenen Rückzugsort fernab von allem zu haben, an dem sie tief durchatmen konnte.

Randi ließ den Vorhang, durch den sie nach draußen gespäht hatte, wieder zufallen und wandte sich dem kleinen Wohnzimmer zu. Von ihren Eltern befanden sich noch immer viele Dinge in dem Haus, doch Randi mochte es so. Sie hatte so viele Habseligkeiten ihrer Eltern wie möglich behalten, weil sie sie irgendwie immer um sich haben wollte.

Ihr Herz zog sich leicht zusammen, als ihr Blick auf ein Foto fiel, auf dem sie alle drei zu sehen waren, eine Familie, die sich am Strand von Amesport fest in den Armen hält, kurz nachdem sie Randi zu sich geholt hatten. Dennis und Joan waren die Eltern gewesen, die sie nie gehabt hatte, auch wenn sie in ihrem Alter eher als ihrer Großeltern durchgegangen wären. Randi hatte das nie etwas ausgemacht. Die beiden hatten eine emotionale Lücke geschlossen, die sie ihr ganzes Leben lang mit sich herumgetragen hatte. Jetzt schien es ihr, als sei dieses gähnende, dunkle Loch wieder da und nichts würde es jemals wieder füllen können.

Sie zwang sich, ihren Blick von dem Foto abzuwenden, und wusste insgeheim, dass der Schmerz irgendwann weniger werden würde. Irgendwann würde es bestimmt einen Zeitpunkt geben, an dem sie nichts als Freude spüren würde, wenn sie die Bilder ihrer Retter ansah, doch heute war nicht dieser Tag.

»Ich muss duschen.« Ihr Golden Retriever Lily hob den Kopf und sah Randi mit schmachtenden, neugierigen Augen an. »Ich stinke«, teilte Randi ihrer Hündin mit und sah dabei zu, wie Lily ihren Kopf schräg legte, als ob sie verstehen würde.

Randi hatte den Vormittag mit Fitnesstraining und Meditation verbracht, weshalb ihre Yogahose und ihr T-Shirt ihr feucht am Körper klebten, auch wenn draußen der Schneesturm tobte.

Lily trottete hinter Randi her, als diese sich ihrer Kleidung entledigte und alles in den Wäschekorb warf, als sie im Badezimmer angekommen war.

»Wir brauchen beide etwas zu essen«, verkündete Randi, drehte das Wasser in der Dusche auf und sah auf Lily, die es sich auf der Bademat bequem gemacht hatte.

Sie hatte nicht genügend Vorräte eingekauft und sie hatte Hunger. Lily hatte nur noch sehr wenig Hundefutter. Randi würde ihre Einfahrt mit dem alten Geländewagen samt Schneepflug freiräumen und dann darauf hoffen müssen, dass ihr kleines Auto mit Allradantrieb den Schneemengen auf den Straßen gewachsen war. Nach dem Sturm, den sie gerade erlebten, war bereits der nächste im Anmarsch und das Wetter würde nur noch schlechter werden. Auch wenn der Schnee noch immer fiel, würde dies wahrscheinlich die einzige Ruhepause sein, die sie in den nächsten Tagen bekommen würde. Wenn die Wettervorhersage stimmte, dann würde der nächste Sturm genauso schlimm werden wie der erste.

Nach ihrer Dusche fühlte sich Randi schon weniger traurig und betrat das Zimmer, in dem ihre Eltern ehemals ihr Schlafzimmer gehabt hatten. Jetzt nutzte sie es als ihr Arbeitszimmer, weil sie es nicht fertigbrachte, das Zimmer ihrer Eltern zu ihrem Schlafzimmer zu machen. Noch nicht. Vielleicht nie.

Es ist erst Mittag. Ich habe noch Zeit, meine E-Mails durchzusehen.

Selbstverständlich dachte sie an die vernünftigste Lösung. Je eher sie nach draußen ging, um den Schnee wegzuschaffen, umso schneller würde sie unterwegs sein, um Lebensmittel einzukaufen. Doch sie hatte nicht nachgesehen, ob S. ihr zurückgeschrieben hatte, und sie war gespannt darauf, was er wohl auf ihre E-Mail vom vergangenen Freitag zu sagen hatte.

Sie setzte sich an ihren kleinen Schreibtisch, klappte ihren Laptop auf und wartete darauf, dass ihre E-Mails angezeigt wurden.

Liebe M.,

es tut mir leid, dass Du versetzt worden bist. Oh, zum Teufel ... so leid tut es mir nun auch wieder nicht! Ich würde nie irgendetwas wollen, das Dich verletzt, doch ich war wirklich eifersüchtig auf Deine Verabredung. Vielleicht bleibt er ja wochenlang krank, dann kannst Du es nicht verschieben.

Ich bin tatsächlich in dem Schneesturm stecken geblieben, deswegen bin ich auch noch immer in Maine. Bis das Wetter sich bessert, bleibe ich hier, also, erzähl mal! Was für dummes Zeug hast Du denn stattdessen heute Abend unternommen, nachdem Dein Date sich nicht hat blicken lassen?

Herzlichst

S.

Randi schaute auf das Datum der E-Mail. Er hatte ihr nur kurze Zeit später auf ihre E-Mail von vor zwei Tagen geantwortet. Um sich hinzusetzen war sie zu rastlos gewesen, deswegen hatte sie sich beschäftigt und ihre E-Mails nicht durchgesehen, seit sie ihm am Freitag eine kurze Nachricht geschickt hatte.

Sie hatte ihm erzählt, dass sie einen langen Tag gehabt und etwas Dummes getan hatte. Randi war sich jedoch nicht sicher, ob sie ins Detail darüber gehen wollte, was geschehen war.

Ich habe Evan Sinclair geküsst. Gut, er hat mich geküsst, aber ich habe den Kuss erwidert. Ich will ihn nicht wollen. Ich will ihn überhaupt nicht anziehend finden.

»Ich kann den Kerl nicht ausstehen. Warum hat es sich so fantastisch angefühlt?«, fragte sie Lily, die nun neben ihren Füßen auf dem Boden lag. Sie lächelte, als Lily den Kopf hob und herzhaft gähnte. »Menschenprobleme sind langweilig, was?« Randi nahm an, dass ihre Belange kein großes Thema für eine Kreatur darstellten, die für Futter, Streicheleinheiten und das Herumtollen lebte.

Sie spielte mit ihrer Maus herum und dachte darüber nach, wie viel sie ihrem E-Mail-Freund erzählen wollte. Dann endlich entschied sie sich, ihm einfach die Wahrheit zu sagen.

Lieber S.,
hast Du Dich jemals von jemandem angezogen gefühlt, den Du als Mensch eigentlich nicht ausstehen kannst? Mir ist das noch nie passiert, zumindest nicht bis vor Kurzem. Ich hätte nie gedacht, dass so etwas überhaupt möglich wäre. Wie kann man mit jemandem intim werden, den man nicht einmal mag?

Randi ließ diese Frage einen Moment lang im Raum stehen, bevor sie auf »Senden« klickte. Sie sprach mit ihrem Freund über viele Dinge, doch so persönlich waren sie bislang noch nicht gewesen. Sie hatte jedoch das Gefühl, dass ihre Anonymität es ihr erlaubt hatte, über viele ihrer Gedanken und Gefühle offen sprechen zu können. Auf vielen Ebenen hatte sie im vergangenen Jahr eine Verbindung zu S. aufgebaut, die nicht zu beschreiben war. Sie hatte nicht das Gefühl, dass es viele Dinge gab, die sie ihm nicht erzählen konnte.

Deswegen war sie auch nicht wirklich überrascht, als einige Minuten später eine Antwort in ihrem Posteingang angezeigt wurde.

Liebe M.,
ich dachte, Deine Verabredung hat Dich versetzt. Über wen sprichst Du?

Sie lächelte und schrieb ihm schnell zurück. Irgendwie war sie sich fast sicher gewesen, dass er anfangen würde, mit ihr zu reden. Was gab es inmitten eines Schneesturms schon anderes zu tun, wenn man immer noch eine Internetverbindung besaß?

Lieber S.,
er hat mich nicht wirklich versetzt. Er war krank geworden.
Ich spreche von jemand anderem, den ich schon eine ganze
Weile kenne. Ich habe ihn zwar schon immer attraktiv
gefunden, doch ich mag ihn einfach nicht. Wie passt das
denn bitte zusammen?

Er antwortete.

Liebe M.,
um ehrlich zu sein bin ich mir nicht sicher. Aber ich weiß,
dass zwei Menschen sich unheimlich auf die Nerven gehen
und zur gleichen Zeit immer noch anziehend finden können.
Mir ist das Gleiche vor gar nicht allzu langer Zeit selbst
passiert.

Randi war leicht überrascht und wusste nicht, wie sie darüber denken sollte, dass ihr E-Mail-Freund eine andere Frau begehrte. Er hatte sie in einigen ihrer schwersten Zeiten unterstützt und es versetzte ihr einen kleinen Stich, dass eine weitere Frau in seinem Leben zu existieren schien. Sie hatte immer angenommen, dass er genau wie sie allein war, und das war einer der Gründe, warum sie sich miteinander so gut verstanden hatten.

Sie zuckte mit den Schultern. Er war ein netter Kerl und es war ja nicht so, als würde sie nicht mit jemandem ausgehen, den sie sympathisch fand und zu dem sie eine Verbindung spürte, sollte sich die Chance ergeben. Es machte Sinn, dass in seinem Leben Frauen existierten. Sie hatte diese Möglichkeit nur nie in Betracht gezogen. Sie hatten immerzu darüber gelacht, an Abenden allein zu Hause zu sitzen, an denen andere Menschen sich ins Getümmel stürzten.

Lieber S.,
es ist gut zu wissen, dass ich nicht die Einzige bin. Ich habe mit diesem Typen nichts gemeinsam und er ist darüber hinaus absolut unausstehlich. Und trotzdem finde ich ihn körperlich anziehend. Ist das nicht seltsam?

Innerhalb von einer Minute erhielt sie seine Antwort.

Liebe M.,
seltsam würde ich nicht sagen. Aber ich bin dennoch der Meinung, dass Du Dich von ihm fernhalten solltest. Er klingt für mich wie ein Idiot und Du verdienst jemanden, der Dich über alles liebt. Gib Dich bloß nicht mit weniger zufrieden.

Randi seufzte und starrte auf seine Antwort. Warum konnte es in ihrem Leben keinen Mann geben, der so nett war wie ihr E-Mail-Freund?

Lieber S.,
vielleicht bin ich ja eine durchgeknallte Irre? Manchmal verhalte ich mich nämlich so, weißt Du ...

Bei seiner Antwort musste sie lachen.

Liebe M.,
unmöglich! Ich kann mir nicht vorstellen, dass Du ein schlechter Mensch bist, außer wenn es darum geht, Dich mit mir zu treffen.

Randi seufzte. Es war nicht so, dass ein Teil von ihr sich nicht mit dem mysteriösen S. treffen wollte, doch sie wusste, dass sie es niemals tun würde. Tief drinnen war sie sich nicht sicher, dass er sie ebenfalls kennenlernen wollte, auch wenn er das gesagt hatte. Die Anonymität hatte ihnen dazu verholfen, solch gute Freunde zu werden. Randi wollte diese Verbindung nicht verlieren. Ihn zu treffen war es einfach nicht wert, diese wertvolle Freundschaft aufs Spiel zu setzen.

Lieber S.,
das zeigt nur, dass Du mich nicht sehr gut kennst. Ich muss jetzt los, Hundefutter und Fertiggerichte einkaufen, um den nächsten Sturm zu überstehen. Halt Dich warm!
Bis bald,
M.

Sie wartete darauf, dass er sich ausloggte.

Liebe M.,
sei vorsichtig. Auch wenn Du in einer kleinen Stadt unterwegs bist, die Straßenverhältnisse sind derzeit nirgendwo gut. Sag mir Bescheid, wenn Du wieder sicher zu Hause bist.

Nachdem sie seine Nachricht gelesen hatte, fuhr sie ihren Computer herunter. Er hatte keine Ahnung, dass sie außerhalb der Stadtgrenze lebte und es für sie weitaus schwieriger als für den Normalbürger von Amesport war, in die Stadt hineinzufahren. Sie fing tatsächlich an, seine beschützerische Seite zu mögen. Es war schön zu wissen, dass sich jemand Gedanken um sie machte.

»Sollen wir Auto fahren?« Randi gestikulierte in Richtung Tür und erhob sich von ihrem Schreibtischstuhl. Ihre Hündin sprang sofort auf und wedelte in Vorfreude darauf, mit ihrem Frauchen im Geländewagen zu sitzen, während diese die Einfahrt freiräumte, freudig mit dem Schwanz.

Randi lächelte, als Lily begeistert winselte und zur Haustür lief. Ihre Hündin wusste genau, was das Wort *Auto* bedeutet.

Sie machte sich auf, um alle ihre Aufgaben zu erledigen, bevor das Wetter zu schlecht werden würde, und versuchte dabei, jeglichen Gedanken an Evan Sinclair aus ihrem Kopf zu verbannen.

Kapitel 5

»Sag mir bitte nochmal, warum genau wir hier sind?«, fragte Hope Evan, als die beiden durch jeden Gang des Supermarktes schritten, der sich am nächsten an der Halbinsel befand. Sie legte verschiedene Dinge in den Einkaufswagen, den Evan durch den Gang mit den Fertiggerichten steuerte.

»Weil du mir gesagt hast, dass Randi außerhalb der Stadt wohnt und sie vielleicht Lebensmittel braucht«, beantwortete Evan die Frage seiner Schwester ruhig, auch wenn er ihr seine Gründe bereits zahlreiche Male dargelegt hatte. »Nach Aussage des Wetterberichts zieht gerade ein zweiter Sturm auf.«

Was, wenn sie es nicht in die Stadt schafft?

Was, wenn sie keinen Strom hat und ganz allein auf dem Land festsitzt?

Was, wenn sich nicht genügend Vorräte hat?

Hope legte eine Tüte Chips und ein Glas mit Dip in den Einkaufswagen, hielt dann ganz plötzlich an und stemmte die Hände in die Hüften. »Seit wann interessiert dich das? Ich habe heute Morgen mit Randi gesprochen, um zu sehen, ob sie irgendetwas braucht, und sie hat gesagt, dass alles in Ordnung ist. Sie hat immer noch Strom und sie war gerade dabei, sich anzuziehen und den

Schnee mit ihrem Schneepflug zu räumen. Sie hat nur erwähnt, dass sie eventuell in die Stadt fahren müsste. Sie lebt seit mehr als vierzehn Jahren in Maine, Evan. Glaub mir, eine Miranda Tyler weiß, wie man mit Schnee fertig wird.«

»Miranda?« Evan sah Hope verwirrt an.

Hope fuhr damit fort, den Wagen mit weiteren Lebensmitteln zu füllen. »Miranda ist ihr richtiger Name, aber alle nennen sie nur Randi«, erklärte sie.

»Sie ist gar nicht hier aufgewachsen?«, fragte Evan beiläufig. Er hatte immer angenommen, dass Amesport ihr Heimatort war.

Er beugte sich zum Wagen hinunter und nahm die Chips samt Dip wieder heraus, um sie in das Regal zurückzustellen. Dieses Zeug war überhaupt nicht gesund und besaß keinerlei Nährwert.

»Lass das!«, sagte Hope streng. »Leg das wieder zurück! Du hast mich gebeten, dich hierher zu begleiten, um dir dabei zu helfen, Lebensmittel auszusuchen, die Randi gern isst. Das sind ihre Lieblingschips.«

Evan starrte stirnrunzelnd in den Einkaufswagen. »Isst sie überhaupt irgendetwas Gesundes?«

Hopes Lachen hallte durch den gesamten Supermarkt. »Nicht sehr oft und sie isst auch nichts, das du gutheißen würdest. Sie liebt ihre Fertiggerichte und kleinen Snacks, aber sie geht auch regelmäßig laufen und verbrennt die Kalorien so schnell wieder, wie sie sie in den Mund gesteckt hat.« Sie nahm Evan die Waren aus der Hand, tat sie zurück in den Wagen und legte einige Bagels obendrauf.

»Sie ist also mit ihrer Familie als Jugendliche hierhergezogen?« Evan wusste, dass er auf der Suche nach Informationen war, und seine Schwester hatte ebenfalls diesen Verdacht. Seit er sie darum gebeten hatte, das Baby für eine kurze Zeit in Jasons Obhut zu lassen und mit ihm einkaufen zu gehen, hatte sie ihm immer wieder verwirrte Blicke zugeworfen.

Er hatte den Großteil des Wochenendes mit seiner Familie verbracht. Auf der Halbinsel war es einfach, von einem Ort zum anderen zu gelangen, weil sie alle auf demselben Teil wohnten. Sie hatten ebenfalls einen privaten Schneepflug unter Vertrag, weshalb die Straßen auf der Halbinsel und die Zufahrten zu den einzelnen Anwesen ständig geräumt waren.

Was Baby David anging hatte Micah Recht gehabt. Er war nicht wirklich kahl. Der Säugling hatte sehr helles Haar und kam nach seinem Vater … sehr sogar. Doch Evan erkannte ebenfalls viele von Hopes Zügen an dem Baby und sein Herz war beim ersten Anblick seines Neffen vor unerwartetem Stolz riesengroß geworden. Evan war kein Mann, der sehr viel Zeit damit verbrachte, über Babys nachzudenken, doch David war einer von ihnen und sein Beschützerinstinkt war in dem Moment geweckt worden, als er das unschuldige Kind zum ersten Mal gesehen hatte. Er wusste bereits jetzt, dass er in den kommenden Jahren viel zu tun haben würde, um dafür Sorge zu tragen, dass sein Neffe sich auf dem richtigen Weg befand. Nicht dass er seiner Schwester und Jason die Elternrolle nicht zutraute, doch Hope hatte sich nicht gerade einen sicheren Beruf ausgesucht. Er würde sich selbstverständlich nicht einmischen, doch er würde sehr oft nachfragen, ob der Erste der neuen Sinclair-Generation eventuell … eine führende Hand benötigte. Eigentlich war sich Evan bewusst, dass David ein Sutherland war, doch es spielte keine Rolle, wie sein Nachname lautete; in seinen Adern floss Sinclair-Blut und für Evan war er ein Sinclair, das Kind seiner kleinen Schwester und sein erster Neffe.

Evan blickte Hope an, weil sie seine Frage immer noch nicht beantwortet hatte. Seine Schwester schien ungewöhnlich durcheinander zu sein. Er zog eine Augenbraue hoch und sie blickte vorsichtig in seine Richtung, ganz so, als würde sie darüber nachdenken, was sie entgegnen sollte.

Endlich sagte sie vorsichtig: »Nein. Sie wurde nicht hier geboren. Als Randi vierzehn war, ist sie von Kalifornien nach Amesport gezogen.«

»Gemeinsam mit ihren Eltern?« Evan war nicht der Meinung, dass es unüblich war, den Wohnort zu wechseln. Menschen taten dies ständig aus den verschiedensten Gründen.

»Mit ihren neuen Eltern«, sagte Hope. »Randi war für die Tylers so eine Art Pflegekind.«

»So eine Art?« Wie konnte jemand »so eine Art« Pflegekind sein? Entweder handelte es sich um Pflegekinder oder nicht, wie lange sie bei ihren Pflegeeltern blieben, spielte keine Rolle.

Hope zuckte mit den Schultern und sah Evan bittend an. »Diese Geschichte muss Randi dir selbst erzählen. Ich habe dir gesagt, was ich dir guten Gewissens mitteilen konnte. Die Tylers waren bereits in die Jahre gekommen, doch sie haben ihr ein gutes Zuhause gegeben.«

Sie heißt eigentlich Miranda.

Ihre Pflegeeltern waren schon etwas älter, möglicherweise sind sie jetzt verstorben.

Sie liebt ungesundes Essen.

Evan hielt ganz plötzlich an, während in seinem Kopf die Alarmglocken anfingen, laut zu schrillen. Das konnte doch nicht möglich sein …

»Ist ihre Pflegemutter erst kürzlich verstorben?« Evan hielt die Luft an und presste die Zähne fest aufeinander. Wie standen die Chancen?

Zufall. Höchst unwahrscheinlich. Auf keinen Fall würde Randi die sein, mit der …

»Ja.« Hope sah Evan misstrauisch an. »Woher weißt du das? Joan ist vor etwas mehr als einem Monat gestorben. Randi war am Boden zerstört.«

»Scheiße!« Das Schimpfwort schlüpfte ihm reflexartig aus dem Mund. »Das gibt es doch einfach nicht!«

Hope griff nach seinem Arm und lächelte den Menschen zu, die Evan anstarrten, ganz so, als würde sie versuchen wollen, ihnen mitzuteilen, dass alles in Ordnung war. »Ich glaube, du verängstigst die anderen Kunden. Was ist denn los?«

»Nichts«, entgegnete er heiser und sah in Hopes besorgtes Gesicht. »Alles«, gab er dann widerwillig zu.

Er fühlte sich, als hätte ein Schwergewichtsboxer gerade einen Schlag in seinem Magen gelandet.

In seinem Kopf existierte kein Zweifel, dass es sich bei Randi Tyler und seiner geheimnisvollen M. um dieselbe Frau handelte. Es war kein Zufall. Die Chancen, dass es zwei Frauen in Amesport gab, die vor kurzer Zeit ihre ältere Pflegemutter verloren hatten, waren einfach zu gering. »Lass uns hier fertigwerden«, bat er Hope leise und begann, den Wagen weiterzuschieben.

Hope warf ihm einen zweifelnden Blick zu, doch sie legte weiterhin Waren in den Einkaufswagen, während Evan seinerseits versuchte, die Informationen zu verarbeiten, die er soeben erhalten hatte. Je mehr er darüber nachdachte, umso mehr Sinn ergab es. Randi arbeitete sehr häufig als freiwillige Helferin im Zentrum und sie war sehr gut mit Emily befreundet.

»Hat Randi eigentlich einen festen Freund?«, fragte Evan neugierig und beobachtete, wie Hope vorsichtig eine Zuckerbombe von Kuchen in den Wagen legte. Der gesamte Einkaufswagen war nun bis oben hin gefüllt. Randi würde vermutlich dazu in der Lage sein, eine sehr lange Belagerung der Stadt zu überleben, wenn es dazu kommen sollte, auch wenn der Großteil der Waren so gut wie überhaupt nicht nahrhaft war.

Hope sah ihn von der Seite an und schüttelte den Kopf. »Sie ist in keiner ernsthaften Beziehung. Tessa hat versucht, sie mit ihrem Bruder Liam zu verkuppeln. Den beiden gehört das *Sullivan's Steak and Seafood*. Sie machen dort die besten Hummerbrötchen in der Stadt.«

»Nie von dem Ort gehört«, murmelte Evan.

»Liam ist mit dem Restaurant ziemlich erfolgreich. Er ist außerdem ein netter Kerl. Er wäre perfekt für Randi, wenn sie sich endlich zu einem echten Date verabreden würden. Ich hoffe, sie findet jemanden. Sie verdient es, einen guten Mann in ihrem Leben zu haben.«

Nur über seine Leiche. Er war vielleicht nicht der gute Mann, auf den Hope hoffte, doch das spielte keine Rolle. »Er ist nicht perfekt für sie«, teilte Evan seiner Schwester eilig mit, wobei seine Stimme leicht rau klang. »Sie braucht jemanden, der sie versteht.«

»Und das wäre dann …?« Hope ließ Evan die Möglichkeit, den Satz zu Ende zu sprechen.

»Ich«, brummte er mit einer tiefen Stimme, die nur Hope hören konnte.

»Ihr beide hasst euch!«, antwortete seine Schwester verwirrt.

»Ich hasse sie nicht. Das habe ich nie«, gab Evan zu und folgte Hope, als diese den Einkaufswagen um die Ecke schob und in den Gang mit der Tiernahrung einbog. »Ich weiß einfach nur nicht, was ich zu ihr sagen soll.«

Hope trat an einen Sack Hundefutter heran, der groß genug aussah, um ein Pferd damit zu füttern. »Kannst du einen davon nehmen und ihn unten auf den Wagen schieben?«

Evan hob den Sack an und legte ihn auf der unteren Ablage ab. »Hat sie einen ganzen Stall voller Hunde?«, brummte er und richtete sich wieder zu seiner vollen Größe auf.

Hope kicherte. »Nein ... nur Lily, ihren Golden Retriever. Aber ihre Hündin läuft gemeinsam mit ihr und Lily ist überhaupt sehr lebhaft. Der Sack ist gar nicht so groß.« Sie zögerte, dann fügte sie hinzu: »Das ist auch so eine Sache ... du magst keine Hunde.« Während Hope verzweifelt seufzte, drehte sie sich zu ihm um. »Sobald wir den Laden verlassen, erzählst du mir, was hier eigentlich vor sich geht!«

»Ich werde darüber nachdenken«, entgegnete Evan ruhig. Er war sich nicht sicher, wie viel er sagen konnte. Verdammt, er hatte es selbst noch kaum verstanden, geschweige denn registriert, dass es sich bei den beiden Frauen um denselben Menschen handelte.

»Du wirst es mir sagen oder ich werde Randi selbst anrufen und es herausfinden«, drohte Hope ihm.

»Nicht!«, bat Evan hastig. »Ich erzähle es dir.« Wenn Hope einmal angefangen hatte nachzuforschen, dann konnte das Ärger bedeuten. Er hatte keine Ahnung, ob Randi seiner Schwester jemals von ihren E-Mail-Gesprächen erzählt hatte, doch es wäre für die beiden intelligenten Frauen ein Leichtes, die einzelnen Fakten zusammenzusetzen.

Hope nickte und begann, den Wagen in Richtung Kasse zu schieben. »Gut. Ich war mir ziemlich sicher, dass du das tun würdest.« Sie klang von sich selbst überzeugt.

Wann war seine süße kleine Schwester so herrschsüchtig und manipulativ geworden? Evan musste es irgendwann im Laufe der Jahre entgangen sein, dass sich seine liebenswerte, jüngere Schwester in eine knallharte Verhandlungsführerin verwandelt hatte.

Er folgte Hope schweigend zur Kasse und schüttelte noch immer schockiert den Kopf.

Er mochte M. und hatte es immer getan.

Er fühlte sich unheimlich von Randi – auch bekannt als Miranda – angezogen, doch er konnte nicht gerade sagen, dass er sie mochte. Er wusste zwar, dass er sie definitiv nicht *hasste*, doch zu sagen, dass er sie gern hatte, war schon sehr übertrieben, auch wenn sein Schwanz sie förmlich vergötterte.

Wenn er diese beiden Frauen zu einer einzigen Frau zusammensetzte … dann war er sich bewusst, dass er in einem Schlamassel saß, und in einem sehr tiefen noch dazu.

Bis sie wieder bei Hopes Wagen angekommen waren, sprach Evan kein Wort mehr. Danach blieb ihm nichts anderes übrig, als die gesamte Geschichte zu erzählen.

Unglücklicherweise war es so, dass er, nachdem er einmal angefangen hatte, seine Geheimnisse preiszugeben, nicht mehr aufhören konnte zu reden.

»Oh Evan!«, sagte Hope leise und legte ihre Handfläche an die Wange ihres Bruders. Die Tränen liefen ihr über die Wangen, als er endlich die letzte Geschichte aus seiner Kindheit beendet hatte. »Warum hast du das alles ganz allein ertragen? Wir hätten dir helfen oder zumindest für dich da sein und dich unterstützen können! Du hättest dich all diesen Herausforderungen nicht alleine stellen müssen.«

Er zuckte mit den Schultern. »Ich bin der Älteste. Ich bin dafür verantwortlich, auf euch alle aufzupassen.«

Hope war das Herz gebrochen als sie erkannt hatte, dass Evan als junger Mensch bereits so viel auf sich genommen hatte und dies aufgrund seiner Probleme auch noch immer tat. »Wir sind jetzt alle erwachsen, Evan. Wir müssen von dir nicht mehr beschützt werden, aber wir werden dich immer als unseren Bruder lieben und brauchen.«

Evan nahm ihre Hand und sah sie mit seinen blauen Augen an. Ausnahmsweise war sein Gemütszustand an seinem Gesicht abzulesen. Er sah ernst und reumütig aus und Hope wusste bereits warum.

»Dich habe ich am tiefsten enttäuscht, Hope«, brachte er heiser hervor. »Als du mich am meisten gebraucht hast, war ich nicht für dich da.«

Sie weinte nun heftiger und ihre Tränen verschleierten ihre Sicht auf das Gesicht ihres Bruders. Wie konnte er sich für ihre Vergangenheit verantwortlich fühlen? Sie war erwachsen gewesen, hatte ihre eigenen Entscheidungen getroffen. Von dort, wo sie sich jetzt im Leben befand, bereute sie ihre Vergangenheit nicht, denn sie hatte sie zu Jason und ihrem geliebten Sohn geführt. Doch ungeachtet dessen hatte der Horror, den sie in der Vergangenheit durchlebt hatte, nichts mit Evan zu tun. Sie hatte ihre Spuren mit Absicht verwischt und nicht erwartet, dass er sie aus irgendeiner Situation retten würde. Sie hatte ihre eigenen Erfahrungen machen wollen.

»Ich wollte nicht, dass du es weißt, Evan. Ich wollte nicht, dass es irgendjemand weiß. Zum ersten Mal in meinem Leben war ich frei und damals habe ich dieses Gefühl geliebt. Du hättest nichts unternehmen können, das mich davon abgehalten hätte, diese Dinge zu tun. Was passiert ist, war nicht deine Schuld. Ich war erwachsen und es war mein Leben.« Sie musste ihren dickköpfigen Bruder davon überzeugen, dass er nicht für alles Schlechte, das irgendeinem seiner Geschwister in ihrem Leben zustieß, die Verantwortung trug. Wenn er es könnte, dann würde sich Evan die gesamte Schuld für alle Fehler, die in der Sinclair-Familie gemacht worden sind, auf die Schultern laden. Doch so konnte es nicht weitergehen. »Es war nicht deine Schuld«, wiederholte sie und hoffte, dass er es irgendwann begreifen würde, wenn sie es nur oft genug sagte.

»Unser Vater war ein Tyrann und unsere Mutter hat sich einen feuchten Dreck um uns geschert! Irgendjemand hatte euch alle doch beschützen müssen«, verteidigte er sich.

»Und wer hat dich beschützt? Du warst doch auch nur ein Kind«, sagte Hope leise und behielt ihre Hand in Evans, der ihren Arm absenkte und seine Hand auf dem Ledersitz des Autos ablegte.

»Ich glaube, ich war nie wirklich ein Kind«, sagte Evan plötzlich.

Manchmal fragte Hope sich das Gleiche, ob er *tatsächlich* jemals einfach nur ein Kind gewesen war. Es schien, als sei er in Anzug und Krawatte geboren worden, ein fertiger Erwachsener, bereit für die Welt. Doch er war nicht immer erwachsen gewesen und während seiner Kindheit hatte es niemanden gegeben, der für ihn dagewesen war. Jetzt, da sie verstand, warum Evan so war, wie er war, wusste sie, dass sie versuchen musste, es wiedergutzumachen. Ihr Herz war so schwer und voller Traurigkeit angesichts der Ungerechtigkeit dieser Situation und seinem Beharren darauf, immer der starke Beschützer zu sein. Er hatte immer schon seinen Abstand gewahrt, doch sie hatte das Gefühl, dass er sich noch weiter von seiner Familie entfernte, die er eigentlich brauchte. Und die Wahrheit war, dass sie ihn mindestens genauso sehr brauchten. Die gesamte Sinclair-Familie trug noch immer Wunden aus ihrer Kindheit mit sich herum, die sie endlich heilen lassen mussten. »Ich glaube, dass du es Grady, Dante und Jared erzählen solltest.« Alle von ihnen machten sich Sorgen um Evan und wie er sich von ihnen entfernt hatte. Bis zu einem gewissen Punkt verstand sie sogar warum, doch damit musste nun Schluss sein. Wenn er dachte, dass niemand ihn mehr wollte, so lag er falsch. Er hatte das nicht gesagt, doch Hope konnte es spüren. Jeder seiner Geschwister liebte ihn, ob er diese Zuneigung nun akzeptieren konnte oder nicht. Sicher, manchmal war Evan ein Idiot. Doch zurückblickend musste sie sagen, dass Evan jeden einzelnen von ihnen irgendwann einmal beschützt hatte. Und in diesem Moment schmerzte es Hope sehr, dass niemand von ihnen erkannt hatte, dass Evan seine ganz eigenen Hürden hatte überwinden müssen.

»Ich weiß nicht, ob ich das kann«, sagte Evan fast unhörbar. »Jetzt, wo sie alle glücklich sind.«

Und das bedeutete, dass sie ihren ältesten Bruder nicht mehr brauchten oder um sich haben wollten?

Hope fühlte sich schrecklich, weil Evan sich fühlte, als hätte er keine Aufgabe mehr, jetzt, da sie alle erwachsen waren. Er hatte so lange versucht, für sie alle ein Ersatzvater zu sein, dass er nicht wusste, wie er einfach nur ein Bruder sein konnte. »Wir brauchen dich noch immer, Evan. Wir lieben dich. Du musst nicht mehr perfekt sein.«

»Ich bin so perfekt, wie ein Mann nur sein kann«, brummte Evan verstimmt. »Es ist unmöglich, gänzlich ohne Fehler zu sein.«

Hope musste lachen. Die Tränen liefen ihr immer noch die Wangen herunter, doch sie erkannte, dass es einige Dinge an ihrem ältesten Bruder gab, die sich niemals ändern würden, und sie wollte wirklich nicht, dass er zu einem Menschen wurde, der er nicht war. Er war das Ergebnis seiner Erziehung und seiner eigenen Lebenserfahrungen. Evan war ein guter Mann, doch er brauchte eine Frau, die ihm dabei helfen würde, ab und zu über das Leben und sich selbst zu lachen.

Randi wäre die perfekte Frau für ihn, doch momentan war die Situation etwas bedenklich. Nach allem, was sie heute über Evan erfahren hatte, wollte sie ihn auf gar keinen Fall mit einem gebrochenen Herzen sehen. Nicht dass er zugegeben hätte, derzeit mehr für Randi zu empfinden als nur eine merkwürdige Anziehung und nur angefangen hatte, sie während ihrer E-Mail-Gespräche zu mögen, bei denen er jedoch gedacht hatte, dass er sich mit jemand anderem unterhielt. Aber Hope war in der Lage, alle Vorzeichen zu erkennen. Sie hatte einen Ehemann, in den sie den Großteil ihres Lebens verliebt gewesen war. Für sie war es nicht schwierig zu erkennen, dass Evans Schwärmerei etwas mehr war, als er ihr gegenüber zugegeben hatte.

»Halt einfach die Klappe und nimm mich in den Arm, Evan!«, sagte sie und lächelte trotz ihrer Tränen.

Er drehte sich vom Lenkrad weg und öffnete die Arme für seine Schwester. »Selbstverständlich, wenn es das ist, was du brauchst«, stimmte er bereitwillig zu.

Ich bin nicht diejenige, die das braucht.

Hope warf sich förmlich in seine schützende Umarmung und wusste, dass er diese Nähe genauso sehr nötig hatte wie sie. Er zog sie dicht an sich heran und sie legte ihren Kopf an seine Schulter in der Hoffnung, dass ein besonderer Mensch wie Randi Evan dabei helfen konnte, seinen versteckten Schmerz zu heilen. Er war der Fels in der Brandung für seine Familie gewesen, der Bruder, der immer für jeden einzelnen von ihnen dagewesen war. Während Hope ihn fest drückte, wusste sie, dass es höchste Zeit für Evan war, die Wunden zu heilen, die ihm in seiner Kindheit zugefügt worden waren. Sie würde alles tun, was in ihrer Macht stand, um ihn dabei zu unterstützen.

»Hast du irgendwelche Vorschläge?«, fragte Evan zurückhaltend.

Hope wusste, dass er über die Situation mit Randi sprach. Während sie sich von ihm zurückzog und ihr feuchtes Gesicht abwischte, sagte sie streng: »Sehr viele sogar. Wir müssen auf dem Weg zur Halbinsel noch woanders anhalten. Wir müssen dafür sorgen, dass du ein bisschen lockerer wirst. Danach kannst du mich zu Hause absetzen und allein zu Randi fahren, um ihr die Lebensmittel zu bringen. Ich werde sie anrufen, damit sie weiß, dass sie gar nicht erst in die Stadt fahren muss. Nimm meinen Wagen und benutze den vorderen Schneepflug auf dem Weg zu ihr. Es ist eine kleine, einspurige Landstraße, die zu ihrem Haus führt. Bei diesem Wetter kann es dort ganz schön schlimm aussehen.«

Evan sah sie misstrauisch an, sagte jedoch nichts mehr. Er legte bei dem riesigen Geländewagen den Gang ein und fragte sie, wohin sie gefahren werden wollte. Sie wies ihm die Richtung und er befolgte still ihre Anweisungen. Ausnahmsweise einmal fühlte Hope sich angesichts Evans Schweigens oder der Distanz, die er zu schaffen versuchte, nicht unwohl, denn sie verstand, dass er alles andere als Gleichgültigkeit empfand. So viele Facetten des Evans, den die Menschen *sahen*, waren nichts weiter als eine Maske. Er war zweifellos arrogant, doch dahinter steckte so viel mehr.

»Bieg an der Ampel rechts ab«, wies sie ihn an und fragte sich, wie schwer er es ihr wohl machen würde, ihm etwas lässigere Kleidung zu kaufen.

»Wann bist du denn zur Kommandantin geworden?«, brummte Evan, fuhr jedoch tatsächlich langsamer, um abzubiegen.

Hope lächelte bei seinem Kommentar und antwortete: »Ich war schon immer so. Du hast das nur nie bemerkt, weil du die Menschen noch viel mehr herumkommandierst.«

Er gab keine Antwort, doch sie konnte sehen, wie sich seine Mundwinkel leicht nach oben bewegten.

Sie lehnte sich zufrieden in dem beheizbaren Ledersitz zurück und grinste. Evan brachte fast ein Lächeln zustande. Für die meisten Menschen mochte das nach nichts aussehen, doch für sie bedeutete es verdammt viel.

Kapitel 6

Gegen zwei Uhr nachmittags fiel bei Randi der Strom aus, gerade als sie sich fertiggemacht hatte, um in die Stadt zu fahren.

Nur wenige Minuten später rief Hope sie auf dem Mobiltelefon an, um ihr mitzuteilen, dass sie Vorräte für sie eingekauft hatte und sie sich auf dem Weg zu ihr befanden.

»Ich habe keinen Strom«, teilte sie Hope niedergeschlagen mit, während sie einige Kleidungsstücke in ihren Rucksack stopfte. »Ich muss sowieso in die Stadt fahren und den Sturm dort aussitzen. Mein Stromaggregat funktioniert nicht.«

Randi hatte diese unerfreuliche Entdeckung gemacht, kurz nachdem bei ihr der Strom ausgefallen war. Weil sie in einer abgeschiedenen Gegend lebte, waren Stromausfälle bei ihr häufiger der Fall als in der Stadt und es verging ebenfalls mehr Zeit, bis der Strom zurückkam und alles wieder wie gewohnt funktionierte. Sie hätte ihr Aggregat vor dem Winter überprüfen sollen, doch Joan war so krank gewesen, dass sie es schlicht vergessen hatte. »Ich miete mich für ein, zwei Tage in einem der Gasthäuser ein. Die Hotels und Gasthäuser sollten Zimmer frei haben, die Touristensaison ist schließlich vorbei.«

»Nein, das wirst du nicht!« Hopes Anweisung klang durch die Telefonleitung ziemlich streng und bestimmt. »Du kannst bei uns bleiben. Wir haben mehr als genügend Platz und bei uns gibt es ein Hausaggregat für den Fall, dass auch bei uns der Strom ausfällt.«

»Du hast ein Neugeborenes –«

»Und du hast Freunde. Sehr viele sogar«, sagte Hope nachdrücklich. »Beweg deinen Hintern hierher. Sag Evan, dass er dich mitnehmen soll. Er sollte in Kürze mit deinen Lebensmitteln eintreffen.«

»Evan?« Randi war gerade dabei, ihre Unterwäsche im Rucksack zu verstauen, und hielt mitten in der Bewegung inne.

»Er bringt dir deine Vorräte persönlich vorbei. Er hat sich Sorgen um dich gemacht.«

»Evan?«, fragte Randi erneut, weil es ihr schwerfiel, sich vorzustellen, wie einer der reichsten Männer der Welt ihr Lebensmittel liefern würde, und vor allen Dingen deswegen, weil er sich darum sorgte, dass ein Schneesturm sie von der Außenwelt abschneiden könnte.

»Er ist gar nicht so schlimm, Randi«, antwortete Hope ruhig. »Vielleicht kann er sich nicht immer richtig ausdrücken, er hat aber trotzdem ein Herz.«

Randi konnte hören, wie die Liebe in Hopes Stimme mitschwang, und sie brachte es nicht übers Herz, Evans Schwester mitzuteilen, dass sie der Meinung war, ihr Bruder sei ein arroganter Idiot. »Es ist nett von ihm, das zu tun«, gab sie widerwillig zu und fragte sich gleichzeitig, mit welchem Hintergedanken Evan ihr wohl einen Gefallen tun würde. Männer wie Evan Sinclair verrichteten nicht einfach so niedere Arbeiten für irgendjemanden, der etwas brauchte. Er musste einen Grund dafür haben. Sie nahm an, dass allen Schwestern der Gedanke gefiel, dass ihre Brüder ein Herz hatten, doch Randi war sich sicher, dass sie bisher noch keine Anzeichen dafür entdeckt hatte, das Evan eins besitzen würde.

»Tust du mir einen Gefallen?«, fragte Hope.

»Natürlich«, stimmte Randi bereitwillig zu. Sie mochte Hope sehr gern und würde ihr keinen Wunsch abschlagen.

»Gib Evan eine Chance.«

Nun … vielleicht würde sie ausgerechnet das *nicht* tun. »Wir mögen uns nicht, Hope. Wir geraten uns jedes Mal in die Haare. Wir sind zu unterschiedlich, um Freunde zu sein.« Es war nicht so, dass Randi es nicht versucht hatte, und sie konnte auch immer noch nicht den heißen Kuss vergessen, den sie vor einigen Tagen ausgetauscht hatten. Dennoch wäre es ein großer Fehler, sich mit einem herzlosen Milliardär wie Evan einzulassen. Obwohl sie beide eine ziemlich große körperliche Anziehung verband, konnten sie dennoch nicht länger als eine Minute miteinander verbringen, ohne zu streiten oder sich einfach zu ignorieren, damit es gar nicht erst zu Streitereien kam.

»Die Dinge sind nicht immer das, was sie zu sein scheinen«, sagte Hope.

»Willst du mir damit sagen, dass dein Bruder kein Arschloch ist?«, fragte Randi geradeheraus und zog in Erwägung, dass Hope vielleicht einen komplett anderen Evan erlebte als sie.

»Nein«, antwortete Hope amüsiert. »Er ist manchmal wirklich ein Arschloch, doch vielleicht hat er einen Grund dafür. Du weißt doch, wie wir aufgewachsen sind.«

Randis Herz zog sich zusammen, als sie einen Hauch Verletzlichkeit in Hopes Stimme bemerkte. Sie traf sich häufig mit den Ehefrauen der Sinclairs sowie ihren Freundinnen Kristin und Tessa und alle Frauen hatten sich sehr gut miteinander angefreundet. Sie teilten so gut wie jedes Geheimnis untereinander und Randi wusste, wie erdrückend und traurig Hopes Kindheit gewesen war. Wie hätte es sich angefühlt, das älteste Kind von Hopes alkoholkrankem, neurotischem Vater zu sein? Es war offensichtlich, dass das ehemalige Familienoberhaupt der Sinclairs einige sehr hohe Erwartungen an seinen ältesten Sohn gestellt hatte. »Ich weiß«, antwortete sie schließlich und fuhr damit fort, ihren Rucksack zu packen. »Ich werde versuchen, nett zu ihm zu sein. Ich verspreche es«, gelobte sie und war ehrlich davon überzeugt, dass sie ihr Temperament für länger als nur einige Minuten unter Kontrolle halten konnte. Evan fuhr durch einen heftigen Schneesturm, um ihr Lebensmittelvorräte zu bringen. Selbst wenn er irgendwelche Hintergedanken haben sollte, war Randi ihm immer noch dankbar. Nur schade, dass sie keinen Strom hatte und sowieso in die Stadt fahren musste. Evan würde die Strecke am Ende umsonst zurückgelegt haben.

»Gut. Bis später!«, sagte Hope und klang zufrieden.

Randi verabschiedete sich von ihr, schaltete ihr Telefon aus und ließ es auf ihr Bett fallen.

»Sieht ganz so aus, als würden wir mit dem Auto einen längeren Ausflug unternehmen, Lily«, sagte sie zu ihrer Hündin.

Lily hatte es sich auf dem Bett neben Randis Rucksack bequem gemacht. Sie sah ihrem Frauchen neugierig bei jeder Bewegung zu und versuchte zu erahnen, was als Nächstes passieren würde.

Als sie das Wort »Auto« vernahm, sprang sie auf, verließ fröhlich die Matratze und führte vor Randi auf dem Teppich einen freudigen Hundetanz auf.

»Ich bin froh, dass du glücklich bist«, sagte Randi und schloss den Reißverschluss an ihrem Rucksack. Sie war nicht gerade erbaut darüber, ihr Zuhause verlassen zu müssen, auch wenn es nur für einen oder zwei Tage sein würde. Sie schrak kurz auf, als sie hörte, wie jemand laut an ihre Vordertür klopfte.

Evan?

Ihr Herz setzte kurz aus und sie versuchte, den Gedanken daran zu verscheuchen, wie er sie gegen ihren Wagen gedrückt und ihr mit einem Kuss den Atem geraubt hatte.

»Ich komme!«, rief sie, als Lily anfing zu bellen.

Sie öffnete die Tür und jedes noch so kleine bisschen Luft entwich mit einem lauten *Zisch* aus ihren Lungen, ein Geräusch, das sie nicht übertönen konnte, während sie den Mann betrachtete, der da auf ihrer Türschwelle stand. Da war also Evan Sinclair in seinem schicken Wollmantel, gutaussehend wie immer, und sie reagierte auf ihn mit der gleichen Atemlosigkeit, wie sie es immer tat. Er trug einen beigefarbenen Schal, den er sich sorgfältig um den Hals gelegt hatte, doch auf seinem Kopf war keine Mütze zu sehen. »Ich muss einige Sachen ausladen«, sagte Evan ohne Umschweife, während der heftige Wind an seinen dunklen Haaren zerrte.

Randi war einen Moment lang sprachlos und ihr Blick verlor sich in seinen tiefen, blauen Augen.

»Ähm … das ist nicht nötig«, teilte sie ihm schließlich mit und hasste ihren Körper dafür, dass er beim Anblick von Evan so unkontrolliert reagierte. »Ich muss in die Stadt. Ich habe keinen Strom mehr.«

»Hast du kein Aggregat?«

»Funktioniert nicht«, antwortete Randi. *Genau wie mein Gehirn im Augenblick.* Du liebe Güte! Das Wetter war vielleicht frostig, doch in ihrer Jeans, ihrem Pullover und der Skijacke war ihr mit einem Mal unglaublich heiß.

Evan streckte die Hand aus und nahm ihr den Rucksack ab, von dem sie vollkommen vergessen hatte, dass sie ihn immer noch an sich gedrückt hielt.

»Lass uns gehen. Die Straßenverhältnisse sind schlecht und der zweite Sturm steht kurz bevor. Ich denke nicht, dass sie noch viel länger befahrbar sein werden«, wies Evan sie an. »Ich nehme deine Vorräte wieder mit. Du wirst sie brauchen.«

Abrupt aus ihrem lüsternen Tagtraum gerissen sagte Randi hastig: »Ich muss nur schnell mein Auto aus der Garage fahren.«

»Du wirst nicht fahren. Mein Auto ist doppelt so groß wie dein Mini-Geländewagen und ich habe es schon kaum hierher geschafft. Lass uns losfahren. Und ausnahmsweise keinen Streit. Dafür haben wir keine Zeit.« Evan bohrte seine Augen in ihre und sein strenger Ausdruck forderte sie dazu auf nachzugeben.

Ich habe keine Zeit, mich mit ihm zu streiten. Was er sagt, macht Sinn. Er war bereits auf den Straßen unterwegs; ich nicht.

Was Evan vorgeschlagen hatte, war absolut logisch. Sie wünschte sich nur, dass er es nicht in solch einem herablassenden Ton gesagt hätte. Das löste bei ihr sofort eine Trotzreaktion aus.

»Gut«, antwortete sie kühl und ging ins Haus, um den Rest ihrer Sachen und ihren Laptop zu holen. Sie hatte Hope versprochen, dass sie versuchen würde, nett zu sein.

Randi nahm nur das mit, was sie für die nächsten Tage benötigen würde. Danach befestigte sie die Leine an Lilys Halsband.

»Du nimmst den Hund mit?« Evan sah sie mit gerunzelter Stirn an, als sie zur Tür kam. Er trat hinein, blieb jedoch direkt hinter der Türschwelle stehen. Damit verhinderte er, dass sie die Tür schließen und somit vermeiden konnte, dass die gesamte Wärme nach draußen entwich.

Randi starrte ihn ungläubig an. »Ich muss Lily mitnehmen. Wie würde sie denn sonst zu Fressen bekommen? Oder ihr Wasser? Wie würde sie sich warm halten?«

Evan sah sie verwirrt an, nahm ihr jedoch Laptop und Leine ab, nachdem er sich den schweren Rucksack über die Schulter geschwungen hatte, damit sie abschließen konnte. Randi spürte, wie sehr der Wind an Fahrt aufgenommen hatte, seit sie die Einfahrt freigeräumt hatte. »Das wird ein heftiger Sturm!«, brüllte sie in Evans Richtung, als sie ihre Eingangstür zusperrte.

Sie nahm Evan Lilys Leine wieder ab und lief gemeinsam mit ihm zu Hopes großem Geländewagen. Sie ließ ihn sogar ihre Hand nehmen, während sie gemeinsam durch den knöcheltiefen Schnee wateten, der bereits wieder auf die Einfahrt gefallen oder geweht war. Es war nicht lange her, seit sie geräumt hatte, und er begann sich bereits wieder anzuhäufen.

Als sie in das luxuriöse Auto einstieg, hatten ihr der Wind und die Kälte bereits den Atem geraubt. Sie lehnte sich erleichtert in dem Ledersitz zurück. Dies war ihr erster Winter, den sie allein in Dennis' und Joans Haus verbrachte. Sie war nicht unbedingt erpicht darauf gewesen, dort tagelang ohne Strom zu sitzen. Sich in diesem Haus zu befinden bedeutete für sie zum einen Trost, zum anderen war es jedoch auch ein Auslöser für traurige Stimmung, wenn sie die beiden vermisste. Ohne Strom fühlte sie sich regelrecht niedergeschlagen.

»Danke«, sagte sie zu Evan, als dieser den Wagen in Bewegung setzte. Lily hatte auf dem Boden zwischen ihren Beinen ebenfalls eine bequeme Position gefunden.

Bevor Evan sich auf die Straße konzentrierte, runzelte er die Stirn angesichts der Hündin, die aufgeregt winselnd vor Randi saß.

»Magst du keine Hunde?«, fragte Randi, nur um irgendetwas zu sagen. Sie befanden sich zwar nur fünfzehn Kilometer außerhalb der

Stadt, doch die Fahrt würde bei diesen Verkehrsverhältnissen eine ganze Weile dauern. Die Straßen sahen so aus, als seien sie geräumt worden, doch der Wind blies eine enorme Menge Schnee umher, was die Sicht erheblich verschlechterte.

»Ich habe keine Ahnung. Ich habe nie einen Hund besessen«, antwortete er tonlos.

»Katzen?«

»Ich hatte nie irgendein Tier«, entgegnete Evan knapp. »Ich bin zu viel unterwegs.«

Randi wurde traurig, als sie sich daran erinnerte, dass Hope ihr einmal davor erzählt hatte, wie sehr ihr Vater Tiere gehasst und es keinem seiner Kinder erlaubt hatte, ein Haustier zu besitzen. Sie kraulte Lilys seidiges Fell mit ihrer Hand. »Okay, Evan, das ist also Lily. Sie war ein Geschenk meiner Pflegeeltern zu meinem Universitätsabschluss. Sie ist vier Jahre alt und benimmt sich in der Regel sehr ordentlich. Sie ist nur aufgeregt, weil sie es liebt, mit dem Auto zu fahren.«

»Wird sie auf die Toilette müssen?«, fragte Evan besorgt.

Randi musste bei dieser ernsthaften Frage kichern. »Nein. Sie kann gut durchhalten. Fahr nur immer weiter oder wir bleiben vielleicht stecken.« Sie zögerte, als sie auf die Straße vor sich blickte. Die Sicht war mittlerweile so schlecht, dass sie die Fahrbahn kaum erkennen konnte. »Kannst du einigermaßen gut sehen?«

Evan zuckte mit seinen breiten Schultern. »Nicht gerade fantastisch. Aber ich bringe uns sicher nach Hause.«

Seine Stimme war so ruhig, so gewiss, dass Randi sich entspannte. Sie hatte keinen Zweifel, dass es irgendetwas gab, in dem Evan Sinclair nicht gut war. Sie war froh, nicht selbst fahren zu müssen. Sie würde es vermutlich durch den Schnee schaffen, doch sie würde die ganze Zeit über mit verkrampften Fingern hinterm Steuer sitzen und auf die Straße starren. Schlechtes Wetter machte ihr in den seltensten Fällen etwas aus, doch dies war sogar für die Ostküste ein schwerer Schneesturm. »Es überrascht mich, dass sie sogar hier draußen die Straßen geräumt haben.«

»Haben sie nicht«, antwortete Evan. »Wir haben den Schneepflug von der Halbinsel geschickt, um vor uns die Straße freizumachen. Du hättest es niemals in die Stadt geschafft. Ich kann nicht fassen, dass du es überhaupt versuchen wolltest.«

»Ich denke, ich habe vergessen, wie schlimm die Bedingungen hier werden können. Dies ist mein erster Winter in dem Haus, seit ich zum College gegangen bin.« Randi war im vergangenen Sommer wieder zu Joan gezogen und hatte ihre kleine Wohnung in der Stadt aufgegeben, um sich um ihre Pflegemutter kümmern zu können. »Joan brauchte Hilfe und ich konnte sie nicht mehr alleine lassen. Sie vergaß, ihre Medikamente zu nehmen, und sie aß nicht besonders gut.«

»Deine Pflegemutter?«, wollte Evan wissen. »Hope hat mir erzählt, dass sie vor nicht allzu langer Zeit verstorben ist.«

Randi nickte, obwohl Evan auf die Straße konzentriert war. »Ich vermisse sie. Ich vermisse meine beiden Pflegeeltern.« Sie vergrub ihre Hände in Lilys Fell und streichelte die Hündin, eher um sich selbst als ihren Vierbeiner zu beruhigen.

»Mein herzliches Beileid«, sagte Evan mit belegter Stimme.

»Danke«, antwortete sie schließlich auf Evans Mitleidsbekundung und war sich nicht sicher, was sie im Moment von ihm halten sollte. Dieser Kommentar war vermutlich das Netteste, das er je zu ihr gesagt hatte.

Sie starrte sein Profil an und kam nicht umhin, seine starken Finger zu bemerken, die das Lenkrad fest umgriffen, ebenso wie die raue Attraktivität seiner Gesichtszüge aus der Seitenansicht. An seinem Kinn zeichneten sich einige dunkle Bartstoppeln ab, doch das machte ihn nur noch heißer, nahbarer. Randi würde jede Wette eingehen, dass sein Mantel – identisch oder derselbe, über den sie ihren Kaffee gegossen hatte – mehr kostete als das, was sie monatlich verdiente. Doch irgendwie schien er heute … anders zu sein. *Warum?*

Obwohl der Geländewagen geräumig war, konnte sie dennoch seinen männlichen Geruch vernehmen, und dieser Duft versetzte alle ihre weiblichen Hormone in Alarmbereitschaft. Sie hatte immer schon gemocht, wie Evan roch, seit sie zum ersten Mal bei Emilys Hochzeit neben ihm gestanden hatte.

Heute scheint es, als hätte er zur Abwechslung einmal keinen Stock im Arsch.

Er war immer noch arrogant, doch er schien ... entspannter zu sein. Sie besah sich ihn genau und kam nicht umhin zu bemerken, dass er Jeans trug und sich an seinen Füßen Stiefel statt Halbschuhe befanden. Gut, sie sahen aus, als seien sie aus teurem, schwarzem Leder gefertigt, doch es handelte sich immerhin um lässige Schnürstiefel und nicht um seine gewöhnlichen feinen, handgefertigten Schuhe. Diese hatte er wohl zu Hause gelassen, ebenso wie seinen Anzug und die Krawatte. Das Gesamtpaket ließ ihn ... menschlicher erscheinen und brachte sie in Versuchung, ihn zu berühren.

Während Evan den Wagen über die Straßen lenkte, schwieg Randi. Sie tat dies in erster Linie, damit er sich konzentrieren konnte, doch ebenso, weil das Verlangen so heiß in ihr brannte, dass sie nicht einmal dazu in der Lage war, ein Gespräch aufrechtzuerhalten.

So hatte sie sich immer schon gefühlt. Sie hatte Evan Sinclair immer schon mit einer wilden Intensität begehrt, die sie dauerhaft bekämpfen musste.

Sie verstand es nicht.

Es gefiel ihr nicht.

Und doch würde dieses Gefühl nicht verschwinden, selbst wenn sich Evan wie ein kompletter Idiot verhielt – der er so gut wie ohne Unterbrechung gewesen war, seit sie sich das erste Mal begegnet waren.

Das ist alles nur körperlich. Ich hatte schon lange keinen Sex mehr.

In Wahrheit musste sie zugeben, dass sie seit dem College mit niemandem mehr geschlafen hatte. Während der sechs Jahre, die sie gebraucht hatte, um ihren Abschluss zu machen, hatte sie einige lockere Affären und zwei feste Partner gehabt. Doch seit sie nach Amesport zurückgekehrt war, hatte sie nicht das Bedürfnis gehabt, eine Beziehung einzugehen, sofern sie sich nicht sicher war, dass etwas Dauerhaftes daraus werden könnte. Sie hatte ihre wilden

Zeiten während ihrer Collegejahre erlebt. Jetzt sehnte sie sich nach einer stabilen Bindung, nach etwas anderem als nur leerem Sex.

Ihre Berufsausbildung hatte an erster Stelle gestanden und nachdem sie erst angefangen hatte, Nachhilfe zu geben und sich dann um Joan zu kümmern, war jede Minute ihres Tages verplant gewesen.

Randi sagte sich, dass es ganz normal war, sich von Evan angezogen zu fühlen, weil es schon Jahre her war, seit sie zum letzten Mal vernünftigen Sex gehabt hatte. Ohne Zweifel war er der schärfste Kerl, den sie je gesehen hatte.

Nachdem sie einen Grund für ihr Verlangen, sich auf Evan zu stürzen, gefunden hatte, fühlte sie sich schon etwas besser. Sie seufzte.

»Müde?«, fragte Evan neugierig.

»Nein. Ich bin nur froh, dass wir der Stadt näherkommen.« Als sie die Umgebung erkannte, wusste sie, dass sie sich am Stadtrand von Amesport befanden. »Es wäre sehr freundlich von dir, wenn du mich bei Hopes Haus absetzen könntest. Sie hat mir angeboten, dass ich bei ihr bleiben kann.«

»Ich kann dich dort nicht absetzen«, wies Evan ihren Wunsch geduldig ab, während er Kurs auf die Halbinsel nahm.

Randi sah ihn überrascht an. »Warum nicht?«

Es dauerte einen kleinen Moment, bevor Evan ihr antwortete: »Weil du bei mir bleiben wirst.«

Kapitel 7

Keine Panik. Für einen oder zwei Tage schaffst du das schon. Das ist keine große Sache.

Randi atmete hörbar aus, als sie Evan dabei zusah, wie er Mantel und Schal ablegte und dabei einen Blick darauf erhaschen konnte, wie ein perfekter Hintern in einer Jeans aussah. Heilige Scheiße! Evan Sinclairs Hinterteil war ein Kunstwerk und seine breiten Schultern, die in einem cremefarbenen Seemannspullover steckten, schienen riesengroß zu sein.

So gut gebaut ist er nun auch wieder nicht. Wirklich nicht. Ganz und gar nicht.

Evan drehte sich plötzlich um und sah sie mit hochgezogener Augenbraue an, als er verstand, auf was ihr Blick gerichtet war. Während sie sich dazu zwang, ihre Augen abzuwenden, die nun auf seinen Reißverschluss starrten, wurde sie tatsächlich rot.

»Ich kann nicht bei dir bleiben«, protestierte sie schwach ... zum wiederholten Mal.

Sie hatte mit Evan darüber gestritten, dass sie nicht in seinem Haus bleiben wollte, doch er hatte ihr gleichmütig erklärt, dass Hopes Katze Daisy Hunde abgrundtief hasste. Sie hatte Daisy und so ziemlich alles andere vollkommen vergessen, seit Evan sie abgeholt hatte. Es war fast so, als wäre ihr Intelligenzquotient ganz plötzlich gesunken, denn wenn sie in Evans Nähe war, fiel ihr so gar nichts Intelligentes ein, das sie sagen konnte.

»Selbstverständlich kannst du das«, widersprach Evan. »Bei mir ist mehr als genügend Platz.«

Ich kann auf keinen Fall mit dir alleine gelassen werden und mit dem Platz hat das rein gar nichts zu tun.

»Ich habe kein Problem mit der Größe des Hauses«, gab sie zu, öffnete den Reißverschluss ihrer Jacke und zog sie aus.

»Ist es, weil du weißt, dass ich dich ficken will?«, fragte Evan monoton.

Randis Augen wurden größer, als Evan dieses direkte Geständnis ablegte.

Evan trat einen Schritt nach vorn, nahm ihr die Jacke aus der Hand und hängte sie neben seinen Mantel in den Wandschrank. Dabei erklärte er: »Miranda, ich denke, wir fühlen uns beide unwohl in der Gegenwart des anderen, weil wir uns doch im Grunde genommen nur gegenseitig das Hirn rausvögeln wollen.«

Randi hatte es die Sprache verschlagen und sie sah ihn schockiert an. Der Evan, den sie kannte, war niemand, der solche Dinge von sich gab. Meist sagte er überhaupt sehr wenig.

Er fuhr fort: »Vielleicht sollten wir beide ehrlich sein und darüber sprechen.« Er drehte sich um und durchbohrte sie mit einem dunklen Blick. »Ich begehre dich. Ich habe dich immer schon unheimlich sexy gefunden.«

Er ging auf das Wohnzimmer zu und Randi bewegte sich automatisch in den nächsten Raum, auch wenn es relativ dunkel war. »Du kannst mich nicht ausstehen.« Sie hatte Mühe, nicht zu stammeln, und ließ sich verwirrt in einen der Ledersessel fallen, die vor einem Kamin standen.

Evan betätigte einen Schalter und zündete damit den Gasofen an, dessen Schein den Raum in gedämpftes Licht tauchte. Dann setzte er sich in den Sessel gegenüber von ihr. »Ich habe dich nie nicht gemocht. Ich kenne dich nicht einmal richtig.«

»Du hast mich ignoriert!«, protestierte Randi und erinnerte sich daran, wie erniedrigt sie sich gefühlt hatte, als Evan sie nicht beachtet hatte.

Er zuckte mit den Schultern. »Ich hatte einen steifen Schwanz. Es war nicht einfach zu verbergen, dass ich dich attraktiv fand, und es war deutlich zu sehen.«

»Aber ich war nett zu dir, ich wollte mich mit dir anfreunden, weil dein Bruder eine meiner besten Freundinnen geheiratet hat.« Sie erinnerte sich noch immer daran, wie am Boden zerstört sie gewesen war, als Evan bei Emilys Hochzeit ihre Bemühungen, freundlich zu ihm zu sein, einfach ignoriert hatte.

»Ich war ein Arschloch. Das bin ich in der Regel immer«, teilte er ihr schamlos mit.

Randi öffnete den Mund, um etwas zu sagen, doch wie konnte sie denn mit ihm streiten? Er hatte doch bereits zugegeben, dass er ein unausstehlicher Mensch war. Sie schloss ihren Mund wieder und sah ihm stattdessen ins Gesicht, um zu versuchen, hinter seine Fassade zu blicken. War Evan nun wirklich ein Idiot oder war er einfach nur schmerzhaft direkt? Wie auch immer, er war für gewöhnlich kein liebenswürdiger Mensch, den man gern um sich hatte. Und doch fand sie ihn faszinierend. Er war wie ein Rätsel, das gelöst, ein Puzzle, das zusammengesetzt werden musste. Vielleicht konnte sie etwas mehr Informationen aus ihm herausbekommen, wenn er sich in einer gesprächigeren Stimmung befand.

Lily hatte das riesige Haus erkundet, seit sie durch die Eingangstür herein getrottet war. Jetzt trat sie an Randi heran und stupste deren Arm mit ihrer Nase an.

»Sie muss mal nach draußen«, teilte Randi Evan mit, als sie aufstand. Sie wollte auf jeden Fall vermeiden, dass Lily ihr Geschäft auf einem der weichen, teuren Läufer verrichtete, die in Evans Wohnzimmer auf dem Boden lagen.

»Und so zeigt sie dir das?«, fragte Evan neugierig, ging durch den Raum und öffnete eine der Glastüren, die auf eine Terrasse hinausführten.

»Ja. Sie ist ziemlich hartnäckig, wenn sie wirklich muss.« Randi beäugte zweifelnd die Terrasse. »Gibt es da draußen einen Ort, an dem sie ihr Geschäft machen kann?«

»Ich bevorzuge jeden Ort außerhalb des Hauses«, sagte er tonlos.

Randi betrat die überdachte Terrasse und öffnete ein kleines Tor, das zum Strand hinunterführte. Lily rannte hinaus in den Schnee. »Sie kann keinen Haufen auf die Terrasse machen.«

»Das kann sauber gemacht werden. Es spielt keine Rolle. Es ist ja nicht so, als ob ich die Terrasse in Kürze benutzen wollte, und dort ist es vermutlich wärmer als überall jenseits des Tores.«

Aus Randis Mund quoll ein helles Lachen, das sie nicht unterdrücken konnte. Evan hatte heute einige der merkwürdigsten und überraschendsten Dinge von sich gegeben. Und sie war sich ziemlich sicher, dass er alles so gemeint hatte. »Sie ist es gewöhnt, ganz nach draußen zu gehen.«

Randi ließ das Tor einen Spaltbreit offen und schlüpfte durch die Tür zurück ins Wohnzimmer. »Es ist kalt.« Sie zitterte, als sie die Tür schloss, und wusste, dass Lily zurückkommen würde, wenn sie fertig war.

Evan blockierte ihren Fluchtweg mit seinem Körper. Seine Berührung war sanft, als er seine Finger durch ihr Haar gleiten ließ und ihren Kopf nach oben bog, damit sie ihn ansah. »Es tut mir leid, wenn ich deine Gefühle verletzt habe, Miranda. Bei Emilys Hochzeit habe ich wirklich nicht gewusst, was ich sagen sollte, deswegen habe ich gar nichts gesagt.«

Randi blickte zu ihm hinauf und erschauderte, als sie in seinen dunkelblauen Augen ertrank. Er sah sie an wie ein Raubtier, das seit Wochen nichts mehr gefressen hatte, wobei sein Blick jeden Zentimeter ihres Gesichts verspeiste. Seine Intensität in diesem Moment machte sie nervös und seine unerwartete Entschuldigung brachte sie aus der Verfassung. Dies war nicht der Evan, den sie gewöhnt war, der Evan, der sie entweder nicht beachtete oder ihr herablassende Kommentare entgegenschleuderte.

Er schob seinen Körper dichter an sie heran und stützte sich mit seiner freien Hand neben ihrem Gesicht an der Tür ab.

»Ich verzeihe dir«, sagte sie schnell. »Aber küss mich bitte nicht wieder!«

Wenn er diese Lippen auf meine presst, dann bin ich erledigt!

Sein einzigartiger, männlicher Duft umschwirrte sie, senkte sich in jede ihrer Poren, betörte sie. Wenn er sie kostete, würde sie ihm niemals widerstehen können.

»Warum?«, fragte er heiser. »Sag mir nicht, dass du es nicht willst, Miranda.«

Sein Ton war bittend, fast schon flehend, dass sie doch endlich die Hitze anerkennen würde, die zwischen ihnen beiden schwelte. Ihr Herz begann zu rasen, als er seine Lippen auf ihre Schläfe presste und eine heiße Atemspur an der Seite ihres Gesichts hinterließ.

»Ich kann nicht«, sagte sie gequält. Sie wusste, dass sie ihn so sehr küssen wollte, wie sie niemals etwas anderes in ihrem Leben gewollt hatte. »Und niemand nennt mich Miranda.«

»Du kannst«, schmeichelte er. »Und ich bevorzuge Miranda. Es ist ein wunderschöner Name.«

»Ich hasse ihn.« Randis Brust hob und senkte sich schnell, als Evans Lippen zu ihrem Ohr wanderten und dort verweilten. Mit seinem aufgeheizten Atem auf ihrer empfindlichen Haut hatte sie Schwierigkeiten, Luft zu bekommen. »Nur meine leibliche Mutter hat mich bei diesem Namen genannt.«

»Vielleicht könntest du lernen, ihn wieder zu mögen, wenn ihn ein Mann sagt, während er dich zu einem so heftigen Orgasmus bringt, wie du ihn noch niemals erlebt hast«, schlug Evan ihr heiser an ihrem Ohr vor.

Oh mein Gott! Randi hatte Angst, dass sie unter diesen Umständen eventuell ihren vollständigen Namen wirklich wieder lieben würde. Alle Gedanken an ihre leibliche Mutter waren vergessen, der einzige Gedanke, den sie im Kopf hatte, war das geistige Bild, das er soeben für sie gemalt hatte.

Er … in der Hitze der Lust, ihren Namen stöhnend, als wäre sie eine Göttin, in sie stoßend, während sie den überragendsten Höhepunkt ihres gesamten Lebens erfuhr. Wenn sein strenger Gesichtsausdruck irgendeinen Hinweis darauf gab, wie er eine Frau verwöhnte, dann würde er jeden Verteidigungsmechanismus, den sie sich über die Jahre zugelegt hatte, außer Kraft setzen und sie um mehr betteln lassen. Sie war dieser verführerischen Seite von Evan, die sie noch niemals zuvor gesehen hatte, hilflos ausgesetzt.

Er griff hinter sie und öffnete die Tür, um Lily wieder hereinzulassen. Danach schloss er sie schnell wieder und verriegelte das Schloss in einer Vorwärtsbewegung.

Sein erigierter Schwanz drückte dabei gegen ihre Hüfte und sie biss sich auf die Lippe, um ein Stöhnen zu unterdrücken, als sie die Größe und Kraft seiner Erektion an ihrem Körper spürte.

»Küss mich!«, forderte Evan und ließ seine Hände ihren Rücken hinunter wandern. Als er schließlich an ihrem jeansbedeckten Hintern angekommen war, ergriff er ihre Pobacken und drückte sie mit seinen großen, starken Händen an sich. Seine Finger gruben sich in ihr Fleisch und zogen ihren heißen Unterkörper an seinen harten Schwanz heran. »Du hast mich gebeten, dich nicht zu küssen, also musst du mich küssen.«

Randis Wille brach in dem Moment, in dem sie aufsah und das Verlangen in Evans Augen erblickte. Es war ein Widerhall des gleichen Gefühls, das auch sie in sich trug, und sie konnte ihm genauso wenig widerstehen, wie sie aufhören konnte zu atmen. Sie schlang ihre Arme um seinen Hals, fuhr mit den Fingern durch sein drahtiges Haar und zog seinen Mund auf ihren herunter. Sie brauchte seine Berührung mehr, als sie ihm widerstehen wollte. In dem Moment, als seine Lippen auf ihre trafen, vergaß Randi vollständig, warum sie sich überhaupt gegen das übermächtige Verlangen, ihn zu verschlingen, wehrte.

Als sie ihn küsste, übernahm er die Kontrolle und brachte sie zur totalen Aufgabe. Er schmeckte. Er neckte. Er befahl. Evans Zunge glitt in ihren Mund und wischte jeden ihrer existierenden Zweifel weg. Er eroberte ihre Mundhöhle und ließ sie atemlos und gedankenlos zurück. Als er endlich wieder auftauchte, hielt er ihre Unterlippe mit seinen Zähnen fest und saugte sanft daran, ganz so als wollte er ihr ein Mal hinterlassen.

Ganz plötzlich befanden sich seine Lippen überall und Randi musste ihre Hand aus seinem Haar nehmen, um die Arme um ihn zu schlingen, weil sie bemerkte, dass sie hochgehoben wurde. Sie landete auf etwas Weichem – sie nahm an, dass es das Sofa war – doch sie würde ihren Kopf nicht von seinem Mund nehmen, um sich dessen zu vergewissern. Zu besessen war sie von dem Gefühl seines Körpers an ihrem, um sich darum zu scheren, worauf sie lag.

Aus einem unbekannten Grund fühlte sie sich sicher darin, Evan die Kontrolle über ihren Körper zu geben, während er vor Leidenschaft für ihn in Flammen stand. Sie wusste, dass er von dem gleichen wahnsinnigen Verlangen beherrscht wurde, das sie gerade spürte.

Randi schluchzte fast auf, als ihr Körperkontakt abbrach. Als sie ihre Augen öffnete, setzte ihr Atem aus, denn sie sah, wie sich Evan in dem gedämpften Licht des Feuers seinen Pullover über den Kopf zog, als könnte er es nicht abwarten, ihn loszuwerden. Randi blinzelte. Sie war fasziniert von dem Anblick seines muskulösen Oberkörpers und seiner definierten Bauchmuskeln, überzogen von nackter Haut. Sie konnte es nicht erwarten, sie endlich zu berühren.

»Du bist wunderschön«, hauchte sie leise, noch immer betört von seiner Leidenschaft.

Seine Augen waren wie blaue Flammen und sein ernster, unerschütterlicher Blick hielt sie fest gefangen, während er seinen Pullover auf den Boden fallen ließ. Evan sagte kein Wort, als er sich neben das Sofa kniete, sie aufsetzte und ihr den Pullover über den Kopf zog. Sie half ihm, warf das Kleidungsstück achtlos zur Seite und machte sich daran, den vorderen Verschluss ihres BHs zu öffnen.

»Warte«, sagte Evan und strich über den seidenen Stoff, um ihre darunter liegenden, steinharten Brustwarzen zu berühren. »Das ist sexy. So will ich dich in Erinnerung behalten. Ich will mich an alles erinnern.«

Seine tiefe Stimme klang so ehrfürchtig, dass die Vibration ihr den Rücken hinunterlief und eine Gänsehaut einjagte. »Ich brauche das hier, Evan. Bitte! Das muss nicht heißen, dass ich dich mag oder dass ich irgendetwas von dir erwarte. Du musst mich zukünftig auch nicht mögen. Aber das hier will ich jetzt.«

Für gewöhnlich war sie übervorsichtig und unter solch lockeren Umständen sicherlich nicht so bedürftig. Doch sie war es so leid, ihr nicht nachlassendes Verlangen für diesen Mann zu bekämpfen, so leid, ihren Verlust zu betrauern, und so verdammt erschöpft, sich innerlich so leer zu fühlen.

»Du musst mich nicht mögen«, brummte Evan. »Lass mich dir einfach nur Lust bereiten.« Er riss ihr den BH mit einem starken Ruck vom Oberkörper. Das mit Spitze besetzte Kleidungsstück war zart und gab bei seiner Kraft nach.

Ja! Ja! Ja!

Obwohl Randi den Verlust ihres Lieblings-BHs bedauerte, stöhnte sie dennoch auf, als er ihre Brüste aus ihrem Gefängnis befreite.

Mit einer sanften Bewegung glitt Evan auf das Sofa und zwischen ihre Schenkel. Sie zog ihn herunter und schnappte nach Luft, als ihre aufgeheizten Körper sich berührten. Es war Qual und Wonne zugleich. Ihre Brustwarzen wurden sogar noch härter, als sie gegen seinen muskulösen Oberkörper rieben.

Sie schlang die Arme um ihn und streichelte seinen Rücken hinauf und wieder hinab, um jeden Zentimeter seiner nackten Haut zu berühren, den sie finden konnte. Er fühlte sich heiß an, hart, doch seine Haut war wie Samt unter ihren Fingern.

Er griff ihr Haar und zog ihren Kopf zurück, wobei seine Lippen und Zunge sich ungestüm ihren Weg über die zarte Haut an ihrem Hals bahnten. »Ich. Brauche. Es. Auch.« Seine Stimme war rau und verzweifelt.

Sie hörte seine Worte wieder und wieder in ihrem Kopf und ihr Körper stand plötzlich in Flammen, als sie begriff, dass er in diesem Augenblick genau das Gleiche wollte und es ebenso dringend brauchte wie sie.

Sie sehnte sich danach, ihn die Kontrolle übernehmen zu lassen, ihre Lust zu befriedigen, doch sie musste ihm noch etwas mitteilen, bevor sie komplett den Verstand verlor.

»Oralsex ist tabu«, warnte sie ihn. Es war nicht so, dass sie es nicht tun *würde*. In Wahrheit *konnte* sie es nicht. Sie hatte versucht, ihre Angst davor mit ihrem festen Freund vom College zu überwinden, doch die Erfahrung war nicht gerade angenehm gewesen.

»Gut«, antwortete er kurz und klang, als würde es ihn überhaupt nicht interessieren, was sie bereit war, ihm zu geben. Er stand auf, zog ihr die Stiefel aus und öffnete die Knöpfe ihrer Jeans.

Ungeduldig und außer Atem half sie ihm. Nachdem sie ihre Beine aus der Jeans herausgestrampelt hatte, streckte sie die Hände nach ihm aus, doch er stand bereits und befreite sich selbst aus seiner Jeans. Als er seine Boxershorts in einer eleganten Bewegung nach unten schob und abstreifte, musste Randi laut seufzen.

Mit dem Feuerschein im Hintergrund war Evan herrlich nackt und exquisit gebaut. Sein Schwanz war lang, dick und so steif, dass sie ihn unbedingt in sich spüren wollte. Sie streckte erneut ihre Hand aus, um ihn zu berühren, doch er ergriff ihre Finger. »Nein.« Seine Stimme klang hartnäckig.

Er positionierte sich wieder zwischen ihren Schenkeln, legte eines ihrer Beine auf das Sofa und das andere über seine Schulter.

»Passender Slip«, sagte er und rieb mit seinem Daumen über die rote Seide ihres Höschens.

»Mein Lieblingsset«, keuchte sie hilflos und zitterte, als sein Finger ihre feuchte Muschi durch den Stoff berührte. Ihr Körper war bereit zur Zündung und er hatte noch nicht einmal angefangen, sie zu ficken. Sie stöhnte laut auf, als er einen Finger in ihren Slip schob und leicht ihre Klitoris berührte. »Oh Gott, Evan! Bitte!« Sie wollte ihn so verzweifelt in sich spüren. Jetzt. »Was tust du da?« Worauf wartete er noch?

»Du sagtest, dass Oralsex für dich tabu sei. Ich habe angenommen, dass du damit den aktiven Teil meintest und nicht den passiven. Zumindest hoffe ich das.« Er riss an ihrem Höschen, das ebenso wie der BH sofort nachgab. »Denn ich will dich schmecken, Miranda.« Er warf ihren Slip auf den Boden und tauchte mit seinem Kopf zwischen ihren Schenkeln ab.

Sie schrie leise, als er ihre Muschi mit einem langen Streich seiner Zunge vereinnahmte. Das Gefühl war so unbeschreiblich, dass ihr die Luft wegblieb, während er begann, sie zu kosten und sich an ihrem empfindlichen Fleisch zu sättigen, als wäre es seine einzige Nahrung. Randi fuhr mit ihren Händen wieder und wieder durch sein Haar und krallte sich darin fest, während ihr Körper in einer wilden Reaktion auf seine Lippen, Zähne und Zunge, die alle gemeinsam daran arbeiteten, sie zum Wahnsinn zu treiben, erschauderte.

Ihre Hüften hoben sich an und sie rieb ihre Muschi ungeduldig gegen seinen Mund. »Evan. Bitte!« Es kam ihr vor, als würde ihr Körper mit einem lauten Brüllen zum Leben erweckt werden, und er hatte Appetit auf mehr.

Endlich umkreiste er ihre Klitoris, wobei seine Zähne das kleine Nervenbündel ganz sanft zwickten und seine Zunge schnell über das pulsierende Fleisch flatterte.

»Ja!«, stöhnte Randi und konnte nur noch Evans Berührung wahrnehmen.

Die besessene und dominante Art und Weise, wie er sie vereinnahmte, ließ sie wie von Sinnen zurück. Es schien, als hätte er in diesem Augenblick nur ein einziges Ziel: sie zum Höhepunkt zu bringen. Seine absolute Konzentration auf diese Aufgabe und der offensichtliche Genuss, den er bei diesem Akt körperlicher Lust verspürte, waren überwältigend. Evan war wie eine erbarmungslose Naturgewalt.

Sie kam zum Höhepunkt und schrie seinen Namen. Ihre Hüften zuckten an seinem hungrigen Mund, während ihr Körper sich vor Erleichterung schüttelte.

Das Blut rauschte in ihren Ohren und ihr Atem ging noch immer stoßweise, als er über ihr erschien. »Fick mich, Evan!«, bettelte sie. Ihr Körper war zwar befriedigt, doch sie fühlte sich noch immer leer. Sie wollte ihn berühren und ihm dabei zusehen, wie er seine eigene Lust erfuhr.

»Das habe ich vor«, brummte er erregt.

Randi versuchte erneut, nach seinem erigierten Schwanz zu greifen, doch er schob ihre Hand weg und hob ein Kondom vom

Boden auf. Er musste es aus seiner Tasche genommen haben, bevor er die Jeans ausgezogen hatte. Jetzt rollte er es sich ungeduldig über.

»Wenn du mich anfasst, explodiere ich«, sagte Evan schroff und senkte seinen Körper auf ihren herab.

»Das ist mir egal«, murmelte Randi, legte ihre Arme um seinen Hals und streichelte die warme, glatte Haut an seinen Schultern. Sie schlang ihre Beine um seine Hüften.

»Mir ist es das aber ganz und gar nicht!«, entgegnete Evan keuchend, als er sich mit einer einzigen, geschmeidigen Bewegung in sie hineinschob. »Mein Gott, bist du eng!«, stöhnte er, als er sich vollständig in ihr befand.

»Oh Gott!« Es war so lange her gewesen und Evan war groß gebaut. Sein Eindringen war Schmerz und Ekstase zugleich. Randi konnte fühlen, wie sein Körper sich anspannte, während er bewegungslos und tief in ihr darauf wartete, dass sie sich an seine Größe gewöhnte. »Es geht schon. Fick mich, Evan!« Ihre Muskeln entspannten sich und gewährten ihm Einlass. Der Schmerz hatte nur eine Sekunde gedauert, dann existierte für sie nur noch das Gefühl des Ausgefülltseins durch ihn und die köstliche Lust, ihn tief in sich zu spüren.

»Kann. Nicht. Warten.« Evan begann, sich mit einem gequälten Stöhnen zu bewegen.

Randi spürte, wie ihr gesamter Körper anfing zu vibrieren. Ihr Magen zog sich zusammen, als Evan begann, sich zurückzuziehen und in sie hineinzustoßen, ganz so, als würde sein Leben davon abhängen.

Die Realität verschwamm und es existierten nur sie und Evan, ihre beiden Körper vereinigt. Randi hätte in ihn hineinkriechen und nie mehr herauskommen wollen. Sein Geruch war überall und betörte sie. Sein Schwanz stieß in sie hinein und seine feuchte Haut rieb sich gegen ihre, doch es reichte ihr noch nicht.

»Härter!«, bettelte sie um mehr.

Ihre Fingernägel kratzten über seinen Rücken, während sie versuchte, ihn näher an sich heranzuziehen.

»Oh ja! Das fühlt sich gut an!«, knurrte er und stieß tiefer und härter zu.

Sie wurden beide gleichzeitig von der Fleischeslust ergriffen, während ihre Körper in einem harten, schnellen und heißen Rhythmus gegeneinander klatschten, der Randi dazu brachte, sich unter Evan in einem Whirlpool der Sehnsucht zu räkeln.

»Komm für mich, Miranda! Komm *mit* mir«, forderte Evan, bevor er ihren Mund mit seinem verschloss.

Die Spannung in ihrem Bauch entlud sich in der Sekunde, als Evans Körper sich anspannte. Das Gefühl von seiner heißen Zunge, die erneut stürmisch in ihren Mund eindrang, ließ sie erschaudern. Sie ergriff seinen festen Hintern und wollte ihn in sich halten, als er in ihren Mund stöhnte.

In einer stürmischen See der Leidenschaft, in der sie beinahe ertrank, erreichte sie den Höhepunkt; die einzige Sache, die sie an ihrem Platz hielt, war ihr gefesselter Blick auf Evan, der seinen Mund mit einem tiefen, wilden Stöhnen von ihrem löste. Er warf seinen Kopf zurück, die Sehnen in seinem Nacken zuckten und kleine Schweißtropfen liefen sein Gesicht hinunter, als er seinen eigenen Orgasmus erlebte.

In diesem einen Augenblick als Einheit brachen sie auseinander und Randi wusste, dass sie niemals vergessen würde, wie Evan ausgesehen hatte, als sie zusammen waren. Erschöpft von der Lust, die er erfahren hatte, bot er einen sinnlichen, herrlichen Anblick, der es wert war, sich an ihn zu erinnern.

Er ruhte mit seinem Gewicht nur kurz auf ihr, bevor er sich aufrichtete, um das benutzte Kondom zu entfernen.

Sie vermisste das Gefühl seiner Nähe in dem Moment, als er wegging. Die Hitze seines Körpers an ihrem war großartig gewesen und hatte einige der dunklen, leeren Ecken in ihr ausgefüllt, die nach dem Verlust ihrer Pflegemutter zurück an die Oberfläche gekommen waren.

Sie hatte nicht einmal ihren Atem vollständig wiedererlangt, da war er schon zurück, hob sie vom Sofa auf und ließ sich gemeinsam mit ihr auf seinem Schoß in einen Lehnsessel fallen. Sie kuschelte sich an ihn und betrank sich an seinem Geruch und dem Sex, den sie gerade erlebt hatten. Sie waren beide nass geschwitzt von der Anstrengung, auch wenn der Sturm außerhalb der Mauern seines riesigen Anwesens vermutlich noch immer tobte. Er streichelte ihr über das Haar, als ob sie ihm etwas bedeutete, und im Gegenzug strich sie ihm eine widerspenstige Locke aus der Stirn.

Ihr Kopf versuchte, sie für das soeben Geschehene zu schelten, doch sie schob die negativen Gedanken beiseite. Sie weigerte sich zu bereuen, was sie gerade getan hatte. Evan hatte einige der einsamen Orte in ihr ausgefüllt und ihren Körper zum Singen gebracht. Sie hatte niemals unverbindlichen Sex gehabt, der so gut gewesen war wie der, den sie gerade erlebt hatte, und sie würde sich nicht dafür hassen, dass sie es mit einem Mann, den sie nicht einmal leiden konnte, so sehr genossen hatte. Das Leben war wirklich zu kurz für diese Art von Reue. Sie würde genießen, was sie hatte, genau jetzt, in diesem Moment, und die Zukunft konnte sich zum Teufel scheren.

»Ich habe ein Problem«, sagte Evan reumütig.

Randi musste bei seiner ernsten Stimme kichern. Sie fing an, sich an sein düsteres Gebaren zu gewöhnen, und hielt es sogar für möglich, dass seine Persönlichkeit nicht nur aus Arroganz bestand und dass einige Dinge aus seinem Mund nur deswegen ernst klangen, weil er nie die Gelegenheit zum Lachen gehabt hatte. »Ich dachte, wir hätten dein Problem gerade gelöst.«

Er schüttelte den Kopf. »Nicht das. Ein anderes Problem.«

»Welches?«, fragte sie neugierig und lehnte sich zurück, um ihm ins Gesicht sehen zu können.

Ihre Blicke trafen sich und sie bemerkte ein kleines, zärtliches Zwinkern in seinen Augen. »Ich glaube, ich fange an, dich zu mögen.«

Er klang mürrisch, doch Randi wusste, dass er nur versuchte, sie aufzuziehen. Sein Versuch war liebenswert und süß, weil sie instinktiv ahnte, dass das, was er tat, für einen Mann wie Evan nicht einfach war.

Randi brach in lautes Gelächter aus und drückte ihn fest an ihre Brust. Sie beruhigte sich und versuchte, seinen ernsten Tonfall nachzuahmen, wusste jedoch, dass sie kläglich scheiterte: »Ich glaube, ich mag dich auch.«

Kapitel 8

Lieber S.,

es tut mir leid, dass ich mich nicht eher gemeldet habe. Bei mir zu Hause ist der Strom ausgefallen. Ich musste für einige Tage in die Stadt fahren und den Sturm dort abwarten. Ich wohne normalerweise etwa fünfzehn Kilometer außerhalb der Stadt. Ich hoffe, es geht Dir gut und Du hältst Dich warm.

Liebe M.,

ich hoffe, bei Dir ist alles in Ordnung. Hast Du einen Freund in der Stadt, bei dem Du bleiben kannst?

Lieber S.,

es ist nicht wirklich ein Freund. Um ehrlich zu sein übernachte ich bei dem Typen, von dem ich Dir erzählt habe, von dem Du gesagt hast, dass ich mich von ihm fernhalten soll. Bevor Du mich noch einmal warnst – so schlimm ist er nicht. Und irgendwie habe ich sogar das Gefühl, ihn zu mögen. Gestern war er wirklich nett zu mir und hat mich in seinem Haus untergebracht. Ich glaube, ich habe ihn bisher immer nur falsch verstanden.

Liebe M.,
dann schieß ihn auf gar keinen Fall ab. Vielleicht solltest du
versuchen, ihn noch ein wenig besser zu verstehen. Und ja,
ich halte mich sehr warm. Ich habe jemanden getroffen, der
mir dabei hilft, die Kälte zu vertreiben.

Randi zögerte, als sie die Antwort ihres E-Mail-Freundes las. Er hat jemanden getroffen? Was genau dachte sie *darüber*? Ihr geheimnisvoller S. bedeutete ihr sehr viel und sie wollte, dass er glücklich ist. Sie hatte von Anfang an gewusst, dass sie sich niemals persönlich treffen würden, deswegen konnte sie jetzt auch nicht egoistisch sein und ihm wünschen, dass er genauso elendig allein war wie sie, nur damit sie sich für immer Nachrichten schreiben konnten.

Lieber S.,
das freut mich für Dich! Bedeutet das also, dass Du an
Abenden, die für Paare reserviert sind, nicht mehr allein
sein wirst?

Liebe M.,
das weiß ich nicht. Diesen Abend gab es bislang nicht.

Randi lachte laut auf. Es war erst Montag.

Lieber S.,
dann hoffe ich mal stark, dass Du mir am Freitag nicht
schreiben wirst. Ich hoffe, sie ist gut genug für Dich.

Liebe M.,
um ehrlich zu sein ist sie viel zu gut für mich.
    Aber was ist mit Dir? Wirst Du zukünftig an Freitagabenden
zur Verfügung stehen?

Randi seufzte, räkelte im Lehnsessel ihren schmerzenden Körper und hielt dabei den Laptop auf ihren Beinen fest, damit er nicht herunterfiel. In der vergangenen Nacht hatte sie einigen ihrer Muskeln Dinge zugemutet, die sie seit Jahren nicht mehr getan hatte.

Evan hatte sie nach oben in sein Bett getragen, wo sie weitere Zärtlichkeiten ausgetauscht hatten, bis sie beide schließlich erschöpft eingeschlafen waren.

Am nächsten Morgen war sie allein aufgewacht. Nachdem sie geduscht hatte, war sie nach unten gegangen, um ihre Kleider und ihren Laptop zu suchen. Sie hatte beides gefunden und saß nun in dem Lehnsessel, den sie und Evan in der Nacht zuvor geteilt hatten, und unterhielt sich mit ihrem geheimnisvollen S., während sie darauf wartete herauszufinden, wohin Evan gegangen war.

Wo immer er auch war, er musste Lily mitgenommen haben. Ihre Hündin erschien für gewöhnlich, wenn sie gerufen wurde, und Randi hatte bereits überall nachgesehen. »Vielleicht ist er mit ihr spazieren gegangen«, murmelte sie und fragte sich noch immer, wohin er wohl gegangen sein könnte.

Lieber S.,
ich werde unvermeidlich verfügbar sein.

Liebe M.,
Was ist mit Deinem Typen? Ich bin der Meinung, dass Du ihn besser kennenlernen solltest. Vielleicht hast Du ihn am Anfang nur falsch eingeschätzt. Du hast doch gesagt, dass er nett zu Dir gewesen ist.

Randi zögerte, weil sie wusste, dass sie über Evan nicht viel sagen konnte. Wer auch immer ihr mysteriöser Schreibfreund war, er arbeitete sehr wahrscheinlich direkt für die Sinclairs.

Lieber S.,
er ist nur zu Besuch hier. Es ist nichts Ernstes zwischen uns.

Liebe M.,
vielleicht könnte ja etwas Ernstes daraus werden?

F. A. Scott

Lieber S.,
leider ... nein.

Liebe M.,
warum nicht? Ich dachte, Du hättest angefangen, ihn zu mögen.

Lieber S.,
lange Geschichte. Wir kommen aus zwei vollkommen
verschiedenen Welten.

Liebe M.,
was ist, wenn er mehr von Dir will und es ihm nichts ausmacht,
selbst wenn ihr beide von zwei verschiedenen Planeten
stammen würdet?

Bei diesem Satz musste Randi kichern.

Lieber S.,
ich glaube nicht, dass das überhaupt zur Debatte stehen wird.
Es ist nur eine Affäre zwischen uns, eine Art, um über etwas
hinwegzukommen, das schon seit geraumer Zeit zwischen
uns steht.

Es konnte ja sein, dass Evan sie begehrte, und vielleicht würde er
sogar anfangen, sie zu mögen, doch sie würde sich keine Hoffnungen
darauf machen, dass eine Lehrerin mit einer dunklen Vergangenheit
und ein Milliardär die Chance auf eine feste Beziehung haben
könnten. Evan würde sich bald schon wieder seinen Geschäften
widmen und sie würde zu ihrer Arbeit zurückkehren, wenn der
Sturm vorüber war.

Liebe M.,
ich bin für Dich da, wenn Du darüber sprechen willst.

Randi holte tief Luft. Sie war versucht, ihm alles zu erzählen. Doch das konnte sie nicht. Da waren immer noch so viele Dinge aus ihrem Leben, von denen er nichts wusste, und sie war sich nicht sicher, in welcher Weise er mit den Sinclairs in Verbindung stand. Sie teilte zwar ihre Gefühle mit ihrem geheimnisvollen Mann, doch es gab noch immer Dinge, über die sie sich nicht zu schreiben traute.

Lieber S.,
vielen Dank, dass Du immer für mich da bist. Das hat mir immer viel bedeutet. Ich wünsche Dir viel Erfolg dabei, warm zu bleiben. Ich werde jetzt mal nach meiner Hündin suchen. Ich habe keine Ahnung, wo sie stecken könnte. Bis bald!

Randi meldete sich von ihrem E-Mail-Programm ab und sperrte den Computer, schloss den Deckel und stellte ihn auf dem Boden ab. Sie versuchte verzweifelt, angesichts der Neuigkeit, dass eine Frau in das Leben von S. getreten war, keine Reue zu spüren, da sie ihm offensichtlich etwas bedeutete. Einerseits *wollte* sie sich für ihn freuen, doch andererseits hatte sie sich über das letzte Jahr hinweg an seine Freundschaft, Ratschläge, seinen gesunden Menschenverstand und sein Mitgefühl gewöhnt. Es hatte Zeiten gegeben, in denen sie eine noch tiefere Bindung als Freundschaft zu ihm verspürt hatte, doch sie hatte keine Ahnung gehabt, um was es sich genau gehandelt hatte. Manchmal kam es ihr so vor, als ob sie seelenverwandt waren, weil sie sich auf einer Ebene verstanden, die anders war als nur rein freundschaftlich. Doch leider würde sie es vermutlich niemals herausfinden.

Sie hatte ihn treffen wollen, doch eine schlaue Frau mit ihrer Vergangenheit besaß mehr Verstand, als daran zu glauben, dass ein Treffen mit einem Fremden, den sie nur aus E-Mails kannte, irgendetwas anderes als gefährlich sein würde. Und realistisch gesehen würde es zu einer Katastrophe epischen Ausmaßes kommen, wenn die beiden sich persönlich träfen und sich rein gar nichts zu sagen hätten. Dann würden sie beide eine Freundschaft verlieren, auf die sie sich im gesamten letzten Jahr immer hatten verlassen können.

»Ach, was soll's! Das spielt auch keine Rolle mehr. Er hat jetzt seine Frau gefunden«, flüsterte sie leise und hoffte insgeheim, dass die unbekannte Frau erkannte, was für einen tollen Mann sie hatte. Wenn sie es nicht täte, würde Randi das unbekannte Weib höchstpersönlich windelweich prügeln. Sie hatte ihn zwar niemals getroffen, doch er hatte einsame Nächte mit ihr verbracht und sie nach Joans Tod getröstet. Allein das zeigte ihr, dass er ein großes Herz besaß.

Randi gähnte, als sie aus dem Sessel aufstand.

Ich brauche Kaffee. Dringend.

Auf der Suche nach der Küche wanderte sie durch das riesige Haus. Dabei stellte sie fest, dass, obwohl das Haus selbst und die Einrichtung wirklich schön waren, alles etwas … unbenutzt und kalt wirkte. Höchstwahrscheinlich war das so, weil es wenig genutzt wurde und in Evans Zuhause keine persönliche Atmosphäre herrschte.

Während sie noch darüber nachdachte, ob sie weiter nach Lily suchen sollte, überraschte Evan sie, als er durch eine Tür in die Küche trat, die sie zuvor noch nicht bemerkt hatte. Lily befand sich direkt hinter ihm.

»Hey, mein Mädchen!«, rief Randi und hockte sich hin, um sich ihre morgendlichen Hundeküsschen von Lily abzuholen. Sie knuddelte den fröhlichen Hund und sah zu Evan auf. »Guten Morgen«, sagte sie vorsichtig und lief rot an, als sie darüber nachdachte, was alles zwischen den beiden in der vergangenen Nacht passiert war.

»Jetzt ist er viel besser als nur gut«, bemerkte Evan heiser und verschlang sie mit seinen Augen.

Randi fiel auf, dass Evan in legerer Kleidung genauso heiß aussah wie in Anzug und Krawatte. Obwohl er wieder eine Jeans trug, die seinen knackigen Hintern zur Geltung brachte, und diese mit einem grünen Pullover kombinierte, strahlte er noch immer Macht aus. Diese Aura trug er mit sich herum, ganz egal wie er sich kleidete.

»Ich habe mir Sorgen um Lily gemacht«, sagte Randi, während sie Lilys weiches Fell streichelte. »Mir war nicht bewusst, dass sie mich so schmählich verraten würde. Ich dachte, du magst keine Hunde.«

Sie vertraute auf das Urteilsvermögen ihrer Hündin und es schien, als hätte die sich ihre Meinung über Evan bereits gebildet. Lily schaute abwechselnd zwischen den beiden hin und her und warf ihnen verehrende Blicke zu.

»Ich habe nie gesagt, dass ich Hunde nicht mag. Nur dass ich nie einen hatte. Sie ist nett. Ich habe sie nach draußen gebracht, damit sie zur Toilette gehen kann«, drückte sich Evan sachgemäß aus. »Und dann ist sie mir nach unten in mein Büro gefolgt.«

Lily leckte ein letztes Mal über Randis Wange, bevor diese sich erhob.

»Warum leckt sie die ganze Zeit? Ich habe sie gefüttert, doch sie hat damit weitergemacht, auch nachdem sie ihr Futter bekommen hatte. Ich habe gedacht, dass sie vielleicht Hunger hat, doch vermutlich lag ich da falsch.« Er sah ehrlich verwirrt aus.

Randi lachte. »Sie zeigt dir ihre Zuneigung. Sie mag dich!«

Sie fand die Kaffeemaschine und die dazugehörigen Kapseln, die in die Maschine eingeführt werden mussten. Sie legte eine hinein, schloss den Deckel und drückte den Knopf, um den Brühvorgang zu starten, nachdem sie eine Tasse gefunden und unter den Ausguss gestellt hatte.

»Mag mich ihre Besitzerin denn heute immer noch?«, fragte Evan vorsichtig und legte von hinten seine Arme um ihre Taille.

Randi drehte sich um und umarmte ihn ebenfalls. »Das kommt darauf an. Wirst du mich küssen?«

»Ja. Ja, ich glaube, das werde ich tun. Ich denke nicht, dass ich mich zurückhalten kann. Du siehst heute wunderschön aus«, entgegnete Evan mit einem Blick, der stürmischer war als das Wetter draußen.

Randi erschauderte vor Vorfreude, als Evan seinen Kopf senkte. Sie trug kein Make-up und ihr langes Haar war noch immer feucht von der Dusche, die sie genommen hatte. In ihrer Jeans und dem Pullover sah sie sicherlich ziemlich ungepflegt aus, doch Evan schien das nicht zu stören.

Sie nickte mit dem Kopf und lächelte. »Die Schmeichelei hilft«, neckte sie ihn.

Seine Mundwinkel formten ein kleines Lächeln und er war gerade im Begriff, seinen Kopf zu senken, da schnüffelte er mit einem Mal hörbar.

»Was ist das für ein scheußlicher Geruch?«

Ein Hauch und Randi wusste ganz genau, worum es sich bei dem Gestank in der Küche handelte. »Was hast du Lily zu fressen gegeben?«

»Ich war mir nicht sicher, wie viel du ihr gibst oder wann du sie fütterst, deswegen habe ich ihr einfach einige meiner Essensreste von gestern gegeben. Sie schien es zu mögen und ich dachte, das würde sie sättigen, bis du aufwachst.« Evan blickte betroffen drein. »Ich habe doch hoffentlich nichts falsch gemacht?«

Er sah so besorgt um Lilys Wohlbefinden aus, dass Randi sich ein Lachen verkneifen musste. »Sag mir bitte nicht, dass du ihr Rindfleisch gegeben hast.«

Steak war am schlimmsten, doch auch Hamburger waren nicht ideal. Lily liebte sowohl das eine als auch das andere, doch beides enthielt zu viel Fett und machte ihrem empfindlichen Magen immer zu schaffen.

Er nickte sofort. »Steak. Aber ihr schien es wirklich zu schmecken!«

Randis schlimmste Befürchtung bestätigte sich. »Oh, sie liebt Steak! Doch wenn sie mehr als nur ein kleines Stückchen frisst, entwickelt sie … Gase.«

»Ich habe ihr ziemlich viel gegeben. Wird sie krank werden?« Evan wurde lauter.

Als Randi die Panik in seiner Stimme hörte, hob sie die Hand. »Sie wird nicht krank werden. Rindfleisch bringt sie nicht um. Doch sie wird den ganzen Tag furzen, genau wie eben.«

Angesichts dieser Information sah er vollkommen unbeeindruckt aus. »Dann ist es ja gut. Ich hoffe nur, dass sie keine Schmerzen hat. Ich habe das nicht gewusst.«

Randi rümpfte die Nase, als sich eine neue Gestankswolke in der Küche ausbreitete. Sie sah dabei zu, wie Lily zu Evan hinüber trottete und sich neben ihn auf den Boden fallen ließ. Dabei sah sie ihn aus ihren treuen, braunen Augen mit wahrer Heldenverehrung an. Evan war sich vermutlich nicht bewusst, dass er ihre unsterbliche Liebe in dem Moment gewonnen hatte, als er ihr das erste Stück Steak gegeben hatte. Anstatt vor dem Gestank zu flüchten, beugte Evan sich hinunter und streichelte der Hündin mit erleichtertem Blick über den Kopf.

»Tut mir leid, Mädchen«, säuselte er mit tiefer, beruhigender Stimme.

Randi tat sich schnell Zucker und Milch in ihren Kaffee, damit sie die stinkende Küche verlassen konnte. Dabei wurde ihr bewusst, dass die Art und Weise, wie Evan mit Tieren umging, ein weiterer Grund war, ihn zu mögen.

Verdammt!

Kapitel 9

»Scheiße! Evan hat niemals gegenüber irgendeinem von uns seine Kindheit erwähnt. Kein Wunder, dass wir ihn nie gesehen haben.« Jared Sinclair verstärkte den Griff um die Kaffeetasse, die er in der Hand hielt. »Warum hat er es uns nicht erzählt?«

»Vielleicht weil wir alle selbst zu sehr mit unseren Problemen beschäftigt waren, um zu bemerken, dass er seine eigenen Schwierigkeiten hatte. Für ihn war es einfacher, nichts zu sagen«, erwiderte Grady nachdenklich von seinem Platz auf dem Ledersofa. »Er war immer derjenige gewesen, der sich um uns gekümmert hat, und ich gehe jede Wette ein, dass er es nicht gewohnt ist, mit anderen Menschen über seine Probleme zu sprechen. Ich sage nicht, dass das fair ist. Für Evan ist es einfach nur unbehaglich, *nicht* über alles die Kontrolle zu haben.«

»Mann, das stimmt«, sagte Jared. Vermutlich erinnerte er sich an die dunkle Zeit in seinem Leben, die er vielleicht nicht überlebt hätte, wenn Evan ihm nicht geholfen hätte.

Micah Sinclair fühlte selbst ein kleines bisschen Reue, wenn er an einige der Witze dachte, die er auf Evans Kosten gemacht hatte, um zu versuchen, seinen pompösen, ältesten Cousin von seinem hohen Ross herunterzuholen. Er mochte Evan, er verstand ihn sogar ein wenig, weil auch er der älteste Sohn in der Familie war, doch er konnte es sich nie verkneifen, ihn wegen seiner arroganten, steifen Seite aufzuziehen. Evan war zweifellos arrogant, doch vielleicht nicht so sehr, wie Micah bislang angenommen hatte. Oh, zum Teufel, sein Cousin war *wirklich* ein großspuriger Mistkerl, doch aus anderen Gründen, als er bisher angenommen hatte.

Er sah die drei Männer an, die gemeinsam mit ihm in Jareds Wohnzimmer saßen. Alle von ihnen waren ziemlich bedrückt angesichts der Dinge, die Hope vor ihnen über Evan enthüllt und von denen niemand etwas gewusst hatte. Die Frauen hatten sich ins Obergeschoss zurückgezogen, um die Planung für Hopes Feier fertigzustellen. Die Männer versuchten hingegen noch immer, einen Sinn in Evans Schweigen zu finden.

Hope hatte gesagt, dass Evan sie nie gebeten hatte, die Geschichte nicht zu erzählen, und sie war der Meinung , dass jeder wissen sollte, mit welchen Problemen er als Kind und Jugendlicher zu kämpfen hatte. Micah war sich ziemlich sicher, dass das Fehlen von Evans Zustimmung nicht bedeutete, dass es okay für Hope war, seine gesamte Familie über seine Probleme zu informieren. So wie er Evan kannte, konnte er sich vorstellen, dass er niemals wollte, dass es irgendjemand erfährt. Micah konnte dieses Gefühl gut nachvollziehen. Doch Hope war das Risiko eingegangen und hatte Evans Geschichte erzählt, weil sie sich um ihn sorgte.

Hope will einfach nur, dass ihre gesamte Familie wieder zusammenfindet und heilt, nach dem, was sie alle in ihrem Leben hatten durchmachen müssen.

Micah wusste, wie sie sich fühlte. Genau jetzt war seine eigene Familie so auseinandergerissen, dass er sich sicher war, nichts würde oder könnte sie jemals wieder zusammenbringen.

Wenn Micah sich ansah, wie seine Cousins es geschafft hatten, wieder als Familie zusammenzukommen und zusammenzuwachsen, dann beneidete er sie. Er sah Julian kaum noch, weil dieser sich in Hollywood befand und versuchte, sich dort einen Namen zu machen. Und Xander ... sein jüngster Bruder schien einen Todeswunsch zu haben; es hatte den Anschein, als würde es ihn schlichtweg nicht interessieren, ob er lebte oder starb.

Er sehnte sich nach den Tagen zurück, an denen sie alle drei eng miteinander verbunden gewesen waren und gedacht hatten, dass nichts auf der Welt sie jemals auseinanderbringen könnte. Zugegebenermaßen war Entfernung nicht das Einzige, was sie getrennt hatte; eine Albtraum-Tragödie war der größte Faktor. Sie alle waren anders damit umgegangen und jeder hatte es für sich selbst verarbeitet. Derjenige, den es am härtesten getroffen hatte, war Xander gewesen, und Micah war sich immer noch nicht sicher, ob sein jüngster Bruder sich jemals von seinen emotionalen und körperlichen Verletzungen erholen würde.

Während er sich im Zimmer umsah, bemerkte er, dass die Männer nun zusammen mit ihrem Schwager Jason in ein Gespräch darüber vertieft waren, wie sie Evan helfen konnten. Grady und Jared führten eine hitzige Diskussion und Jason warf ab und zu seine Meinung ein. Dante war nicht zu Hause. Er nahm Anrufe entgegen und kümmerte sich um die Senioren in der Gemeinde, da er als Detective arbeitete und die Polizei von Amesport ziemlich klein war. Micah hatte keinen Zweifel, dass es noch chaotischer zugehen würde, wenn Dante ebenfalls anwesend wäre.

Micah erhob sich, denn er wollte zurück zum Gästehaus gehen, um einige Anrufe zu erledigen. Er hatte sich dazu entschlossen, bis zur Feier am Samstagabend zu bleiben, doch er musste sich weiterhin um sein Geschäft kümmern, während er sich nicht im Büro aufhielt.

Ein großer Teil von ihm wollte gern bleiben und sich weiter mit seinen Cousins unterhalten. Er hatte sich weitaus wohler gefühlt, hier zu sein und Zeit mit seiner erweiterten Familie zu verbringen, als er es seit Langem getan hatte. Doch er hatte seinen eigenen Geschwistern gegenüber ebenfalls eine Verantwortung zu tragen und konnte diese nicht länger ignorieren.

Julian würde sich in seiner Ankunft verspäten, da er nicht durch das schlechte Wetter hindurch kam, doch er sollte Freitagabend hier sein. Trotz alledem wusste Micah, dass er nicht viele seiner Sorgen mit Julian teilen würde, wo dieser in der Filmindustrie doch endlich alles erreicht hatte, von dem er jemals geträumt hatte. Er verdiente es, sich jetzt im Glanz des Ruhmes zu sonnen, ohne sich Gedanken um seine Familie machen zu müssen.

In einem seltenen Moment der Stille nutzte Micah seine Chance und verabschiedete sich von den Männern. Dann schlüpfte er aus der Schiebetür im hinteren Bereich des Wohnzimmers heraus und lief zum Gästehaus hinüber, wobei der kalte Wind an ihm zerrte, während er die kurze Entfernung zu dem kleineren Haus zurücklegte.

Als er eintrat, schloss er die Tür schnell hinter sich, um die Kälte nicht hereinzulassen. Noch immer in Ehrfurcht vor dem Wintersturm, der draußen gerade wütete, lehnte er sich von innen gegen die Tür.

Das Wetter sollte ihn traurig stimmen oder zumindest ein wenig schwermütig. Doch stattdessen beflügelte es ihn und ließ das Adrenalin sogar noch ein kleines bisschen stärker durch seinen Körper pumpen. Er liebte das Risiko und war ein Adrenalin-Junkie. Auch wenn er aufgehört hatte, einige der verrückten Dinge zu tun, die er getan hatte, als er noch jünger gewesen war, ging er noch immer kalkulierte Risiken ein. Für ihn gab es kein besseres Gefühl, als etwas zu schaffen, das bis dato als unmöglich gegolten hatte.

Während Micah sich in Richtung Badezimmer bewegte, zog er sich im Gehen seinen Pullover über den Kopf. Er musste wirklich dringend duschen. Er war rasch zu Jareds Haus hinübergegangen, weil Hope ihn darum gebeten hatte, dem Gespräch über Evan beizuwohnen. Er hatte zwar schnell Kaffee getrunken, doch zum Duschen hatte er keine Gelegenheit gehabt, bevor er sich mit seinen Cousins zusammengesetzt hatte.

Er drehte das Wasser auf und zog sich die restlichen seiner Kleidungsstücke aus, wickelte sie zu einem Bündel zusammen und schoss es einmal quer durch das Badezimmer. Es landete zielsicher im Wäschekorb und Micah riss die Arme in Siegerpose nach oben. »Zwei Punkte!«, teilte er sich selbst grinsend mit, öffnete die Tür der Duschkabine und betrat die Nasszelle.

Er war versucht, länger als nötig in der Dusche zu bleiben, weil sich das heiße Wasser so unglaublich gut anfühlte, doch er zwang sich zur Eile, damit er an die Arbeit gehen konnte. Als er fertig war, schlug er auf den abgerundeten Hebel der Brausearmatur und stellte das Wasser ab. Er drehte sich, um die Tür zu öffnen, doch hielt mitten in der Bewegung inne, bevor er die Tür der Duschkabine aufstieß.

Komplett nackt und tropfnass stand Micah wie eingefroren da, als er jemanden in unmittelbarer Nähe der Dusche singen hörte.

Wer zum Teufel ist das?

Als er genauer hinhörte, konnte er erkennen, dass es sich bei der Stimme um einen hellen Sopran handelte und dass sie leicht schief sang. Dem Singvögelchen schien das allerdings nichts auszumachen. Die Stimme wurde lauter und selbstsicherer, während sie sich in ihrem Lied dem Höhepunkt näherte.

Was. Zur. Hölle?

War das eine Verrückte, die versuchte, das Haus auszurauben? Wie viele geschickte Einbrecher schlugen während eines Schneesturms zu und sangen dazu noch sehr laut und falsch?

Mehr neugierig als ängstlich drückte Micah langsam die Tür auf und schlüpfte leise aus der Dusche.

Dort stand sie, direkt vor ihm, und reckte ihren runden Hintern in die Höhe, während sie die Toilette putzte. Weil sie ihm den Rücken zugekehrt hatte, blickte er direkt auf ihr Hinterteil.

Er nahm sich ein Handtuch vom Regal. »Könntest du damit warten, bis ich fertig bin?«, krächzte er und fragte sich, was sie wohl geritten hatte, als sie anfing, das Badezimmer zu putzen, während er in der Dusche war. Er kannte sie nicht. Micah vergaß nie einen Hintern und darüber hinaus erinnerte er sich ebenfalls nicht daran, jemals eine Frau mit solch spektakulär blonden Haaren gesehen zu haben. Es bestand aus verschiedenfarbigen Strähnen, die von honig- bis platinblond reichten.

Sie antwortete nicht und zuckte bei seiner Stimme auch nicht zusammen.

Micah wurde nun wütend und trocknete sich schnell ab. »Hast du mich nicht verstanden? Meine Güte, Frau! Hörst du schlecht?«

Sauer darüber, dass er immer noch keine Antwort erhielt, beugte er sich nach vorn, ergriff ihren Oberarm und wirbelte sie herum.

»Ich rede mit dir! Hör auf, mich zu ignorieren! Bist du verdammt noch mal taub?« Er hatte keine Ahnung, welche Absichten sie hatte, doch sie konnten auf keinen Fall gut sein.

Merkwürdigerweise war er enttäuscht, als sie aufhörte zu singen und stattdessen anfing zu schreien, wobei ihre Augen auf seinen Mund starrten.

»Hör auf damit! Ich tue dir ja nichts. *Du* bist bei mir eingebrochen.«

Nachdem der erste Schock darüber, Micah zu sehen, abgeklungen war, hörte sie auf zu kreischen und musterte ihn von Kopf bis Fuß. Dabei wurden ihre Augen größer, als sie seinen nackten Körper genau unter die Lupe nahm.

Weil er kein Problem mit Nacktheit hatte, ließ Micah sie schauen und wickelte sich dann schließlich das Handtuch um die Hüften. »Was zum Teufel machst du hier? Was willst du?« Frauen wollten immer irgendetwas von ihm.

Sie sah ihn einen Moment lang an und begann dann, langsam zu sprechen. »Ja, ich bin tatsächlich *verdammt noch mal* taub.« Während sie sprach, gebärdete sie für ihn, vermutlich aus der Gewohnheit heraus. »Ich wusste nicht, dass du hier bist. Ich konnte dich nicht hören.«

Micah sah auf die beschlagene Scheibe der Dusche und ihm dämmerte es, dass sie seine Anwesenheit nicht hatte bemerken können. Auf einmal fühlte er sich wie ein Idiot. Er sah sie direkt an, damit sie von seinen Lippen lesen konnte, und antwortete: »Es tut mir leid, dass ich dich erschreckt habe. Was tust du hier?« Er gebärdete die Worte und sprach sie gleichzeitig laut aus.

Einer seiner besten Freunde war gehörlos und obwohl Micah etwas eingerostet war, kannte er die Gebärdensprache ziemlich gut.

»Ich putze hier. Jared bezahlt mich, damit ich alle Häuser auf der Halbinsel sauber halte, wenn niemand darin wohnt. Meinem Bruder und mir gehört ein Restaurant in der Stadt, doch im Winter gehen die Geschäfte schlecht. Dies ist mein Nebenjob.« Sie zog ihre Gummihandschuhe aus und legte sie in einen Eimer, der auf dem Boden stand. Dann streckte sie ihre Hand aus. »Ich bin Tessa Sullivan.«

Micah nahm ihre Hand und hielt sie ein klein wenig länger fest als nötig. Seine Augen waren dabei auf ihre zarten Gesichtszüge und ihr wunderschönes, lockiges Haar gerichtet. Meine Güte, war sie hübsch, jetzt, wo er einen deutlichen Blick auf sie werfen konnte. »Micah Sinclair. Jareds Cousin.«

Als er ihr Gesicht sah, kam sie ihm aus irgendeinem Grund bekannt vor, doch er wusste, dass sie sich noch niemals zuvor begegnet waren. Wenn er sie schon einmal getroffen hatte, dann hätte er sie bestimmt nicht vergessen.

»Es tut mir leid. Ich habe nicht gewusst, dass du es vor dem Sturm hierher geschafft hast. Normalerweise putze ich die Badezimmer zuerst, sonst hätte ich vermutlich deine Sachen bemerkt. Bist du der Draufgänger oder der berühmte Schauspieler?« Sie zog ihre Hand zurück und lächelte ihn an, ein echtes Grinsen, in dem keine Spur von Unehrlichkeit oder Heuchelei zu sehen war. »Ich habe den Film noch nicht gesehen, der einen von Hopes Cousins zu einem Star gemacht hat.«

Zum ersten Mal in seinem Leben war Micah sprachlos. Ihr offenes Lächeln ließ seinen Schwanz sofort freudig zucken und ihn überkam der plötzliche Drang, ihr die Kleidung auszuziehen und sie über das Waschbecken zu beugen, um seinen pulsierenden Schwanz zu erlösen. Er wollte die gesamte Wärme aufsaugen, die er in ihrem Lächeln spüren konnte.

Er fühlte sich wie ein absolutes Arschloch, weil er sie angebrüllt hatte. Selbstverständlich hatte sie ihn nicht gehört – oder seinen Ärger wegen ihrer Anwesenheit verstanden. »Extremsport«, korrigierte Micah und wurde noch erregter, als sie unschuldig auf seinen Mund schaute.

Natürlich blickt sie auf meine Lippen. Das ist für sie der einzige Weg, um mich zu verstehen.

Micah sah sich überhaupt nicht mehr als Draufgänger. Eigentlich hatte er das nie getan. Er ging immer noch einige Risiken ein, doch sein Hauptaugenmerk lag nun auf dem Geschäft. Extremsportarten waren lukrativ und sein Unternehmen stellte den Menschen für ihren jeweiligen Sport die beste Ausrüstung zur Verfügung. Er war stolz darauf, dass er dabei mithalf, einige gefährliche Sportarten sicherer zu machen.

Sie nickte, um zu signalisieren, dass sie seine Richtigstellung verstanden hatte. »Du bist der Draufgänger. Mara hat mir bereits viel über dich und deine Brüder erzählt.«

»Es ist ein Beruf, der mich sehr reich gemacht hat«, antwortete Micah schroff und war genervt, dass er sein Geschäft tatsächlich verteidigte.

Was kümmert es mich?

Es kümmerte ihn nicht. Nicht wirklich. Für die Dinge, die er in der Vergangenheit gemacht hatte, war er schon wüster beschimpft worden und so wie sie aussah, hatte sie nicht vor, sich über seine Firma lustig zu machen. Und dennoch machte es ihn wütend, dass sie seinen Beruf abwertete. Er war sich nicht sicher warum … doch es gefiel ihm nicht.

»Gibt es einen Sinclair, der nicht reich ist?«, fragte sie mit einem Augenzwinkern.

»Es gibt vermutlich sehr viele, doch keinen mit unserer DNA«, entgegnete Micah und starrte sie noch immer wie ein notgeiler Teenager an.

Sie schnaubte, ein Geräusch, das vermutlich eigentlich ein Lachen sein sollte. Micah lächelte, weil das Geräusch von ihr kommend bezaubernd klang.

»Wie bist du hierhergekommen?« Das Wetter war fürchterlich und ihm gefiel der Gedanke nicht, dass sie draußen unterwegs war, wenn es so bitterkalt und stürmisch war.

»Mit dem Auto. Ich bin gehörlos, nicht dumm oder unfähig, einfache Aufgaben auszuführen.« Sie stemmte ihre Hände in die Hüften und blitzte ihn stur an.

»So habe ich das nicht gemeint. Falls es dir noch nicht aufgefallen ist, draußen tobt ein Schneesturm«, informierte Micah sie in sarkastischem Tonfall, nur um danach festzustellen, dass sie die Missbilligung in seiner Stimme nicht hören würde.

Sie zuckte mit den Schultern. »Ich habe mein ganzes Leben hier verbracht und ich besitze ein Apartment in der Nähe der Halbinsel.

Mir war bewusst, dass die Straßen hier befahrbar sein würden, weil die Sinclairs ihren eigenen Räumdienst haben.«

»Und du nennst mich einen Draufgänger!«, brummte er, da er nicht recht verstand, wie sie auf der Straße überhaupt etwas sehen konnte. Sie hatte Recht. Die Straße wurde dauerhaft geräumt, doch die Sichtverhältnisse waren gleich null.

»Ich kenne die Straßen hier so gut wie meine Westentasche. Ich könnte vermutlich sogar blind umherfahren.«

Sie fuhr bereits gehörlos umher und ihm schauderte bei dem Gedanken, dass sie sich jetzt überhaupt auf der Straße befinden könnte. »Es ist nicht sicher, jetzt rauszugehen«, teilte er ihr ärgerlich mit.

»Ich befinde mich gerade nicht draußen«, entgegnete sie vernünftig.

»Ich werde mich schnell anziehen und dann fahre ich dich nach Hause. Das Haus befindet sich in bester Ordnung. Du musst jetzt nicht putzen.« Wenn sie in der Nähe bliebe, würde ihn das nur ablenken.

»Schon gut. Ich gehe.« Tessa suchte rasch ihre Putzutensilien zusammen und eilte aus der Tür.

Micah lief zu seinem Schlafzimmer und zog eine saubere Jeans und einen alten Pullover an. Während er ins Wohnzimmer ging, kämmte er sein Haar mit den Fingern in Form.

Alles war still; das einzige Geräusch, das er vernehmen konnte, war das Pfeifen des Windes.

»Tessa!«, rief er wütend, bevor ihm einfiel, dass sie ihn nicht hören würde. »Scheiße!«

Micah zog seine Stiefel an und rannte durch die Eingangstür nach draußen. In Jareds Einfahrt parkten keine unbekannten Fahrzeuge.

Tessa war weg.

Kapitel 10

Ich muss es ihr sagen. Ich werde es ihr sagen – schon sehr bald.
Evan saß mit Randis furzender Hündin in seinem Kellerbüro und fragte sich, *wann* zum Teufel er ihr sagen würden, dass er ihr geheimnisvoller E-Mail-Schreiber war. Er wollte ehrlich zu ihr sein, er *musste* ehrlich zu ihr sein, doch was, wenn sie sich von Angesicht zu Angesicht nicht so gut unterhalten konnten wie per E-Mail?

Was, wenn sie Panik bekäme? Was, wenn sie ihn für ein Arschloch halten würde, weil er ihr nicht schon viel früher gesagte hatte, dass S. eigentlich er war, Evan Sinclair? Vielleicht würde sie sich hintergangen fühlen, dass er ihre Annahme, S. sei nur ein Mitarbeiter der Sinclair-Stiftung, nie richtiggestellt hatte. Gut ... vielleicht hatte er sogar gelogen, damit sie dachte, er sei ein ganz normaler Kerl. Er würde beide Menschen verlieren, seine beste Freundin und die Frau, die er mehr als irgendeine andere Frau in seinem Leben begehrte. Ja, okay, es handelte sich um denselben Menschen, doch das machte es noch schwieriger für Evan, die Wahrheit zu sagen. Für ihn stand doppelt so viel auf dem Spiel.

Evan hatte die beiden Frauen bereits zusammengefügt und er erkannte so viel von der Randi, die er jetzt persönlich kennenlernte, in ihren geheimnisvollen E-Mails wieder.

Er seufzte frustriert auf, lehnte sich in seinem bequemen Bürosessel zurück und legte seine Hand auf Lilys Kopf. Gedankenverloren streichelte er das seidene Fell der Hündin. Randi war auf dem Sofa eingeschlafen, nachdem sie einige Dinge für ihre Arbeit als Lehrerin erledigt hatte, und Lily war ihm nach unten in sein Büro gefolgt. Er gewöhnte sich daran, einen Hund im Haus zu haben, und zu seiner eigenen Überraschung fing er an, Lilys Gesellschaft zu mögen. Es war schon komisch, wie das Tier so absolut glücklich zu sein schien, nur weil es etwas Zuneigung und Futter bekam. Hunde waren wirklich einfach zufriedenzustellen.

Evan wollte nicht zugeben, dass er Randi viel zu lange beim Schlafen beobachtet und den Drang bekämpft hatte, sie zu berühren, sich zu ihr aufs Sofa zu legen und ihr die Kleidung auszuziehen, damit er die frustrierenden und animalischen Triebe, die ihn überkamen, befriedigen konnte – hart und ein für alle Mal.

»Ich werde es ihr schon sehr bald sagen«, flüsterte er Lily heiser zu. Die Hündin sah mit dunklen, ernsten Augen zu ihm auf und legte ihren Kopf schief, als würde sie verstehen. »Wird sie sauer auf mich sein?«, fragte er sie, während Lily ihn mit einem eindringlichen Blick ansah.

Scheiße! Ich kann es nicht fassen, dass ich mit einem Hund spreche!

Evan war sich bewusst, dass es ihn ziemlich schwer erwischt haben musste, wenn er einen Golden Retriever um Rat fragte. Doch er befand sich gerade auf unsicherem Gebiet und er hatte keine Ahnung, wie zum Teufel er sich verhalten sollte.

Er könnte mit seinen Brüdern sprechen, doch die würden ihm vermutlich die Hölle heiß machen, und das zu Recht! Als sie um ihre jeweiligen Frauen geworben haben, war er nicht gerade für sie dagewesen oder hatte Verständnis gezeigt. Er war sogar derjenige gewesen, der versucht hatte, sowohl Dante als auch Grady davon abzuhalten, so überstürzt zu heiraten, und er hatte sich Jared gegenüber wie ein Arschloch verhalten, obwohl er eigentlich gewollt hatte, dass er und Mara zusammenkommen.

Hope hatte ihm geraten, Randi alles zu beichten und dann abzuwarten, wie es mit ihnen weiterginge. Sie hatte gesagt, wenn die beiden bereits auf einer guten Ebene miteinander kommunizierten, würden sich die Dinge weiterentwickeln.

Er hatte den Ratschlag seiner Schwester nicht befolgt und es weiterhin vermieden, Randi die Wahrheit zu sagen. Doch je länger er es aufschob, umso schwieriger würde es für ihn werden, das Geheimnis zu offenbaren. Er war sich dessen bewusst, doch seine Sorge darüber, wie sie wohl reagieren würde, ließ ihn zögern.

Vielleicht hatte sich der sexuelle Teil ihrer Beziehung zu schnell entwickelt, doch Evan konnte sich nicht dazu bringen, die beste Nacht seines Lebens zu bereuen, selbst wenn er es versuchte – und außerdem wollte er es auch gar nicht. Seitdem sie sich das erste Mal gesehen hatten, waren er und Randi umeinander herumgeschlichen, während zwischen ihnen die Funken gesprüht hatten. Er hatte wirklich geglaubt, dass die Magenschmerzen, die er jedes Mal bekam, wenn er sie sah, vielleicht verschwinden würden, wenn sie sich erst einmal die Seele aus dem Leib gevögelt hatten.

Es hatte nicht funktioniert.

Jetzt war er sich sicher, dass er ein riesiges Magengeschwür hatte, das jedes Mal, wenn er sie ansah, an seinem Inneren herum fraß.

Er öffnete seine Schreibtischschublade, zog eine Rolle Säureblocker hervor und steckte sich einige davon in den Mund. So wie er sich mit diesen Kautabletten vollgestopft hatte, seit er wusste, dass er Randi wiedersehen würde, musste er wirklich darüber nachdenken, sich Aktien dieses Pharmaunternehmens zuzulegen.

»Sie ist so unglaublich schön«, teilte er Lily leise mit und schluckte die kreideartige Substanz herunter, von der er hoffte, dass sie gegen den brennenden Schmerz in seiner Brust und seinem Magen helfen würde.

Evan schüttelte den Gedanken an Randi gerade lange genug ab, um seinen Computer herunterzufahren, und entschied kurzerhand, dass er sich nicht auf seine Arbeit konzentrieren konnte. Er war einfach zu abgelenkt. Er würde sehen, wie sich das Wetter entwickelt hatte und ob Randi aufgewacht war. Es ging auf den späten Nachmittag zu und sie hatte immer noch nichts gegessen.

Er stand auf und strich sich über den weichen Stoff der Jeans, die er trug. Er musste zugeben, dass die Freizeitkleidung, die Hope für ihn gekauft hatte, nachdem sie den Supermarkt verlassen hatten, gar nicht so übel war. Um ehrlich zu sein fühlte er sich darin sogar ziemlich wohl. Der Pullover war warm und es war angenehm, einmal kein Hemd zu tragen und keine Krawatte um den Hals zu haben. Gut, es war gewöhnungsbedürftig, doch insgesamt nicht weiter schlimm. Er hatte diese Jeans nur ein einziges Mal gehasst, und zwar als er eine Erektion bekommen hatte, was so gut wie immer der Fall war, wenn er Randi sah oder an sie dachte. Der Stoff war sehr steif und für einen Mann seiner Größe war eine Erektion höchst unangenehm, wenn der Schwanz gegen das unnachgiebige Material drückte.

Hope hatte mit ihm Kleidung gekauft, nachdem sie Lebensmittel besorgt hatten, und hatte ihm mitgeteilt, dass er sich mit einigen legeren Kleidungsstücken lockerer und aufgeschlossener machen musste. Er war bereit, so gut wie alles zu tun, damit Randi und er besser miteinander kommunizieren konnten, auch wenn das bedeutete, dass er seine übliche Kleidung ablegen musste. Die Sachen waren nicht so gut gefertigt wie seine Anzüge und Hemden, doch wenn Randi in ihm damit etwas anderes als ein Arschloch sehen würde, würde er sie tragen.

Er wollte gerade die Bürotür öffnen, als er einen lauten Schrei von oben hörte.

Miranda!

Ein kalter Schauer lief ihm den Rücken hinunter und er raste wie ein Olympiasprinter die Treppe hinauf. Sein Herz klopfte ihm bis zum Hals, als er daran dachte, dass irgendjemand ihr wehgetan haben könnte … oder etwas noch Schlimmeres.

Er hielt abrupt und verwundert an, als er sie noch immer schlafend auf dem Sofa vorfand, wo sich ihr Körper auf dem Leder rastlos hin- und herbewegte.

»Ich bin keine Hure. Ich bin keine Hure«, wiederholte sie leise. »Nein. Bitte. Ich kann das nicht.«

Sie wimmerte jetzt und das Geräusch ihrer Verzweiflung traf Evan mitten ins Herz. Sie träumte, doch was zum Teufel ging in ihrem Albtraum vor sich?

Als ob sie die schlimmen Träume ihres Frauchens bereits einmal erlebt hatte, näherte Lily sich vorsichtig dem Sofa und begann, Randi das Gesicht zu lecken.

»Neiiiiiiinnnn!« Der gequälte Ton, der aus Randis Mund entwich, war eine Kombination aus schreien und flehen.

Evan sog schmerzhaft die Luft in seine Lungen, als er sich nach vorn beugte, doch da sprang Lily bereits auf Randis Beine und ihr Frauchen setzte sich keuchend auf. »Oh Gott! Nicht schon wieder.«

Evan wartete, bis sie ihn wahrgenommen hatte. Er hatte Angst, sie zu erschrecken. Sie drückte ihre Hündin fest an ihre Brust und streichelte Lilys seidenes Fell, während sie ihre Stirn auf dem Körper des Golden Retrievers ablegte.

»Lily«, sagte sie und in ihrer atemlosen Stimme schwang noch immer die Panik. Als es ihr dämmerte, dass sie nur geträumt hatte, lockerte sie den festen Griff um ihre Hündin.

Endlich sprach Evan leise: »Geht es dir gut?«

Randi streichelte weiter gedankenverloren ihre Hündin, als ob es sie tröstete.

»Ja.« Randis Stimme zitterte und sie klang ganz und gar nicht so, als ginge es ihr gut.

Nicht dazu in der Lage, seine Angst, Sorge und das Verlangen, sie zu beruhigen, auch nur einen Moment länger zu verbergen, zog Evan die Hündin sanft zurück auf den Boden und nahm Randi hoch, damit er sich hinsetzen und sie auf seinem Schoß halten konnte. Ganz automatisch schlang sie die Arme um seinen Hals und Evan drückte ihren Kopf sanft an seine Schulter, während er über ihr weiches, dunkles Haar streichelte.

»Was ist passiert?«, fragte er leise. »Ich habe dich unten im Büro schreien gehört.«

»Albtraum«, murmelte sie in seinen Pullover. »Es tut mir leid, dass ich dich aufgeschreckt habe. Als Jugendliche habe ich diese Träume gehabt, doch ich dachte, das wäre vorbei. Ich habe seit Jahren keinen Albtraum mehr gehabt, bis Joan gestorben ist. Das ist bereits das zweite Mal seit ihrem Tod. Ich habe das Gefühl, dass sie jetzt zurückkommen, weil ich wieder alleine bin.«

Sie ist nicht allein. Sie hat mich.

Er versuchte, das starke Verlangen zu unterdrücken, ihr verständlich zu machen, dass sie nicht ohne jemanden dastand, der sich um sie sorgte, nur weil ihre Pflegemutter von ihr gegangen war.

»Wovon hast du geträumt?« Evan versuchte, ruhig zu klingen, doch er hasste alles, was ihr Angst machte, auch wenn es nur ein Traum gewesen war. »Warum hast du abgestritten, eine Hure zu sein?«

»Lange Geschichte«, sagte sie vorsichtig. »Die Träume sind der Rest einer Zeit, die schon lange vorüber ist. Es ist vorbei.«

»Erzähl es mir, Randi. Bitte!« Evan benutzte bewusst ihren Spitznamen, weil er spürte, dass was auch immer es war, das ihr Angst machte, mit ihrer Kindheit und vielleicht auch ihrer Mutter zu tun hatte. Wenn ihre Erinnerungen so beängstigend waren, dann versprach er, dass er sie niemals mehr *anders* als bei ihrem Spitznamen rufen würde. »Erzähl mir von deinem Leben, bevor du nach Amesport gekommen bist.«

»Meine Mutter hat schlimme Dinge getan. Ich habe schlimme Dinge getan«, sagte Randi mit warnendem Ton in der Stimme.

»Es interessiert mich einen Scheiß, was deine Mutter getan hat. Du bist nicht deine Mutter und du warst nur ein Kind. Sag es mir«, drängte Evan.

»Meine Mutter war eine Prostituierte.«

Evan konnte spüren, wie Randis Körper zitterte, als sie dieses Geständnis ablegte.

Randi fuhr überstürzt fort: »Sie war eine Prostituierte, so lange ich denken kann. Als ich geboren wurde, war sie erst sechzehn, und ich habe nie erfahren, wer mein Vater ist – vermutlich einer ihrer … Freier. Wir haben in einem kleinen Apartment in der Nähe ihrer Straßenecke gewohnt, doch ich habe sie nicht sehr häufig gesehen. In dem Haus, in dem wir wohnten, gab es einige andere Prostituierte, die auch dort lebten, in derselben Gegend arbeiteten und die mich immer abwechselnd besuchten. Manchmal haben sie mir etwas zu essen gebracht. Sie waren freundlich zu mir, obwohl sie das nicht sein mussten. Ich war ja nicht ihr Kind.«

Evans Griff in Randis Haar wurde fester und sein gesamter Körper bebte vor Wut, während er sich vorstellte, wie ein Kind unter solchen Bedingungen aufwachsen konnte. »Was ist passiert?«

Ich muss ruhig bleiben. Hier geht es um sie, nicht um mich. Sie braucht mich jetzt.

Und wie sehr er wollte, dass sie ihn brauchte.

»Eine der Frauen hat mir dabei geholfen, mich bei der Schule anzumelden und ich bin jeden Tag hingegangen. An das, was vor der Grundschule passiert ist, erinnere ich mich nicht sehr gut.«

»Hat deine Mutter ihre Freier mit in eure Wohnung gebracht?«

»Nein. Sie war meistens schon weg, wenn ich aus der Schule kam, und manchmal war sie noch nicht wieder zu Hause, wenn ich morgens das Haus verlassen habe.«

Evan spürte, wie der Ärger heiß in ihm aufstieg, für ihn ein sehr ungewöhnliches Gefühl. Randi hatte sich also praktisch selbst großgezogen mit der gelegentlichen Hilfe von einigen Prostituierten? »Wie bist du nach Amesport gekommen? Wovon hast du geträumt? Etwas, das wirklich passiert ist?«

Sie nickte langsam an seiner Schulter. Ihre Stimme zitterte, als sie fortfuhr: »Als ich dreizehn war, ist meine Mutter weggegangen und nie mehr nach Hause zurückgekehrt. Eine Woche später haben sie ihre Leiche gefunden. Sie wurde ermordet, vermutlich von einem ihrer Freier, doch der Täter wurde nie gefasst.«

Evan wurde immer wütender. »Du warst also alleine?«

»Als das Jugendamt herausgefunden hatte, dass es mich gibt, haben sie mich in eine Pflegefamilie gesteckt.«

Verwirrt fragte er: »Dann bist du also von den Tylers adoptiert worden?«

»Nein. Meine Pflegefamilie hat in Südkalifornien gelebt. Von dort bin ich abgehauen.«

Evan wusste, dass irgendetwas an ihrer Geschichte fehlte. »Was ist passiert?« Er war sich sicher, dass sie einen Grund gehabt hatte wegzulaufen. Wenn sie irgendeine Form von Stabilität nach ihrer chaotischen Kindheit gehabt hätte, dann wäre sie nicht gegangen.

»Mein Pflegevater wusste, dass ich die Tochter einer Prostituierten war. Er hat angenommen, dass ich das gleiche Talent besitze wie meine Mutter«, sagte Randi leise.

Evan spürte eine Wut in sich, eine regelrechte Raserei, die er noch niemals zuvor empfunden hatte. »Er hat dich gezwungen? Du warst ein Kind!«

»Meine Mutter war eine Ausreißerin. Einige der Frauen fangen schon sehr früh an, was normalerweise daher rührt, dass sie aus kaputten Familien stammen, in denen Missbrauch an der Tagesordnung ist«, erklärte Randi geduldig. »Er hat versucht, mir seinen Schwanz in den Mund zu stecken. Ich musste mich aus dem Haus heraus kämpfen. Ich bin ohne irgendetwas weggelaufen … ich hätte aber sowieso nichts gehabt, das ich hätte mitnehmen können.«

»Das Jugendamt hätte dir ein anderes Zuhause finden können –«

»Ich hatte Angst. Ich dachte, dass es mir auf der Straße besser gehen würde als in einer weiteren Pflegefamilie.«

Evan konnte verstehen warum. Doch es half ihm nicht dabei, seinen Ärger für Randi und ihre Umstände als Kind zu beschwichtigen. »Erzähl mir, wie du hierhergekommen bist.« Er wollte nicht, dass sie ihre Vergangenheit noch einmal erlebte. Sie klang vielleicht so, als sei sie über das, was in ihrer Kindheit passiert war, hinweg, doch wenn sie immer noch Albträume hatte, dann steckte ein Teil des Schmerzes immer noch in ihr. Wenn er den Mann finden könnte, der versucht hatte, sie zu missbrauchen, würde er das Schwein eigenhändig umbringen.

»Ich habe eine Zeitlang auf der Straße gelebt, ohne Zuhause. Ich bin nicht mehr zur Schule gegangen. Ich habe getan, was ich tun musste, um zu überleben. Einmal war ich so hungrig und so verzweifelt, dass ich versucht habe, einem Touristen das Portemonnaie zu klauen. Ich wollte wirklich nicht meinen Körper verkaufen, doch ich wusste, dass ich kurz davor stand, zurück zu den Frauen zu gehen und sie anzuflehen, mich aufzunehmen. Ich hätte dann getan, was auch immer ich hätte tun müssen, um zu überleben.« Randis Stimme zitterte, als sie von ihrer verzweifelten Situation in ihrem früheren Leben erzählte.

Evan atmete einmal tief ein und wieder aus, um sich auf Randi zu konzentrieren und nicht auf seine Emotionen. Der Gedanke daran, dass Randi so knapp davorgestanden hatte, ihren Körper verkaufen zu müssen, machte ihn wirklich traurig. »Hast du es geschafft, das Geld aufzutreiben, das du brauchtest?«, fragte er. In diesem Moment interessierte es ihn nicht die Bohne, ob sie Hunderte von Menschen bestohlen hatte, um zu überleben. Sie verdiente ein besseres Leben als das, was sie als Kind erhalten hatte … ein Leben, das sich anhörte wie die Hölle auf Erden.

»Nein.« Ihr Ton veränderte sich und ihre Stimme wurde plötzlich melancholisch und nachdenklich. »Das Portemonnaie, das ich stehlen wollte, hat Dennis Tyler gehört.«

»Deinem Pflegevater?«, fragte Evan ungläubig.

Sie nickte. »Dennis und Joan hatten zu ihrem Hochzeitstag eine Reise unternommen. Er hat mich bei der Tat erwischt.«

»Er hat dich aber nicht zur Polizei gebracht«, vermutete Evan und hoffte, dass er richtiglag.

»Nein. Er und Joan sind mit mir zum nächsten Restaurant gegangen und haben mir etwas zu essen gekauft. Als sie hörten, dass ich auf der Straße lebe und was mit mir geschehen war, haben sie mich mit zu sich nach Amesport genommen. Joan war eine pensionierte Lehrerin und hat mir dabei geholfen, den versäumten Stoff nachzuholen. Ich habe den gesamten Sommer lernen müssen, damit ich im Herbst hier wieder in die Schule gehen konnte.«

»Aber du hast es geschafft«, sagte Evan und die Bewunderung für das, was sie erreicht hatte, war deutlich in seiner Stimme zu hören. »Wie haben Dennis und Joan als Pflegeeltern die Entfernung begründet?«

»Sie haben gelogen«, erklärte Randi direkt. »Sie haben vorgegeben, entfernte Verwandte zu sein, die die Vormundschaft besaßen. Dennis war pensionierter Schuldirektor und Joan hatte als Lehrerin gearbeitet. Beide wollten mich unbedingt hierbehalten und haben getan, was sie tun mussten, um mich an einer Schule anzumelden.«

Randis Stimme wurde brüchig und Tränen liefen ihr über die Wangen. »Zwei Menschen, die ihr ganzes Leben lang dem Gesetz treu geblieben sind und es so hingebogen haben, dass sie eine Jugendliche vor dem Leben als Straßenkind bewahren konnten. Sie wollten es nicht riskieren, dass ich wieder offiziell in das System aufgenommen wurde. Sie waren damals schon in ihren Siebzigern. Keiner von uns hat gewusst, was passieren würde, wenn sie die Wahrheit sagen und den legalen Weg gehen müssten.«

Evan nahm an, dass vermutlich nichts passiert wäre, weil sie bereits älter und damit schwerer zu vermitteln gewesen war. Höchstwahrscheinlich hätten die Tylers sie adoptieren können, wenn sie Druck auf das System ausgeübt hätten. Doch er konnte sich vorstellen, dass Randi in der Übergangszeit vermutlich in einer anderen Pflegefamilie hätte untergebracht werden müssen, weil die Tylers sie illegal bei sich aufgenommen und mit ihr den Staat verlassen hatten. Er war mit einem Mal sehr dankbar für das Opfer und die Lügen dieses Ehepaares. »Wie hast du ihren Namen erhalten?«

»Als ich volljährig war, habe ich ihn offiziell ändern lassen. Die beiden waren die einzigen Eltern, die ich je gehabt habe, und ich wollte denselben Namen tragen«, antwortete Randi.

»Ich hätte sie gern kennengelernt«, dachte Evan laut nach und war noch immer wütend darüber, dass jemand so Besonderes wie die Frau in seinen Armen unter so schwierigen Bedingungen aufgewachsen war. Doch er bewunderte gleichzeitig ihre Kraft, ihren Überlebenswillen und ihre Hartnäckigkeit, nicht aufzugeben. Wie viele Kinder wie sie schafften es zu angesehenen Lehrern? Evan hatte keine Statistiken zur Hand, doch er nahm an, dass es nicht sehr viele waren.

Randi seufzte. »Du hättest sie gemocht. Sie waren beide sehr einfühlsame Menschen und haben mir so viel Liebe gegeben«, antwortete sie wehmütig.

»Warum denkst du, sind deine Albträume zurückgekehrt?« Evan konnte die Frage kaum aussprechen, weil es ihm vor Wut beinahe die Sprache verschlug.

»Ich glaube, weil Joan nicht mehr da ist. Sie war so lange mein Fels in der Brandung, dass ich gar nicht bemerkt habe, wie alleine ich mich ohne sie fühlen würde. Meine Pflegeeltern haben mir eine Ausbildung ermöglicht und mich gefördert, damit ich ein besseres Leben haben würde, doch sie fehlen mir so sehr«, sagte Randi und Trauer machte sich in ihrer Stimme breit.

Evan wusste, dass sie nicht gänzlich ohne jemanden dastand, der sich um sie sorgte, doch der Verlust zweier geliebter Menschen brachte die Unsicherheiten ihrer Kindheit wieder ans Tageslicht. Auch wenn er nie Angst gehabt hatte, dass er Hunger leiden oder keinen Platz zum Schlafen haben würde, so verstand er doch, dass einige Ängste sich in den ersten Lebensjahren tief verwurzelten und niemals gänzlich zurückgelassen werden konnten. Er selbst war das perfekte Beispiel, um diese Theorie zu unterstützen.

Kein Wunder also, dass sie ihr Essen liebte und es sich jedes Mal genüsslich einverleibte. Er nahm an, dass einem jeder Bissen heilig war, wenn man in seiner Kindheit nicht gewusst hatte, woher die nächste Mahlzeit kommen würde.

Bei dem Gedanken daran, dass Randi jemals wieder Hunger leiden musste, spürte er ein Ziehen in der Brust.

Ihm drehte sich der Magen um, wenn er sich vorstellte, wie irgendein dreckiges Schwein versucht hatte, sie als Kind zu sexuellen Handlungen zu zwingen.

Ich werde sie immer beschützen und ihr das Gefühl geben, in Sicherheit zu sein.

Jetzt hatte sie *ihn* und wenn er sie fest genug hielt, würde sie sich vielleicht sicherer fühlen.

Er schlang seine Arme um ihre Taille und versprach sich im Stillen, dass er so lange bei ihr bleiben würde, wie sie es zuließ, und dafür Sorge tragen würde, dass ihr nichts zustoßen konnte.

Randi wusste es vielleicht noch nicht, doch so lange noch ein Atemzug in seinem Körper existierte, würde sie nie wieder ängstlich, allein oder einsam sein.

Wird sie wollen, dass ich bleibe, wenn sie herausfindet, dass ich ihr E-Mail-Vertrauter bin?

F. A. Scott

Weil er das Risiko nicht eingehen wollte, sie jetzt zu verlieren, entschied Evan, dass er noch ein klein wenig länger warten würde, bevor er ihr die Wahrheit sagte.

Kapitel 11

»Was? Du magst keinen Kuchen?«
Randi sah Evan entsetzt an, während er auf den Karottenkuchen auf seinem Teller blickte, als handele es sich um eine Giftschlange. Zunächst schien er unglücklich zu sein, dass es Spaghetti zum Mittagessen gab, weil er erwähnte, dass diese voller Kohlenhydrate steckten. Dennoch hatte er sie verschlungen, als würde er Hunger leiden, und seine Beschwerden offenbar völlig vergessen, denn sein Teller war am Ende leer. Jetzt jedoch beäugte er misstrauisch den Kuchen.

»Ich versuche, meinen Zuckerkonsum einzuschränken«, antwortete Evan gleichgültig.

Randi nahm einen riesigen Bissen von ihrem eigenen Kuchen und schloss einen Moment lang die Augen, als der Geschmack der süßen Frischkäseglasur ihre Geschmacksnerven kitzelte. Als sie ihre Augen wieder öffnete, starrte sie Evan an, als würde er eine fremde Sprache sprechen. Sie hatte bei den Spaghetti geschummelt und einfach eine Fertigsoße verfeinert. Doch den Kuchen hatte sie komplett selbst gebacken. »Bist du Diabetiker?« Sie hatte noch niemals einen Mann getroffen, der so fit war und trotzdem alles kontrollierte, was er sich in den Mund steckte.

»Nein. Ich war ein pummeliges Kind. Ich wurde auf eine strenge Diät gesetzt und esse seitdem kaum noch Zucker«, brummte er zögernd.

Seine Eltern hatten ihm eine Diät aufgezwungen und ihm überhaupt keine Süßigkeiten gegönnt? Es gab Wege, um Kindern gesundes Essen schmackhaft zu machen, doch ab und zu etwas Süßes zu essen würde ihn nicht übergewichtig werden lassen. »Was hast du gegessen?«

»Fisch, mageres Fleisch, Gemüse. Mehr oder weniger das Gleiche, was ich jetzt auch esse.«

»Warst du wirklich zu dick?« Für Kinder war diese Art von Diät so gut wie unmöglich durchzuhalten und sie konnte sich nicht vorstellen, zu solch drastischen Maßnahmen zu greifen, es sei denn, er hatte wirklich ein Gewichtsproblem gehabt.

Evan zuckte mit den Schultern. »Nicht sehr. Aber ich war dabei, pummelig zu werden. In den Augen meines Vaters war ich fett. An den Familienmahlzeiten habe ich nicht teilgenommen und wenn ich zu schwer war, habe ich nichts gegessen.«

Randis Herz schmerzte bei dem sehnsüchtigen Blick in seinen Augen, während er auf das Stück Kuchen auf dem Teller vor sich starrte. Er war in seiner eigenen Angst gefangen, irgendetwas zu essen, das nicht mit seinen normalen Ernährungsgewohnheiten einherging. Sie hatte bereits bemerkt, dass er fast schon besessen davon war, seine Routine organisiert durchzuführen. »Evan, es ist offensichtlich, dass du Sport treibst. An deinem Körper existiert kein Gramm Fett.« *Das* konnte sie bestätigen. »Dich ab und zu mal ein bisschen gehen zu lassen wird dich nicht umbringen.«

Sie stand von ihrem Platz neben ihm am riesigen Esstisch auf, nahm seine Gabel und spießte etwas von dem Kuchen auf. »Mund auf!«

Er öffnete gehorsam den Mund und ließ sich von ihr mit dem Kuchen füttern. Sie beobachtete, wie er kaute und schluckte, und seine Augen waren geschlossen, damit er die Süßigkeit genießen konnte.

»Gut?«, fragte sie neugierig.

Er kaute und schluckte, bevor er antwortete: »Unfassbar gut!«

Randi wusste, wie es sich anfühlte, gutes Essen zu kosten, nachdem man es für so eine lange Zeit nicht gehabt hatte. Vielleicht hatte Evan nie um Essen betteln müssen wie sie, doch er war definitiv dazu gezwungen worden, jegliches Essen aufzugeben, das nur aus purer Lust verspeist wurde.

Er schob seinen Stuhl ein Stück zurück, während sich Randi auf seinen Schoß setzte und selbst noch einen Bissen von dem Kuchen nahm. »Joans Rezept«, sagte sie, nachdem sie heruntergeschluckt hatte.

Sie bot ihm eine weitere Gabel an und teilte schließlich das gesamte Stück Kuchen mit ihm. Aus seinen Augen loderten blaue Flammen; sein intensiver Blick blieb auf ihrem Gesicht haften, während er ihr Angebot, ohne zu zögern, annahm. Randi lächelte ihn an und fühlte sich wie eine Siegerin, weil er die Süßigkeit so offensichtlich essen wollte, jedoch Angst davor hatte, seine strenge Routine zu brechen.

Eine Weile aßen sie beide schweigend, dann nahm Evan ihr den leeren Teller und die Gabel aus der Hand und stellte beides achtlos auf den Tisch.

»Das war sehr lecker. Doch jetzt muss ich unbedingt *dich* kosten«, knurrte er und auf seinem Gesicht zeichnete sich wildes Verlangen ab.

Ein Schauer lief ihr den Rücken hinunter, als sie spürte, wie er aufstand und sie auf die Arme nahm. Er ging, ohne zu zögern, die Treppe hinauf und trug ihr Gewicht, als wäre sie leicht wie eine Feder.

Sie würde niemandem etwas vormachen, schon gar nicht Evan. Sie brauchte ihn jetzt genau so sehr, wie er sie brauchte. In ihrem Magen brodelte das Verlangen und ihre Muschi war bereits feucht und kribbelte in sehnlicher Erwartung seiner Berührung.

»Ich brauche dich«, gab Randi nervös zu, als er sie auf dem Boden absetzte.

Evan besaß zwar zu so gut wie allem eine Meinung, doch er akzeptierte sie auch als den Menschen, der sie war, trotz ihrer hässlichen Vergangenheit. Er hatte nicht einmal mit der Wimper gezuckt, als sie ihm gestanden hatte, dass ihre Mutter eine Prostituierte gewesen war, und er war ebenfalls nicht vor ihr zurückgewichen. Nach ihrem Albtraum war er zärtlich und liebevoll gewesen, hatte versucht, sie zu trösten, sodass sie sich wieder sicher fühlte. Sie hatte nicht ein Anzeichen bemerkt, dass er jetzt nach ihrem Geständnis schlechter über sie denken würde als vorher.

»Ich weiß, Süße. Ich brauche dich auch. Ich muss dir zeigen, dass du jetzt zu mir gehörst«, brummte er. »Zieh dich für mich aus oder ich werde dir deine hübsche Unterwäsche in Fetzen reißen!«

Seine besitzergreifenden, dominanten Worte entfachten die Leidenschaft in ihr noch stärker. Es hätte ihr Angst machen sollen und vermutlich hätte es das auch, wenn es von jemand anderem als Evan gekommen wäre. Doch in diesem Moment waren seine Worte eine ausgesprochene Erklärung der gleichen Begierde, die tief in ihrer Seele widerhallte.

Sie wollte zu ihm gehören; sie wollte, dass er an ihrer Seite war. Die Gefühle waren primitiv und wild und fühlten sich in diesem Augenblick doch so normal an wie das Atmen.

Randi bevorzugte bei ihrer Unterwäsche eher zarte Pastelltöne als die verruchten, sexy Dessous, die Lust erregen sollten, doch Evan schien das egal zu sein. »So hübsch ist meine Unterwäsche ja gar nicht«, antwortete sie auf einmal nervös.

Es war nicht so, dass sie Evan nicht vertraute, doch sie hatte noch nie den wilden Blick in seinen Augen gesehen, mit dem er sie jetzt anschaute. Er schien … ganz roh zu sein und in diesem Zustand war er einfach nur atemberaubend. Mit ihren Fingern am Reißverschluss ihrer Jeans sah sie dabei zu, wie Evan sich seine eigene Kleidung abstreifte, bis er komplett nackt vor ihr stand.

»Oh Gott. Du *bist* schön«, flüsterte sie atemlos und streichelte mit ihren Augen jeden harten Muskel und jede Menge nackte, berührbare Haut. Bei Tageslicht konnte sie erkennen, dass er einige verblasste Narben auf seinen Schultern und seiner Brust hatte. »Dreh dich um«, forderte sie ihn auf, während sie ihre Jeans auszog. Sämtliche Befangenheit, die sie zuvor empfunden hatte, war nun verschwunden.

»Lieber nicht«, entgegnete Evan durch zusammengepresste Zähne, wobei seine blauen Augen vor Wut und intensiver Erregung aufblitzten.

Vielleicht hätte sie vor seinem Ungestüm Angst haben sollen, doch das hatte sie nicht. Sie wusste, dass sie nicht der Grund für seine Wut war, und er war darüber hinaus Manns genug, seinen Unmut nicht an der falschen Person auszulassen. Evan war beherrscht und vorsichtig. Die Seite, die sie gerade von ihm sah, war nichts, was er irgendjemand anderem zeigte. Ihr offenbarte er sich, weil er ihr vertraute, zumindest ein bisschen. Dieses Wissen spornte Randi an.

»Bitte«, sagte sie. Sie spürte, dass dies etwas war, das Evan selbst tun musste, eine weitere Hürde, die er zu nehmen hatte. Leider hatte sie den Verdacht, dass ihm dieses sehr viel schwerer fallen würde, als Süßes zu essen oder in seiner Freizeit legere Kleidung zu tragen.

Sie zog sich ihren Pullover über den Kopf, hielt den Atem an und wartete.

Er sah sie mit hungrigen Augen an, bevor er schließlich begann, sich langsam umzudrehen. Randi atmete hörbar aus.

Die Narben waren nicht furchtbar; auf den ersten Blick fielen sie eigentlich kaum auf. Doch als Randi näherkam und mit ihrem Finger über jede verblasste Linie strich, die auf seinem Rücken und Po zu sehen waren, fiel ihr auf, dass sich auf der Hinterseite seiner Oberschenkel ebenfalls Narben befanden. Seine schweren Muskeln zuckten unter der zarten Berührung ihrer Hände.

Warum? Ich verstehe nicht, warum ein Vater sein Kind schlagen muss. Ich weiß, dass sein Vater ein schrecklicher Mann war, doch Hope hatte niemals erwähnt, körperlich gezüchtigt worden zu sein. Ich hatte angenommen, dass er sie alle nur gedemütigt und wie Dreck behandelt hatte.

Als der älteste Sinclair-Sohn hatte die gesamte Aufmerksamkeit offenbar auf Evan gelegen und er hatte als Kind die schlimmsten Dinge durchmachen müssen.

Tränen strömten ihre Wangen hinunter, doch sie ignorierte ihre eigenen Gefühle. Wie war Evans Kindheit gewesen? Er war schlecht ernährt und anscheinend so heftig verprügelt worden, dass die verblassten Narben auch Jahrzehnte später immer noch sichtbar waren. Was für ein Monster tat einem Kind so etwas an? Sein Vater hatte Evan vom Rest der Familie isoliert, um seine Brutalität an ihm auszuleben.

»Scheißkerl!«, sagte Randi laut und mit tränenerstickter Stimme. »Wenn dein Vater nicht schon tot wäre, würde ich ihm die Eier abschneiden und sie ihm in den Hals stopfen!« Je mehr Narben sie entdeckte, umso wütender wurde sie. Ihre Kindheit war nun wirklich nicht rosig gewesen, doch so hatte sie nicht gelitten.

»Hast du tatsächlich … Mitleid mit mir?«, fragte Evan mit tiefer, heiserer Stimme.

Gut. Vielleicht konnte er nicht nachvollziehen, wie es sich anfühlte, wenn jemand anderes wütend darüber war, was ihm wiederfahren war, doch sie verteidigte das Kind, das er einst gewesen war, mit aller Macht. »Ja!«

»Das ist schon sehr lange her«, antwortete er ruhig und klang merkwürdigerweise so, als wollte *er sie* trösten.

Randi kniete sich auf den Boden und besah sich jede Narbe auf seinen Oberschenkeln und Waden. »Das spielt keine Rolle. Er war ein verdammtes Monster! Hat er alle deine Geschwister verprügelt?«

»Nein. Nicht in diesem Ausmaß. Doch der psychische Terror, unter dem alle gelitten haben, war weitaus schlimmer als die Schläge.«

Randi hörte das Zögern in seiner Stimme, als er antwortete, und wurde misstrauisch. »Du hast das mit Absicht getan. Du hast dich von ihm verprügeln lassen, damit er seine Wut nicht an deinen Geschwistern auslässt.« Sie wusste, dass sie Recht hatte. Evan war ein passionierter Beschützer. Er hätte nichts anderes zugelassen.

»Ich kann die Tatsache nicht leugnen, dass er die anderen in Ruhe gelassen hat, nachdem er seinen Unmut an mir abreagieren konnte«, bestätigte er widerwillig.

Natürlich war es so gewesen. »Und hat es funktioniert?«

»Die meiste Zeit schon. Er war ein Arschloch und nachdem ich von zu Hause ausgezogen war, um aufs College zu gehen, wurde Grady mehr und mehr zu seiner Zielscheibe. Das habe ich bemerkt, als ich

Weihnachten zu Hause war. Ich hatte eigentlich mit ihm darüber sprechen wollen, doch dann ist er gestorben.«

Sie hörte die Erleichterung in seiner Stimme, weil sie sich vorstellen konnte, dass Evan vermutlich mehr hatte tun wollen, als nur mit seinen Vater darüber zu *sprechen*, wie er seinen jüngeren Bruder behandelte. Es wäre gut gewesen, wenn Evan die Gelegenheit bekommen hätte, seinen Vater grün und blau zu prügeln, doch es war besser, dass dieses Arschloch gestorben war. Eine körperliche Auseinandersetzung zwischen Evan und seinem Vater wäre für die gesamte Familie schwer gewesen.

»Es ist vorbei, Evan.« Sie wollte nicht, dass er diese Erinnerungen noch einmal durchleben musste. »Du bist stark und wunderbar.« Randi ergriff seinen knackigen Hintern und küsste einige der verblassten Linien auf seinem Rücken.

»Nicht!«, protestierte Evan, drehte sich um und starrte auf sie hinab. »Ich will nicht, dass du mich bemitleidest!«

»Das tue ich nicht«, entgegnete sie aufrichtig und sah ihm direkt in die Augen. »Du bist mir einfach nur … wichtig.« Evan würde es hassen, wenn irgendjemand ihn bemitleiden würde. Vermutlich hatte er deswegen niemandem von seiner Vergangenheit erzählt.

Der Ausdruck auf seinem Gesicht wurde etwas weicher. »Na gut«, sagte er schließlich und klang etwas verwirrt.

Randi brachte ihren Mund an seine definierten Bauchmuskeln und leckte mit der Zunge darüber.

Die straffe Haut an seinem Bauch wurde unglaublicherweise noch härter, als sie sich bei ihrer Berührung anspannte. Sie lehnte sich leicht zurück und ließ ihre Zunge über die dunkle Haarlinie wandern, die zu seinem riesigen, steifen Schwanz führte.

Es ist Zeit.

Dies war ein Moment, den sie nicht einfach so verstreichen lassen konnte. Dies war ihre Gelegenheit, einige der Geister ihrer Vergangenheit zu begraben und Evan zu zeigen, dass er der begehrenswerteste Mann war, den sie je getroffen hatte.

Langsam öffnete sie ihren Mund, leckte den Tropfen ab, der sich auf der Spitze gebildet hatte, und genoss Evans Geschmack.

Es war nicht schrecklich.

Es war nicht abstoßend.

Es war köstlich.

Alle Gedanken an ihr traumatisches Kindheitserlebnis waren wie ausgelöscht, als sie die kräftige Essenz von Evan Sinclair kostete. Wie er sich anfühlte, wie er schmeckte war unverwechselbar. Sie öffnete ihren Mund, ließ ihre Zunge an der Unterseite seines riesigen Schwanzes entlangwandern und umgriff mit der rechten Hand seinen Schaft. Er fühlte sich an wie harter Stahl, der mit einer seidigen Sanftheit umwickelt war, die es unmöglich machte, ihn nicht zu berühren.

»Randi!«, stöhnte Evan. »Nicht! Du magst das nicht!«

Ihr Herz zog sich zusammen, als sie seine gequälten Worte hörte. Sie war gerührt, dass er wegen ihrer Angst etwas aufgeben würde, das sich offensichtlich so gut anfühlte. Es verstärkte ihre eigene Erregung so sehr, wie sie es noch niemals zuvor erlebt hatte. Sie nahm seinen Schwanz kurz aus ihrem Mund, sah ihm direkt in die Augen und antwortete: »Vielleicht mag ich es ja mit dir. Lass mich, Evan. Es ist ziemlich scharf.«

Sie beobachtete ihn, als sie ihre Lippen wieder über seinen Schwanz stülpte und ihn dieses Mal tiefer in sich aufnahm. Sein Kopf fiel zurück und er schloss vor lauter sinnlicher Glückseligkeit die Augen.

»Du bringst mich um!«, stöhnte er rau.

Randi erlangte schnell ein Selbstbewusstsein bei einer Tätigkeit, die sie noch nicht sehr häufig durchgeführt hatte. Sie befolgte Evans Anweisungen, nutzte ihre Hand und ihren Mund, um ihn zu schmecken und gleichzeitig den Sexualakt zu imitieren, indem sie an seinem Schwanz saugte und die empfindliche Spitze mit ihrer Zunge stimulierte.

Sein Atem war rau und kam stoßweise, als sie vorsichtig seine Hoden mit einer Hand ergriff und ihre andere Hand auf seinen steinharten Hintern presste, um ihn noch näher an sich heran zu drücken. Die erotischen, dunklen, animalischen Geräusche, die seinem Mund entschlüpften, brachten sie um den Verstand und sprachen einen Teil in ihrer Seele an, der sich mit ihm und seinem Schmerz der Vergangenheit verbunden fühlte.

Sie zuckte nicht zurück, als er plötzlich seine Hände in ihr Haar gleiten ließ und ihren Kopf so steuerte, wie er es zu brauchen schien. »Ich. Kann. Nicht. Aufhören.« Seine Worte klangen verzweifelt und seine Stimme war rau vor Lust.

Hör nicht auf, Evan! Lass es nur einmal in deinem Leben einfach geschehen!

Randi schloss die Augen und genoss die sinnliche Verbindung, die sie in diesem Augenblick mit Evan hatte, wissend, dass er jede Sekunde zum Höhepunkt kommen würde.

»Scheiße, Baby! Ich komme!«, warnte Evan sie.

Ja! Ja! Ja!

Randi war freudig erregt und presste sich an ihn, obwohl Evan versuchte, sie wegzudrücken. Sein heißer Samen ergoss sich in ihren Mund und lief ihr den Rachen hinunter. Sie akzeptierte ihn gierig und genoss die Tatsache, dass sie diesen großen, starken, stolzen Mann beinahe auf die Knie zwingen konnte.

Sie ließ sich Zeit, um auch wirklich jeden Tropfen des Samenergusses von seinem Schwanz zu lecken, und freute sich über sein zustimmendes Stöhnen.

Endlich ergriff er sie bei den Armen und half ihr auf die Beine.

»Warum?«, fragte er heiser. Seine Augen waren in diesem Moment so stürmisch wie das Meer.

Sie versuchte gar nicht erst vorzugeben, dass sie nicht verstand, denn sie tat es. »Es hat sich richtig angefühlt. Du schmeckst köstlich.« Sie leckte sich über die Lippen, nur um zu sehen, was passieren würde.

Sie wurde nicht enttäuscht. Er nahm sie mit einem hungrigen Gesichtsausdruck hoch und legte sie auf das Bett.

»Hat es dich angemacht, mir einen zu blasen?«, fragte er ernst.

»Mehr als ich jemals für möglich gehalten hätte«, gestand Randi.

Er kletterte auf das Bett. »Ich werde für den Rest meines Lebens davon träumen, wie mein Schwanz in diesem wunderschönen Mund gesteckt hat«, sagte Evan, teils ehrfürchtig, doch auch mit einer Spur Selbstironie.

Randi wusste, dass sie sich an alles erinnern würde, das sie zusammen taten, die Nähe, die sie erlebten. Keine sexuelle Erfahrung ihrer Vergangenheit war auch nur annähernd so gewesen wie die Ekstase, die sie mit Evan erlebte. Mit ihm zusammen zu sein war gefährlich und machte extrem süchtig.

»Ich brauche dich«, flüsterte sie und sah Evan mit bittendem Blick an.

»Du hast mich«, antwortete er, ohne zu zögern.

»Kannst du mir noch mehr zeigen, wie es sich anfühlt, überwältigenden Sex zu haben?«, bat sie leise. »Ich habe es noch niemals zuvor so erlebt«, sagte sie aufrichtig.

Evan entfuhr ein rauchiges Lachen. »Und du denkst, dass ich ein Experte bin? Für mich ist es auch noch nie so gewesen. Aber ich gebe zu, dass ich viel geübt habe. Ich glaube, ich habe nur auf dich gewartet.«

Ihr Herz schlug schneller, als Evan seine Hand nach dem Vorderverschluss ihres Spitzen-BHs ausstreckte.

Er starrte das Kleidungsstück an, während er es ihr vorsichtig auszog. Er befreite ihre Arme aus den Trägern und warf den Büstenhalter auf den Boden. »Du liegst übrigens falsch«, informierte er sie. »Die Dessous, die du trägst, sind das Heißeste, was ich je gesehen habe. Ich liebe die zarten Farben und die Feinheit der Spitze. Es ist so süß, doch ich weiß, dass das, was darunter verborgen ist, noch viel süßer ist.«

Er drückte sie in sein Kissen und kniete sich zwischen ihre Beine, wobei seine Augen sie bereits verschlangen. Er lehnte sich vor und umfasste ihre Brüste. Sie waren klein und passten genau in jede seiner Hände.

»Perfekt«, sagte er zärtlich.

Randi erschauderte, als seine Daumen über ihre Brustwarzen strichen. Während er sich auf sie legte, um eine ihrer Brustwarzen in den Mund zu nehmen, murmelte sie leise seinen Namen: »Evan.« Sie sprach seinen Namen mit einem erotischen Seufzer aus.

Randi wühlte mit ihren Händen durch sein Haar und wand sich, als Evan ihr sanft in die linke Brustwarze biss und sich Zeit damit ließ, beruhigend mit seiner Zunge darüber zu lecken. Er bewegte sich vor und zurück und wechselte zwischen ihren Brüsten hin und her. Er zwickte, versüßte, streichelte.

»Bitte Evan!«, winselte Randi. Sie hielt es einfach nicht mehr aus, auch wenn sie die Gefühle genoss, die Evan in ihr erweckte. Sie brauchte mehr.

Zärtlich legte er einen Finger auf ihre Lippen und platzierte seinen schweren Körper neben ihrem, damit er sie berühren konnte. »Ich muss sehen, wie du zum Orgasmus kommst«, sagte er und seine Stimme war rau vor Erregung.

Eine Welle der Lust durchflutete ihre Muschi und ihre Haut wurde empfindlich, als er mit seiner Hand ihren Bauch hinab streichelte und zwischen ihre Schenkel glitt. Randi öffnete sich ihm sofort, so sehr wollte sie seine Berührung spüren.

Er schob ihren Slip zur Seite und neckte ihre Klitoris mit seinen Fingern. Dabei berührte er sie zunächst nicht, sondern streichelte an ihren Schamlippen auf und ab, um sie noch schärfer zu machen. Erst danach gab er ihr, was sie sich so sehr ersehnte, nur um sich wieder zurückzuziehen und das Spiel von vorn zu beginnen. Kurz vor ihrem Höhepunkt stoppte er und neckte sie erneut, brachte sie in den Zustand der absoluten Erregung. Ihre Brüste waren weiterhin der erotischen Qual seiner Lippen ausgesetzt.

Randi warf unruhig ihren Kopf hin und her. Sie war gefangen in dieser Tortur und wollte unbedingt ihren Orgasmus erleben. Als sie die Augen schloss, sah sie ein kaleidoskopartiges Farbenspiel. »Ja. Bitte! Hör nicht auf!«

Evan streichelte nun mit seinen Fingern über ihre Brustwarzen, zwirbelte sie und legte seinen Mund an ihr Ohr. »Komm für mich, Randi! Du siehst so schön aus, wenn du deinen Höhepunkt erlebst. Ich will dir dabei zusehen. Ich will wissen, dass ich es bin, der dir diesen wunderschönen Ausdruck aufs Gesicht gezaubert hat«, flüsterte er mit heiserer, verführerischer Stimme. Sie spürte die Hitze seines Atems an ihrer Schläfe.

Er beherrschte ihren Körper perfekt und schickte einen Stromstoß genau zwischen ihre Beine. Ihr Orgasmus passierte nicht hastig, weil Evan es nicht zuließ. Sie warf ihren Kopf zurück und keuchte, während sie spürte, wie die Euphorie sich langsam näherte.

Dieses Mal war ihr Höhepunkt anders, von Kopf bis Fuß fühlte sie ein Prickeln, während Wellen der sinnlichen Lust über sie hinweg wuschen. Es schien für immer zu dauern; und doch war es nicht lange genug. Randi ließ sich gehen und stöhnte unkontrolliert, dabei presste sie ihre Muschi gegen seine Finger.

»Wunderschön«, sagte Evan liebevoll. »Du bist so verdammt wunderschön.«

Als sie sich endlich beruhigt hatte, fühlte sie sich, als würde sie schweben. Evan streichelte noch immer zärtlich über ihre feuchten Schamlippen.

Ihre Muschi zog sich vor Erregung zusammen, als er sich zwischen ihre Beine kniete. Ohne ein Wort zu sagen, zog er ihr den Slip aus und warf ihn auf den Boden. Er drehte sie auf den Bauch, zog ihre Hüften zu sich heran und schob seinen Schwanz von hinten in sie hinein.

Randis Muschi dehnte sich, um ihn aufzunehmen, und ihre Muskeln protestierten zunächst angesichts der Invasion aus einer anderen Position.

»Du gehörst mir!«, knurrte Evan erregt und seine Hände hielten ihre Hüften so, wie er sie haben wollte. Sie warf ihm einen Blick zu und kam auf alle viere, um Evan entgegenzukommen. Dabei setzte ihr Herz kurz aus, als sie realisierte, dass er sie wie ein Höhlenmensch nehmen würde.

Es war das Schärfste, das sie je erlebt hatte. Sie wollte genau so genommen werden: hart, fordernd, animalisch und so wild wie nur möglich.

Er begann, sich zu bewegen, seine Stöße wurden stärker und härter, sein Atem unregelmäßig von der Erregung.

»Du gehörst mir. Sag es!«, befahl Evan, während er wieder und wieder in sie stieß.

Randi blieb stumm, weil sie die Worte nicht aussprechen konnte. Ihr Körper war so erregt und konnte jeden Moment Feuer fangen.

Sie konnte nur ihre Hüften zurückdrücken und ihn wortlos um seine wilde Besessenheit anbetteln.

»Sag es!«, forderte er sie erneut auf, doch dieses Mal ließ er seine Hand von vorn zwischen ihre Schenkel gleiten, um ihre Klitoris zu stimulieren.

»Ja, verdammt! Ja!« Randi wusste, dass sie schrie, doch ihr Körper erreichte einen Höhepunkt, den sie so sehr herbeisehnte. Evans wilde, lustvolle Art, sie zu vögeln, brachte sie zum Wahnsinn.

Sie musste ihn noch tiefer in sich spüren. »Härter!«, spornte sie ihn an und drückte ihre Hüften zurück, als er in sie eindrang. »Mehr!«

Er beugte sich nach vorn und biss ihr zärtlich in den Nacken, dort wo ihr Haar sich teilte und ihr ins Gesicht fiel.

Ihr Höhepunkt fuhr wie ein Stromschlag durch ihren Körper, der sie dazu veranlasste, den Kopf zu senken und in Evans Kissen zu schreien.

»Nein«, sagte er, hob seinen Kopf an und zog ihren Kopf an den Haaren nach oben. »Ich will deine Lust hören.«

Ihre Muschi verkrampfte sich wieder und wieder um Evans Schwanz, der weiterhin in einem unfassbaren Tempo in sie hineinstieß.

»Scheiße! Randi!« Evan presste einen Laut hervor, der irgendwo zwischen einem Schrei und einem Stöhnen lag, bevor er auf sie sank. Er stützte sich auf seinen Armen ab, als Randi vollständig auf das Bett fiel.

Evan legte sich neben sie, zog sie an seinen verschwitzten Körper und kuschelte sich an sie. Randi hätte beinahe angefangen zu schnurren.

»Scheiße! Ich habe kein Kondom benutzt!« In Evans Stimme schwang eine für ihn untypische Panik.

Randi rollte sich auf die Seite, um ihm ins Gesicht blicken zu können. Sie spürte einen Stich, als sie den erschrockenen Ausdruck in seinen Augen sah. »Ich nehme die Pille. Keine Sorge.« Sie hatte auf dem College angefangen, sie zu nehmen, und weil es mit ihrer unregelmäßigen Periode half, hatte sie die Pille bislang nicht abgesetzt.

Als sie den erleichterten Blick auf seinem Gesicht sah, schmerzte ihr Herz nur noch mehr.

Natürlich will er nicht, dass die Tochter einer Nutte schwanger von ihm wird. Er ist ein Milliardär. Für ihn steht zu viel auf dem Spiel.

»Ich bin gesund«, sagte er hastig. »Ich habe mich testen lassen und das war das erste Mal, dass ich mit einer Frau ungeschützten Geschlechtsverkehr hatte.«

»Ich bin auch gesund«, entgegnete Randi tonlos. »Ich habe ebenfalls einen Test gemacht und seitdem war ich mit keinem Mann zusammen.«

»Ich habe mir eher Gedanken darüber gemacht, dass ich dich hätte schwängern können«, sagte Evan trocken.

Nach allem, was sie geteilt hatten, tat es weh, ihn diese Worte sagen zu hören. Logischerweise hatte Randi seine Sorge verstanden, doch es brachte sie auf den Boden der Tatsachen zurück.

Das hier ist nichts weiter als eine Affäre. Genieße es, aber entwickele bloß keine Gefühle. Es ist rein sexuell. Ihr befriedigt beide nur eure Bedürfnisse.

Sie rutschte zur Bettkante und stand auf, um ins Badezimmer zu gehen.

»Wo willst du hin?«, brummte Evan unglücklich.

»Ich glaube, ich werde mir ein Bad in deiner riesigen Badewanne gönnen«, antwortete sie und erinnerte sich daran, dass sie die Wanne hatte benutzen wollen, bevor sie ging.

»Willst du Gesellschaft haben?«, fragte er anzüglich und in seiner Stimme schwang Hoffnung.

»Ich denke, das schaffe ich schon alleine«, entgegnete sie mit monotoner Stimme. Sie musste sich zusammenreißen, bis sie es aus dem Schlafzimmer geschafft hatte.

Er antwortete nicht und Randi hatte das auch nicht erwartet.

Aus ihren Augen floss keine einzige Träne, bis sie das Badezimmer betreten und die Tür hinter sich abgeschlossen hatte.

Kapitel 12

Im Verlauf der Nacht war der Sturm schwächer geworden und Randi war am nächsten Morgen zurück nach Hause gefahren, nachdem Dante angerufen hatte, um ihr mitzuteilen, dass in ihrem Haus der Strom wieder funktionierte.

Sogar nach seinem Training war Evan immer noch unruhig gewesen und zu Fuß zu Gradys Haus hinübergegangen. Er musste seine wirren Gedanken jemandem anvertrauen.

»Ich weiß nicht, was ich falsch gemacht habe«, sagte er zu seinen Brüdern, als sie alle mit einem Kaffee vor sich an Gradys Tisch saßen. Er hatte sich dazu entschlossen, allen reinen Wein über seine Beziehung zu Randi einzuschenken, in der Hoffnung, dass sie ihm helfen könnten. Er war das Risiko eingegangen, dass sie ihn alle auslachen würden, wenn er nur einige Informationen darüber erhalten würde, wie das Gehirn einer Frau funktionierte. Es gab nichts, das er sich sehnlicher wünschte, als Randi glücklich zu machen.

»Sprich mit ihr«, schlug Grady vor. »Ich fange an zu verstehen, dass Geschenke nichts bringen, wenn Frauen wütend sind.«

»Zuerst muss er herausfinden, was er überhaupt falsch gemacht hat«, warf Jared ein. Er runzelte die Stirn und versuchte zu erraten, was das Problem sein könnte.

»Was genau hast du zu ihr gesagt, dass sie ärgerlich geworden ist?«, fragte Dante neugierig.

Evan sah sich um und der Gesichtsausdruck aller seiner Brüder war ernst. Sie wollten ihm wirklich helfen … was ihn überraschte.

Er war etwas erstaunt gewesen, dass alle seine Brüder kurz nach ihm in Gradys Haus erschienen waren. Dante trug seine Arbeitsuniform, sagte jedoch, dass er noch etwas Zeit hatte, bevor er zum Dienst musste, weil er während des Schneesturms im Dauereinsatz gewesen war. Jared hatte gar nicht erst begründet, warum er gekommen war.

Evan hätte wetten wollen, dass Grady sie angerufen und gebeten hatte vorbeizukommen, weil er hier war, doch er konnte sich nicht vorstellen, wieso das der Fall sein sollte.

Sie alle schienen ihm jedoch Ratschläge geben zu wollen, weswegen es ihn nicht weiter interessierte, aus welchem Grund sie alle hier waren.

»Ich weiß nicht einmal, was ihre Lieblingsblumen sind, und ich habe keine Ahnung, was ich falsch gemacht habe. Sie ist nur auf einmal … anders.« Er hatte darüber nachgedacht, ihr Blumen zu schicken, und es ärgerte ihn, dass er nicht wusste, was ihr gefiel.

»Was ist passiert, bevor sie sich verändert hat?«, fragte Grady ernst.

»Wir hatten unfassbaren Sex ohne Kondom«, gab Evan widerwillig zu. Er hasste es, persönliche Dinge, die zwischen ihm und Randi geschehen waren, mit anderen zu teilen. Doch er wusste keinen anderen Rat.

»Und was ist dann passiert?«, wollte Dante wissen, nachdem er einen großen Schluck von seinem Kaffee genommen hatte.

»Ich habe ihr gesagt, dass ich froh bin, dass sie die Pille nimmt und nicht schwanger wird.« Was Evan anging, war dies eine normale Reaktion.

»Das hast du nicht!«

»Ach du Scheiße!«

Dante warf ein: »Du hättest ihr auch gleich sagen können, dass du sie nur vögeln willst.«

»Also, das habe ich ja ... irgendwie«, entgegnete Evan und rutschte unruhig auf seinem Stuhl hin und her. »Aber nur weil ich sie wirklich mag und mich zu ihr hingezogen fühle. Ich will jedoch trotzdem niemals Kinder haben.«

»Warum?«, fragte Jared leise. »Wegen deiner Behinderung?«

Evans Kopf schoss nach oben und er sah ängstlich aus. »Hope hat es euch erzählt.« Er hatte keinen Zweifel daran, woher diese Information stammte.

»Sie hat uns alles erzählt. Du hättest mit uns reden können, Evan. Verdammt, ich habe genug unter dem Alten gelitten. Er muss dir das Leben zur Hölle gemacht haben«, brummte Grady.

Seine Brüder hatten ja keine Ahnung, wie schlimm es wirklich gewesen war, und Evan würde ihnen die Details auch nicht erzählen. »Ich habe es überlebt. Doch dieses Problem scheint vererbbar zu sein.«

»Dein Kind wird nicht unseren Vater haben«, erinnerte Dante ihn. »Er oder sie hätte dich.« Er zögerte kurz, bevor er hinzufügte: »Randi liebt Kinder. Vielleicht will sie jetzt noch keine haben, doch zu hören, wie erleichtert du warst, hat bei ihr vielleicht den Eindruck erweckt, dass du nichts anderes als Sex von ihr willst. Hast du es ihr erklärt?«

Evan schüttelte langsam den Kopf und bereute es, dass er Randi versehentlich hatte glauben lassen, sie würde für ein von ihm gezeugtes Kind keine gute Mutter sein. Wenn das der Fall war, dann hatte sie ihn komplett missverstanden. In Wahrheit hatte er schreckliche Angst davor, mit *irgendeiner* Frau ein Kind zu haben, doch er wollte darüber nicht sprechen. Er versuchte, das Thema zu wechseln, und fragte: »Irgendein Tipp, was ich tun kann, damit sie mich versteht?«

»Um Gnade betteln?«, schlug Jared vor.

»Rede mit ihr. Mach reinen Tisch und sag ihr die Wahrheit«, sagte Grady.

»Lass sie erkennen, dass es dir um mehr als nur Sex geht«, antwortete Dante einfühlsam. »Sie ist dir doch wichtig, oder?«

Evan sah Dante an und nickte langsam. Es gab keinen Grund, seine Gefühle immer noch zu verleugnen. Wenn er nur darüber nachdachte, dass er Randi mit seinem Kommentar offensichtlich verletzt hatte, bekam er solche Magenschmerzen, dass er in die Tasche griff und sich einige seiner Säureblocker einwarf. Er war an einem Punkt angelangt, an dem er ohne diese Tabletten nirgendwo mehr hinging.

Ja, er wollte mit ihr schlafen, doch er empfand noch viel intensiver für sie, als dass er nur *Sex* mit ihr haben wollte. Gefühle hatten sich mit seiner Lust verstrickt und sie hatte sein deutliches Missfallen bei dem Gedanken daran, ein Kind zu zeugen, nicht richtig interpretiert.

Sie verstand nicht, dass nicht sie das Problem war; er war es.

Dante fügte hinzu: »Denn für den Fall, dass du keine ernsten Absichten hast, haben sich bereits einige der Detectives nach ihr erkundigt. Jeder einzelne Kerl in der Dienststelle findet sie scharf.«

Evan sah rot und schlug mit der Faust auf den Tisch. »Sie gehört mir! Sag ihnen, sie sollen sich bloß zurückhalten oder ich werde jeden einzelnen von ihnen zerquetschen. Und es ist mir scheißegal, ob sie Polizisten sind oder nicht.«

Bei dem Gedanken daran, dass Randi mit irgendjemand anderem als ihm zusammen sein könnte, wurde er verrückt und seine Wut ließ ihn vollkommen blind für die Tatsache werden, dass er niemals komplett die Beherrschung verlor. Nicht dass es ihn überhaupt interessiert hätte, wenn er vernünftig genug gewesen wäre, um darüber nachzudenken.

Seine Brüder grinsten nur.

»Hast du heute Elsies Artikel in der Zeitung gesehen, meine Liebe?«

Randi war kurz zu *Natural Elements* gegangen, um sich zu erkundigen, wie Beatrice den Schneesturm überstanden hatte. Es ging ihr offensichtlich sehr gut. Der Enthusiasmus der älteren Dame war ansteckend.

»Sie hat heute einen Artikel in der Zeitung?«, fragte Randi neugierig und sah sich die eklektische Sammlung von Gegenständen an, die in dem Laden zum Verkauf standen. »Das überrascht mich. Es hat doch erst in der vergangenen Nacht aufgehört zu schneien.«

Beatrice wackelte aufgeregt mit dem Kopf. »Aber ja! Sie hat ihm die Überschrift ›Blockbuster-Filmstar kommt nach Amesport‹ gegeben.«

Randi lachte, als sie die Dramatik in Beatrices Stimme vernahm, während diese ihr den Titel von Elsies Artikel mitteilte.

»Er ist noch Single«, erinnerte sie die selbsternannte Heiratsvermittlerin mit einem Augenzwinkern. Dass Julian Sinclair nach Amesport kam war *wirklich* eine große Sache, denn er war zu einem echten Kassenschlager geworden, doch Randi nahm an, dass seine Familie versuchte, seine Anwesenheit so unauffällig wie möglich zu behandeln. Elsie Renfrew – oder Elsie, die Informantin, wie die meisten sie nannten, wenn sie nicht zugegen war – war Beatrices Busenfreundin und schrieb noch immer für die Zeitung von Amesport. Randi war sich nicht sicher, wie eine von ihnen Wind davon bekommen hatte, dass die Sinclair-Cousins nach Amesport kommen würden, doch irgendwie hatten sie das. Es bestand für sie kein Zweifel darin, dass sie sich diese Information von einem der Familienmitglieder erschlichen hatte. Beatrice und Elsie mochten vielleicht wie zwei liebenswürdige, alte Damen aussehen, doch wenn es um ein exklusives Stadtgespräch ging, waren sie gnadenlos. Randi kannte die beiden schon lange genug, um ihre scheinbar unschuldigen Nachfragen zu ignorieren.

»Das weiß ich doch, meine Liebe, doch er wird nicht mehr sehr lange allein bleiben«, teile Beatrice ihr selbstsicher mit. »Sein Schicksal ist hier.«

Randi befühlte die Apachenträne in ihrer Tasche und dachte daran, wie falsch Beatrice mit ihrer Voraussage für sie gelegen hatte. Der einzige Mann, den Randi wirklich begehrte, stand für eine Frau wie sie nicht zur Verfügung. Ihre Wut auf Evan war fast schon wieder verflogen. Was hatte sie erwartet? Hatte sie gewollt, dass er ihr sagte, es würde ihm nichts ausmachen, wenn sie schwanger würde? Das wäre weder logisch noch vernünftig gewesen. Die Wahrheit war, dass sie zwar keine alleinerziehende Mutter sein wollte, doch eines Tages Kinder haben wollte.

Sie hatte sich auf diese sexuelle Beziehung eingelassen, weil sie wusste, dass es mit Evan niemals mehr als das sein würde. *Sie* war es, die mehr wollte; nicht *er*. Sie besaß nun wirklich nicht das Recht, eine andere Reaktion als Erleichterung von ihm zu erwarten. Randi wusste, dass sie das Gleiche empfinden sollte. Merkwürdigerweise tat sie das aber nicht.

»Bist du der Meinung, dass du ihm nicht wichtig bist?«, fragte Beatrice, während sie ihre Regale abstaubte.

»Ich weiß, dass ich es nicht bin«, entgegnete Randi und lehnte sich gegen die Ladentheke.

»Da liegst du falsch«, flötete Beatrice. »Er versteckt eine Menge, doch irgendwann wird die Wahrheit ans Licht kommen!«

»Er ist nicht der Mann für mich, Beatrice.«

»Dieses Mal liege ich nicht daneben. Meine Geistführer scheinen stark zu sein, wenn es um die Sinclairs geht«, sagte Beatrice nachdrücklich.

Randi lächelte. Sie würde nicht kundtun, dass sie der Meinung war, Beatrices Geistführer würden an Demenz leiden.

»Ich muss gehen«, sagte sie freundlich. »Ich habe Lily im Auto gelassen.«

Sie war noch nicht zu Hause gewesen, deswegen war Lily immer noch bei ihr.

Beatrice drehte sich um und sah Randi durchdringend an. »Gib nicht auf. Er ist es wert, dass du auf ihn wartest. Es war mir klar, dass das mit ihm eine schwere Aufgabe sein würde.«

Randi nickte, auch wenn sie selbst nicht an Beatrices Vorhersagen glaubte. Zumindest nicht diese. »Was ist mit den Cousins?«, fragte sie. Sie war neugierig, was Beatrice in ihrer Zukunft sah.

»Sie gehören alle hierher. Von dem ersten Cousin habe ich bereits geträumt.«

Die armen Kerle. Die Sinclair-Cousins haben ja keine Ahnung, was da auf sie zukommt.

Sie hatte große Zweifel, dass irgendeiner der Cousins nach Amesport ziehen würde. Micah liebte seinen Extremsport, Julians Platz war in Hollywood und Xander, das schwarze Schaf, musste an einem Ort sein, an dem er auf den Putz hauen konnte, um glücklich zu sein. Kein einziger von ihnen gehörte hierher.

»Pass auf dich auf, Beatrice«, sagte Randi freundlich, als sie sich zum Gehen wandte.

»Du auch, Liebchen, und vergiss nicht, was ich dir gesagt habe! Ihr beide seid füreinander bestimmt.«

Randi drückte die Tür auf und rief zurück: »Danke Beatrice!«

Als sie den Laden verlassen hatte, ging Randi kopfschüttelnd zu ihrem Wagen. Die arme Beatrice würde mit dieser Vorhersage leider falschliegen. Sie wusste es nur noch nicht.

Später am Nachmittag musste Randi im Zentrum Nachhilfeunterricht geben. Morgen würde die Schule wieder losgehen, doch sie hatte einen Termin vereinbart und war froh, dass Matts Mutter nicht abgesagt hatte.

Sie hatte mit ihm daran gearbeitet, seine Lesefähigkeit zu verbessern, eines der Dinge, mit denen der Drittklässler Schwierigkeiten hatte.

»Das macht keinen Sinn«, beschwerte sich der Junge frustriert, als er versuchte, einen Abschnitt aus einem Bilderbuch zu lesen.

»Das wird es«, ermutigte Randi ihn. »Du musst es nur weiter versuchen. Lies das Wort noch einmal«, sagte sie mit einem geduldigen Lächeln. »Du schaffst das!«

Matt war klug, doch leider benötigte er mehr direkte Aufmerksamkeit. Dies war etwas, das sie ihm während des Unterrichts nicht geben konnte. Deshalb hatte sie seine Eltern gebeten, ihn zu ihrem kostenlosen Nachhilfeunterricht ins Zentrum zu schicken, wo sie sich einen Nachmittag freigehalten hatte, um alleine mit ihm zu arbeiten.

Als sie aus dem Augenwinkel eine Bewegung wahrnahm, drehte sie sich um und sah, wie Evan sie und Matt dabei beobachtete, wie sie sich durch das Buch kämpften. Er lehnte mit der Schulter gegen den Türrahmen und hatte dort offensichtlich schon eine ganze Weile gestanden.

Er trug wieder seinen feinen Anzug und sein Gesichtsausdruck war düster und nachdenklich. Er steckte die Hände in die Taschen seines Wollmantels und betrat langsam den Raum, während er sprach. »Er wird mindestens viermal so lange brauchen, um das Wort zu erkennen. Er sieht nicht das Gleiche wie die anderen Kinder. Sein Gehirn ist anders verknüpft. Manchmal wird er ein bestimmtes Wort nicht mit seiner Bedeutung oder einem Gegenstand assoziieren können. Es wird vermutlich schwierig für ihn sein, Sarkasmus zu verstehen, und es kann sein, dass er Probleme damit haben wird, die richtigen Worte zu sagen. Er wird nicht immer dazu in der Lage sein herumzualbern und er wird sich in bestimmten Situationen unwohl fühlen. Aber er kann dennoch genau das Gleiche leisten wie jedes andere Kind auch.«

Randi starrte Evan an, vollkommen verblüfft darüber, ihn diese Dinge sagen zu hören. Doch dann dämmerte es ihr. Es hatte leichte Anzeichen gegeben: sein Bedürfnis nach extremer Organisation und strenger Routine, seine Aufforderung an sie, ihre Telefonnummer in sein Telefon einzugeben, anstatt es selbst zu tun, seine Angewohnheit, Dinge manchmal ernst zu nehmen, die nur im Spaß gesagt wurden, und sein Wille und seine Entschlossenheit, erfolgreich zu sein, wo er doch bereits mehr als die meisten Menschen auf der Welt erreicht hatte.

Evan hatte seine Behinderung mehr als überkompensiert.

»Du bist Legastheniker?« Diese Frage war fast schon überflüssig. Nachdem Evan diese präzisen Fakten vorgetragen und sie die Indizien zusammengetragen hatte, war sie sich ihrer Schlussfolgerung sicher.

Er nickte langsam, wandte seinen aufgewühlten Blick jedoch nicht von ihrem Gesicht ab. »Ja, bin ich.« Er nickte in Matts Richtung und fragte: »Hast du gewusst, dass er ebenfalls daran leidet?«

Sie schluckte schwer, bevor sie antwortete: »Ja. Ich habe Lehramt studiert und mich darauf spezialisiert, Kinder mit Lernschwierigkeiten zu unterrichten.«

Matt sah mit großen Augen zu Evan auf. »Sie haben die gleichen Probleme wie ich?«, fragte er neugierig.

Evan setzte sich neben Matt an den Tisch und beide saßen sie nun Randi gegenüber.

»Das habe ich«, erklärte er ihm aufrichtig. »Wir sind zwar anders, doch das heißt nicht, dass wir nicht erfolgreich sein können. Viele berühmte Menschen sind Legastheniker.«

»Ich weiß!«, plapperte Matt aufgeregt. »Randi hat es mir gesagt. Aber Lesen ist schwierig und manchmal bringe ich meine Zahlen durcheinander.«

Evan nickte ernst. »Dein Gehirn wird einen anderen Weg finden, um diese Dinge zu verstehen. Vergiss einfach nie, dass du etwas Besonderes bist und nicht dumm. Du kannst Dinge auf eine Art und Weise verstehen wie sonst kein anderer.«

Randis Hände zitterten, als sie das Buch zuklappte, das sie mit Matt gelesen hatte, und der ehrlichen Unterhaltung zuhörte, die Evan mit dem kleinen Jungen führte. Es war schwer zu begreifen, dass Evan Legastheniker war, doch nachdem sie während seines Gesprächs mit Matt einen Moment darüber nachgedacht hatte, machte es plötzlich Sinn.

Er hatte versucht, seine Schwächen zu überspielen, indem er seine Stärken extrem zur Schau stellte. Er war immer so pedantisch, weil für ihn alles einfach perfekt organisiert sein musste, damit er optimal funktionieren konnte. Manchmal verstand er *wirklich* nicht, wenn jemand ihn nur neckte, deswegen sagte er gar nichts. Er hatte sie vermutlich auch niemals mit Absicht ignoriert. Hatte er nicht erwähnt, dass er nicht wusste, was er sagen sollte? Also hatte er gar nichts gesagt. Wenn er niemals die Möglichkeit gehabt hatte, sich mit Menschen zu umgeben, die sich ab und zu mal gegenseitig auf die Schippe nahmen, dann war es nur natürlich, dass er sich in der Gegenwart von jemandem, der nur Spaß mit ihm machte, nicht wohlfühlte.

Jedes Kind mit Legasthenie hatte seinen eigenen Lern- und Erfolgsweg. Sie würde darauf wetten, dass Evans Weg wegen des Missbrauchs durch seinen Vater lang und schwer gewesen war. Doch er hatte es geschafft und ein Erfolgsniveau erreicht, von dem die meisten Menschen nur träumen konnten.

Ja, er war in den Wohlstand *hineingeboren* worden, doch seine Kooperation mit extrem erfolgreichen Unternehmen hatte ihn noch reicher gemacht.

»Mom ist da«, rief Matt fröhlich und riss Randi damit aus ihren Gedanken.

Randi sah, dass Matts Mutter in der Nähe der Tür stand, die Jacke ihres Sohnes in der Hand. Glücklicherweise war seine Mutter ein sorgender Elternteil, der Matts Lernbehinderung verstand.

»Geh schon!«, sagte Evan zu Matt und gab dem Jungen einen freundlichen Klaps auf den Rücken. »Und denk dran, was ich dir gesagt habe!«

Randi war traurig, dass sie diesen Teil der Konversation zwischen den beiden nicht mitbekommen hatte, weil sie selbst so tief in Gedanken versunken gewesen war.

Matt nickte Evan mit einem fröhlichen Lachen und einem Ausdruck von Heldenverehrung im Gesicht zu. Randi sah ihm nach, wie er den Raum verließ, und drehte sich dann zu Evan um. Sie war sich nicht sicher, was sie sagen sollte.

Endlich hatte sie ihre Stimme wiedergefunden. »Warum hast du mir nichts davon erzählt?«

Er zuckte mit den Schultern. »Ich erzähle es niemandem.«

»Warum nicht?«

»Ich weiß, dass ich nicht dumm, faul oder langsam bin, warum sollte es also für irgendjemand anderen wichtig sein?«, entgegnete Evan und zog fragend eine Augenbraue nach oben.

»Ist es das, was dein Vater über dich gedacht hat? Er hat gedacht, du seist faul und träge. Hat er dich deswegen geschlagen?« Randi ballte ihre Hände auf dem Tisch zu Fäusten und hoffte bei Gott, dass er ihren Verdacht abstreiten würde.

Das tat er nicht.

»Ja. So hat alles angefangen«, erklärte Evan und vermied es, ihr in die Augen zu sehen. »In der Schule wurde von mir erwartet, dass ich alle anderen überbiete. Schließlich war ich als Erstgeborener der rechtmäßige Erbe des Sinclair-Imperiums. Alles andere war für ihn undenkbar gewesen. Es war mir nicht erlaubt, Defekte zu haben.«

Evan atmete lange aus. »Ich war die größte Enttäuschung für meinen Vater. Ich konnte nur langsam lesen und hatte Schwierigkeiten mit Zahlen, ein unvorstellbares Problem für einen Sinclair. Manchmal bringe ich immer noch meine Zahlen durcheinander. Ich brauche meine Mitarbeiter, um sicherzugehen, dass die Dinge, die ich in meinem Kopf habe, auch korrekt aufgeschrieben werden. Um Fehler zu vermeiden, diktiere ich die meisten meiner Berichte, damit sie richtig aufs Papier gebracht werden können.«

Die Art und Weise, wie er seine Behinderung versteckte, obwohl er stolz darauf sein sollte, was er alles erreicht hatte, versetzte Randi einen Stich ins Herz. Sie stand auf, ging um den Tisch herum und setzte sich direkt neben seinen Stuhl auf die Tischplatte. »Wie hast du gelernt?« Er sah sie immer noch nicht an und sie wollte um den Jungen weinen, der er einmal gewesen war. Evan war großartig, doch er war von einem unsensiblen Idioten dazu gebracht worden, sich klein und dumm zu fühlen.

»Nachdem mein Vater festgestellt hatte, dass ich nicht wie durch ein Wunder klüger werde, wenn er mich nur oft genug windelweich prügelt, hat er für mich einen Nachhilfelehrer eingestellt. Der Lehrer war ein Arschloch, aber es hat gewirkt. Wiederholungen und Phonetik haben mir geholfen; dadurch ist es mir auch leichter gefallen, Wörter zu behalten, die mit einem greifbaren Objekt oder einer Person in Verbindung stehen. Die größeren Konzepte folgten dann später. Ich habe alle meine Abende mit einem Nachhilfelehrer verbracht und die gesamten Wochenenden, wenn ich nicht in der Schule war.«

»Du bist fantastisch! Das weißt du, nicht wahr?« Randi streckte ihre Hand aus und drehte seinen Kopf so, dass er sie ansehen musste.

»Nicht wirklich. Mein Gehirn ist nun einmal so verkabelt. Ich musste lernen, damit umzugehen.«

Evan nahm das Ganze so gelassen hin, dass ihr Herz dahinschmolz. Es *hatte* wehgetan und es hatte sehr wehgetan, als er noch ein Kind war. Es war offensichtlich, dass es ihn noch entschlossener hatte werden lassen, eine Lösung für seine Probleme zu finden, und das hatte er geschafft. Es gibt keine Heilung für Legasthenie, doch er hatte seinen eigenen Weg gefunden, um diese Krankheit zu verstehen und mit ihr fertigzuwerden.

Sie hatte sich Beispiele von Kindern mit Legasthenie angesehen und gelernt, wie diese geschriebene Wörter oder Bücher wahrnehmen und was der beste Weg ist, um ihnen dabei zu helfen, ihre Schwierigkeiten zu überwinden. Es hatte ihre Aufmerksamkeit auf Kinder mit Lernschwierigkeiten gelenkt und in ihr den Wunsch geweckt, diesen Kindern dabei zu helfen, mit ihrem Problem besser umgehen zu können. Es gab so viele berühmte Menschen, die Legastheniker waren, und einige von ihnen gehörten zu den klügsten und kreativsten Köpfen der Geschichte.

»Ich muss dir widersprechen«, sagte sie und versuchte, ihn dazu zu bringen, ihr in die Augen zu sehen, indem sie ihre Hand an seine Wange legte.

»Du unterrichtest also Kinder mit Lernschwierigkeiten?«, fragte er mit heiserer Stimme und versuchte offensichtlich, das Thema zu wechseln.

Randi schüttelte den Kopf. »Nein. Ich unterrichte eine normale dritte Klasse. Ich helfe hier für die Kinder aus, die Probleme in der Schule haben. In Amesport gibt es kein offizielles Programm für Hochbegabte oder Kinder mit Lernschwierigkeiten.«

»Dann bist du also überqualifiziert?«

»Nicht wirklich. In meiner jetzigen Position kann ich nur nicht all das anwenden, was ich gelernt habe. Es macht mir nichts aus, hier auszuhelfen.« Für gewöhnlich gehörte die Arbeit im Zentrum zum besten Teil ihres Tages. »Es macht mich glücklich. Weißt du, wie sich das anfühlt, wenn man glücklich ist, Evan?«

Randi fragte sich, ob er in der Vergangenheit wohl jemals dazu in der Lage gewesen war, aus seiner Komfortzone herauszutreten. Er sah sich selbst als Aufpasser für seine Geschwister und fühlte sich verantwortlich für ihr Glück. Doch was war mit ihm? Er besaß einen schlauen Kopf, der auf seine ganz eigene Weise funktionierte, und hatte dies durch seine ernste und extrem organisierte Persönlichkeit ausgeglichen. Gut … er war sehr pingelig, doch er hatte einen Grund dafür. Seine Lernbehinderung erklärte zwar nicht seine Arroganz, doch Randi war der Meinung, dass all das zu Evan gehörte. Er hatte über die Jahre mehr und mehr Selbstvertrauen bekommen und es machte ihm nichts aus, seine mangelnde Unsicherheit über seine Intelligenz zu teilen.

Er stand auf und sah sie endlich an. Seine Nasenlöcher weiteten sich und aus seinen Augen schossen blaue Flammen. »Ich denke schon, dass ich Glück verstehe. Letzte Woche oder letztes Jahr habe ich das vielleicht noch nicht getan, aber ich glaube, dass ich anfange, dieses Konzept jetzt zu begreifen.«

Randi legte die Hand, die sie an seiner Wange gehalten hatte, auf seine Schulter und erwiderte seinen intensiven Blick. »Warum jetzt?«

»Weil ich glaube, dass ich glücklich bin, wenn ich mit dir zusammen bin und dir dabei zusehen kann, wie du zum Höhepunkt kommst«, brummte er, um ihr im nächsten Moment die Hand in den Nacken zu legen und seine Lippen auf ihre zu pressen.

Kapitel 13

Randi verlor sich in seinem Kuss und seiner Umarmung, die kraftvoll und unwiderstehlich war. Sie suchte Halt an seinen breiten Schultern und ließ ihre Sinne in Evans dominantem Angriff ertrinken.

Sie verlor ihren gesamten Willen, sich gegen die ungezügelte Anziehung durch ihn zu wehren. *Das* war Evan. Kräftig. Unbeschreiblich sexy. Absolut unwiderstehlich, wenn er so außer Kontrolle war.

Er rang nach Luft, als er seinen Mund von ihrem löste, und Randi sah ihn mit großen Augen an.

»Habe ich dich verletzt, als ich dir gesagt habe, dass ich nicht will, dass du schwanger bist?«, fragte er mit brüchiger Stimme.

Sie nickte langsam. »Ich wollte ja gar nicht schwanger sein. Es hat mich nur getroffen, dass du über die Tatsache, es hätte eventuell mit mir passiert sein können, so erschrocken gewesen bist.«

»Du weißt, dass Legasthenie vererbbar ist. Es ist in den Familien verwurzelt. Ich hatte Angst um Grady, als er zu Beginn Schwierigkeiten in der Schule hatte, doch seine Probleme waren ganz anders begründet. Und als ich endlich aufs College gegangen bin, ist es für ihn zu Hause noch schlimmer geworden. Das habe ich gehasst.«

Es war nicht Evans Schuld, dass er aufs College gegangen war, doch sie hatte genug über ihn erfahren, um zu wissen, dass er sich die Probleme der gesamten Welt auf seine breiten Schultern lud. Er sah es nicht als Belastung; es war einfach nur seine Verantwortung.

»Und?«, fragte Randi herausfordernd. »Würdest du denken, dass irgendeines deiner Kinder einen Defekt hätte, wenn sie Legastheniker wären?«

»Natürlich nicht«, verneinte Evan heftig. »Doch es ist nicht einfach.«

»Evan, du bist nicht dein Vater. Er ist nicht derjenige, der dich prägt«, sagte sie zärtlich. »Du wärst ein guter Vater und dein Kind würde etwas Besonderes sein. Kinder mit Legasthenie können lernen und sie können zu intelligenten und kreativen Menschen heranwachsen, genau wie du einer bist. Du hast dich wunderbar mit Matt unterhalten.« Gut … sie hatte nicht das gesamte Gespräch gehört, doch er hatte Matt glücklich gemacht.

Evan schüttelte den Kopf. »Er hat mir gesagt, dass er ein Shark sein will, genau wie ich.«

Randi musste bei Matts Vergleich mit der beliebten Fernsehserie lachen. »Und? Bist du ein Shark?«

»Nein. Ich betrachte die Dinge nur aus einem anderen Winkel und hatte vielleicht manchmal auch etwas Glück. Ich bin ein Investor und ich scheine dazu in der Lage zu sein zu erkennen, was erfolgreich sein wird und was nicht. Manchmal ist das ein Talent, manchmal ist es aber nur ein gutes Bauchgefühl«, gab er langsam zu. »Abgesehen davon habe ich mehr Geld als der übliche Shark.«

Randi wollte bei seiner arroganten Bemerkung über seinen hohen Kontostand lachen, doch sie tat es nicht. Sie musste mit ihm über den Rest seiner Aussage sprechen.

»Du bist großartig!« Randi teilte ihm lediglich das mit, was schon offensichtlich war, doch das interessierte sie nicht. Sogar mit den schwierigen Herausforderungen, die Legasthenie einem Kind stellte, war es trotzdem so, dass legasthenische Kinder nun einmal anders lernten und als Folge davon oftmals kreative Talente entwickelten, die andere nicht hatten. Diese Behinderung ließ Evan das gesamte Bild eines zukünftigen Geschäftsabschlusses sehen, anstatt sich nur auf ein oder zwei negative Dinge zu konzentrieren, die für andere herausstechen würden. Er besaß einfach eine spezielle Gabe, sich die richtigen Geschäfte auszusuchen, ganz egal wie sehr er auch versuchte, es rational zu erklären.

»Ich habe ein gutes Händchen fürs Geschäft«, korrigierte Evan sie. Wie es schien, wollte er einfach nicht glauben, dass er brillant war. »Und ich habe einen natürlichen Instinkt dafür, was funktioniert und was nicht. Ich habe Unternehmen aufgekauft, von denen alle anderen die Finger gelassen haben, und sie danach zum Erfolg geführt.«

»Hast du die Firmen deines Vaters verkauft?« Randi wusste, dass er das getan hatte. Nach dem Tod seines Vaters hatte Evan alles zu Geld gemacht und den Sinclair-Reichtum gleichmäßig unter seinen Geschwistern aufgeteilt. Dann war er dazu übergegangen, sein ganz eigenes Imperium aufzubauen.

»Sie gehörten meinem Vater nicht wirklich. Mein Großvater hatte damit angefangen. Er war ein gerissener, alter Kauz, der ein gutes Geschäft einmal um die halbe Welt riechen konnte. Ich habe alles verkauft, als mein Vater starb, damit ich das Familienvermögen verteilen konnte.« Er runzelte die Stirn, während er fortfuhr: »Um ehrlich zu sein, *wollte* ich diese Firmen loswerden. Ich wollte mir selbst beweisen, dass ich meine eigenen Unternehmen auswählen und mein eigenes Vermögen erwirtschaften kann. Ich hatte sehr viel Glück, das Geld dafür überhaupt zu besitzen, doch ich habe es geschafft, mein Erbe mehrmals zu vervielfachen.« Er gab damit nicht an; er teilte ihr lediglich Fakten mit.

»Wie fühlt es sich an, so reich zu sein? Ich habe mich immer gefragt, wie es wohl sein würde, wenn ich so viel Geld hätte«, fragte sie neugierig. Für sie spielte es keine Rolle, dass sie nicht reich war und es auch nie sein würde, doch sie wollte ehrlich wissen, wie es wohl wäre, wenn sie nicht jeden Monat nur einen bestimmten Geldbetrag zur Verfügung hätte.

»Nicht viel anders, als sich alle anderen fühlen, denke ich. Wir haben die gleichen Sorgen, die gleiche Angst davor zu versagen. Wir haben nur schönere Autos, schönere Häuser und hinter unserem Eigenkapital stehen mehr Nullen.« Evan grinste sie an.

»Und macht dich das glücklich? Ist viel Geld jemals genug?« Wenn ein Mensch erst einmal so reich war, spielte es dann noch eine Rolle, wie groß sein Vermögen wirklich war?

»Ich habe dir gesagt, was mich glücklich macht. Für mich dreht sich nicht alles nur um das Geld«, antwortete er. »Doch ich denke, dass ich immer schon allen beweisen wollte, dass ich mir selbst etwas aufbauen kann. Ich wollte mehr Geld verdienen als mein Vater.«

Sie wusste, was er meinte. Seit Jahren hatte er sich immer wieder selbst übertroffen und versucht, besser als sein Vater zu sein, um sich selbst akzeptieren und die Stempel, die sein Vater ihm als Kind aufgedrückt hatte, abwischen zu können. »Mehr Geld bedeutet nicht automatisch, besser zu sein«, erklärte Randi. Sie war sich sicher, dass es Menschen da draußen gab, die wohlhabend und trotzdem unglücklich waren. »Zum Glücklichsein gehört sehr viel mehr als nur Geld allein.«

»Ich glaube, ich bin gerade dabei, das zu begreifen.« Er hob seine Hand und strich ihr zärtlich über das Haar. »Es tut mir leid, dass ich dich verletzt habe, Randi. Das war nie meine Absicht gewesen.«

Es war ihr nicht entgangen, dass er sie fürsorglich immer noch mit ihrem Spitznamen ansprach, weil er sie nicht an ihre Kindheit erinnern wollte. Seine Einfühlsamkeit berührte sie so sehr wie nichts anderes auf der Welt.

Sie verstand, dass seine unsensible Äußerung sich darauf bezogen hatte, dass er überhaupt niemanden schwängern wollte. Es war dabei nicht darum gegangen, was sie sich ausgemalt hatte. Doch um ehrlich zu sein ergab es nicht einmal Sinn. Nur weil er Legastheniker war hieß das nicht, dass sein Kind auch unter Lernschwierigkeiten leiden würde. Mit seinem Reichtum würde er es sich leisten können, sein Kind zu den besten Schulen zu schicken. Darüber hinaus waren Kinder mit Legasthenie oftmals intelligent oder sogar hochbegabt. Doch vielleicht existierte in Evans Kopf nur der Gedanke, dass er sein Kind nicht leiden sehen wollte, so wie er gelitten hatte. Er hatte nicht bewusst verstanden, dass es einen großen Unterschied machte, wie man dieses Problem anging. »Du hättest es mir einfach sagen können.« Sie boxte ihn leicht auf die Schulter. »Ich dachte, du hättest angefangen, mich zu mögen«, neckte sie ihn.

»Ich glaube, ich habe mehr als nur damit angefangen«, sagte Evan düster. »Zeig mir, was Glücklichsein ist, Randi! Ich habe das Gefühl, dass du die Einzige bist, die das kann.«

Ihr Herz beschleunigte, als sie begriff, um was er sie bat. Wenn Evan nach etwas fragte, das er nicht vollständig verstand, hatte er immer ein allgemeines Bild vor Augen. Es versetzte ihr einen Stich, wenn sie darüber nachdachte, dass er nie wirklich eine Art von Glück erlebt hatte, die ihn verstehen lassen könnte, wie es sich anfühlt, zufrieden zu sein. »Zuerst musst du mir vertrauen.«

»Das tue ich«, entgegnete er sofort.

Sie zog eine Grimasse, weil sie wusste, dass sie sich gerade dazu verpflichtete, den Großteil ihrer freien Zeit in den nächsten Tagen mit Evan zu verbringen. Das Ganze war zwar verlockend, aber auch gefährlich. »Wir werden aber nicht die ganze Zeit Sex haben«, warnte sie ihn. Verdammt, sie liebte den Sex genauso sehr wie er, doch um glücklich und zufrieden zu sein, bedurfte es doch noch etwas *mehr*.

Sein Gesicht wurde traurig und Randi biss sich auf die Lippe, um nicht lächeln zu müssen. Oh ja, es fühlte sich gut an, einen Mann zu haben, der sie *so sehr* begehrte, doch für Evan war es nicht ausreichend. Er musste lernen, dass er nicht das finden würde, was er suchte, wenn er rund um die Uhr arbeitete. In dem, was er tat, existierte offensichtlich sehr wenig Ungezwungenheit, Gleiches galt für die Menschen, mit denen er täglich zusammenarbeitete.

»Gut«, stimmte er widerwillig zu.

»Es wird auch gar nicht wehtun. Versprochen!«, versicherte sie ihm lächelnd. Sie freute sich noch immer darüber, dass Evan genug Vertrauen zu ihr hatte, um seine arrogante Maske vor ihr abzulegen.

»Dann zeig es mir.« Er lehnte sich nach vorn und gab ihr einen Kuss auf die Stirn.

Seine Bereitschaft dazu, seine Verletzlichkeit in ihre Hände zu legen, hatte sie ins Verderben gestürzt. Randi würde Evan zeigen, dass es im Leben um mehr ging als nur um Arbeit und Pflicht, und wenn es das Letzte war, das sie täte … Und nach dem sinnlichen, heißen Blick in seinen Augen zu urteilen hatte sie sich dazu entschieden, dass sie das gesamte Experiment eventuell nicht ganz unbeschadet überstehen würde.

Liebe M.,
was sind Deine Lieblingsblumen?

Randi sah auf die kurze Nachricht ihres E-Mail-Freundes und wunderte sich, was ihn dazu bewogen hatte, ihr diese Frage zu stellen. Sie wollten manchmal schon merkwürdige Dinge voneinander wissen, doch für gewöhnlich bezog es sich auf etwas, über das sie zuvor einmal gesprochen hatten. Das hier kam völlig unerwartet.

Sie schüttelte den Kopf und tippte auf ihrem Laptop eine Antwort.

Lieber S.,
ich liebe Calla-Lilien. Meine Pflegemutter hat die riesigen,
weißen Blumen jedes Frühjahr an dem Bach gepflanzt, der
unterhalb ihres Hauses verläuft. Weil Calla-Lilien in dem
Maine-Klima nicht besonders gut gedeihen, hat sie sie jedes
Jahr ausgegraben und sie den Winter über aufbewahrt, damit
sie sie im Frühling erneut auspflanzen konnte.

Randi hatte ihre Hündin nach den Blumen benannt, weil das Innere des Kelches die gleiche goldene Farbe hatte wie Lilys Fell.

Einen Moment lang spürte sie einen stechenden Schmerz in ihrer Brust, der sie daran erinnerte, dass in diesem Jahr keine riesigen, weißen Calla-Lilien am Bach blühen würden. Joan war zu krank gewesen, um sie auszugraben, und Randi hatte nie gelernt, wie man die Knollen überwintert.

Es wird traurig sein, dieses Jahr keine weißen Blumen am Bach zu finden.

Randi fügte diesen Satz zu ihrer Nachricht hinzu, bevor S. antworten konnte.

Liebe M.,
tut es noch weh?

Randi gab eine ehrliche Antwort.

Lieber S.,
ich werde sie und meinen Pflegevater für den Rest meines Lebens vermissen. Seit ihrem Tod ist mehr als ein Monat vergangen, doch manchmal tut es immer noch so weh, dass ich kaum atmen kann. Ich weiß, dass ich riesiges Glück hatte, sie überhaupt in meinem Leben gehabt zu haben, doch die Zeit, die wir miteinander verbracht haben, war zu kurz.

Randi klickte auf »Senden« und wusste bereits, dass ihr Freund sie verstehen würde. Das tat er immer.

Liebe M.,
ich wünschte, ich könnte Dir etwas sagen, das alles in Ordnung bringt, doch ich denke, dass die Zeit helfen wird. Ich kann nicht behaupten, dass ich jemals in Deiner Lage gewesen bin. Ich kann nur versuchen, mir vorzustellen, wie sehr es schmerzen würde, jemanden zu verlieren, den ich so sehr geliebt habe.

Randi seufzte. S. schaffte es immer, dass sie sich etwas besser fühlte. Vielleicht, weil er die verblüffende Fähigkeit besaß, sich in sie hineinzuversetzen.

Lieber S.,
ich denke, Du wirst mich noch eine Weile schlecht gelaunt ertragen müssen.

Seit ihre Pflegemutter gestorben war, hatte sie ihm ihr Herz ausgeschüttet.

Liebe M.,
Du bist nicht schlecht gelaunt, Du erlebst gerade eine Trauerphase.
Hilft es Dir, einen Mann in Deinem Leben zu haben?

Randi dachte über diese Frage einen Moment lang nach. Evan war nicht wirklich das, was sie als einen Mann in ihrem Leben bezeichnen würde, doch sie hatten sich gegenseitig tiefere Geheimnisse anvertraut als irgendjemand anderem. Sie hatte niemals einem Mann, der ihr wichtig war, ihre Geheimnisse erzählt, mit Ausnahme von S., und er war eine Fantasiefigur. Er kannte ihren Hintergrund nicht und Randi hatte keine Ahnung, wie ihr E-Mail-Freund im echten Leben war.

Sie könnte wetten, dass Evan mit anderen Menschen nur sehr wenig gemeinsam hatte.

Lieber S.,
ich glaube, dass es hilft, auch wenn es nichts Festes ist. Es lenkt mich von meiner Trauer ab.

Wenn sie daran dachte, was Evan alles durchgemacht hatte, war sie fest dazu entschlossen, ihm beizubringen, wie man zufrieden sein und den Moment genießen konnte, wenn auch nur für eine kleine Weile. Diese Mission half ihr dabei, ihre Trauer zu bewältigen.

Liebe M.,
es könnte doch etwas Festes daraus werden. Man weiß nie.

Randis Antwort war kurz.

Lieber S.,
das wird es nicht.

Seine Frage kam blitzschnell.

Liebe M.,
warum nicht?

Es gab zahlreiche Gründe, doch die Tatsache, dass Evan Amesport verlassen würde, war der schwerwiegendste.

Lieber S.,
er wird nicht mehr lange hier sein. Wir verbringen in dieser Woche noch Zeit miteinander und danach verlässt er die Stadt.
    Wie läuft es mit der neuen Frau in Deinem Leben? Ich glaube, ich bin ein klein wenig eifersüchtig.

Es war Winter in Amesport, nicht gerade die beste Zeit, um Evan zu zeigen, wie man Spaß haben konnte. Doch sie würde sich etwas einfallen lassen.

Liebe M.,
sei nicht eifersüchtig. Du warst schließlich zuerst da. Aber ich glaube, dass ich sie wirklich mag, denn sie ist Dir sehr ähnlich.

Randi war über seine Worte etwas erstaunt. S. kannte sie nicht wirklich und doch wusste er so viel über sie. Sie hatte so viele ihrer Gedanken und Gefühle mit ihm geteilt, auch wenn sie sich niemals persönlich begegnet waren. In gewisser Weise war sie eifersüchtig auf diese unbekannte Frau. Wenn S. diese Frau gernhatte, dann würde er um sie kämpfen. Und wenn er das tat, würde er sie bekommen. Randi hatte ihn nie persönlich getroffen, doch jemand, der so intelligent, einfühlsam und verständnisvoll war wie er, war zweifellos ein guter Kerl. Er war niemals vor *ihr* weggelaufen und das sollte etwas heißen, wo sie seit Joans Tod nichts anderes getan hatte, als ihm ihr Leid zu klagen.

Lieber S.,
das freut mich für Dich. Sie kann sich glücklich schätzen.

Die beiden schickten sich noch einige weitere Nachrichten, dann meldete sie sich ab.

Randi ging in die Küche und fragte sich, was sie kochen sollte. Weil sie zu müde war, um stundenlang am Herd zu stehen, tat sie etwas Futter in Lilys Napf und nahm sich selbst eine riesige Schüssel mit Nachos und Käse. Wie sie so an ihrer Anrichte lehnte, musste sie kichern, denn sie konnte sich gut vorstellen, was Evan über ihr Abendessen sagen würde.

Evan.

Was in aller Welt hatte sie dazu bewogen, seine Herausforderung anzunehmen und ihm zu zeigen, was Glück bedeutete? Und was wusste sie im Moment schon darüber, wie es sich anfühlte, ein fröhlicher Mensch zu sein? Sie war am Boden zerstört, eine Frau, die noch immer trauerte und der ein Teil ihrer Seele verloren gegangen war.

Ich bin glücklich gewesen. Ich muss mich nur daran erinnern, wie es war, bevor ich für immer den Menschen verloren habe, der mich wie eine Tochter geliebt hat.

Wenn sie sehr viel Glück hatte, dann konnten sie und Evan sich vielleicht gegenseitig dabei helfen, ihre Wunden zu heilen. Sie könnte ihre Lebensfreude wiederfinden und Evan würde sie zum ersten Mal überhaupt erleben.

Sie bereute es nicht, ihm noch einmal versichert zu haben, dass sie ihn zu Hopes Feier begleiten würde, als er bei ihrer Nachhilfestunde mit Matt plötzlich aufgetaucht war. Es würde die letzte Nacht sein, die sie mit ihm verbringen würde, bevor er wieder in seinen teuren Privatjet steigen und einmal um die halbe Welt fliegen würde, um möglicherweise ein weiteres Geschäft abzuschließen.

Denk nicht an seine Abreise. Freu dich einfach nur auf morgen. Lebe im Hier und Jetzt.

Sie nahm sich noch ein paar Chips und tunkte sie in den warmen, sahnigen Nachokäse.

Weil sie keine andere Wahl hatte, als für den Moment zu leben, würde sie nicht dagegen ankämpfen. Darüber nachzudenken, dass Evan bald abreisen würde, sollte nicht ihre Chance ruinieren, ihm begreiflich zu machen, dass im Leben noch so viele andere Dinge existierten als Arbeit.

Wenn es irgendjemanden gab, der ein kleines bisschen Glück verdient hatte, dann war es Evan Sinclair.

Randi schob die negativen Gedanken aus ihrem Kopf und dachte darüber nach, wie genau sie einem Mann, der außer Arbeit nichts anderes kannte, beibringen sollte, glücklich zu sein.

Kapitel 14

Am nächsten Abend fand sich Micah Sinclair im *Sullivan's Steak and Seafood* wieder und fragte sich, was zur Hölle er hier eigentlich tat. Er saß allein an einem Ecktisch und war völlig besessen davon, Tessa Sullivan zu beobachten.

Also tat er genau das. Er sah ihr bei der Arbeit zu.

Besessen.

Zwanghaft.

Ohne Unterbrechung.

Er beobachtete sie, während sie sich mit dem Anmut einer Tänzerin durch das Restaurant bewegte, und war enttäuscht, dass sie nicht diejenige war, die seine Bestellung aufnahm. Stattdessen hatte ihn ein wütend aussehender Mann bedient, der nicht viel älter war als er und beinahe die gleiche Haarfarbe hatte wie Tessa.

Du bist ein jämmerlicher Verlierer, Sinclair. Steh auf und geh!

Micah hatte sich mehrmals ins Gedächtnis gerufen, dass er nicht zufällig hier war und in Wahrheit Tessa nachstieg, doch er konnte sich einfach nicht helfen. Als er gesehen hatte, dass sie nicht mehr da war, hatte er sich davon überzeugen müssen, dass sie sicher nach Hause gekommen war. Ja, vielleicht hätte er ihre Nummer von Hope erfragen oder sie darum bitten können, Tessa eine Nachricht zu schreiben, anstatt einfach selbst im Restaurant aufzutauchen.

Doch das hatte er nicht getan.

Denn er wollte sie persönlich wiedersehen.

Er war nur deswegen ins *Sullivan's* gegangen, um sie zu sehen, und hatte am Ende das beste Hummerbrötchen der Welt gegessen. Das Lokal sah zwar etwas heruntergekommen aus, doch das Essen dort war phänomenal.

Er nippte noch immer an seinem Bier, als er sah, wie der Typ, der ihm sein Essen gebracht hatte, auf ihn zukam.

»Alles in Ordnung?«, fragte er, als er an Micahs Tisch anhielt. Leider war seine Sicht auf Tessa jetzt blockiert.

Micah hob die Hand. »Ich bin satt. Vielen Dank.«

»Hier ist die Rechnung«, entgegnete der Kellner und schleuderte ihm das Papier regelrecht auf den Tisch.

Micah nickte und nahm den Zettel auf. Dabei fragte er sich, warum der riesige Typ mit einem Mal so unfreundlich geworden war. Und das wollte etwas heißen, denn er war von Anfang an nicht besonders höflich gewesen. »Danke.«

»Den ganzen Abend lang hast du Tessa beobachtet. Denk gar nicht erst dran, Mann!« Das Gesicht des Fremden bekam einen drohenden und verärgerten Ausdruck.

»Sie ist eine attraktive Frau«, antwortete Micah vorsichtig.

»Und sie ist zufällig meine Schwester. Halte dich verdammt noch mal von ihr fern! Sie hat in den letzten Jahren schon genug durchmachen müssen. Sie braucht nicht auch noch einen Sinclair, der ihr den Kopf verdreht.« Der kräftige Mann verschränkte die Arme vor der Brust und warf Micah einen gefährlichen Blick zu, einen, der ihm sagte, dass er ihn umbringen würde, wenn er seiner Schwester zu nahe käme.

»Du weißt, wer ich bin?«, fragte Micah überrascht.

»Ja, das weiß ich. Ich erkenne dich. Ich habe einige deiner Arbeiten gesehen und in der Vergangenheit auch deine Ausrüstung benutzt.«

»Ich will ihr nicht wehtun. Ich schaue ja nur«, sagte Micah ruhig.

»Sie macht es einem schwer, *nicht* zu schauen.«

»Dann sieh gefälligst in eine andere Richtung! Sie ist gehörlos, behindert«, knurrte Liam wütend.

»Dass sie gehörlos ist stellt für sie nicht wirklich eine Einschränkung dar. Sie scheint gut damit umzugehen«, sagte Micah beobachtend. Es gefiel ihm nicht, dass ihr Bruder zu denken schien, seine Schwester könnte weniger attraktiv wirken, nur weil sie nicht hören konnte. »Du musst Liam Sullivan sein, einer der Inhaber dieses Lokals, nicht wahr? Existiert dieses Restaurant schon lange? Das Essen war fantastisch.« Er versuchte, eine lockere Unterhaltung zu beginnen, damit der Mann ihn in Ruhe ließ.

»Mein Großvater hat es eröffnet«, sagte Liam. »Es ist nicht die Atmosphäre, die die Menschen anzieht. Sie kommen wegen des Essens.« Liam zögerte einen Moment, bevor er fragte: »Versuchst du, vom Thema abzulenken?«

In Wahrheit versuchte Micah zu vergessen, dass er durchaus als ein Stalker durchgehen würde. »Ja. Sieh mal, ich finde deine Schwester attraktiv. Mehr ist da nicht. Ich würde sie nicht verletzten wollen.«

Liam warf Micah einen warnenden Blick zu. »Hör auf, sie anzustarren. Sie wird keine weitere Kerbe an deinem Bettpfosten werden oder dich irgendwohin anders begleiten.«

Micah dachte darüber nach, ob er dem Mann sagen sollte, dass er die Frauen, mit denen er schlief, nicht als Kerbe an seinem teuren Bett verewigte, doch er kam zu dem Entschluss, dass Liam diesen Kommentar nicht schätzen würde.

»Seit wann organisierst du die Verabredungen deiner Schwester?«, fragte Micah tonlos und erhob sich, um seine Rechnung zu bezahlen. Er musste gehen. Er hatte Arbeit zu erledigen und es dämmerte ihm, dass es ziemlich armselig war, hier zu sitzen und eine gehörlose Frau anzustarren.

»Seitdem ich der Einzige bin, der sie noch beschützen kann«, sagte Liam und boxte Micah mit der Faust warnend auf die Schulter. »Du bedeutest Ärger und das Letzte, das Tessa jetzt braucht, sind Gefühlsprobleme. Sie hat im Moment schon genug Sorgen.«

Micah trat einen Schritt zurück, um Platz zwischen sich und Liam zu schaffen. »Fass mich nicht an, du Arschloch! Du behauptest, dich um deine Schwester zu sorgen? Wie denkst du, würde sie es finden, wenn wir mitten in ihrem Restaurant einen kleinen Kampf austragen?« Micah hatte keine Angst vor Liam. Er wusste, dass er sich verteidigen konnte, wenn es nötig war, doch das wollte er nicht. Der Kerl war Tessas Bruder, auch wenn er ein überfürsorglicher Wichser war. Micah wollte es nicht so weit kommen lassen.

»Denkst du, du würdest gewinnen?«, fragte Liam grinsend.

»Ich weiß es«, antwortete Micah hochmütig. Liam war vielleicht einige Zentimeter größer und ein paar Kilo schwerer als er, doch Micah war flink und besaß kämpferisches Talent und Schnelligkeit.

»Arrogantes Arschloch«, murmelte Liam.

»Keine Sorge. Ich gehe schon. Aber ich werde dir nicht versprechen, dass ich niemals wiederkomme.« Micah schlüpfte in seine Jacke und zog den Reißverschluss hoch.

»Richte deinen Blick einfach auf etwas anderes«, warnte Liam ihn böse.

Micah war sich nicht sicher, dass er Liam versprechen könnte, Tessa nicht mehr anzustarren, wenn sich die Gelegenheit dazu ergab, also hielt er den Mund.

»Ich mache das«, sagte Liam aufgeregt, als er Micah die Rechnung und die Kreditkarte, die er aus seinem Portemonnaie hervorgezogen hatte, aus der Hand nahm.

Es war offensichtlich, dass dieser Kerl unbedingt vermeiden wollte, dass Micah eine Gelegenheit bekam, mit seiner Schwester zu sprechen. Liam machte keinen Hehl daraus, dass er ihn nicht mehr sehen wollte, zumindest für heute Abend.

Micah grinste und schlenderte zum Eingangsbereich des Restaurants, wo Liam hastig die Zahlung ausführte.

»Ich werde dir nicht sagen, dass wir uns freuen würden, dich bald wieder bei uns begrüßen zu dürfen«, sagte Liam unglücklich.

Micah nahm seine Karte in Empfang und steckte sie zurück in seine Geldbörse. »Geschenkt. Gutes Essen und ein Hintern wie der deiner Schwester werden mich immer wieder zurückbringen«, teilte er Liam mit einem arroganten Lächeln mit und drehte sich um, um das Restaurant zu verlassen. Höchstwahrscheinlich würde er nicht zurückkommen, doch er würde Liam diesen Triumph nicht gönnen, indem er es zugab. Er hätte zu gern seinen Blick gesehen, doch er zwang sich dazu, sich nicht noch einmal umzudrehen.

»Arschloch«, murmelte Liam wütend.

Micah lachte leise, als er das Steakhaus verließ und hinaus in die Kälte trat.

Randi stellte ihren Wagen seitlich eines Weges auf dem Friedhof ab. Sie bezweifelte, dass sich irgendjemand daran stören würde, denn sie war die einzige Besucherin.

Sie nahm eine Schippe aus dem Auto und sah dabei zu, wie Lily heraussprang und durch den Schnee genau zu der Stelle lief, zu der auch Randi gehen wollte: die Grabsteine ihrer Pflegeeltern.

Seit Joans Tod war es für sie zu einem kleinen Ritual geworden, hierherzukommen und einen Pfad zu den Grabsteinen freizuschaufeln. Aus irgendeinem Grund fühlte sie sich immer besser, wenn sie die Steine vom Schnee befreit hatte. Sie wollte nicht, dass es aussah, als wären sie in Vergessenheit geraten.

Sie verriegelte den Geländewagen, auch wenn das vielleicht nicht nötig war, und stapfte durch den Schnee zu dem Platz, an dem Dennis und Joan Seite an Seite ihre letzte Ruhestätte gefunden hatten.

Die ehrfürchtige Stille wurde von Lilys aufgeregtem Bellen unterbrochen.

In dem Moment, in dem Randi vom Weg abgegangen war, hatte sie gewusst, dass etwas nicht stimmte. Fasziniert ging sie über einen geräumten Graspfad, der direkt zu Dennis' und Joans Steinen führte.

Jemand ist hier gewesen.

Es dämmerte Randi, dass dies nicht das Werk eines Familienangehörigen gewesen war, der ebenfalls geliebte Menschen hier begraben hatte. Das freigeräumte Areal endete direkt dort, wo

Lily stand und aufgeregt am Boden schnüffelte. Nicht ein Schneefleck war auf den marmornen Gedächtnistafeln zu sehen und die Namen ihrer Pflegeeltern sowie ihre Geburts- und Sterbedaten waren vollständig offengelegt.

»Was zur Hölle?«, murmelte Randi und legte eine ihrer behandschuhten Hände auf Lilys Kopf. »Riechst du was, mein Mädchen?«, fragte sie neugierig. Die Hündin hatte aufgehört zu schnüffeln und saß nun mit schief gelegtem Kopf neben Randi.

Warum würde irgendjemand den Weg zu den Grabsteinen ihrer Pflegeeltern freiräumen und dann noch weitermachen und auch die Steine selbst vom Schnee befreien? Außer ihr kam niemand hierher, nur Beatrice und Elsie schauten manchmal noch vorbei. Die älteren Damen besuchten an Feiertagen gelegentlich die Gräber von verstorbenen Familienmitgliedern und Freunden.

Es war aber kein Feiertag.

Und Randi wusste, dass es nicht Beatrice und Elsie gewesen waren, die den schweren Schnee zur Seite geräumt hatten.

Plötzlich sah sie einen Farbklecks auf dem Boden und sie beugte sich herunter, um das Objekt aufzuheben, das sich zwischen den beiden Steinen befand.

Sie richtete sich mit einer einzigen, perfekten Calla-Lilie in der Hand wieder auf. Randi stand der Mund offen, als sie die kleine, handgeschriebene Karte las, die an der Blume befestigt war. Darauf standen nur zwei Worte: *Vielen Dank!*

Während sie die Blume in ihrer Hand hielt, setzte sich Randi auf einen der Schneehaufen neben dem Weg, die durch intensives Schippen entstanden waren. Ihr Hintern war kalt, doch das bemerkte sie nicht. Sie war zu beschäftigt damit zu verstehen, was gerade vor sich ging.

Lily kuschelte sich an ihre Seite und legte sanft ihren Kopf auf Randis Knien ab.

»Wer würde so etwas tun? Und warum?«, flüsterte Randi und drehte die perfekte Blume zwischen ihren Fingern. Es war eine kleinere Calla-Lilie und sie besaß einige Farbsprenkel an der Innenseite des weißen Blütenkelches, die sie an eine reife Pflaume erinnerten. In der Mitte befand sich die kleine, goldene Knospe, die die gleiche Farbe hatte wie Lilys Fell.

Sie war noch immer frisch, weshalb Randi wusste, dass sie noch nicht sehr lange in der Kälte gelegen hatte.

»Unmöglich«, sagte sie, noch immer verwirrt. Es war einfach nicht logisch zu denken, dass irgendjemand diese Blume zufällig in der Stadt gefunden hatte. Der Florist vor Ort verkaufte keine Calla-Lilien. Hier in der Umgebung kamen sie überhaupt nur selten vor und schon gar nicht im Winter.

Während sie die kleine Karte befühlte, die an der Blume hing, fragte sie sich, wer sich bei Dennis und Joan bedanken würde … und warum? Wenn irgendjemand ihnen danken sollte, dann war sie es. Sie hatten Randi aus einem hoffnungslosen Leben befreit und sie dazu gebracht, sich zum ersten Mal in ihrem Leben wie ein richtiger Mensch zu fühlen.

In ihren Augen sammelten sich die Tränen, die schließlich langsam über ihre Wangen liefen. Auch wenn es etwas gruselig sein könnte, dass jemand Unbekanntes ihre Gräber besucht hatte, war es das nicht. Wer auch immer diese Blume abgelegt und die Fläche freigeräumt hatte, hatte irgendwann einmal Dennis' und Joans Liebenswürdigkeit erlebt … genau wie sie.

Vielleicht war es ein ehemaliger Schüler ihrer Pflegemutter gewesen oder ein Schüler von Dennis' Schule. Das Ehepaar hatte in seinem Leben so viel Gutes getan; sie verdienten es, dass man sich an sie erinnerte.

Als Lily anfing, ihr die Tränen vom Gesicht zu lecken, schlang Randi die Arme um ihre Hündin. »Ich vermisse sie, Lily. Ich vermisse sie so sehr.« Sie hörte auf, gegen die Tränen anzukämpfen, und schluchzte in Lilys Fell. Die Calla-Lilie hielt sie dabei fest in der Hand.

Sie weinte um den Verlust einer Mutter und eines Vaters, auch wenn sie nicht blutsverwandt gewesen waren.

Sie weinte für die Opfer, die die beiden gebracht hatten, nur damit sie bei ihnen bleiben konnte.

Sie weinte, weil sie nie ganz ihren Verlust betrauert hatte und weil es ihr so schwerfiel, sie gehen zu lassen.

Irgendwann versiegten ihre Tränen und die Erinnerungen an die beiden Menschen, die sie in ihrem Leben am meisten geliebt hatte, kamen ihr in den Sinn.

Sie werden niemals ganz weg sein, denn ich werde ihre Erinnerungen am Leben erhalten. Sie werden für immer einen Platz in meinem Herzen haben. Sie haben mir gezeigt, was es wirklich bedeutet, glücklich zu sein und geliebt zu werden. Beide würden es hassen, wenn ich mit Trauer an sie zurückdenken würde.

»Sie wollten, dass ich glücklich bin, Lily. Deswegen haben sie gelogen, um mich hier in Amesport zu behalten«, murmelte Randi ihrer Hündin zu, als sie ihren Kopf aus Lilys Fell hob.

Randi wischte sich den Rest ihrer Tränen mit ihrem Handschuh ab, ging zurück zum Auto und nahm eine rote Rose von der Rückbank. Sie nahm die Calla-Lilie, band die beiden Blumen mit dem Band zusammen, an dem der andere Besucher die Karte befestigt hatte, und ging zurück zu den Grabsteinen.

Vorsichtig legte sie die beiden zusammengebundenen Blumen zwischen die Gräber. Ihr Herz fühlte sich wesentlich leichter an als noch vor einigen Minuten.

Sie hatte keine Ahnung, wer die Calla-Lilie abgelegt und das gesamte Areal nebst Gräbern vom Schnee befreit hatte, doch sie und dieser Mensch hatten eine Verbindung, eine beständige Liebe zu zwei der liebenswürdigsten Menschen, die jemals existiert hatten.

»Ich hoffe, ihr könnt beide stolz auf mich sein«, flüsterte Randi, fest entschlossen, ihnen zu beweisen, dass sie das Richtige getan hatten. »Ich werde mein Bestes versuchen.«

Lily winselte leise, ganz so als ob sie Randi zustimmte.

Sie streichelte den Kopf ihrer Hündin. »Komm, mein Mädchen. Lass uns nach Hause fahren.«

Lily lief vor ihr her zum Geländewagen. Randi folgte ihr langsam und rief sich einige der glücklichen Erinnerungen zurück, die sie mit Dennis und Joan erlebt hatte. Sie würde diese friedlichen Zeiten

für immer in ihrem Herzen tragen, auch nachdem sie ihre Trauer
überwunden hatte.

Endlich würde ihre Heilungsphase beginnen.

Kapitel 15

»Evan sieht so viel glücklicher aus«, sagte Mara Sinclair zu Randi, als die beiden Frauen den Tisch abräumten und das Geschirr in Hopes Küche in die Spülmaschine stellten. »Ich habe mir solche Sorgen um ihn gemacht.«

Randi deckte die Reste des Schokoladenkuchens, den sie gebacken hatte, mit Frischhaltefolie ab und stellte ihn in den Kühlschrank. »Ging es ihm denn so schlecht?«, fragte sie neugierig.

Hope schnaubte, während sie den Ofen abwischte. »Ja«, antwortete sie kurz angebunden.

Einer von Randis Versuchen, Evan glücklich zu machen, hatte so ausgesehen, dass sie seine gesamte Familie zum gemeinsamen Abendessen versammelt hatte. Es hatte einige Momente gegeben, in denen sie sich unwohl gefühlt hatte, ihm zuzusehen, weil Evan sich anstrengen musste, sich nicht von seiner Familie zurückzuziehen, weil er es einfach so gewohnt war. Doch er gab sich Mühe. Sie hatte ihm gesagt, dass so viel Freude von den Menschen ausgestrahlt wurde, die ihn liebten. Deswegen hatte sie das Familienessen in Hopes Haus arrangiert.

Obwohl die Männer angeboten hatten, beim Aufräumen zu helfen, hatten die Frauen sie aus der Küche gescheucht. Die arme Hope hatte

Angst um die Sicherheit ihres Porzellans gehabt. Es hatte allerdings nicht viel Überzeugungskraft benötigt, die Kerle dazu zu überreden, sich ins Wohnzimmer zurückzuziehen, und sie waren unter nicht sehr lauten Beschwerden schließlich gegangen.

Mit Randi, Emily, Hope, Sarah und Mara in der Küche war das Aufräumen im Handumdrehen erledigt.

»Ich kann nicht glauben, dass er tatsächlich meine Lasagne und das Knoblauchbrot gegessen hat. Sogar den Nachtisch hat er akzeptiert«, sagte Mara und in ihrer Stimme war freudige Überraschung zu hören.

»Er hat nicht nur gegessen. Evan hat genossen«, sagte Emily mit einem Lächeln auf dem Gesicht. »Es war so schön, ihn zur Abwechslung überhaupt einmal essen zu sehen.«

Randi grinste. »Ich versuche, ihn langsam an das Essen von Dingen zu gewöhnen, die nicht gut für ihn sind. Seine Diät war langweilig und fad. Es ist ja nicht so, dass er fett wird. Er treibt Sport.«

»Gott sei Dank isst er wie ein normaler Mensch«, sagte Mara. »Ich wünschte nur, dass wir eher darüber Bescheid gewusst hätten, was er als Kind alles hatte durchmachen müssen. Mit einem Vater, wie er ihn hatte, möchte ich mir wahrlich nicht vorstellen, Legasthenie zu haben.« Sie erschauderte. »Es muss ein Albtraum für ihn gewesen sein.«

Randi wusste genau, wie sehr Evans Kindheit ihn bis weit in sein Erwachsenenleben beeinflusst hatte. »Er ist ziemlich schlimm verprügelt worden. Die Narben sind noch immer sichtbar.«

In der Küche wurde es totenstill. Mit einem Mal starrten alle Frauen Randi an.

»Oh mein Gott! Grady hat mir erzählt, dass sein Vater ihn nicht geschlagen hat«, sagte Emily ernst.

»Jared hat das Gleiche gesagt«, bestätigte Mara.

»Dante auch«, fügte Sarah hinzu.

»Unser Vater war ein Arschloch und hat uns mit seinen Worten gedemütigt. Doch wenn er nichts Schlechtes zu sagen hatte, hat er uns weitestgehend ignoriert«, erklärte Hope. »Soweit ich weiß, hat er keinen von uns geschlagen.« Sie sah Randi direkt ins Gesicht.

»Stimmt es? Ist Evan wirklich verprügelt worden? Warum hat er mir diesen Teil nicht erzählen wollen?«

Jetzt wusste Randi genau, warum Evan es nie erzählt hatte. Sie hätte schweigen sollen. Dass Evan sich seinem Vater als Zielscheibe für dessen körperlichen Missbrauch zur Verfügung gestellt hatte, hatte seine Geschwister davor bewahrt, ebenfalls geschlagen zu werden. Auch wenn sie der Meinung war, dass seine Geschwister alles wissen sollten, so sollte doch nicht sie diejenige sein, die diese Dinge erzählte. »Ich bin davon ausgegangen, dass ihr alle es wisst. Evan hat mir gesagt, dass er euch von seiner Kindheit erzählt hat.«

»Von diesem Teil wussten wir nichts«, sagte Hope niedergeschlagen.

»Vielleicht will er nicht, dass ihr es wisst. Diese Geschichte liegt in der Vergangenheit und Evan versucht, seinen Platz in der Familie und in der Welt zu finden. Ich würde es zu schätzen wissen, wenn ihr es niemandem erzählt«, sagte Randi mit bittender Stimme.

Alle Frauen nickten mit den Köpfen.

»Wir werden es nicht erwähnen. Ich will, dass Evan sich wohlfühlt. Dennoch verstehe ich es immer noch nicht. Verdammt, mein Vater war wirklich ein Arschloch!«, rief Hope aus und klang wütend für Evan. »Ein Wunder, dass Evan so erfolgreich geworden ist!«

Randi zuckte mit den Schultern. »Es ist nicht wirklich überraschend. Kinder mit Legasthenie können sehr kreativ und extrem intelligent sein. Vielen berühmten Menschen wird nachgesagt, dass sie an Legasthenie gelitten haben sollen: Alexander Graham Bell, Albert Einstein, Pierre Curie, Picasso, Ansel Adams, Richard Branson und Thomas Edison.« Sie hielt inne, um Luft zu holen. »Und es gibt noch so viele andere.«

»Evan ist genauso klug wie jedes andere Genie«, bestätigte Mara. »Wie hat er gelernt?«

Randi seufzte. »Er hat gelernt, indem er so verdammt hart gearbeitet hat. Es benötigt vieler Wiederholungen und er musste lernen, Dinge auf eine andere Art und Weise zu begreifen. Er musste zuerst das Konzept von Phonetik verstehen, bevor er es beim Lesen anwenden konnte. Für Evan war die Legasthenie ein Lernproblem inmitten von vielen anderen Stärken, die er besitzt. Zeit und Durchhaltevermögen haben ihm dabei geholfen, Lesen und

Schreiben zu lernen, als er Schwierigkeiten damit hatte. Jedes Kind ist anders und muss mit anderen Schwierigkeitsstufen umgehen. Heutzutage haben wir Leseprogramme, die helfen können. Auch Hörbücher sind fantastisch, wenn die Kinder mit der Aufnahme mitlesen können.«

»Warum ist er dann so stocksteif?«, fragte Hope neugierig.

»Er ist pingelig«, gab Randi zu. »Doch ich glaube, in seinem Kopf muss alles um ihn herum optimal laufen, damit er funktionieren kann. Keine Höhen und Tiefen. Keine Grautöne. Nur schwarz oder weiß. Es hilft ihm dabei, konzentriert und organisiert zu bleiben. Evans Problem ist, dass er nie Zeit dafür hatte, spontan oder undiszipliniert zu sein. Sogar jetzt ist es nicht gesund für ihn, auch wenn es zu seinen Bewältigungsmechanismus gehört hat, als er noch jünger war. Er hat eurem Vater immer beweisen wollen, dass er sein Unternehmen gut führen und erfolgreich sein kann. Leider habe ich das Gefühl, dass er immer noch versucht, irgendetwas zu beweisen, obwohl euer Vater bereits tot ist.«

»Wir wollen helfen. Was können wir tun?«, fragte Mara vorsichtig.

»Kümmert euch einfach um ihn und erkennt, dass er nicht so funktioniert wie andere Menschen. Er wird sich nicht soweit verändern, dass er sich nie mehr wie ein arroganter Idiot aufführen wird, doch er gibt sich Mühe. Er will ein Teil der Familie sein. Jetzt, da ihr alle erwachsen und glücklich seid, ist er sich nicht sicher, wohin er gehört.« Evan konnte protestieren, so viel er wollte, doch er wollte *geliebt* werden.

»Er gehört zum Rest von uns«, sagte Mara bestimmt. »Es ist mir egal, dass er arrogant ist. Alle Sinclair-Männer sind auf ihre eigene Art und Weise arrogant, doch sie haben ein gutes Herz. Ich will nur, dass Evan glücklich ist, genau wie alle anderen auch.«

Die Frauen nickten zustimmend.

»Es wird nur Zeit brauchen«, gab Randi zu bedenken.

»Wir gehen nirgendwohin«, sagte Hope mitfühlend.

Randi lächelte, denn sie wusste, dass die vier Löwinnen im Raum sich Evan schnappen und ihn nie wieder loslassen würden. Die Sinclairs liebten ihre Familie und Randi war sich sicher, dass sie ihm dabei helfen würden herauszufinden, wohin er gehörte. Er würde irgendwann erkennen, dass er geliebt wird.

»Wirst du uns eigentlich erzählen, was da zwischen euch läuft?«, fragte Sarah geradeheraus.

Randi errötete. Sie wandte sich von den anderen Frauen ab und tat so, als würde sie die Arbeitsplatte abwischen. »Nichts. Er verlässt Amesport direkt nach Hopes Feier. Er hat gesagt, dass er gleich Montagmorgen eine wichtige Besprechung hat. Wir versuchen, einfach nur … Freunde zu sein.« *Das klang unverfänglich genug.* »Wir hatten nicht den besten Start, aber ich glaube, ich fange an, ihn etwas besser zu verstehen«, fügte sie hinzu.

»Ich weiß, dass das Blödsinn ist«, antwortete Hope. »Ich kann doch sehen, wie er dich anschaut und wie er dich die ganze Zeit beobachtet. Aber vielen Dank, dass du versuchst, meinem Bruder zu helfen.«

»Ich mache ja gar nicht viel. Ich versuche nur, ihn dazu zu bringen, sich zu entspannen und das Leben zu genießen.« Randi seufzte.

»Also, er ist definitiv entspannter und sieht so aus, als ob er nur darauf wartet, dich mit nach Hause zu nehmen und zu vernaschen«, sagte Mara.

Randi konnte nicht leugnen, dass die Chemie zwischen ihr und Evan stimmte, also sagte sie nichts. Sie sah Evan vermutlich auch genau wie eine Frau an, die ihm die Kleider vom Leib reißen und sich auf ihn stürzen wollte.

Hope kam Randi zu Hilfe. »Sollen wir uns zu den Männern gesellen? Ich habe das Gefühl, dass sie schon zu lange ohne unsere Gesellschaft auskommen mussten.«

Randi seufzte erleichtert auf, als sie alle die Küche verließen und sich ins Wohnzimmer zu ihren Ehemännern begaben.

Am nächsten Abend hätte Randi am liebsten laut gelacht, als sie dabei zusah, wie Evan versuchte zu meditieren. Es war offensichtlich, dass diese Aufgabe eine Herausforderung sein würde.

Weil Evan ihre Lebensmittel während des Schneesturms zu sich nach Hause gebracht hatte, hatte sie bei ihm gekocht und er hatte mit einem Bärenhunger alles verputzt, inklusive des Nachtisches.

Nachdem sie den gestrigen Abend mit seiner Familie verbracht hatten, hatte Evan darauf bestanden, dass sie bei ihm auf der Halbinsel übernachtet und er sie am nächsten Tag früh nach Hause fährt, damit sie sich für die Schule fertigmachen konnte.

Sobald sie durch die Tür getreten waren, hatte Evan ihre Welt aus den Angeln gehoben und prompt verkündet, dass er »glücklich« sei, als sie ihren ersten Höhepunkt erreicht hatte.

Sie hatte gelacht, sowohl vor Verzweiflung als auch vor Freude, dass Evan nur dann »glücklich« zu sein schien, wenn er sie zum Orgasmus bringen konnte.

Heute Abend war sie fest entschlossen, ihm zu zeigen, dass sich Glück und Zufriedenheit nicht ausschließlich nur dann einstellten, wenn man überragenden Sex hatte.

Und bis jetzt schien sie eine klägliche Niederlage zu erleiden.

»Du musst deine Augen schließen und dich auf deinen Atem konzentrieren«, wies Randi ihn an, während sie im Schneidersitz auf seinem Wohnzimmerboden saß. Sie hatte einige Kleidungsstücke mitgebracht, inklusive ihrer Yogahose und des alten T-Shirts, das sie trug. »Konzentriere dich auf deinen Atem und sei ein Beobachter. Du kannst deine Gedanken hinnehmen, aber reagiere nicht auf sie. Behandele sie einfach so, als wären sie nur zufällige Informationen, die nichts mit dir zu tun haben.«

»Unmöglich«, brummte Evan, der ihr in einer grauen Jogginghose und einem dunkelblauen Muskelshirt gegenübersaß.

»Schließe deine Augen«, wies sie an.

»Kann nicht«, sagte er.

»Warum?«

»Meine Gedanken sind nichts, das ich ignorieren könnte, und ich habe einen steifen Schwanz. Ich habe diese Erektion, seit ich gesehen habe, wie du in dieser Yogahose die Treppe heruntergekommen bist«, knurrte er unglücklich.

Randi lachte und fragte sich, was in aller Welt er in diesem Moment in ihr sah, das sie so anziehend wirken ließ. Ihre Yogaklamotten waren so oft gewaschen worden, dass das ehemals rosafarbene Material ausgeblichen war, und sie hatte ihr Haar nur zu einem Pferdeschwanz zurückgebunden. Ihrer Meinung nach bot sie nicht gerade einen verführerischen Anblick.

Der Mann, der ihr gegenübersaß, war jedoch eine ganz andere Geschichte. Evan sah unglaublich sexy aus, mit seinem leicht verwuschelten Haar und den Muskeln in Armen und Brust, die sich jedes Mal anspannten, wenn er sich bewegte.

Sie könnte sich jetzt einfach nur nach vorne lehnen und über jeden Zentimeter seiner nackten Haut lecken, dann könnte sie …

Halt! Es geht hier um Evan. Ich will ihm beibringen, wie man sich entspannt. Für eine Stunde kann ich meine Hormone schon unter Kontrolle halten. Gut … vielleicht für dreißig Minuten.

Randi schloss die Augen und schluckte. Sie konnte nicht aufhören, auf den heißen Blick zu reagieren, den er ihr zuwarf, ganz so, als wollte er sie als zweiten Nachtisch verspeisen. »Schließe deine Augen«, befahl sie. »Ich habe dir gesagt, dass sich nicht alles um Sex drehen würde.«

Mit Ausnahme des Balles war dies der letzte Abend, den sie mit ihm verbringen musste. Morgen hatte sie eine Nachhilfestunde zu geben. Sie und Evan würden gemeinsam zu Hopes Feier gehen und dann würde er abreisen.

Ich schaffe das. Ich kann eine Nacht mit Evan verbringen, ohne ihn vögeln zu wollen.

Sie spürte seinen aufgeheizten Atem an ihrem Ohr, bevor er heiser sprach: »Es geht nicht immer nur um Sex, Randi. Mit dir ist es nie so gewesen und es wird auch nie so sein.«

Beim Gefühl seiner Lippen an ihrem Ohrläppchen bekam sie eine Gänsehaut, doch sie hielt die Augen geschlossen. »Worum geht es dann?«, flüsterte sie ängstlich.

»Das brauche ich dir nicht zu erklären. Du weißt es bereits. Du willst es genauso wie ich«, sagte er mit tiefer Stimme und legte seine starke Hand in ihren Nacken. »Ich muss alles tun, was in meiner

Macht steht, damit du niemals vergisst, wie sich das hier anfühlt und dass du zu mir gehörst. Alles an dem Zusammensein mit dir macht mich glücklich.«

Es drehte sich alles nur um die Verbindung, die süchtig machende Euphorie, die in ihr erweckt wurde, wenn er sie für sich beanspruchte, als wäre es die normalste Sache der Welt. Als würde sie Evan jemals vergessen können! Sie wusste, dass *das* ganz sicher nicht passieren würde.

»Der Mann, der versucht hat, dich zu vergewaltigen, ist tot«, teilte Evan ihr traurig mit, ganz so, als sei er enttäuscht darüber, dass er Randis Peiniger keine Schmerzen mehr zufügen konnte. »Er erlitt vor einigen Jahren einen Herzinfarkt und ist gestorben.«

»Du hast versucht, ihn zu finden?«, fragte Randi und sah ihn aus großen Augen ungläubig an.

»Natürlich! Wenn dieses Arschloch nicht bereits tot wäre, würde er sich wünschen, dass er es wäre, wenn ich ihn gefunden hätte«, antwortete Evan. Seine Stimme zitterte vor Wut.

»Du hast ihn meinetwegen ausfindig gemacht?« Sie hatte keinen Zweifel daran, dass Evan Rache üben wollte für einen Vorfall, der bereits so viele Jahre zurücklag. Randi wusste, dass er zu einem kaltblütigen Mord nicht fähig war, doch ein Milliardär besaß zahlreiche andere Methoden, um das Leben eines Menschen komplett zu zerstören.

»Es gibt nichts, das ich nicht für dich tun würde«, sagte Evan feierlich. »Würde dieses Arschloch immer noch Kinder missbrauchen, müsste er gestoppt werden!«

Randi war froh, dass der Mann tot war. »Wie hast du es herausgefunden?«

»Es gibt sehr wenige Dinge, die mir nicht gelingen«, entgegnete Evan hochmütig.

Sie kreischte, als ihr Rücken auf dem Boden landete und Evan mit ernstem Gesichtsausdruck über ihr auftauchte. Sie fragte atemlos: »Das hier macht dich also wirklich glücklich?«

»Es versetzt mich in Ekstase!«, knurrte er und verschloss ihren Mund mit einem Kuss.

Randi schlang ihre Arme um seinen Hals. Als ihre aufgeheizte Haut die seine berührte, erschauderte sie leicht.

Zur Hölle mit der Meditation. Ich brauche das hier dringender. Evan macht mich verrückt und ich kann mich nicht konzentrieren.

Randi löste ihren Mund von Evans, indem sie ihren Kopf entschlossen zur Seite drehte und sich gegen seine Schultern stemmte. »Steh auf!«, schnaufte sie, als sie gegen etwas drückte, das sich anfühlte wie eine Steinwand. Evan war stark und muskulös, mit Sicherheit stark genug, um nicht zuzulassen, dass sie sich bewegte, wenn er es nicht wollte.

Er erhob sich.

Sofort.

Während er ihr zu einer sitzenden Position verhalf, sah er sie verwirrt an. »Ist alles in Ordnung?«

In seinen wunderschönen, blauen Augen schimmerte noch immer das Verlangen, doch es war gemischt mit Sorge.

Randi griff nach dem Saum seines Muskelshirts und zog daran, was ihn dazu bewegte, die Arme zu heben, damit sie es ausziehen konnte. Sie warf es über ihre Schulter und erklärte ihm ernst: »Ich habe mir geschworen, dir beizubringen, wie du dich entspannen kannst, wenn du nicht arbeitest.« Sie überkreuzte die Arme, ergriff den Saum ihres eigenen T-Shirts und zog es sich ebenfalls über den Kopf. Danach beförderte sie das Kleidungsstück in die gleiche Richtung wie Evans Hemd.

Sie trug keinen BH und ihre Brustwarzen waren hart und empfindlich, was vermutlich der Grund dafür war, dass Evans Augen ständig auf ihrem Oberkörper hängen blieben.

»Meditieren wir nackt?«, fragte Evan ruhig. Sein Gesichtsausdruck war wissbegierig, doch seine Augen wanderten hungrig über ihre nackten Brüste. »Wenn ja, werde ich auf jeden Fall versagen.«

»Nein«, antwortete Randi fest. »Wir machen es nur auf eine andere Weise.«

Sie drückte Evan auf den Rücken und er ließ sich bereitwillig nach hinten fallen. »Spielst du hier die strenge Lehrerin?«, fragte Evan mit belegter Stimme. »Ich finde es nämlich ziemlich heiß.«

Randi biss sich auf die Lippe, um bei seiner Bemerkung nicht lachen zu müssen. Sie stand auf und begann, sich langsam ihre Yogahose abzustreifen. »Da es den Anschein hat, als könntest du ohne Sex nicht glücklich sein, kannst du vielleicht auf diese Weise loslassen.« Sie stupste die dünne, elastische Hose samt Slip mit dem Fuß zur Seite und stand vollständig nackt da. Sie sah auf ihn herunter und leckte sich nervös über die Lippen.

Evan war ein dominanter Mann, der besessen davon schien, sie zum Orgasmus zu bringen. Würde er es zulassen, wenn sie die Kontrolle übernahm? Könnte er ihr genug vertrauen?

»Vertraust du mir?«, fragte Randi, als sie sich hinkniete und langsam die Kordel an seiner Jogginghose lockerte.

»Ja«, sagte er schnell.

Er hob kooperierend seinen Hintern an, damit sie seine Boxershorts ausziehen konnte. Er wollte genauso nackt sein wie sie in diesem Moment.

»Gut.« Sie nickte ihm zu, als sie sein Bein über seinen Körper schwang. »Dann überlass mir dieses Mal die Kontrolle. Du musst gar nichts tun, an nichts denken, nur fühlen.«

Sein Schwanz war schon steif gewesen, als sie ihn von seiner Kleidung befreit hatte. Ihre Muschi zog sich in freudiger Erwartung zusammen, als sie seine Schultern ergriff und endlich seinen feurigen Blick erwiderte.

»Warum?«, fragte er mit rauer Stimme. Er sah aus, als würde ihn der Gedanke, so gut wie nichts zu tun, überfordern.

»Weil ich es so will«, antwortete sie und rieb ihre feuchte Muschi gegen den langen Schaft seines erigierten Schwanzes.

Randi schob ihre Hüften nach vorn und nutzte Evans harten Penis, um ihn gegen ihre Klitoris zu reiben. Dabei entfuhr ihren Lippen ein tiefes Stöhnen, als sie die Berührung an ihrer empfindlichen Knospe spürte.

»Okay.« Evan klang zwar nicht überwältigt, doch er beobachtete ihr Gesicht, als würde jede ihrer Bewegungen ihn faszinieren.

Sie spürte seinen Blick, als sie das Haarband löste und die seidigen Strähnen ihr wirr auf die Schultern fielen. »Schließe deine Augen«, bat sie ihn mit tiefer, erregter Stimme, während sie weiter ihre Muschi gegen seinen Schwanz rieb.

»Ich will sehen, wie du kommst –«

Randi legte zwei Finger auf seine Lippen, um ihn zum Schweigen zu bringen. »Du wirst schon merken, wenn es soweit ist. Konzentriere dich jetzt nur darauf, alle Gedanken aus deinem Kopf zu verbannen, außer dem Gefühl, wie wir beide hier zusammen sind.«

Er kniff die Augen zusammen, doch murmelte unglücklich: »Als wenn ich an irgendetwas anderes denken könnte.«

Randi lächelte, denn sie wusste, dass Evan sie nicht sehen konnte. Sie wusste, dass er sich darum sorgte, sie glücklich zu machen und zum Orgasmus zu bringen, wann immer sie beisammen waren. Sie glaubte nicht, dass er verstand, dass es auf ganz natürliche Weise geschehen könnte. Er brauchte nicht darüber nachzudenken, denn er war Evan. Sie kam bereits beim bloßen Gedanken an ihn zum Höhepunkt.

Sie beugte sich nach vorn und berührte mit ihren Lippen sanft seinen Nacken. »Du bist so verdammt wundervoll, Evan. Alles an dir macht mich an«, flüsterte sie leise und nahm sich die Erlaubnis dazu, die Angreiferin zu sein. Und bei einem solch dominanten Mann war das ziemlich erregend.

Ihm entfuhr ein tiefes Stöhnen, als sie an seinem Ohrläppchen knabberte.

»Scheiße! Hab Erbarmen, Weib«, knurrte Evan. »Fick mich! Jetzt!«

Gut … er war vielleicht nicht dazu fähig, sich ihr voll und ganz zu ergeben, doch ihr reichte es bereits. Sie schob eine ihrer Hände in sein Haar und zog sein Ohr an ihren Mund. »Das habe ich vor, großer Mann. Ich will uns zu dem ultimativen Orgasmus reiten. Das habe ich gewollt, seit ich dich das erste Mal gesehen habe.«

»Du kannst jederzeit anfangen«, ließ Evan sie ungeduldig wissen. »Mein Gott, du fühlst dich so verdammt gut an, Randi!« Er strich ihr mit den Händen sanft den Rücken herunter und ergriff ihre Pobacken. »Es gibt keine andere Frau, die so riecht und sich so anfühlt wie du.«

Sie konnte Evans Qual spüren, wie schwer es ihm fiel, sich nicht das zu nehmen, was er wollte und brauchte. Doch er tat es nicht. Er vertraute ihr.

»Einen Mann wie dich gibt es auch nicht noch einmal«, sagte sie und streichelte sanft mir ihren Lippen über seine.

Sie hob ihre Hüften an, positionierte Evans Schwanz an der Öffnung ihrer Muschi und begann, ihn langsam in sich aufzunehmen.

»Oh Scheiße, ja!«, stöhnte Evan und bog seinen Rücken durch, um ihr entgegenzukommen.

Randi war bereit dazu, ihn bis zur Besinnungslosigkeit zu reiten. Tatsächlich konnte sie nicht eine Sekunden länger warten. Sie ließ sich auf ihn nieder und nahm seinen Schwanz mit einem befriedigten Stöhnen in seiner vollen Länge in sich auf.

Sie begann, sich langsam und sinnlich auf und ab zu bewegen, doch sie hatte die Rechnung ohne Evan gemacht. Er behielt seine Augen zwar die ganze Zeit geschlossen, doch er ergriff ihre Hüften und hielt sie fest, während er von unten in sie hineinstieß … wieder und wieder und wieder.

Am Ende war es Randi, die sich in der Leidenschaft verlor und sich nur auf das Gefühl konzentrierte, wie Evan ihr gesamtes Wesen durchdrang und den Atem aus ihrem Körper stahl, während sie beide auf ein gemeinsames Ziel hinarbeiteten: einen fantastischen, verschwitzten Höhepunkt, bei dem sie beide ein Feuerwerk erleben würden.

Randi stützte sich auf Evans Schultern ab und traf ihn bei jedem seiner Stöße. Sie drückte ihre Hüften hinunter, während er von unten stieß, und zusammen erschufen sie eine Einheit und eine explosive Verbindung, die sie schier zum Wahnsinn trieb.

»Es ist gleich soweit«, keuchte sie, als sie ihren herannahenden Orgasmus spürte.

»Ich weiß.«

Sie sah herab und bemerkte, dass Evans Augen geöffnet waren und sie beobachteten, bevor die mächtige Welle ihres Höhepunktes sie traf. Evan griff ihre Hände und hielt sie aufrecht, während ihre Muschi sich um seinen Schwanz verkrampfte und ihm seinerseits zum Samenerguss verhalf. Sie warf ihren Kopf ekstatisch zurück und schrie seinen Namen.

Er stöhnte und stieß noch ein letztes Mal in sie, bevor er in ihr verharrte, während er kam.

Randi hielt Evans Hände noch immer fest, als sie schließlich erschöpft auf ihn sank. Er entknotete ihre Finger und schlang seine starken Arme um ihren Körper, um sie fest an sich gedrückt zu halten.

Als sie endlich wieder zu Atem kamen, murmelte Evan ihr ins Ohr: »Du hast Recht. Meditation stimuliert Körper und Geist. Ich glaube, es sollte täglich mindestens ein paar Mal praktiziert werden.«

Randi kicherte. Es kam nicht sehr häufig vor, dass Evan einen Witz machte, doch in den letzten Tagen schien er es öfter zu tun. »Das war eine, wie ich sagen würde, sehr abgeänderte Version dessen, was ich dir eigentlich beibringen wollte«, schalt sie ihn.

»Ich glaube, mir gefällt die abgeänderte Version«, sagte Evan entschieden und streichelte ihr übers Haar. »Ich fühle mich sehr entspannt.«

Randi richtete sich auf, damit sie ihn ansehen konnte. »Du willst nicht wirklich meditieren, oder?«

»Ich dachte, du wolltest, dass ich Freude empfinde. In diesem Moment bin ich glücklich. Wann immer du in meiner Nähe bist, fühle ich mich ekstatisch, ganz egal, was wir machen.«

Randis Herz machte Freudensprünge, als sie den ernsten Blick in seinen Augen bemerkte. Die Wahrheit war … es ging ihr genauso.

Tu dir das nicht an, Randi! Verliebe dich nicht in Evan Sinclair. Auch wenn du ihm wichtig bist, er will niemals ein Kind haben und du weißt, dass du Kinder liebst. Es fühlt sich jetzt vielleicht gut an, doch dass ihr beide auf ewig zusammen bleibt, ist einfach keine Option. Er wird gehen und du wirst weiterhin hier in Amesport sein und unterrichten.

Unfähig zu antworten vergrub Randi einfach nur ihren Kopf an Evans Hals, wo sie seinen einzigartigen Geruch einsog und das Gefühl seines Körpers nahe an ihrem genoss.

In diesem Moment wollte sie nicht darüber nachdenken, was in der Zukunft passieren würde. Dieser Moment war alles, was sie besaß.

Kapitel 16

Randi versuchte, die merkwürdigen, übrig gebliebenen Gefühle abzuschütteln, die sie nach ihrem Friedhofsbesuch auf dem Nachhauseweg verfolgten.

Es fühlte sich komisch an, dass jemand anderes den Gräbern ihrer Pflegeeltern offenbar täglich einen Besuch abstattete. Der Weg war immer noch frei, obwohl leichter Schneefall eingesetzt hatte, seit sie das letzte Mal da gewesen war, und die Calla-Lilie und die Rose waren noch immer zusammengebunden und lagen zwischen den beiden Grabsteinen. Das Problem war … sie waren perfekt. Es war unmöglich, dass es sich dabei um dieselben Blumen handelte. Die zwei, die sie zusammengebunden hatte, wären mittlerweile erfroren. Die einzige Erklärung war gewesen, dass jemand täglich die Gräber besucht, den Schnee weggeräumt und neue Blumen zwischen die Grabsteine gelegt hatte.

Wundersamerweise hatte die Person, die das getan hatte, ihr Werk kopiert und jeden Tag ebenfalls die beiden Blumen zusammengebunden und sie mit der gleichen Karte abgelegt, die nur zwei Worte enthielt: *Vielen Dank!*

Als Randi ihr E-Mail-Programm öffnete, fragte sie sich, wer der oder die Unbekannte wohl sein könnte.

Bei einem einmaligen Ereignis hätte sie sich darüber keine weitere Gedanken gemacht, doch jetzt, da es jeden Tag zu passieren schien, wurde sie neugierig und wollte wissen, was ihre Pflegeeltern für den Menschen, der sie scheinbar würdigte, getan hatten.

Eine Nachricht von S. lenkte sie von ihrer Grübelei ab.

Liebe M.,
ich wollte nur einmal nachfragen, wie es Dir geht. Wie läuft
es in Deiner neuen Beziehung? Hast Du Deine Meinung
darüber geändert, dass es nichts Festes werden kann?

Randi lächelte beim Anblick der Nachricht von S. traurig. Sie hatte es bereits aufgegeben, ihm nur vom Zentrum aus zu schreiben. Er wusste viele Dinge über sie, genügend, um sie zu finden, wenn er das vorhaben sollte. Irgendwie war sie sich sicher, dass er niemals in ihr Leben treten würde, es sei denn, sie würde zustimmen, sich mit ihm zu treffen. Aber davon abgesehen hatte er jetzt seine eigene Frau.

Lieber S.,
nein, meine Meinung ist immer noch die gleiche. Er muss
morgen Früh abreisen. Wichtige Geschäfte.

Er antwortete.

Liebe M.,
geht es Dir gut damit?

Es ging ihr ganz und gar nicht gut, doch es war die Realität und sie hatte von Anfang an gewusst, dass ihre Beziehung mit Evan nur von kurzer Dauer sein würde. Sie schrieb zurück.

Lieber S.,
ja, es geht mir gut. Ich habe immer gewusst, dass es nie
mehr sein würde als ein kurzes Intermezzo. Ich könnte mich
niemals in einen Mann wie ihn verlieben.

Wie läuft es in Deiner neuen Beziehung? Warum bist Du nicht unterwegs? Heute ist doch ein Ausgehabend.

Randi war sich ihrer Lüge bewusst, doch sie konnte S. kaum sagen, dass sie bereits in Evan Sinclair verliebt war und dass ihr Herz ganz langsam in klitzekleine Stücke zerbrach, weil er morgen abreiste. Evan war vielleicht nicht der direkte Vorgesetzte von S., doch er war der Chef der Stiftung. Auch wenn sie S. ihre eigenen Geheimnisse anvertraute, so konnte sie ihm doch nicht viel über Evan erzählen.

In Erwartung einer Antwort trommelte sie mit ihren Fingern ungeduldig auf ihrem Schreibtisch herum. Wenn sie miteinander sprachen, brauchte er nie so lange, um ihr auf eine Nachricht zu antworten.

Sie musste sich umziehen und für Hopes Feier zurechtmachen. Sie hatte sich mit ihren Freundinnen zum Mittagessen verabredet und deswegen keine Zeit gehabt, Evan vorher zu sehen. Davon einmal abgesehen hätte sie sich auch schlecht gefühlt, wenn sie ihm die wenige Zeit, die er noch mit seinem Cousin Julian verbringen konnte, genommen hätte. Der berühmte Schauspieler war erst spät in der vergangenen Nacht aus Kalifornien eingeflogen.

Es verging mehr Zeit, bevor sie endlich eine kurze Antwort von S. erhielt.

Ich muss jetzt los.

Randi runzelte beim Lesen seiner Antwort die Stirn. Sie hatte Angst, dass sie vielleicht seine Gefühle verletzt hatte, weil sie nicht über Evan sprechen wollte. Vielleicht sah er ihren Kommunikationsmangel als Zurückweisung. Sie schickte ihm eine letzte E-Mail, die nur einen Satz enthielt. Sie war sich unsicher, wie sie ihm erklären sollte, dass sie ihre Gefühle mit ihm nicht teilen konnte.

Ich wünsche Dir ein schönes Wochenende.

Sie loggte sich aus ihren E-Mails aus und ein Gefühl der Leere überkam sie, als sie ihren Laptop schloss. Irgendwie ging ihre Verbindung zu S. verloren und heute Abend würde sie auch Evan zum letzten Mal sehen. Ja, er würde irgendwann wieder für seine Familie zurückkehren, doch Randi wusste, dass sie mit ihm nie mehr auf diese intime Weise zusammen sein würde.

Sie hatte viel zu viele Gefühle in diese ganze Affäre mit Evan investiert und es tat weh. Es wäre das Beste zu vergessen, was in der Vergangenheit mit Evan geschehen war, und nach vorn zu schauen. Eines Tages wollte sie selbst Kinder haben. Ihre Liebe zu Kindern war der einzige Grund gewesen, warum sie sich dazu entschlossen hatte, Lehrerin zu werden. Sie wollte versuchen, im Leben der Kinder etwas zu bewirken.

Irgendwann werde ich ihn vergessen. Die Leere, die ich jetzt spüre, wird vergehen.

Evan war gestern Abend nach ihrer Nachhilfestunde mit Matt im Zentrum aufgetaucht und hatte dem Jungen seine persönliche E-Mail-Adresse gegeben, damit die beiden in Kontakt bleiben konnten. Bei dieser Geste waren Randi beinahe die Tränen gekommen. Der Gedanke daran, dass ein Mann, der so wichtig und beschäftigt war wie Evan, einem kleinen Jungen seine Kontaktdaten gab, um über seine Fortschritte auf dem Laufenden bleiben zu können, berührte sie so sehr, dass sie hatte weinen wollen. Die Aufrichtigkeit in Evans Gesicht und sein persönliches Interesse an einem kleinen Jungen, der dieselben Lernschwierigkeiten hatte wie er, waren so verdammt ... süß.

Danach waren Evan und sie noch auf einen Kaffee ins *Brew Magic* gegangen. Randi konnte noch immer seine Stimme hören, wie er sagte, dass er einfach nur glücklich war, weil er eine Gelegenheit gehabt hatte, sie sehen zu können. Sie hatten nichts anderes getan, als sich gegenseitig von ihrem Tag zu erzählen, doch es war ihr fast so intim vorgekommen wie Sex.

Evan hatte enttäuscht gewirkt, als er ihre spontane Verabredung verlassen musste, um Julian zu treffen, der jeden Moment in Amesport eintreffen konnte.

Ich bin total, vollkommen und unleugbar süchtig nach ihm. Als er gestern Abend gehen musste, war ich genauso traurig.

Hin- und hergerissen stand Randi auf, um sich in ihr Schlafzimmer zu begeben und sich für Hopes Ball umzuziehen. Weil sie mit Evan ging, wünschte sie sich, dass der heutige Abend nie zu Ende gehen würde, doch die pragmatische Frau in ihr wusste, dass es vorüber sein würde.

Sie schaute auf ihren Computer und dachte über die Distanz nach, die zwischen ihr und S. zu wachsen schien. Randi freute sich, dass er im echten Leben eine Frau gefunden hatte, doch ihr fehlten auch die unkomplizierten Gespräche, die sie mit ihm geführt hatte.

Kein Evan.

Kein S. mehr, der sie trösten würde.

»Es wird einsam werden«, murmelte Randi Lily zu, während sie den Kopf der Hündin streichelte. Sie fragte sich, wie um alles in der Welt eine pfiffige Frau wie sie dumm genug hatte sein können, sich Hals über Kopf in Evan Sinclair zu verlieben.

»Ich mache mir Sorgen um Evan«, teilte Mara Sinclair ihrem Ehemann Jared mit, während sie sich im Spiegel betrachtete und ihre Ohrringe anlegte. Sie war fast fertig, um zu Hopes Ball zu gehen, doch sie hatte ein ungutes Gefühl, wie die Dinge für Evan nach dem Ende des Abends weitergehen würden.

Jared stand hinter ihr und rückte seine Fliege zurecht. »Warum?«, fragte er neugierig.

Mara stockte der Atem, als sie aufsah und das attraktive Bild ihres Ehemannes im Spiegel erblickte. Sie hatte sich immer noch nicht daran gewöhnt, mit solch einem unfassbar gutaussehenden Mann verheiratet zu sein. Als sie seufzend die Kappe ihres Lippenstifts abnahm, dachte sie nicht darüber nach, warum sie sich so sehr und so vollkommen ineinander verliebt hatten. Sie war für diese Liebe einfach nur jeden Tag dankbar.

»Wir machen uns alle Sorgen«, gab Mara zu. Sie, Hope, Sarah und Emily hatten beim Kaffee darüber gesprochen. »Er ist in Randi verliebt. Ich weiß es. Was passiert, wenn er abreist?« Würde er sich wieder in sein Schneckenhaus zurückziehen und damit alle seine gemachten Fortschritte verlieren? Mara war sich ziemlich sicher, dass Randi der Grund für die Veränderung war, die Evan durchlaufen hatte. Und er *hatte* sich verändert. Sie bezweifelte stark, dass er jemals seine allwissende Arroganz ablegen würde. Sie war einfach ein Teil von ihm. Doch Evan *war* anders, weniger zurückhaltend und mehr mit der Familie verbunden. Sie wollte nicht, dass er das jetzt wieder verlor.

»Ich weiß, dass er in sie verliebt ist«, entgegnete Jared lässig. »Ich bin mir nur nicht sicher, ob *er* es schon weiß. Für Grady, Dante und mich ist es ziemlich offensichtlich, weil wir auch einmal dort waren, wo er sich gerade befindet. Nachdem er sich so in meine Beziehung mit dir eingemischt hat, sollte ich kein Mitleid mit dem Idioten haben, aber das gelingt mir nicht.«

Mara drehte sich um und boxte ihm sanft in den Magen. »Das ist schrecklich, so was darfst du nicht sagen! Du weißt, dass du Evan liebst!«

»Ich liebe dich mehr«, antwortete er sofort. »Ich liebe dich jeden Tag mehr und mehr.«

Maras Herz schmolz dahin. Es verging kein einziger Tag, an dem Jared ihr nicht sagte, dass er sie heute noch mehr liebte als am Tag zuvor. »Du liebst deine Geschwister aber auch.«

Jared zuckte mit den Schultern. »Ich liebe sie und ja, Evan hat mir das Leben gerettet. Aber ich werde mich nicht in seine Angelegenheiten einmischen.«

Mara lächelte, denn sie wusste, dass Jared bei dieser Sache mit Evan selbstverständlich einschreiten würde, wenn die Notwendigkeit dazu bestünde. Sie sah ein letztes Mal prüfend in den Spiegel und stand auf. Für eine einfache, normale Frau sah sie gar nicht mal so schlecht aus. Sie würde niemals solch eine tolle Frau sein wie Randi und die Männer würden sich auch nicht die Köpfe nach ihr verdrehen, wie sie es bei Sarah taten, doch für sie zählte nur die Art und Weise, wie Jared sie ansah.

Jared pfiff anerkennend und hielt sie mit seinen Armen um ihre Hüfte fest. »Du bist wunderschön.«

Mara schlang die Arme um seinen Hals. »Du siehst selbst nicht übel aus, mein Hübscher.« Sie pausierte, bevor sie zu ihm aufsah und ihm in die Augen schaute. »Du weißt, dass du etwas *tun* wirst, wenn es Evan schlecht geht. Er verdient es, glücklich zu sein.«

Jareds Gesicht nahm einen enttäuschten Ausdruck an, als er antwortete: »Ich schulde Evan mein Leben und mein jetziges Glück. Doch ich denke, dass niemand weiß, was jetzt zu tun ist. Keiner von uns hat wirklich eine Ahnung, wie Randi sich fühlt, und Evan verbirgt alles hinter seiner Fassade, damit keiner sehen kann, dass er leidet. Ich hoffe, dass die beiden das unter sich ausmachen werden.«

»Sie liebt ihn«, sagte Mara selbstbewusst. »Sie würde nicht mit ihm schlafen, wenn sie es nicht täte. Seit dem College war sie mit niemandem mehr zusammen. Ich habe heute bei unserem Mittagessen versucht, ihr ein paar Informationen zu entlocken, doch sie hat nichts preisgegeben.«

Randi war spät zu diesem Frauentreffen erschienen. Als sie zur Tür hereinkam, hatten die anderen Frauen bereits darüber gesprochen, wie besorgt sie um Evan waren.

Mara machte sich genauso viele Sorgen um Randi. Wenn Sie Evan wirklich liebte, und Mara war sich ziemlich sicher, dass sie das tat, dann würde ihr seine Abreise das Herz brechen. Randi hatte in ihrem Leben schon so viel durchmachen müssen. Sie verdiente es, von einem guten Mann geliebt zu werden.

»Sie schläft mit ihm?«, fragte Jared gespielt schockiert.

Mara rollte mit den Augen. Ihr Ehemann wusste ganz genau, dass es zwischen Randi und Evan ziemlich heiß hergegangen war. »Ich weiß auch nicht, was ich machen soll. Randi hat Joan erst vor Kurzem verloren. Ich glaube nicht, dass sie darüber schon hinweg ist. Die Beziehung mit Evan könnte sie sehr verletzen.«

Jared streichelte ihr zärtlich über die Wange und sagte leise: »Hey Süße, mach dir nicht so viele Gedanken. Vielleicht kriegen die beiden es ja von ganz alleine geregelt.«

»Ich habe kein gutes Gefühl dabei«, entgegnete Mara traurig. »Evan ist noch nicht lange genug hier, um sich ganz ungezwungen zu verhalten. Und er hat so viel durchmachen müssen! Ich mache mir Sorgen, dass er abreist, bevor er versteht, was er wirklich empfindet.«

»Er lernt schnell.« Jared schlang seine Arme erneut um ihre Taille und streichelte ihren Rücken. »Dante hat ihn nur ein ganz klein wenig darüber ausgefragt, ob er Interesse an Randi hat oder nicht. Er hat Evan gesagt, dass er Randi gern einigen seiner Kollegen auf der Polizeiwache vorstellen würde, wenn es ihm nicht ernst wäre. Evan hatte so ausgesehen, als würde er jeden Moment einen Herzinfarkt erleiden.«

Mara zog eine Augenbraue hoch. »Dante hat ihn also in eine Falle gelockt, genau wie Evan es mit dir gemacht hat?«

»Das war etwas anderes. Evan hat sich damals selbst ins Spiel gebracht«, brummte Jared.

Mara lachte. »Warum werde ich das Gefühl nicht los, dass du Dantes Spielchen sogar etwas genossen hast?«, fragte sie.

»Das habe ich«, gab Jared unverblümt zu. »Aber das heißt noch lange nicht, dass ich ihn nicht glücklich sehen will. Verdammt, ich fühle mich schuldig, dass ich nichts von seinen Problemen gewusst habe! Ich fühle mich wie ein egoistischer Wichser. Und ich weiß, dass es Hope, Grady und Dante genauso geht.«

Mara legte ihre Hand an Jareds Wange. Er hatte sich in der Vergangenheit lange genug schuldig gefühlt und sie wollte nicht, dass er sich die Verantwortung für etwas auflud, an dem er keine Schuld hatte. »Du hast es nicht gewusst. Niemand hat es gewusst. Evan hat es so gewollt. Du weißt, dass er euch alle auf seine Art und Weise beschützt.« Der älteste Sinclair war überfürsorglich, auch wenn er das vermutlich niemals zugeben würde.

»Ich wünschte, ich hätte es gewusst, doch ich weiß, dass es nicht meine Schuld ist. Wegen dir, Mara, habe ich aufgehört, diese Last mit mir herumzuschleppen«, sagte er ernst. »Wenn ich muss, dann werde ich alles tun, um meinen sturen Bruder dazu zu bringen, sich den Geistern seiner Vergangenheit zu stellen und zu lernen, wie viel besser es ist, glücklich zu sein.«

Sie lächelte ihn an. Mara war wirklich stolz darauf, wie weit Jared gekommen war, indem er so ehrlich über alles sprechen konnte, was in seinem Leben geschehen war. »Das weiß ich.«

»Ich frage mich, wie Randi darauf reagiert hat, dass Evan ihr geheimer E-Mail-Freund ist. Hat sie etwas gesagt?« Jared war neugierig.

»Sie hat nichts erwähnt«, antwortete Mara nachdenklich. Sie wollte selbst gern wissen, was Randi durch den Kopf gegangen war, als sie erfahren hatte, dass es Evan war, mit dem sie sich die ganze Zeit unterhalten hatte. »Ich bin mir sicher, dass sie schockiert war. Hope hat erwähnt, dass die beiden mehr als ein Jahr lang anonyme Freunde gewesen sind, doch Randi hat gedacht, dass sie mit einem Mitarbeiter der Sinclair-Stiftung Nachrichten austauscht.«

»Wäre ihr das wichtig?«, hakte Jared mit besorgtem Gesichtsausdruck nach. »Glaubst du, sie wäre sauer?«

»Ich bin mir nicht sicher. Ich weiß nicht genau, in welcher Beziehung die beiden miteinander standen, doch sie wird sich nicht gefreut haben, dass sie die ganze Zeit angelogen worden ist.«

»Er hat gesagt, dass er nicht wirklich gelogen hat. Er hat sie nur nicht korrigiert, wenn sie ihn als einen Mitarbeiter unserer Stiftung angesprochen hat.« Er zögerte, bevor er hinzufügte: »Und es könnte sein, dass er es ein oder zwei Mal als die Wahrheit bestätigt hat.«

Mara warf Jared einen mahnenden Blick zu. »Also hat er gelogen.«

»Sie haben sich darauf geeinigt, sich ihre Identitäten nicht zu verraten«, sagte Jared.

»Er ist Evan Sinclair. Er hätte ihr die Wahrheit sagen können, als sie sich besser kennengelernt haben. Ich bezweifele stark, dass Randi ihn so dreist angelogen hat.«

»Es ist vorbei. Sie weiß es jetzt und sie hat ihm offensichtlich verziehen«, sagte Jared selbstbewusst. »Hope hat ihm geraten, reinen Tisch zu machen und zu sehen, wie es danach mit den beiden weitergeht.«

Mara nickte. »Ich hoffe, dass heute Abend alles gut geht. Ich hoffe, dass mein Kleid in Ordnung ist. Die Feier hatte kein formelles Ereignis sein sollen, doch seit Hope angefangen hat, es einen Ball zu nennen, scheinen alle plötzlich zu denken, dass sie sich schick anziehen müssen.« Ihre Schwägerin nannte es immer noch eine Feier, bei der jeder anziehen konnte, was er wollte, doch sie wusste auch, dass die Gäste sich darauf freuten, ihre besten Kleider aus dem Schrank zu holen und sich zu amüsieren. »Der Festsaal sieht wunderschön aus. Wir haben alles noch einmal kontrolliert, bevor wir nach Hause gefahren sind.«

Jared zog sie noch näher an sich heran. »Du siehst sehr schön aus, Mara. Siehst du das denn nicht?«

Sie erschauderte, als sie seine harte Erektion an ihrem Körper spürte. »Du bist doch immer der Meinung, dass ich schön bin«, neckte sie ihn.

»Weil du es auch immer bist«, entgegnete er und seine Hände bewegten sich hinab, um ihren Po durch den seidenen Stoff ihres blauen Cocktailkleides zu streicheln.

Mara seufzte, als er noch näher kam. Sie wurde betrunken von seinem Duft und dem tiefen Vibrieren seiner Stimme. Jared hatte ausnahmslos jedes Mal diese Wirkung auf sie. Er konnte in nur wenigen Sekunden solch eine Lust in ihr entfachen, dass es sich anfühlte, als würde ihr gesamter Körper in Flammen stehen.

»Ich liebe dich«, sagte sie zärtlich und sah ihm in die Augen.

»Ich liebe dich auch, meine Süße«, sagte er rau und senkte seinen Mund auf ihren. Er glitt mit seinen Händen in ihr Haar und löste ihre Strähnen aus der Hochsteckfrisur, in die sie versucht hatte, ihre Mähne zu zähmen.

Jegliches Bedauern über ihre ruinierte Frisur löste sich in Luft auf, als sie in Jareds Umarmung versank.

Zum Ball würden sie zu spät kommen, doch dieser Gedanke war bereits aus ihrem Kopf verschwunden.

Wenige Sekunden später konnte sie nur noch an Jared denken.

Kapitel 17

Ich könnte mich niemals in einen Mann wie ihn verlieben.
Evan sah Randis Worte, die sie in die E-Mail an ihn geschrieben hatte, immer noch vor sich. Er konnte sie einfach nicht vergessen. Selbstverständlich hatte sie nicht über eine unbekannte, männliche Person gesprochen. In dem Fall wäre Evan verdammt glücklich gewesen, dass sie einen anderen Kerl in den Wind schoss. Doch zu wissen, dass sie über *ihn* gesprochen hatte, machte ihn beinahe unzurechnungsfähig.

Evan wurde selten wütend und er konnte noch immer nicht verstehen, warum er so sauer war. Hatte er nach allem, was passiert war, wirklich geglaubt, dass eine Frau wie Randi sich in einen Mann mit einem Defekt, wie er ihn besaß, verlieben könnte? Er war ein unromantischer, pingeliger, abgefuckter Typ, den im Leben sein Geschäft mehr als alles andere interessierte.

Ich versuche mir noch immer zu beweisen, dass ich ihre Freundschaft wert bin, von Liebe ganz zu schweigen.

Zur Hölle, es spielte keine Rolle und es linderte auch nicht den brennenden Schmerz in seiner Brust, wenn er über die Tatsache nachdachte, dass sie geschrieben hatte, sich niemals in einen Mann wie ihn verlieben zu können.

Ich werde sie dazu bringen, mich zu lieben. Sie wird mich lieben!
Evan fragte sich, ob das überhaupt möglich war, doch er konnte mit
Niederlagen ganz und gar nicht gut umgehen. Es ging hierbei zwar
nicht um das Geschäft, doch es war für ihn ebenso wichtig geworden.
Es ist wichtiger.

Sogar als dieser Gedanke ihm unbewusst in den Kopf kam, gab er
zu, dass es stimmte. Zum ersten Mal in seinem Leben hatte jemand
anderes außer seiner Familie Vorrang vor seinen geschäftlichen
Interessen.

»Wie heißt dein Fahrer?«

Evan richtete gerade die Manschetten seines Smokings, die nicht
wirklich schief gesessen hatten, als Randis Stimme ihn aus seinen
blindwütigen Gedanken riss. Er saß neben ihr auf dem Rücksitz des
Rolls-Royce und sie befanden sich auf dem Weg zum Ball.

Sie trug ein wunderschönes, rotes Cocktailkleid, das jede
einzelne ihrer Kurven betonte und seiner Ansicht nach viel zu viel
ihrer makellosen Haut zeigte. Er hätte gut auf den großzügigen
Rückenausschnitt und das tiefe Dekolleté verzichten können. Es war
nicht so, dass er sie nicht in dem Kleid sehen wollte, das sie anhatte;
er zog es nur vor, dass niemand anderes sie so sah.

Sie gehört mir!

Er hatte seine gesamte Willenskraft aufwenden müssen, um sie
nicht in seinem Haus einzuschließen und sie dort gefangen zu halten.
Sein Schwanz war seit dem Moment steif, in dem sie ihm die Tür
geöffnet und ihn angelächelt hatte.

Ihr umwerfendes Lächeln ließ ihn schwach werden. *Jedes.*
Verdammte. Mal.

Endlich beantwortete er ihre Frage. »Sein Name ist Stokes.«

»Wie heißt er mit Vornamen?«, flüsterte sie hartnäckig. Es war
offensichtlich, dass sie von dem älteren Mann nicht gehört werden
wollte.

»Ich habe keine Ahnung«, gab er ehrlich zu. Evan kannte von
keinem seiner Angestellten den Vornamen.

»Dann ist er ein neuer Fahrer?«

»Nein. Er arbeitet bereits seit Jahren für mich«, korrigierte er sie.

»Und du kennst seinen Vornamen nicht? Ist er verheiratet? Hat er Kinder?«, flüsterte sie unnachgiebig.

»Ich interessiere mich nicht für die persönlichen Angelegenheiten meiner Mitarbeiter. Wenn ich das täte, würde ich nie zu irgendetwas kommen.«

Seit dem Moment, in dem er den missfallenden Blick auf Randis Gesicht erblickt hatte, wusste er, dass er in Schwierigkeiten steckte.

»Das ist nicht wahr und das weißt du auch! Er ist dein persönlicher Angestellter. Er sorgt dafür, dass *du* keine Probleme hast. Vielleicht hast du Recht und du musst mit einigen Menschen eine unpersönliche Beziehung pflegen, doch nicht mit den Menschen, die du an deinem Privatleben teilhaben lässt!«

Evan zuckte mit den Schultern. In Wahrheit ließ er überhaupt niemanden an seinem Privatleben teilhaben. Verdammt, er *besaß* nicht einmal ein Privatleben! Es ging immer nur um das Geschäft.

Stokes fuhr den Wagen.

Evan saß auf dem Rücksitz und arbeitete, bis er sein Ziel erreicht hatte.

Sie sprachen nicht über persönliche Dinge.

Er sah dabei zu, wie Randi sich über den Vordersitz beugte. »Wie heißen Sie mit Vornamen, Stokes?«

Evan musste es Stokes zugutehalten, dass sein Fahrer angesichts dieser Frage ganz ruhig schien. »Gerald, Madam. Meine Familie nennt mich Jerry.«

»Sind Sie verheiratet?«, fragte Randi gesprächig.

»Ja, Madam. Meine Frau und ich haben gerade erst unseren fünfzigsten Hochzeitstag gefeiert«, teilte Stokes Randi mit stoischer Stimme mit.

»Kinder? Enkel?«, fragte Randi weiter.

»Drei wunderbare Kinder, sechs Enkel und bis jetzt drei Urenkel«, antwortete Stokes und seine Stimme wurde wärmer, als er über seine Familie Auskunft gab.

»Haben Sie sich noch nicht zur Ruhe setzen wollen?« Randi veränderte ihre Position, um sich vom Rücksitz noch näher zu dem Fahrer beugen zu können.

Evan hasste das.

»Nein, Madam. Kurz vor meinem Ruhestandsalter habe ich meine Arbeit verloren. Mr. Sinclair war so freundlich, einem alten Mann wie mir eine Chance zu geben, anstatt jemanden Jüngeres einzustellen. Damals war ich auf diese Arbeit angewiesen. Meine Tochter war krank und benötigte Hilfe. Er hat es mir mit einem mehr als fairen Lohn für einen Fahrer möglich gemacht, ihr zur Seite zu stehen. Ich werde ihm so lange ein treuer Mitarbeiter sein, bis der Tag kommt, an dem ich nicht mehr fahren kann«, antwortete Stokes und seine Stimme war jetzt ein klein wenig emotional, als er von seiner Vergangenheit und seinem Arbeitgeber erzählte.

Evan rutschte unruhig auf seinem Platz hin und her und fragte sich, warum er nichts über Stokes und dessen Familie wusste. Es war nicht so, dass sein Fahrer nicht reden wollte. Evan realisierte, dass er sich nur nie die Mühe gemacht hatte zu fragen.

Er schwor sich herauszufinden, ob Stokes für den Rest seines Lebens finanziell abgesichert war. Dieser Mann reiste mit seinem Wagen für gewöhnlich überall hin und stand Evan auf Abruf bereit. Wenn er eine Familie hatte, dann war es vielleicht Zeit für ihn, seinen Ruhestand zu genießen.

»Ich habe Sie eingestellt, weil Sie qualifiziert waren. Ich habe Sie behalten, weil Sie einer der besten Mitarbeiter sind, die ich je gehabt habe«, sagte Evan laut genug, damit Stokes es hören konnte.

»Vielen Dank, Sir«, antwortete der Fahrer bescheiden und mit stolzer Stimme. »Wir sind an Ihrem Ziel angekommen.«

Evan sah aus dem Fenster und bemerkte, dass sie direkt vor dem Zentrum geparkt hatten. Menschen bewegten sich langsam ins Innere, alle von ihnen für eine Party gekleidet.

»Bei der Feier ist jeder willkommen, Jerry«, sagte Randi strahlend. »Möchten Sie mit hereinkommen und etwas essen?«

Stokes drehte sich um und lächelte sie an. Es war das erste Mal, dass Evan seinen Fahrer hatte lächeln sehen.

Stokes schüttelte den Kopf. »Nein … aber vielen Dank, Madam. Ich werde mich zu dem kleinen Restaurant begeben, wo es die Hummerbrötchen gibt. Wirklich gutes Essen dort.«

»Sullivan's«, sagte Randi mit einem freundlichen Lächeln und einem Nicken. »Lassen Sie sich Ihr Abendessen schmecken!«

Evan wartete, bis sein Fahrer ausgestiegen war und ihm die Tür öffnete. Er erhob sich und sagte leise zu Stokes: »Sprechen Sie mich an, wenn Sie in den Ruhestand treten wollen. Ich werde dafür sorgen, dass es Ihnen an nichts fehlt, Stokes.«

Sein Fahrer nickte. »Das weiß ich, Sir. Vielen Dank.« Er hielt inne, bevor er hinzufügte: »Ein süßes Mädchen haben Sie da. Lassen Sie sie nicht entwischen.«

»Oh, ich habe vor, sie zu behalten«, entgegnete Evan bestimmt. »Sie weiß es nur noch nicht.«

Er sah, wie Stokes im dämmrigen Licht lächelte. »Sehr gut, Sir.«

Evan ging zu der anderen Seite des Wagens, doch Randi war bereits ausgestiegen und kam direkt auf ihn zu. Es schien ihr überhaupt nichts auszumachen, dass sie ihre Autotür selbst öffnen musste. Die meisten Frauen, die er kannte, wären sitzen geblieben und hätten gewartet, bis jemand kommt, der ihnen diese Aufgabe abnimmt.

Nicht jedoch seine Frau. Wenn er mit ihr mithalten wollte, musste er schneller sein.

Randi war so gut wie ihr ganzes Leben lang unabhängig gewesen und hatte von den Ritualen der Superreichen keine Ahnung.

Das war eine der Sachen, die Evan an ihr mochte. Randi war bescheiden und so echt, wie eine Frau nur sein konnte.

Sie hat es geschafft, in zwei Minuten mehr über meinen Mitarbeiter herauszufinden, als ich in all den Jahren, in denen Stokes schon für mich arbeitet.

Als sie bei ihm ankam, bot er ihr seinen Arm an und entließ Stokes, damit dieser zu Abend essen konnte.

»Es war gar nicht so schlimm, nicht wahr?«, fragte Randi leise, als sie Arm in Arm zum Eingang des Zentrums gingen.

»Was?«

»Etwas über seine Mitarbeiter zu erfahren. Er verehrt dich.«

»Ich zahle sein Gehalt«, entgegnete Evan ernst. »Aber du hast Recht. Ich bin froh, dass ich über seine Situation Bescheid weiß.

Ich kann ihm eine großzügige Rente zahlen, sobald er sich dazu entscheidet, sich zur Ruhe zu setzen.«

Randi nickte. »Es ist nichts Schlimmes daran, wenn einem andere Menschen wichtig sind, Evan.«

Er antwortete nicht. Offensichtlich gab es ein Problem damit, dass ihm ein anderer Mensch wichtig war. Er wollte Randi, doch sie wollte ihn nur für die kurze Zeit, die er hier war.

Zum ersten Mal war es ihm *wirklich* wichtig und es tat ihm verdammt weh, dass sie nicht das Gleiche empfand.

Ich könnte mich niemals in einen Mann wie ihn verlieben.

Evan würde lange brauchen, um diese Worte aus seinem Kopf zu bekommen und das Gefühl zu vergessen, das ihn überkam, wenn er über sie nachdachte.

Micah hatte sie in der Sekunde erblickt, in der sie den Festsaal betreten hatte. Es war ihm unmöglich gewesen, sie zu übersehen.

»Reist du morgen wieder ab?«, fragte Julian ihn, während er sich einen weiteren Teller mit Speisen vom Buffet einverleibte.

»Ja. Ich muss zurück. Ich habe gleich Montag früh einige Besprechungen«, antwortete Micah.

Micah mochte Amesport und ihm gefiel der Gedanke nicht, dass er tatsächlich nach Hause fahren musste. Seit seinem Aufeinandertreffen mit Liam war er zwar nicht mehr im *Sullivan's* gewesen, doch es hatte ihn in den Fingern gejuckt.

»Ich auch. Ich muss ein Interview in Los Angeles geben«, sagte Julian.

»Gut. Dann kann ich ja mein Flugzeug wiederhaben. Du kannst dir jetzt dein eigenes zulegen, weißt du«, teilte Micah ihm unwirsch mit und beobachtete noch immer Tessa dabei, wie sie sich grazil durch den Raum bewegte.

»Ich weiß«, sagte Julian grinsend. »Aber ich bin bisher nirgendwo hingeflogen. Das musste ich nicht.«

Julian hätte sich immer schon ein Privatflugzeug leisten können, wenn er eines gewollt hätte. Bis er vor Kurzem den Durchbruch geschafft hatte, war er in Hollywood zwar ein »Niemand« gewesen, doch er war immer noch ein sehr reicher Sinclair.

Das Orchester spielte ein wenig lauter und signalisierte damit, dass sich die Gäste auf die Tanzfläche begeben sollten.

»Ich bin gleich zurück«, sagte Micah zu Julian, ohne den Blick von Tessa abzuwenden.

Wenn sein Bruder ihm geantwortet hatte, dann hatte Micah es nicht gehört. Er war fest entschlossen, sich zu der wunderschönen Frau auf der anderen Seite des Raumes zu begeben, bevor ihm jemand zuvorkommen würde.

Er ging auf sie zu, während sie sich mit zwei älteren Frauen unterhielt. Eine von ihnen war in ein dunkles Violett gekleidet, die andere trug ein eher extravagantes Pink.

Als er sich näherte, hörte er Tessa sagen: »Beatrice, ich weiß das Geschenk zu schätzen, aber Sie wissen doch, dass ich nicht an Wunder glaube.«

Die Frau in Pink strahlte Tessa an. »Jetzt bist du dran, meine Liebe. Es ist dein Schicksal!«

»Sie weiß es!«, sagte die Frau in Violett aufgeregt. »Beatrice hat es deutlich gesehen.«

»Du wirst ihn hören, aber nicht so, wie du es vielleicht erwartest«, sagte Beatrice zu Tessa und tätschelte ihre Wange. »Du wirst mit allem von dir selbst zuhören müssen, um zu verstehen, was er dir sagen will.«

»Hallo!«, sagte Micah schließlich und berührte Tessa dabei an der Schulter, damit sie wusste, dass er hinter ihr stand.

»Micah Sinclair!«, sagte Beatrice und strahlte ihn an. »Ich habe Sie gesucht. Ich bin Beatrice und das hier ist Elsie.« Sie deutete auf ihre Freundin.

Tessa drehte sich, um seine Lippen zu lesen.

»Warum haben Sie mich gesucht?«, fragte er verwirrt. Er hatte keine der beiden Frauen jemals zuvor gesehen.

Beatrice streckte ihm ihre Hand entgegen und Micah griff automatisch nach dem Gegenstand, den sie ihm hinhielt. Neugierig besah er sich den Stein, den sie in seine Hand gelegt hatte, von allen Seiten. »Das kann ich nicht annehmen. Ich kenne Sie ja nicht einmal.« Er hatte keine Ahnung, wieso eine ältere Dame, die er nicht kannte, ihm gerade eben einen Stein gegeben hatte.

»Nein, aber ich kenne Sie, junger Mann. Dies ist Ihr Schicksal.« Beatrice zeigte auf seine Finger.

»Ich verstehe nicht. Ich bin nur hergekommen, um Tessa um einen Tanz zu bitten.« Er sah die beiden Damen ratlos an.

»Ich tanze«, kreischte Tessa, nahm seine Hand in ihre und zog ihn hinter sich her. »Vielen Dank, meine Damen! Es war nett, Sie beide zu sehen!«

Micah ließ den Stein in seine Tasche gleiten und hob verabschiedend die Hand in Richtung der Damen. Tessa begann, ihn wegzuziehen, als würde sie vor einem Feuer davonlaufen.

Was zum Teufel war gerade passiert?

Als sie in der Mitte der Tanzfläche anhielt, fragte Micah: »Sind die beiden verrückt?«

»Nein. Aber sie sind beide sehr exzentrisch. Beatrice ist die Heiratsvermittlerin der Stadt und unsere ansässige Hellseherin, und Elsie schreibt den Klatsch für die Zeitung. Sie sind harmlos, aber ich musste trotzdem befreit werden. Danke!«

Er sah auf Tessa herab. »Kannst du wirklich tanzen?«

Sie zuckte mit den Schultern. »Keine Ahnung. Seit ich gehörlos geworden bin, habe ich es nicht mehr versucht. Kannst du führen?«

»Natürlich«, sagte er sofort. »Ich bin gut in den meisten Sachen, die einen körperlichen Einsatz erfordern.« Er zwinkerte ihr zu.

Sie rollte mit den Augen. »Dann zeig es mir.«

Micah nahm eine ihrer Hände und legte seinen anderen Arm um ihre Taille. »Dies ist ein Walzer.«

Sie nickte und behielt ihre Augen auf sein Gesicht gerichtet.

Überraschenderweise war sie eine sehr elegante Tänzerin, viel besser als alle Frauen, mit denen er jemals zuvor getanzt hatte. Sie folgte ihm mit spielender Leichtigkeit und fühlte sich in seinen Armen unglaublich an.

Er starrte auf sie hinunter und bemerkte: »Du bist sehr gut.«

»Danke«, sagte sie höflich.

Micah war überrascht, als sie ihm zuzwinkerte und dann ihren Kopf an seine Schulter legte. Er führte sie weiter durch den Tanz und sie folgte jedem seiner Schritte.

Keiner von ihnen sagte ein Wort, denn ihre Körper kommunizierten gänzlich ohne Worte ... sie tanzten einfach nur.

Kapitel 18

Evan presste die Zähne aufeinander, als er Randi auf der Tanzfläche erblickte. Eine Stunde, nachdem sie angekommen waren, hatte sie sich von Liam zum Tanzen auffordern lassen, und Evan kam nicht sehr gut damit zurecht, dass irgendjemand anderes als er Randi in den Armen hielt.

Ich hätte sie zuerst um einen Tanz bitten sollen. Ich hätte sie den ganzen Abend über auf der Tanzfläche halten sollen.

Leider hatte er keines der beiden Dinge getan, weshalb er alleine in einer Ecke stand. Er lehnte sich mit einer Schulter gegen die Wand und musste sich wirklich zusammenreißen, um nicht mit seiner Faust dagegen zu schlagen.

Als er sah, wie Randi den Kopf hob und Liam anlächelte, knirschte er mit den Zähnen. Sie genoss ganz offenbar sowohl den Tanz als auch seine Gesellschaft. Als dieser Kerl dann auch noch die Dreistigkeit besaß, mit seiner Hand ihren nackten Rücken zu berühren, hätte er beinahe die Tanzfläche gestürmt.

Seine Vorwärtsbewegung wurde jedoch von einem ziemlich großen Körper aufgehalten, der sich ihm in den Weg stellte.

»Du siehst so aus, als könntest du das hier vertragen.« Jared gab ihm ein mit Eis und, wie Evan vermutete, Alkohol gefülltes Glas.

»Ich trinke nicht«, antwortete er ärgerlich und ging um seinen Bruder herum, um zu Randi zu gelangen.

»Vielleicht solltest du heute Abend eine Ausnahme machen«, schlug Jared ruhig vor und hielt Evan hinten am Smoking fest, damit er nicht weglaufen konnte. »Tu es nicht, Evan! Er ist ein netter Kerl.«

»Er fasst sie an!«, knurrte Evan wütend.

Jared stellte sich erneut direkt vor Evan und drückte ihn mit dem Rücken gegen die Wand. »Trink etwas und entspann dich! Tessa hat versucht, Liam und Randi zu verkuppeln, doch Liam ist krank geworden. Ich bin mir sicher, dass er sich bei ihr nur dafür entschuldigen wollte, sie versetzt zu haben, ohne ein Wort zu sagen. Sie hat kein Interesse an ihm.«

Evan stürzte das gesamte Getränk auf einmal herunter und gab Jared das Glas zurück. Er musste übermenschliche Kräfte aufbringen, um nicht zu husten, weil der Alkohol sich seinen Weg durch die Kehle bis hinunter in seinen Magen brannte. »Hast du mich gerade vergiftet?«, fragte er mit schmerzhaft heiserer Stimme.

»Scotch auf Eis. Ein gutes Jahr und eine gute Marke. Man gewöhnt sich daran. Es ist etwas für Kenner«, bemerkte Jared mit einem schadenfrohen Grinsen, bevor er Evan ein zweites Glas überreichte, das er einem vorbeigehenden Kellner vom Tablett genommen hatte. »Trink langsam«, warnte er.

Evan schaute böse auf das Glas in seiner Hand. »Woher weißt du, dass sie kein Interesse hat? Sie lächelt ihn an!«

»Wenn ein Mann eine Frau zum Tanz bittet, dann ist es für gewöhnlich nicht angebracht, *nicht* zu lächeln. Beruhige dich, verdammt noch mal! Es ist doch nur ein Tanz!«, sagte Jared. Er hielt inne, um einen Schluck von seinem eigenen Getränk zu nehmen, und fügte dann hinzu: »Mann, dich hat es ganz schön erwischt!«

Evan nippte gedankenverloren an seinem Glas, während die Flüssigkeit brennend in seinen Magen lief. Trotz der feurigen Hitze in seinem Körper verzog er keine Miene. »Du behinderst meine Sicht«, brummte er.

»Ich weiß«, antwortete Jared ruhig. Er steckte eine Hand in die Tasche seiner Anzughose und sah so aus, als würde er es sich bequem machen. »Glaub mir, es ist besser so. In ein oder zwei Minuten wird das Lied vorbei sein.«

»Ich hasse dieses Gefühl«, gab Evan zu. Seine Kontrolle entglitt ihm Stück für Stück und obwohl er wusste, dass er sich irrational verhielt, kümmerte ihn das kein bisschen.

»Jetzt weißt du, wie ich mich gefühlt habe, als ich dachte, mein eigener Bruder ist an meiner Frau interessiert«, rief Jared ihm unsanft ins Gedächtnis zurück.

»Ich habe nicht mit ihr getanzt«, stellte Evan klar.

»Nein, aber du hast sie angefasst, auf die Arme genommen und gehalten«, merkte Jared an. »Und du hast dich für sie interessiert.«

»Weil ich Mara tatsächlich sympathisch fand!«, blaffte Evan. »Und weil du dich wie ein Idiot benommen hast!«

»Ungefähr so, wie du dich gerade benimmst?«, fragte Jared.

»Ja«, knurrte er und verstand mit einem Mal, wie Jared sich gefühlt hatte, als Evan versucht hatte, ihn zur Vernunft zu bringen, indem er Andeutungen gemacht hatte, an Mara interessiert zu sein. »Gut, es tut mir leid. Damals habe ich nicht gewusst, wie sich das anfühlt.«

»Entschuldigung angenommen«, entgegnete Jared ruhig. »Ich glaube, dass dich dein Karma gerade ganz schön in den Arsch beißt.«

Evan nahm noch einen Schluck von seinem Scotch. »Stimmt schon«, grunzte er und wischte sich mit der Hand übers Gesicht. Er fing wirklich an, sich zu entspannen, doch er schwitzte auch. Das musste die Wirkung des Alkohols sein. Er trank normalerweise nicht und es war offensichtlich, dass dieses Getränk ihm ganz schön zusetzte.

»Alles in Ordnung, Evan?«, fragte Jared mit einer sanfteren, besorgten Stimme.

Zum ersten Mal in seinem Leben beantwortete Evan diese Frage ehrlich. »Nein. Nein, ich glaube nicht, dass ich *in Ordnung* bin.« Seine Stimme war emotional und seine Brust schmerzte so sehr, wie er es niemals zuvor erlebt hatte. Auf einmal prasselten all diese Gefühle auf ihn ein, dass er sich nicht sicher war, auf welches er als Erstes reagieren sollte. »Ich liebe sie«, fügte er hinzu. Evans Verletzlichkeit war für Jared deutlich zu sehen, doch es schien ihm egal zu sein.

»Ich weiß.« Jareds Antwort war voller Mitgefühl. »Aber es ist nicht das Ende der Welt, Evan. Es ist der Anfang von etwas so Gutem, dass du jeden Morgen aufwachen und einfach nur glücklich darüber sein wirst, ihr Gesicht zu sehen, wenn du die Augen öffnest.«

»Ich werde sie nicht sehen. Ich reise morgen ab und sie kann mich nicht lieben«, entgegnete er trotzig. Vielleicht hatten die Beziehungen seiner jüngeren Brüder alle funktioniert, doch Evan konnte Randi nicht dazu *zwingen*, ihn zu lieben, ganz gleich, wie sehr er es sich auch wünschte.

»Dann bleib hier«, schlug Jared vor.

»Ich habe am Montag eine wichtige Besprechung mit einer Firma in San Francisco, die ich schon eine ganze Weile auf meiner Liste stehen habe, um ihr Mehrheitseigentümer zu werden. Ich glaube, sie sind bereit zu verhandeln, weil sie Geld brauchen, um weiter zu wachsen. Wenn ich nicht da bin, um mein Angebot vorzulegen, wird jemand anderes zuschlagen«, antwortete er automatisch.

»Na und? Lass sie doch.« Jared nahm kein Blatt vor den Mund. »Evan, irgendwann gelangt man an einen Punkt, an dem Geld nicht mehr wichtig ist. Wir haben so viel davon, dass wir es in einem Dutzend Leben nicht ausgeben könnten.«

»Es geht nicht um das Geld. Es geht darum, besser zu sein, Erfolg zu haben. Unser Vater hat es mir nie zugetraut, doch ich bin dazu in der Lage.« Evan atmete schwer, als er den Rest von seinem Scotch austrank und das Glas auf den Tisch neben sich stellte.

»Du hast es doch bereits geschafft!«, sagte Jared wütend. »Du brauchst niemandem mehr irgendetwas zu beweisen, Evan! Diese Schlacht ist vorbei und du hast sie gewonnen. Das Ganze existiert nur noch in deinem Kopf.«

»Ist alles in Ordnung?«, unterbrach eine weibliche Stimme die beiden.

Jared trat zur Seite und gab den Blick auf Randi und ihren Tanzpartner frei. »Alles ist gut«, antwortete er freundlich. »Evan und ich haben uns nur über … das Geschäft unterhalten.«

»Würdest du gern noch weiter tanzen, Randi?«, fragte Liam höflich. Seine Hand ruhte auf ihrem nackten Rücken.

»Nein, das würde sie nicht«, knurrte Evan, dem schließlich die Sicherung durchbrannte.

Er trat einen Schritt nach vorn und griff Liam am Kragen seines gestärkten, weißen Hemdes, das er zu seinem grauen Anzug mit einer Krawatte trug. »Nimm deine Finger von ihr!«, drohte er unbeherrscht.

Jared zog Randi zur Seite und Liam musste seine Hand von ihrem Rücken nehmen. »Hör auf, Evan! Die Leute starren schon«, sagte Jared.

Evan interessierte es einen Dreck, ob die ganze Welt zusehen würde. Mit einem mörderischen Gesichtsausdruck stand er Auge in Auge mit seinem Rivalen. Ohne Liams Hemd loszulassen, sagte er mit langsamer, gefährlicher Stimme: »Schau sie nicht an! Denk nicht daran, sie anzufassen! Und stell dir ja niemals vor, dass sie dir gehören könnte, oder dein Arsch gehört mir!«

Jared riss Evan zurück und zwang ihn dazu, Liam loszulassen. »Randi, kannst du mit Evan an die Luft gehen? Er ist … überhitzt. Ich rede mit Liam.«

Randi ergriff Evan am Arm und flüsterte scharf: »Was zum Teufel war das denn?« Sie begann, sich ihren Weg aus dem überfüllten Festsaal zu bahnen.

Evan folgte ihr … nun … einfach deswegen, weil er ihr überallhin folgen würde.

Er ließ sich von ihr den Korridor hinunterbringen, weg vom Festsaal, und betrat einen kleineren Raum, der etwas abseits des Trubels gelegen war.

Sie machte die Tür zu und schloss sie hinter sich ab, dann schubste sie ihn auf einen gepolsterten Stuhl, der viel zu klein für ihn zu sein schien.

»Was zur Hölle ist gerade passiert?«, fragte sie und klang mehr verwirrt als wütend.

»Mir hat nicht gefallen, wie er dich angefasst hat«, antwortete Evan ärgerlich.

»Wir haben getanzt«, sagte sie und stemmte die Hände in die Hüften.

»Ich weiß. Ich habe es gehasst.« Seine Antwort war ehrlich und er hatte Mühe, seine übliche Kontrolle wiederzuerlangen.

»Dann hättest *du* mich zum Tanzen auffordern sollen«, sagte sie leise. »Du bist meine Begleitung.«

»Das ist auch so eine Sache, die ich als ein Sinclair nie richtig machen konnte. Ich bin ein furchtbarer Tänzer«, gestand er. »Ich wünschte dennoch, dass ich es getan hätte. Ich bin nicht perfekt, also tanze ich sehr selten. Hätte es dir etwas ausgemacht?«

Randis Gesichtsausdruck wurde weicher, als sie auf ihn herabsah. »Nein. Es hätte mir überhaupt nichts ausgemacht. Im Gegenteil, es hätte dich menschlicher wirken lassen. Niemand ist in irgendetwas perfekt. *Du* brauchst nicht *alles* perfekt zu beherrschen, Evan. Du bist sowieso schon ziemlich nahe dran.«

Warum kannst du mich dann nicht lieben? Warum kannst du einen Mann wie mich nicht lieben?

Er wollte ihr diese Frage so gern stellen, doch die Antwort darauf war offensichtlich. Liebe … existierte einfach. Es gab für sie keine Erklärung, Liebe konnte nicht rationalisiert werden und man konnte sich auch nicht den perfekten Partner aussuchen und diese Art von Gefühlen empfinden. Er begann zu verstehen, dass Liebe keine Wahl war, sie passierte einfach. Und er hatte definitiv niemals gedacht, dass sie ihm passieren würde.

»Ich denke, du solltest dich bei Liam entschuldigen«, sagte Randi trocken. »Er war charmant und höflich.«

»Er war nicht charmant!«, antwortete Evan schnippisch. »Er will dich ins Bett kriegen.«

»Woher willst du das wissen?«, fragte sie.

»Weil ich genau das Gleiche will! Ich erkenne diesen Blick, aber er ist nicht halb so jämmerlich und verzweifelt, wie ich es gerade bin.« Er stand auf und griff ihr um die Taille. »Ich will es jedes Mal, wenn ich dich sehe oder deine Stimme höre. Ich will es, wenn du mich anlächelst. Ich will es in jeder verdammten Minute des Tages. Wenn ich nicht bei dir bin, dann will ich es sein.« Er fügte schwer atmend hinzu: »Ich. Brauche. Dich.«

Evan erschauderte, als Randi ihre Arme um seinen Hals schlang und ihre weiche Wange an sein leicht stoppeliges Kinn schmiegte. »Ich brauche dich auch. Ich habe kein Interesse an Liam, Evan.« Sie schnüffelte und fragte dann: »Spricht da der Alkohol aus dir? Ich kann es riechen. Hast du getrunken?«

»Zwei Gläser. Ich bin nicht betrunken, Randi. Ich bin emotional, etwas, das mir sonst nie passiert.«

»Eifersüchtig?«, fragte sie.

»Ja«, antwortete er direkt und ehrlich. »Ich will nicht, dass dich irgendein anderer Mann außer mir anfasst.«

»Du reist morgen früh ab. Wir können jetzt nicht über diese Dinge sprechen«, warnte Randi ihn mit heiserer Stimme.

»Dieser Augenblick ist alles, was wir haben«, sagte Evan wütend. Er war nicht fähig, den Gedanken, ihre Seite zu verlassen, zu verarbeiten, geschweige denn sich räumlich von ihr zu entfernen. Er würde vollkommen durchdrehen.

Er beobachtete, wie in ihren wunderschönen Augen die kleinen, goldfarbenen Partikel funkelten. Sie sah mit einem sehnsuchtsvollen Blick zu ihm auf, bei dem Evan sich fühlte, als hätte ihm jemand einen Schlag in den Magen verpasst.

»Dann fick mich, Evan! Hier. Jetzt. Ein letztes Mal«, bettelte sie atemlos. »Ich weiß, dass wir beide keine Beziehung führen können, aber du hast Recht. Wir haben diesen Moment. Ich habe gelernt, dass das manchmal alles ist, was ein Mensch jemals hat.«

Er wollte die Ewigkeit, doch er sehnte sich so sehr nach ihr, dass er sich später darüber Gedanken machen würde. Er sah sich schnell um und erkannte, dass sie sich in einer Damentoilette befanden und die Tür hinter ihnen vermutlich zu den Klos führte. Von früheren Besuchen im Zentrum wusste er, dass es hier sehr viele Toiletten gab, doch diese hier war offensichtlich eine, die Grady etwas hübscher und vornehmer gestaltet hatte.

Vor einer langen Spiegelwand befanden sich kleine, elegante Stühle, die vermutlich dazu gedacht waren, dass Frauen hier das tun konnten, was sie eben taten, wenn sie sich nur mal kurz frisch machten.

Zu erregt, um sich wirklich darum zu kümmern, wo sie sich befanden, griff er hinter sich und überprüfte, dass das Türschloss auch wirklich verriegelt war, dann ging er ihr nach. »Ich werde dich hart und schnell nehmen, Randi. Vermutlich sogar grob. Was dich betrifft habe ich gerade überhaupt keine Kontrolle«, warnte er sie mit gefährlicher Stimme.

»Das ist mir egal«, sagte sie keuchend und ließ sich von ihm gegen den Schminktisch drücken.

Evan riss sich hastig die Jacke seines Smokings vom Körper und drehte in seiner Eile das Innere nach außen, um sich endlich freier bewegen zu können. Er wollte seinen Körper genauso uneingeschränkt haben, wie sein Kopf es gerade war.

Er ließ die Jacke auf den Boden fallen und fühlte sich erleichtert. Als er auf Randi herabsah und die Verletzlichkeit in ihrem Gesicht erblickte, zog sich sein Magen zusammen und sein Schwanz pulsierte mit dem Verlangen, in sie einzudringen.

»Hast du Angst?«, fragte er rau.

Sie schüttelte den Kopf. »Nein. Nicht vor dir. Aber ich habe Angst vor meinen Gefühlen.«

Ihre Aussage ließ eine Million Fragen in Evans Kopf herumschwirren.

Wie fühlst du dich?

Hast du wie ich das Gefühl, dass du deinen Verstand verlierst?

Wie kannst du von mir erwarten zu gehen, wenn ich mehr als alles andere bei dir bleiben will?

All diese unbeantworteten Fragen wurden aus seinem Kopf gelöscht, als Randi seine Fliege löste und so fest an seinem Hemd zerrte, dass die Knöpfe auf den Teppichboden fielen.

Als sie seine nackte Haut berührte, vergaß er alles und die wilden, lustgeladenen Emotionen, die ihn durchströmten, wurden zu seinem einzigen Fokus.

Randi legte schließlich ihre Hand an seinen Nacken und zog seinen Mund zu ihrem hinunter. In diesem Moment verlor Evan Sinclair, Großmeister der Kontrolle, diese schließlich vollkommen.

Kapitel 19

Wenn Randi nicht so verwirrt wäre, dann hätte sie den Rückblick auf diese Nacht vielleicht so gesehen, dass sie zugeben musste, bei Evans Verletzlichkeit schwach geworden zu sein.

Seine Wut, die Angst und der Schmerz, den sie in seinem Gesicht erkennen konnte, gemeinsam mit seiner Bereitschaft, sich ihr zu offenbaren, zerrten an ihrem Herzen. Sie konnte das Verlangen in seinen wunderschönen Augen erkennen und der Kampf, den er mit seinen Gefühlen führte, brachte sie um den Verstand.

Ich liebe ihn.

Es existierte keine Unsicherheit, kein Zögern mehr. Sie wollte Evan Sinclair und seine gesamte ungezähmte Wildheit mehr als die Luft, die sie zum Atmen brauchte.

Er vereinnahmte ihren Mund, als wäre sie die einzige Frau, die er jemals küssen wollte, doch sie brauchte noch so viel mehr. Sie wollte in ihn hineinkriechen, bis sie ihm nicht noch näher kommen konnte.

Das Verlangen rumorte in ihrem Bauch und schoss direkt in ihre Muschi, während sie ihre Arme um seinen Hals schlang und sich an ihm festhielt.

»Bitte Evan!«, flehte sie, als er ihren Mund freigab und ungestüm mit seiner Zunge über die empfindliche Haut an ihrem Hals leckte. »Fick mich!«

Alle ihre Abwehrmechanismen funktionierten nicht mehr. Sie wollte und brauchte ihn.

»Du. Gehörst. Mir«, sagte er mit fordernder Stimme und schob das seidige Material ihres Kleides bis zu ihren Hüften hoch.

Randi stöhnte laut auf, als Evan mit seinen Fingern zwischen ihre Beine glitt und den knappen Stoff ihres Stringtangas, den sie unter dem Kleid trug, zur Seite schob. Sie hatte für diesen Abend die aufreizendste Unterwäsche ausgewählt, die sie besaß, weil sie sich für nur eine weitere Nacht wie die attraktivste Frau der Welt fühlen wollte.

»Mein Gott, was trägst du da?« Evans Stimme war erregt und gierig.

Sie antwortete nicht. Stattdessen atmete sie schwer, als sie sich auf dem Schminktisch zurücklehnte und Evan einen Blick zwischen ihre Beine gewährte, bis dieser aufstöhnte.

Randi zitterte, als er ihr das Kleid über den Kopf zog und ihm dabei half, es abzustreifen und auf den Boden zu werfen. Weil das Kleid einen tiefen Rückenausschnitt besaß, hatte sie auf einen BH verzichtet und konnte sich nur vorstellen, wie sie in dem roten Stringtanga, ihren hochhackigen Schuhen und Seidenstrümpfen, die von einem Strumpfgürtel gehalten wurden, aussah. »Die Dessous sind neu. Ich habe sie für unsere letzte gemeinsame Nacht gekauft.«

Es war für sie ein mutiger Schritt gewesen, wo sie doch eine Frau war, die hübsche Spitzenwäsche dem bevorzugte, was sie jetzt trug.

Evan ließ seine Finger durch ihr feuchtes Höschen über ihre Schamlippen wandern. Er packte sie grob an der Taille und setzte sie auf den Schminktisch. »Ich kaufe dir mehr Dessous«, sagte er rau.

Bevor Randi reagieren konnte, ruckte er einmal fest an dem zarten Stoff und der Stringtanga zerriss.

Beinahe im gleichen Augenblick tauchte er zwischen ihre Schenkel und legte ihre Beine auf seine Schultern.

Das Gefühl seines heißen, hungrigen Mundes an ihrer entblößten Muschi schockierte ihre Sinne, ganz besonders, weil er es nicht langsam angehen ließ. Er verschlang sie. Er kostete sie. Er leckte sie, bis Randi seinen Namen rief: »Evan! Oh Gott, Evan!«

Er vereinnahmte sie mit solch einer Wildheit, dass sie vor Glück schwebte. Er spreizte ihre Schamlippen und ergötzte sich unbeherrscht und voller Gier an ihr. Er verschwendete keine Zeit mit Neckereien. Evan war ein Mann, der davon besessen war, sie zum Orgasmus zu bringen, und seine absolute Konzentration auf diese Aufgabe war überwältigend.

»Ja!«, stöhnte sie, krallte sich in sein Haar und presste sein Gesicht an ihre erregte Muschi. »Mehr!«

Evan würde so grob sein können, wie er wollte, es würde ihr immer noch nicht ausreichen. Sie musste kommen und sie wollte es in diesem Augenblick.

Seine Zunge stimulierte ihre Klitoris hart und fordernd. Für Feinheiten war jetzt keine Zeit. Es ging nur um Lust, Verlangen und das rohe Bedürfnis nach Sex.

»Ja! Bitte! Jetzt!« Sie wimmerte und rieb ihre Muschi an seinem Gesicht, um ihn aufzufordern, sie zum Höhepunkt zu bringen.

Und dann kam der Orgasmus, plötzlich und zerstörerisch, mit einer heißen Intensität, die sie zum Schreien brachte. »Evan!«

Pulsierende Wellen wuschen wie ein heftiger Angriff über sie hinweg und machten es ihr unmöglich, etwas anderes zu tun, als sich von ihnen treiben zu lassen. Evan erhob sich, zerrte an seiner Anzughose und befreite in Rekordzeit seinen riesigen, harten Schwanz.

Randi hatte kaum Zeit, Luft zu holen, da befand sich Evan auch schon in ihr. Blind vor Verlangen nahm er sie hart.

Sie akzeptierte begierig seine Art, sie primitiv wie ein Höhlenmensch zu vögeln. Sie *brauchte* es, um sich lebendig zu fühlen. Randi schlang die Arme um seinen Hals und hielt sich an ihm fest. Ihre Muschi zog sich noch immer von ihrem ersten Orgasmus zusammen.

»Oh Gott! Du fühlst dich an wie ein Traum, aber ich weiß, dass du echt bist«, sagte Evan und seine Stimme vibrierte vor Lust.

»Härter!« Randi brauchte mehr.

Er zog sie von dem glatten Schminktisch herunter und sie schrie fast laut auf, als er seinen Schwanz aus ihr herauszog. Er drehte sie um, nahm ihre Hände und platzierte sie mit den Handflächen nach unten auf dem Tisch, während er sich hinter ihr positionierte. »Ich werde dich hart ficken, denn ich kann mich gerade nicht beherrschen.«

»Ich will dich außer Kontrolle«, ermutigte sie ihn.

Er schob seinen Schwanz so schnell und so tief in Randi hinein, dass ihr ein lautes Stöhnen entfuhr.

»Du gehörst mir!«, beharrte Evan mit einem wilden Schnaufen, als er seinen Schwanz fast ganz aus ihrer Muschi herauszog und wieder in sie stieß.

Randi blieb bei der Art und Weise, wie Evan sie nahm, fast die Luft weg. Sie brauchte etwas, an dem sie sich festhalten konnte, etwas, das sie davon abhalten würde, von dieser brutalen Welle puren Verlangens weggerissen zu werden. Sie krallte sich an der marmornen Tischplatte fest und drückte sich zurück, während Evan nach vorne stieß. Bei dem Geräusch ihrer zusammen klatschenden Körper machte sich ein Gefühl der Befriedigung in ihr breit.

Es war zu viel.

Es war nicht genug.

Randi wollte Evan so tief wie möglich in sich spüren. Und in diesem Moment erkannte sie, dass sie ihm gehörte: mit Herz, Leib und Seele. Sie wollte mehr; sie wollte alles von ihm.

»Gib es mir!«, bettelte sie mit einem Stöhnen, während ihr Körper erbebte.

»Ich kann nicht!«, gestand er. Er klang gequält und seine Hände an ihren Hüften drückten so sehr zu, dass sie am nächsten Morgen vermutlich blaue Flecke haben würde. »Sag, dass du mir gehörst, Randi! Sag es oder ich verliere meinen Verstand!«

»Ich liebe dich!«, platzte sie hilflos heraus. Sie war nicht dazu in der Lage, ihre Emotionen unter Kontrolle zu halten. Jede Bewegung, jeder stoßweise Atemzug, den sie nahm, konzentrierte sich in diesem Moment nur auf Evan und sie musste ihm einfach sagen, wie sie empfand.

»Scheiße«, keuchte Evan und stieß weiter mit einer Wucht in sie, die sie vollkommen gedankenlos zurückließ. »Was hast du da gerade gesagt?«

»Ich liebe dich!«, rief sie laut aus und ihre Worte hallten in dem kleinen Raum wider.

Sie explodierte genau in dem Moment, in dem Evan eine seiner Hände von vorne zwischen ihre Beine führte und mit seinem Daumen über ihre aufgerichtete Klitoris strich. Ihr Kopf fiel auf den Tisch, während ihr Körper unter den Wellen der Lust bebte, die ihr Herz zum Rasen brachten.

»Sieh nicht nach unten!« Evan ergriff ihr Haar und zog ihren Kopf nach oben. »Ich muss dich sehen!«

Sie hätte ihren Kopf vermutlich nicht angehoben, wenn Evan ihr durch den Zug an ihrem Haar nicht geholfen hätte. Seine Finger vergruben sich in ihren Strähnen und ihre Augen trafen sich im Spiegel, wo sie sich selbst dabei zusah, wie der Orgasmus sie noch immer schüttelte.

Verzweifelt.

Bedürftig.

So vollkommen befriedigt in diesem Moment, dass sie nicht einmal mehr ihren eigenen Namen kannte.

»Du gibst mir solch ein gutes Gefühl, dass es fast schon wehtut«, stöhnte sie und starrte in blaue Augen, die gefüllt waren mit Qual und Verwirrung.

Ihre Blicke trafen sich und hielten einander stand, bis Evan ein letztes Mal in Randi hineinstieß und seinen Kopf in Ekstase zurückwarf, um sich in ihr zu ergießen.

Während beide noch nach Atem rangen, schlang er seine Arme um sie und zog ihren Rücken an seinen Körper heran. Als er sich in den zu kleinen Stuhl fallen ließ und sie mit sich zog, um sich auf seinem Schoß auszuruhen, glitt sein Schwanz aus ihr heraus.

»Sag mir warum, Randi«, forderte Evan sie auf, nachdem er seine Fassung wiedererlangt hatte.

Sie hing an ihm und ihre Arme waren um seinen Hals geschlungen, damit sie sich in ihrer Position auf seinem Schoß halten konnte. »Was?« Sie hatte keine Ahnung, wovon er sprach.

»Sag mir, warum du gesagt hast, dass du dich niemals in einen Mann wie mich verlieben könntest. Diese Worte haben mich fast umgebracht. Warum hast du das gesagt?« Er streichelte ihr Haar, als wäre sie die wunderbarste Frau auf der ganzen Welt.

Randi versuchte, ihr Gehirn wieder zum Arbeiten zu bringen. Während sie langsam wieder zusammenfassende Gedanken formen konnten, registrierte sie seine Fragen. Das hatte sie doch nicht gesagt, oder? »Das habe ich nie gesagt.«

Ich könnte mich nie in einen Mann wie ihn verlieben.

Ihr Gehirn begann zu arbeiten und bei der Schlussfolgerung, die es machte, schüttelte sie den Kopf.

Es war unmöglich, und doch … Sie hatte niemals diese Worte zu Evan gesagt; sie hatte sie jedoch in einer Nachricht an S. geschrieben.

Auf einmal ergab alles einen Sinn. War es denn nicht so gewesen, dass S. sie sogar zu der Beziehung mit Evan ermutigt hatte, sie gebeten hatte, ihm eine Chance zu geben, als sie sich seiner unsicher war?

Wenn sie darüber nachdachte, dann hatte S. sich verändert, seit sie ihr Verhältnis mit Evan begonnen hatte. Er stellte sehr viele Fragen über ihre Beziehung und drängte sie schon beinahe dazu, Evan eine Chance zu geben – einem Mann, den er nie getroffen hatte. Sein Verhalten war genau das Gegenteil seiner üblichen und ständigen Zurückhaltung.

Sie erhob sich und fühlte sich körperlich und seelisch nackt. Sie hob ihr Kleid vom Boden auf, zog es wie ferngesteuert an und schob dann das seidige Material nach unten, um den Rest, der von ihrem Stringtanga übrig war, zu bedecken.

Wenn sie an die Gespräche dachte, die sie miteinander geführt hatten, und die Tatsache, dass S. nun eine Frau in seinem Leben hatte, drehte sich ihr der Magen um. Die Sinclair-Stiftung gehörte Evan, also war es nicht weit hergeholt, dass er es sein könnte, dass *er* es die ganze Zeit gewesen war.

Ihr Herz begann zu bluten. Wenn er wirklich S. war, dann hatte er es ihr nicht nur nicht gesagt, er hatte sie sogar angelogen. Er hatte die Beziehung zu seinem Vorteil genutzt und sich einen Dreck um ihre Gefühle geschert. Und das alles von dem Evan, den sie kennen- und lieben gelernt hatte.

Vielleicht habe ich nur gedacht, dass ich ihn kenne.

»Ich habe diese Worte nicht zu dir gesagt. Ich habe sie einem Mann geschrieben, von dem ich annahm, dass er mein Freund ist. Einem Mann, dem ich vertraut habe.« Sie holte tief Luft und fragte: »Bist *du* dieser Mann?«

Randi sah ihn nicht direkt an, doch sie bemerkte aus dem Augenwinkel, wie er beim Aufstehen zustimmend mit dem Kopf nickte. »Ja«, gab er heiser zu.

»Die Calla-Lilie am Grab von Dennis und Joan. Du warst das?« Sie kannte bereits die Antwort. Ihr Bauchgefühl sagte ihr, dass es die Wahrheit war. Vielleicht hatte sie es zuvor abschütteln können, doch jetzt ergab es auch für sie einen Sinn. Evan Sinclair war vermutlich einer der wenigen Männer, die alles bekommen konnten, was sie wollten, sogar täglich eine perfekte Calla-Lilie trotz des kalten Winters in Maine.

»Ja.« Evan zog den Reißverschluss seiner Hose hoch und griff nach seinem Hemd und seiner Fliege. »Ich war jeden Tag dort, um ihnen zu danken.«

»Wofür hast du ihnen gedankt?« In ihrem Kopf drehte sich alles und sie versuchte noch immer zu verstehen, dass S. und Evan tatsächlich ein und derselbe Mann waren.

Während er sein Hemd anzog, antwortete er: »Ich habe ihnen dafür gedankt, dass sie dich gerettet haben, weil ich nicht dazu in der Lage war. Ich bin dankbar, dass du hier bist, dass du gesund bist und stark. Ich bin dankbar dafür, dass sie dir ein Zuhause gegeben haben. Doch am meisten bin ich dankbar dafür, dass sie dich für mich gerettet haben.« Er legte sich die Jacke um die Schultern und steckte die Fliege in die Tasche.

Randi fühlte sich absolut zerstört und betrogen von den beiden Männern, die ihr am meisten bedeuteten. »Du hast mich angelogen. Seit wann weißt du, dass ich es bin?«

»Seit dem Tag, an dem ich dir Lebensmittel gebracht habe und bei dir der Strom ausgefallen ist. Hope hat mir erzählt, dass du vor Kurzem deine Pflegemutter verloren hast, und dann hat alles plötzlich einen Sinn ergeben. Ich hätte es dir noch am selben Tag sagen sollen, aber ich konnte nicht.«

Gut … er hatte es zwar nicht sehr lange gewusst, doch er hatte es gewusst, bevor sie miteinander intim geworden waren. Er hätte es ihr sagen sollen, bevor irgendetwas zwischen den beiden geschehen war. »Es gab nichts, das dich daran gehindert hätte, es mir zu erzählen«, sagte sie außer sich. Jetzt, da der erste Schock seines Geständnisses vorüber war, wurde sie wütend. »Du hast mich hintergangen!« Er hatte seine Position als treuer Freund ausgenutzt, um Informationen über sie zu erhalten.

»Ich habe es nicht mit Absicht gemacht«, brummte er, als er einen Schritt nach vorn tat und sie bei den Schultern fasste. »Warum hast du gesagt, dass du mich nicht lieben kannst, wenn du es tust?«

Sie schüttelte seine Hände ab. Sie wollte von ihm nicht angefasst werden. Er hatte sie betrogen und seine Unehrlichkeit und die Art und Weise, wie er mit ihren Gefühlen gespielt hatte, brachten sie zur Weißglut.

»Ich habe nicht gesagt, dass ich dich *nicht* liebe. Ich habe gesagt, dass ich mich nicht in dich *verlieben* kann, wegen meiner Vergangenheit und den Problemen, die das mit sich bringen könnte. Du bist ein Milliardär, der herumreist, und ich bin eine Lehrerin, die immerzu am gleichen Ort bleibt. Aber keine Sorge. Ich werde darüber hinwegkommen. Die Tatsache, dass du ein Lügner bist und mich betrogen hast, wird mir dabei helfen, dich noch schneller zu vergessen«, sagte sie bitter.

Evan ergriff erneut ihre Schultern. »Du wirst niemals über mich hinwegkommen! Ich werde niemals über dich hinwegkommen!«, knurrte er und klang ebenfalls wütend. »Ich bin niemals über dich hinweggekommen. Jedes Mal, wenn ich dich sehe, fühle ich genau das Gleiche. Ich war auch nicht so schockiert, wie ich es hätte sein sollen, als ich erfahren habe, dass du die Frau bist, mit der ich mich unterhalten habe. Ich hätte wissen sollen, dass zwei verschiedene Frauen niemals dazu in der Lage wären, mein Interesse so lange aufrechtzuerhalten. Ich frage mich, ob du tief drinnen auch gewusst hast, wer ich war.«

»Ich wusste es nicht«, sagte Randi. »Ich dachte, du seist mein Freund.« Der Verlust beider Männer fühlte sich an, als würde ihr jemand das Herz aus der Brust reißen.

»Ich bin dein Freund. Ich bin aber auch dein Geliebter«, gab Evan tonlos zurück.

»Du bist gar nichts!«, antwortete Randi und dachte an all die Male, in denen er mit ihren Gefühlen gespielt hatte. »War irgendetwas davon echt?«

»Alles!«, sagte Evan mit gebrochener Stimme. »Und sag mir nicht, dass ich nichts für dich bin. Du hast mir gerade gesagt, dass du mich liebst!«

Sie machte sich von ihm los, um ihm ins Gesicht zu sehen, doch sie war nicht dazu in der Lage zu erkennen, was echt war und was nicht. Er hatte sie von Anfang an belogen, indem er ihr bestätigt hatte, nur ein Mitarbeiter zu sein. Dann hatte er sie erneut verarscht, als er ihr sogar dann nicht die Wahrheit gesagt hatte, als er gewusst hatte, wer sie war. »Ich weiß nichts über dich, oder?«, fragte sie wütend. »Wie kann ich einen Mann lieben, der nicht existiert?« Bei dieser Frage wurde ihr übel. Wie hatte sie nur so dumm sein können?

»Du liebst mich sehr wohl, verdammt!«, sagte Evan bestimmt. »Du hast es gesagt!«

»Das war, bevor ich wusste, dass du ein manipulativer Lügner bist!« Randi entriegelte die Tür und die Tränen begannen, ihr die Wangen hinunter zu strömen. Der Schmerz seiner heuchlerischen Taten ergriff ihr Herz und riss es in Stücke.

Sie hatte Schwierigkeiten zu atmen und wusste, dass sie den kleinen Raum verlassen musste, um etwas Distanz zwischen sich und Evan zu bringen. Sie musste nachdenken und verstehen, was soeben geschehen war. Randi öffnete die Tür und lief schnell hinaus.

Dabei fragte sie sich, ob sie wohl jemals über den qualvollen Schmerz von Evans Betrug hinwegkommen würde.

Als sie zur Eingangstür des Zentrums eilte, hörte sie männliche Stimmen hinter sich, doch sie konnte nicht ausmachen, zu wem sie gehörten oder was sie sagten. Um ehrlich zu sein war es ihr egal.

Ich muss hier raus!

Flucht war das Einzige, an das sie jetzt denken konnte.

Die bitterkalten Temperaturen erfassten sie, als sie aus der Tür trat. Ihr Kleid bot nicht gerade viel Schutz vor dem Wetter.

»Madam, ist alles in Ordnung?«, fragte eine männliche Stimme neben ihr.

Als sie den Kopf zur Seite drehte, erkannte sie Stokes. »Nein. Nichts ist in Ordnung«, teilte sie dem älteren Mann mit, während sie sich wütend die Tränen aus dem Gesicht wischte. »Ich muss nach Hause.«

»Ich fahre Sie.« Stokes nahm vorsichtig ihren Arm und geleitete sie zum Rolls-Royce.

»Evan wird Ihre Dienste brauchen«, protestierte sie.

»Einmal in seinem Leben wird Mr. Sinclair warten können«, antwortete Stokes bestimmt und half ihr, in den Wagen einzusteigen, der direkt vor der Eingangstür geparkt war.

Randi war so aufgelöst, dass sie keine Widerworte gab. Sie musste diesen Ort verlassen, musste nachdenken, und sie musste Distanz zwischen sich und den Mann bringen, der ihre Welt aus den Angeln gehoben hatte … zuerst im Guten und dann im Schlechten. Sobald der Fahrer die Tür für sie geöffnet hatte, setzte sie sich auf den Rücksitz des Luxusgefährts.

Stokes begab sich in den Fahrersitz und fuhr ohne Verzögerung los. Randi saß zusammengekauert auf dem Platz hinter ihm – sie war fassungslos, weinte und fühlte sich, als würde ihr Herz nie mehr vollständig zusammengesetzt werden können.

Kapitel 20

»Was zum Teufel ist passiert?«, verhörte Micah Evan über die Szene im Zentrum, dessen Zeuge er geworden war.

Er sah Evan vollkommen durcheinander an. Es sah nie gut aus, wenn eine zerzauste Frau weinend aus einen Badezimmer rannte und ein ebenso unordentlicher Mann ihr nachlief. Oh, nicht dass er dachte, Evan hätte etwas falsch gemacht! Doch wenn es um Randi ging, lag es durchaus im Bereich des Möglichen, dass er etwas Dummes getan hatte.

»Ich habe ihr die Wahrheit darüber gesagt, dass ich der Mann bin, dem sie geschrieben hat«, sagte Evan düster.

»Ich dachte, das wüsste sie schon. Hope hat dir doch gesagt, dass du es ihr sofort sagen sollst.«

»Das habe ich ... nicht.« Evan stürzte den Whisky hinunter, als wäre es Wasser.

Scheiße! Kein Wunder, dass Randi wütend war. Micah fragte sich, warum Evan den Ratschlag seiner Schwester ignoriert hatte.

»Warum hast du es ihr nicht gesagt?«, fragte Julian neugierig und hob die Hand, um dem Barkeeper zu signalisieren, dass er noch ein Bier haben wollte.

Sobald er Evan davor bewahrt hatte, einen noch größeren Skandal zu veranstalten, indem er verhinderte, dass er hinter einer schluchzenden Randi herlief, hatte Micah sich Julian geschnappt und die drei hatten das Zentrum verlassen, um an einen ruhigeren Ort zu gehen. So waren sie dann im *Shamrock's Pub* gelandet. Es handelte sich um eine kleine Kneipe an der Main Street, in der ebenfalls Essen serviert wurde. Abgesehen von ihnen hielten sich dort nur wenige andere Menschen auf. Micah hätte wetten wollen, dass hier wegen Hopes Feier so wenig los war. Die halbe Stadt befand sich vermutlich im Zentrum und es war darüber hinaus auch Nebensaison.

Evan sah Julian misstrauisch an.

»Ich habe es ihm erzählt«, gab Micah ruhig zu. Er fühlte sich nicht im Geringsten schuldig dafür, dass er Julian alles über Evans Vergangenheit und seine Zuneigung für Miranda Tyler gesagt hatte. Schließlich handelte es sich um eine *Familienangelegenheit*.

»Ich hatte verdammt noch mal Angst, es ihr zu sagen!«, knurrte Evan und zerrte an seinem Kragen. Dies bewirkte, dass sich das knopflose Hemd, das er trug, noch weiter öffnete. »Ist das heiß hier!«

In der Kneipe war es ganz und gar nicht warm, doch Micah hatte den Verdacht, dass es der Whisky war, den Evan auf ex trank und der ihm nun Hitzewallungen bescherte. »Hope hat dir gesagt, dass du reinen Tisch machen sollst«, erinnerte Micah ihn.

»Ich konnte nicht. Ich hatte Angst, dass sie mich verlassen würde. Und als ihr Internetfreund habe ich mehr unzensierte Informationen von ihr erhalten.«

»Du hast dich per E-Mail mit ihr über dich selbst unterhalten? Und sie hat nicht gewusst, dass du es warst, aber du wusstest ganz genau, wer sie ist?«, fragte Julian und versuchte offensichtlich, sich zu vergewissern, dass er richtig verstanden hatte.

»Ja.« Evan sackte auf seinem Stuhl in sich zusammen.

»Du bist ein Arschloch!«, sagten Micah und Julian gleichzeitig.

Evan warf beiden einen wütenden Blick über den Holztisch hinweg zu. »Ich dachte, ihr hattet gesagt, dass ihr mir helfen wollt.«

»Das war, bevor wir wussten, dass du etwas so Dämliches gemacht hast! Meine Güte, Evan! Warum konntest du nicht einfach auf

Hope hören? Sie ist zwar deine Schwester, aber sie ist auch eine Frau. Du hast Randis Vertrauen missbraucht. Das kannst du dir nicht schönreden.« Micah fragte sich, wie jemand, der so klug war wie Evan, sich so ahnungslos verhalten konnte, wenn es um Beziehungen ging.

Ich bin auch kein Experte, aber ich weiß immerhin, dass man eine Frau niemals anlügen sollte. Am Ende finden sie die Wahrheit immer heraus und wenn sie das tun, ist es nie gut.

Micah hatte sich niemals in einer Zwickmühle wie Evan befunden. Tatsächlich war es so gewesen, dass er derjenige gewesen war, der verarscht worden war. Einmal hatte er versucht, eine ernsthafte Beziehung zu führen, und die Frau, die seine Verlobte hätte sein sollen, hatte nicht nur mit seinem besten Freund geschlafen, sondern ihn später dann auch geheiratet. Danach hatte er gar kein Interesse mehr an Beziehungen gehabt.

Evan knallte sein leeres Glas auf den Tisch. »Ich weiß, dass ich ihr die Wahrheit vorenthalten habe. Aber ich hatte vor, es ihr zu sagen.«

Micah blickt zu Julian herüber und sah ihn grinsen. »Mach ihn jetzt nicht wütend«, warnte er. »Er geht sowieso schon die Wand hoch.« Er sprach gerade laut genug, dass Julian ihn hören konnte.

»Ich weiß. Ich kann nichts dafür. Ich kann kaum glauben, dass das *unser* Evan ist«, antwortete Julian leise. Er hatte noch immer ein amüsiertes Lächeln auf den Lippen, als er seinen Cousin über den Tisch hinweg ansah. »Normalerweise lässt er sich von nichts aus der Fassung bringen, doch jetzt sieht er völlig fertig aus. Er tut mir leid, aber es ist auch ein wenig beängstigend, ihn so zu sehen. Und all das nur wegen einer Frau.« Julian schüttelte den Kopf.

Micah wusste, was Julian dachte, doch er konnte ebenfalls nachempfinden, dass Evan verletzt war … sehr verletzt. Er sah *wirklich* so aus, als wäre er durch die Hölle gegangen, und das war vollkommen *untypisch* für Evan. Wo immer er auftrat, sah er makellos aus und seine maßgeschneiderten Anzüge hatten niemals auch nur eine Falte. Es war ziemlich schockierend zu sehen, dass eine Frau es geschafft hatte, ihn zu solch einem Häuflein Elend werden zu lassen.

Während er sich wieder Evan zuwandte, fragte Micah: »Wann hast du vorgehabt, es ihr zu sagen? Vermutlich denkt sie, dass du sie hintergangen hast.«

»Genau *das* hat sie gesagt«, sagte Evan kopfnickend.

Bingo! Das war allerdings ein Problem. Wenn du einmal das Vertrauen einer Frau wegen einer Lüge missbraucht hast, würde sie es nie wieder vergessen. Micah war sich sicher, dass Evan nicht vorgehabt hatte, Randi zu täuschen, doch es hatte den Anschein gehabt, weil er völlig ahnungslos war.

Ihre Unterhaltung wurde von der Bedienung unterbrochen, die Julians leere Flasche abräumte, eine frische Serviette auf den Tisch legte und ein neues Bier darauf platzierte.

»Danke Rotschopf«, sagte Julian und zwinkerte ihr zu.

Micah erkannte sie. Wenn er sich recht erinnerte, dann war ihr Name Kristin Moore. Er hatte sie sowohl bei Dantes als auch bei Jareds Hochzeit getroffen. »Ich kenne dich. Ich dachte, du arbeitest als medizinische Assistentin in Sarahs Praxis«, sagte er und fragte sich, warum sie hier bediente.

Die kurvige Rothaarige nickte ihm kurz zu und blitzte Julian dann herausfordernd an. »Mein Name ist Kristin, nicht *Rotschopf*. Ich hasse diesen Spitznamen und wenn du mich noch einmal so nennst, dann fliegst du raus. Vorher werde ich dir jedoch dein Maul mit deinen Eiern stopfen, Superstar!«, teilte sie ihm wütend mit und wandte sich mit einem weitaus freundlicheren Gesicht Micah zu. »Ich arbeite tatsächlich für Sarah, aber meine Eltern wollten zu dem Ball gehen. Heute Abend helfe ich für sie aus. Aber ansonsten arbeite ich auch ziemlich oft abends hier.«

»Aschenputtel hat es nicht zum Ball geschafft.« Julian konnte nicht widerstehen, sie aufzuziehen.

»Ich hatte keine Lust zu gehen«, verteidigte sie sich.

»Natürlich nicht«, gab er zurück. »Es ist ja auch nur *die* Veranstaltung der Wintersaison hier in Amesport.«

»Nicht für mich, Sportsfreund.« Kristins Stimme war kalt und aus ihren Augen wurden Eispfeile in seine Richtung abgefeuert.

»Ich brauche keine perfekten Hollywoodschönheiten, um glücklich zu sein.«

Micah war sich ziemlich sicher, dass sich die beiden schon einmal begegnet waren. Kristin war Maras beste Freundin und sie war Gast bei Dantes Hochzeit gewesen. Sie hatte auch an Jareds Hochzeit teilgenommen, doch da hatte sie ihr gebrochenes Bein in einem Gips getragen. »Wie geht es deinem Bein?«, fragte er und versuchte, die fühlbare Spannung zwischen seinem Bruder und der schlagfertigen Bedienung zu entschärfen.

Micah konnte die Unruhe spüren, die zwischen den beiden herrschte. Weil er genau in der Mitte saß, befand er sich auch direkt in der Schusslinie. Was zum Teufel war zwischen den beiden vorgefallen, dass sie sich so feindselig gegenübertraten? Julian war ein oberflächliches Großmaul, aber das war alles nur aufgesetzt. Es war seine Hollywood-Art, mit der Vielzahl von Absagen und fehlenden Rückrufen in den Anfangsjahren seiner Schauspielkarriere umzugehen.

Kristin war extrovertiert und unwahrscheinlich direkt. Er wusste zwar nur wenig über sie, doch er konnte sich sicher sein, dass sie sich von niemandem etwas gefallen ließ.

Sie war eine attraktive Frau, stellte das jedoch nicht zur Schau. Für Hollywood-Standards war sie etwas mollig und ihr feuerrotes Haar war in einem Pferdeschwanz zurückgebunden. Er konnte vereinzelt einige Sommersprossen auf ihrem Gesicht erkennen, was bedeutete, dass sie offensichtlich wenig Make-up trug. Kristin verkörperte den Typ des hübschen Mädchens von nebenan, nicht die Art von Supermodel-Sexbombe, die Julian dieser Tage normalerweise an seiner Seite hatte.

Die beiden würden sich zwangsläufig in die Haare kriegen. Manchmal benahm sich Julian so lange wie ein Idiot, bis jemand ihn wirklich kennenlernte. Doch es war offensichtlich, dass Kristin sich in keiner Weise für ihn und seine Aussagen interessierte.

Micah lächelte Kristin an und fand es interessant, dass sie von Julians Berühmtheit und Erfolg vollkommen unbeeindruckt war.

Er war jetzt ein gefragter Mann, die Art von Schauspieler, den jeder Regisseur und Produzent in seinem nächsten Film sehen wollte.

Die Rothaarige schien es überhaupt nicht zu interessieren, wer er war.

»Mein Bein ist wieder in Ordnung. Danke der Nachfrage.« Sie schenkte Micah ein freundliches Lächeln und er konnte nicht anders, als sie anzugrinsen. Sie entsprach vielleicht nicht den konventionellen Vorstellungen von Attraktivität, aber er war der Meinung, dass sie sehr viel anziehender war als all die Frauen, mit denen sein Bruder bisher zusammen gewesen war. Es war offensichtlich, dass Julian genauso dachte, denn er versuchte, sie auf seine ganz eigene Weise zu ködern, und das nicht zu knapp.

»Es freut mich, dass es dir besser geht«, sagte Micah aufrichtig und fing an, sie immer attraktiver zu finden, je fröhlicher und offener sie sprach.

»Kann ich euch noch etwas bringen?«, fragte sie höflich und sah von Micah zu Evan.

Sie ignorierte Julian bei ihrer Frage, eine Tatsache, die Micah beinahe dazu brachte, laut loszulachen, als er aus dem Augenwinkel den irritierten Blick auf dem Gesicht seines Bruders bemerkte.

»Nein danke. Wir müssen bald aufbrechen«, teilte er ihr freundlich mit.

»Ich hatte vermutlich genug«, brummte Evan und sah sein halbleeres Glas mit gerunzelter Stirn an.

»Du hattest mehr als genug«, stimmte Micah ihm zu. Er machte sich etwas Sorgen, dass er und Julian Evan aus der Bar heraustragen müssten, wenn dieser nicht mit dem Trinken aufhörte.

In seinem ganzen Leben hatte er seinen Cousin noch niemals Alkohol trinken sehen. Es war klar, dass Evan schnell betrunken werden würde, obwohl er ein riesiger Kerl war.

Kristin zwinkerte Micah zu. »Er ist betrunken. Er fällt gleich auf seinem Stuhl um.« Sie stellte sich neben Evan und richtete seinen Körper mit ihrer Hüfte auf. »Brauchst du Hilfe mit ihm?«

»Nein. Wir haben das im Griff. Wir fahren nicht selbst.« Micah hatte zwar nicht viel getrunken, doch Stokes wartete vor der Tür auf sie. Er würde sie alle nach Hause bringen.

Kristin nickte und entfernte sich. Micah entging jedoch nicht, dass Julian ihr nachschaute, bis sie hinter der Bar verschwunden war.

»Ich muss mit ihr sprechen«, sagte Evan, als er sich aufsetzte und mit dem Oberkörper sogleich auf den Tisch fiel. Seine Stimme war weinerlich und er lallte ein wenig.

»Nicht mehr heute Abend, Kumpel. Du musst ihr etwas Zeit geben, um das alles zu verstehen. Wie lange hast du gesagt habt ihr euch geschrieben?«, fragte Micah neugierig.

»Mehr als ein Jahr«, presste Evan hervor. »Sie hatte mich mit ihrer Klugscheißer-Mail eingewickelt. Seitdem bin ich besessen von ihr.«

»Wie kommt es, dass keiner von euch beiden wusste, wer der andere wirklich ist?«

»Ich habe zu Beginn versucht, ihre Nachrichten zurückzuverfolgen. Doch ich habe nur herausfinden können, dass die E-Mails vom Zentrum abgeschickt wurden. Danach habe ich es bleiben lassen. Wir haben uns darauf geeinigt, nicht zu enthüllen, wer wir sind. Für sie war ich nur irgendein Typ. Ich war kein Milliardär, der aus einer der bekanntesten Familien der Welt stammt. Das hat mir irgendwie gefallen. Aber ich habe sie treffen wollen. Ich glaubte nur nicht, dass sie das auch wollte.« Evan richtete seinen Oberkörper mit Hilfe seiner Arme auf, die auf dem Tisch auflagen. »Jetzt, wo ich darüber nachdenke, hätte ich wissen müssen, dass sie es war.«

»Warum?«, fragte Micah.

»Weil sie mir sowohl per E-Mail als auch persönlich den Kopf verdreht hat«, entgegnete Evan und seine Stimme wurde immer unverständlicher.

»Wenn du doch so wenig von ihr wusstest, worüber habt ihr euch dann unterhalten?«, wollte Julian wissen. Sein Gesichtsausdruck war jetzt ernst.

»Alles und nichts«, sagte Evan, nachdem er kurz nachgedacht hatte. »Wir haben über nichts Spezielles geredet. Es ging immer nur darum, wie wir über verschiedene Dinge dachten. In unseren

Unterhaltungen ging es sehr wenig um Arbeit oder andere Menschen. Ihre Pflegemutter ist vor Kurzem gestorben und sie hat hauptsächlich von ihr erzählt und darüber, wie es sich anfühlt, jemanden zu verlieren, den sie so sehr geliebt hat.«

»Du bist für sie dagewesen.« Micahs Worte klangen eher wie eine Feststellung als eine Frage. Er empfand mit einem Mal mehr Respekt für Evan, weil dieser Randi zugehört hatte, als sie sich ihre Trauer von der Seele reden musste.

»Sie war auch für mich da«, sagte Evan und sah Micah endlich ins Gesicht. »Sie hat meine Ansicht über einige Dinge, die im Leben passieren, verändert und mich dazu gebracht, nicht alles so ernst zu nehmen.«

Großer Gott! Evan sah so gebrochen aus, dass es Micah innerlich fast zerriss. Er hatte schon so viel durchgemacht und Evan hatte seine Familie immer an allererste Stelle gesetzt. Er verdiente etwas Gutes im Leben. Micah hoffte inständig, dass Randi irgendwann erkennen würde, dass es nicht Evans Absicht gewesen war, sie zu hintergehen. Sein Cousin war einfach nur sehr schlecht darin, intime Beziehungen zu führen.

»Wir müssen uns etwas einfallen lassen«, teilte Micah ihm streng mit.

»Ich muss mit ihr reden.« Evan klang verzweifelt.

»Nicht mehr heute Abend«, sagte Micah und schüttelte den Kopf. Während er darüber nachdachte, wie er Randi dazu bringen konnte zu erkennen, dass Evan sie wirklich liebte, kam ihm eine Idee. »Ich glaube, du solltest darüber nachdenken, ihr zu schreiben. So hat eure Beziehung angefangen. Vielleicht fällt es dir leichter, dich auf diese Weise zu erklären.«

»Gute Idee«, stimmte Julian zu. »Und so kann sie dir wenigstens nicht die Tür vor der Nase zuschlagen.«

»Sie wird es wahrscheinlich gar nicht erst lesen«, brummte Evan.

»Sie wird es lesen. Frauen sind da komisch. Wenn du ihr eine E-Mail schreibst, dann wird sie sie lesen müssen«, sagte Micah ernst.

»Ich brauche sie«, teilte Evan seinen Cousins mit Nachdruck mit. »Ich habe keine Ahnung, was ich machen soll, wenn sie nicht mit mir sprechen will.«

»Irgendwann wird sie es wollen.« Julians Stimme klang jetzt unterstützend.

Micah war sich ziemlich sicher, dass sein Bruder den Ernst der Situation verstand, jetzt, wo er sah, wie aufgewühlt Evan war. »Wie sehen deine Pläne für morgen aus? Ich dachte, du müsstest in San Francisco sein.«

Evan schüttelte den Kopf. »Bis sie mit mir spricht, gehe ich nirgendwohin. Ganz egal wie lange es dauert.«

»Du würdest es nicht verkraften, wenn dir solch ein Geschäft durch die Lappen ginge«, warnte Micah ihn. Er wusste über das Unternehmen Bescheid, in das Evan sich als Mehrheitseigentümer einkaufen wollte. Es eröffnete ihm definitiv zahlreiche gute Möglichkeiten.

»Es wird noch andere Geschäfte geben«, sagte Evan bitter. »Es bedeutet mir nichts.«

Micah hatte nicht gedacht, dass er diese Worte jemals aus Evans Mund hören würde. Er sah zu Julian herüber, der nur verwirrt mit den Schultern zuckte, bevor er Evan fragte: »Kann ich mir morgen dein Flugzeug leihen? Ich habe einen Termin in Los Angeles, aber Micah muss nach New York.«

»Von mir aus«, stimmte Evan gleichgültig zu. »Ich werde für eine Weile erst einmal nirgendwo hingehen.«

Micah hatte geplant, sich von seinem Piloten nach New York fliegen zu lassen, damit dieser dann Julian zurück nach Hollywood bringen konnte. Doch wenn Evan seine eigene Maschine nicht nutzen würde, könnte Julian schneller zurück sein, weil er nicht den Umweg über New York machen musste.

»Danke«, murmelte Julian.

»Wir sollten gehen. Wir müssen morgen früh raus«, sagte Micah. Er stand auf und nahm die Jacke seines Smokings von der Lehne des Holzstuhls.

»Ich muss Randi schreiben«, sagte Evan heiser, als er sich erhob und auf wackeligen Füßen stand.

»Warte damit bis morgen, Evan.« Julians Stimme war aufrichtig, als auch er sich erhob und seine eigene Anzugjacke anzog. »Ich übernehme das Trinkgeld.«

Micah konnte nicht genau erkennen, wie viel Julian für Kristin hinterlassen hatte, doch dem Bündel Scheine nach zu urteilen, die unter der Serviette, auf der die leere Bierflasche stand, hervorlugten, nahm er an, dass es reichlich war.

»Gehen wir, Evan«, sagte Micah zu seinem Cousin.

»Ich würde wirklich gern mit Hope sprechen«, teilte Evan Micah mit. Nachdem er den Rest seines Getränks hinuntergegossen hatte, lallte er jetzt noch stärker.

»Ich bezweifle, dass sie noch auf dem Ball sein wird. Sie hat Davy im Zentrum vorgestellt und liegt jetzt vermutlich bereits im Bett. Es ist schon spät.« Sie hatten eine ganze Weile im *Shamrock's* gesessen. Micah war sich ziemlich sicher, dass die Feier bereits zu Ende war.

Evan runzelte die Stirn. »Ich kann sie nicht aufwecken. Sie ist sowieso schon müde, weil sie ständig wegen des Babys aufstehen muss.«

Micah sah, wie Evan zur Tür torkelte. Er packte ihn am Kragen und drehte ihn in die richtige Richtung.

»Vielen Dank für den Besuch! Gute Nacht!«, rief Kristin von der Bar.

Micah hob dankend seine Hand, doch er bemerkte, dass Julian sich gerade in dem Moment umdrehte und ihr ein aufgesetztes Lächeln zuwarf.

»Sie ist eine nette Frau«, sagte Micah, als er Evan beim Einsteigen in den Wagen half.

»Sie ist eine Zicke«, gab Julian grinsend zurück.

»Ich mag sie«, erwiderte Micah, doch er konnte Julians Grinsen nicht erkennen, weil er damit beschäftigt war, seinen betrunkenen Cousin ins Auto zu setzen.

Julian seufzte. »Ich mag sie auch.«

Micah rollte mit den Augen und fragte sich, wie sein Bruder sich wohl verhalten würde, wenn er eine Frau wirklich *nicht* ausstehen konnte, denn Kristin gegenüber hatte er sich wie ein Arschloch verhalten. Er hatte sein Interesse an ihr nicht auf eine positive Art ausgedrückt. »Dann hör gefälligst auf damit, dich wie ein Wichser zu benehmen, wenn du sie siehst!«

Julian zuckte mit den Schultern. »Das geht nicht. Es macht mir zu viel Spaß zu sehen, wie sich ihre Augenfarbe verändert, wenn sie sauer ist.«

Es war interessant, dass Julian das überhaupt bemerkt hatte. Micah bedeutete ihm einzusteigen, bevor er selbst in den Wagen kletterte.

Einen Moment lang dachte er darüber nach, ob es Tessa wohl aufgefallen war, dass er nicht mehr da war. Als er sich vorstellte, wie die beiden getanzt hatten, bekam er eine Erektion. Vor seinem inneren Auge sah er, wie sie ihn anlächelte, und er hätte schwören können, dass ihr Gesicht ihm bekannt vorkam, als ob er es irgendwo bereits einmal gesehen hatte. Aber er glaubte nicht, dass er ihr vorgestellt worden war. Er hätte sich an sie erinnert.

Seine Finger umschlossen den Kristall, den Beatrice ihm gegeben hatte. Er hatte ihn aus irgendeinem Grund behalten, obwohl er keine Geschenke von einer älteren Frau, die er nicht kannte, annehmen sollte.

Das Problem war, dass es für ihn keine Rettung gab und dass keine Frau auf ihn wartete und mit ihm zusammen sein wollte. Er war vogelfrei und reiste von einem Ort zum anderen, immer auf der Suche nach einem neuen Abenteuer. Micah liebte sein Leben genau so, wie es momentan war.

Er ließ den Stein los und zog seine Hand aus der Hosentasche, bevor er in den Wagen einstieg.

Weil Micah nicht in der Lage war, Tessas wunderschönes, zartes Gesicht vollständig zu vergessen, versuchte er, seine Aufmerksamkeit wieder auf Evan zu richten, damit sie gemeinsam einen Weg finden konnten, wie er seine Frau zurückgewinnen konnte.

Doch als Micah am nächsten Morgen sein Privatflugzeug bestieg, dachte er schon darüber nach, wie lange es dauern würde, bis er ihr Gesicht das nächste Mal sehen könnte.

Er hoffte, dass es nicht allzu lang wäre.

Kapitel 21

Am nächsten Morgen saß Evan in seinem Kellerbüro vor dem Computer und fragte sich, wie zum Teufel er Randi schreiben sollte. Zuvor war es so einfach gewesen, so natürlich, dass er niemals darüber nachgedacht hatte, was er sagen sollte. Doch jetzt war alles anders und für ihn stand so viel auf dem Spiel.

Als er einen weiteren Schluck von seinem Kaffee nahm, begann sein Magen zu rumoren. Er hatte bereits einige Tabletten gegen seinen hämmernden Kopfschmerz genommen. Doch während es seinem Kopf langsam besser ging, tat der Kaffee, den er trank, seinem Magen ganz und gar nicht gut.

Er nahm ein paar Säureblocker und legte die Rolle zurück in seine Schreibtischschublade.

Kein Wunder, dass ich nie trinke. Ich fühle mich beschissen.

Er ignorierte sein Unwohlsein und starrte mit düsterem Blick weiter auf die leere E-Mail vor sich. Gut, er hatte gewusst, dass Randi nicht glücklich darüber sein würde, dass er ihr nicht mitgeteilt hatte, wer er wirklich war, doch er hatte nicht gewusst, dass sie sich von ihm hintergangen fühlen würde. Er hatte nur ein wenig mehr Zeit gebraucht. Es brachte ihn fast um, dass sein Verhalten sie traurig gemacht hatte. Er würde lieber sterben, als sie mit emotionalen oder körperlichen Schmerzen zu sehen.

Was soll ich tun, wenn sie mir nicht verzeiht?

»Ausgeschlossen«, murmelte Evan und legte seine Finger auf die Tastatur. In der vergangenen Nacht war er von seiner Euphorie in tiefste Verzweiflung gestürzt worden. Sie hatte ihm gesagt, dass sie ihn liebte, und ihn dann verlassen. »Sie liebt mich immer noch«, grollte er. »Ich muss ihr zu verstehen geben, dass es nicht meine Absicht war, ihr wehzutun.«

Nein. Ich habe mich nur wie ein selbstsüchtiger Wichser verhalten. Ich habe nicht darüber nachgedacht, welche Auswirkungen mein Geheimnis auf sie haben würde, wie sie sich fühlen würde, wenn sie erfährt, dass ich ihr meine Entdeckung nicht sofort mitgeteilt habe.

Wenn er sich in ihre Lage versetzte, musste er zugeben, dass er vermutlich auch sauer gewesen wäre, doch er wäre darüber hinweggekommen. Irgendwann wäre er ziemlich glücklich darüber gewesen, dass die beiden Frauen, die er so faszinierend fand, ein und dieselbe Person waren.

Das Problem war nur, dass er sich sicher gewesen war, sie würde die Situation genauso betrachten.

Ich könnte mich niemals in einen Mann wie ihn verlieben...

Verdammt ... warum hatte sie diese Worte nur geschrieben? Wenn er gewusst hätte, dass sie ihn liebte, dann hätte ihn nichts davon abhalten können, sie für immer zu seiner Frau zu erklären. Es interessierte ihn nicht, wo sie herkam oder welche Hürden sie überwinden mussten, um zusammen sein zu können.

Ich liebe dich.

Waren diese Worte echt gewesen oder waren sie ihr nur herausgerutscht, während sie auf den Wogen ihres Orgasmus geritten war? Und wenn sie es wirklich so gemeint hatte, liebte sie ihn noch immer?

Evan begann, sich selbst zu hassen, weil er von Selbstzweifeln zerfressen wurde. Er war kein Mann, der besonders gut mit Versagen, Angst, Unentschlossenheit oder Unsicherheit umgehen konnte.

»Ach, zum Teufel damit!«, fluchte er laut. Er wünschte, Lily wäre bei ihm. Die Hündin würde den Kopf schief legen und so tun, als würde sie ihm zuhören. Sie stimmte ihm bei so ziemlich allem zu, was er sagte – so zumindest interpretierte er ihr Verhalten. »Ich werde Randi so lange schreiben, bis sie mir zuhört.«

Am Morgen hatte er ein kurzes Gespräch mit Hope geführt und ihr erklärt, warum er, Micah und Julian plötzlich verschwunden waren, bevor die Feier vorüber gewesen war. Er hatte ihr gestanden, dass er ihren Ratschlag nicht befolgt hatte. Nach einer langen Strafpredigt hatte sie jedoch zugestimmt, dass es das Beste wäre, wenn er Randi schreiben und ihr Zeit zum Nachdenken geben würde.

Ich schreibe ihr, aber ich weiß, dass es nicht sehr lange dauern wird, bis ich bei ihr auf der Matte stehe. Ich kann ihr nicht fernbleiben!

Evan rang mit sich, nicht sofort zu ihrem Haus zu fahren und darauf zu bestehen, dass sie für immer bei ihm zu bleiben hatte.

»Sie gehört mir. Sie war immer dafür bestimmt, an meiner Seite zu sein. Für mich hat es niemals jemand anderen gegeben«, brummte er wütend. Er war sich sicher, dass er seine einzige Chance auf das wahre Glück verspielt hatte. Denn jetzt wusste er, was Glück war: Randi.

Vielleicht hatte er es schon seit dem Tag vor mehr als einem Jahr gewusst, an dem er nicht hatte widerstehen können, auf ihre vorlaute E-Mail zu antworten, doch er war nur nicht dazu in der Lage gewesen, es zuzugeben. Als er ihr gesagt hatte, dass er immer schon, vielleicht unterbewusst, gehofft hatte, dass sie seine geheimnisvolle Frau sein würde, hatte er nicht gelogen. Weil er jedoch nicht gewusst hatte, dass sie eine Pflegemutter hatte, und wegen der Art, wie sie ihre E-Mails unterschrieb, hatte er sich von dieser Idee jedoch bereits vor Monaten verabschiedet. Sie hatten nie genug miteinander gesprochen, um viel über ihr Privatleben zu wissen. Doch Evan war der Meinung, dass irgendwo tief in ihm drinnen diese Möglichkeit immer in seinem Herzen geblieben war – auch wenn es für seinen Verstand keinen Sinn ergeben hatte.

Evan entdeckte, dass nicht alles in der Realität verankert war; einige Gefühle passierten einfach …

Liebe M.,
hast Du jemals etwas so sehr gewollt, dass Du etwas Dummes
getan hast, um es zu bekommen?

»Bitte sei zu Hause. Bitte lies meine E-Mail. Bitte versteh mich«, flüsterte Evan verzweifelt, bevor er die Nachricht absandte. Er hoffte inständig, sie würde alle drei Dinge tun oder er würde den Verstand verlieren.

Ich werde meine E-Mails nicht abrufen. Ich werde meine E-Mails
nicht abrufen.
Randi tätschelte Lilys Kopf und aß ein großes Sandwich, während sie dieses Mantra in ihrem Kopf wiederholte. Sie hatte bereits ihr tägliches Laufpensum absolviert, Yoga praktiziert und danach meditiert.
Es hatte nichts geholfen.
Sie kämpfte noch immer gegen das Verlangen an nachzusehen, ob Evan ihr eine E-Mail geschrieben hatte. Es war später Vormittag und zweifellos würde er bereits abgereist sein. Während sie morgens gelaufen war, hatte sie die beiden Privatflugzeuge in den Himmel aufsteigen sehen und wäre bei diesem Anblick beinahe weinend zusammengebrochen. Es war kalt und klar gewesen, als sie aufgewacht war, also hatte sie sich entschlossen, nicht auf das Laufband, sondern stattdessen draußen joggen zu gehen. Es hatte sich gut angefühlt, an der frischen Luft zu sein, und sie war guten Mutes gewesen, bis sie das Dröhnen von Düsentriebwerken gehört hatte, die tief über ihrem Kopf hinweggeflogen waren. Das bedeutete, dass ein Privatflugzeug von dem kleinen Flughafen außerhalb der Stadt abgehoben war. Tatsächlich waren zwei Flugzeuge innerhalb

weniger Minuten gestartet und Randi wusste, dass dies Evan und Micah waren, weil Julian kein Flugzeug besaß und sonst niemand von den Sinclairs Pläne hatte, irgendwohin zu fliegen.

Ich habe gewusst, dass er abreisen würde. Es sollte nicht so wehtun. Ich frage mich, ob er an mich gedacht hat.

Ihre Wut war größtenteils verflogen, als sie über all die Gespräche nachdachte, die sie sowohl mit S. als auch mit Evan geführt hatte. Der anfängliche Schock hatte sich gelegt, weil sie verstanden hatte, dass seine Taten nicht mit Absicht, sondern eher durch Achtlosigkeit seinerseits zustande gekommen waren.

Ich werde meine E-Mails nicht abrufen. Ich werde meine E-Mails nicht abrufen.

Selbstverständlich *könnte* sie sich an den Computer setzen. Sie hatte nur keinen Grund, sich in ihr E-Mail-Konto des Zentrums einzuloggen.

Randi seufzte und warf den letzten Rest ihres Sandwiches in den Müll. Sie war mit einem Mal nicht mehr hungrig. Sie hatte den Großteil der letzten Nacht wach gelegen und sich unruhig herumgewälzt. Dabei hatte sie versucht herauszufinden, wer der echte Evan Sinclair war. Gut, sie war zunächst verletzt gewesen und jetzt, da er Amesport verlassen hatte, tat es noch mehr weh. In den schlaflosen Stunden hatte sie sich viele der Dinge, die er zu ihr gesagt hatte, noch einmal durch den Kopf gehen lassen und sich gefragt, ob es wirklich seine Absicht gewesen war, sie bloßzustellen. Alles, was er ihr anvertraut hatte, online und persönlich, hatte sich so *echt* angefühlt.

Sie betrat langsam das ehemalige Schlafzimmer ihrer Pflegeeltern und setzte sich schließlich hin, nachdem sie gefühlte tausend Mal hin und her gelaufen war. Danach stand sie wieder auf und verließ den Raum, ohne den Computer angeschaltet zu haben.

Oh verdammt noch mal, sieh doch einfach nach! Es spielt doch sowieso keine Rolle mehr! Er ist weg.

Das Verlangen zu wissen, ob er versucht hatte, sie zu kontaktieren, bevor er die Stadt verlassen hatte, machte sie noch wahnsinnig. Er hatte weder eine SMS geschrieben noch angerufen; eine E-Mail war also ihre letzte Hoffnung.

Wenn er nicht geschrieben hat, kann ich endlich nach vorn blicken und versuchen, ihn zu vergessen. Wenn er nicht einmal versucht haben sollte, sich zu erklären, dann ist er die Trauer, die ich momentan verspüre, überhaupt nicht wert.

Randi schaltete den Computer ein, loggte sich in ihre E-Mails vom Zentrum ein und hielt den Atem an.

Während sie wartete, fühlte sie sich erbärmlich, dass sie ihre gesamte Hoffnung auf eine Art von Erklärung setzte. Vielleicht hätte sie in der vergangenen Nacht auf ihn hören sollen, doch ihre unmittelbare Reaktion nach seinem Geständnis war die gewesen, dass sie sich betrogen gefühlt hatte. Sie hatte sich schutzlos und verletzt gefühlt, weil sie ihm gesagt hatte, dass sie ihn liebte, und dann … bumm! Die Neuigkeit, dass er bereits seit einer ganzen Weile gewusst hatte, wer seine geheimnisvolle Freundin war, hatte sie eiskalt erwischt.

Endlich erschien der Posteingang ihrer E-Mails und sie atmete zitternd aus, als sie sah, dass sich eine E-Mail von ihm darin befand. Er hatte von genau derselben E-Mail-Adresse geschrieben, die er auch zuvor immer benutzt hatte, um ihr zu schreiben.

Liebe M.,
hast Du jemals etwas so sehr gewollt, dass Du etwas Dummes getan hast, um es zu bekommen?

Randi starrte einen Moment lang auf den Satz und versuchte zu verstehen, warum er immer noch in dem gleichen Stil schrieb und sie mit ihrem Initial ansprach, um ihr diese Frage zu stellen. Als sie das Datum überprüfte, bemerkte sie, dass er diese Nachricht vor weniger als einer Stunde gesendet hatte. Sie dachte über die Frage nach und wusste, dass sie sich auf sie beide bezog. Was für eine Dummheit hatte er begangen?

Lieber S.,

Randi würde das Spiel mitspielen und begann ihre Nachricht wie
gewöhnlich. Sie war zu erpicht darauf, eine Antwort zu bekommen,
als dass sie nicht darauf eingegangen wäre. Sie wollte nicht den Rest
ihres Lebens damit verbringen, nicht zu wissen, warum er ihr nicht
die Wahrheit gesagt hatte. Sie schrieb weiter.

*nein, ich glaube nicht. Ich bin mir nicht einmal sicher, dass
ich irgendetwas so sehr gewollt habe, dass ich etwas Dummes
dafür hätte tun müssen. War es etwas Illegales?*

Sie schickte die Nachricht ab und hoffte, dass er ihr eine Erklärung
liefern würde. Weil sie jedoch keine Antwort erwartete, während
er sich in der Luft befand, war sie umso überraschter, als innerhalb
weniger Minuten eine neue Nachricht auf ihrem Bildschirm erschien.

M.,
*was ich getan habe, war nicht illegal, doch das hätte es
sein sollen. Ich habe Dich verletzt und das kann ich nicht
akzeptieren. Du bist der letzte Mensch auf der ganzen Welt,
dem ich wehtun möchte, doch ich habe es getan, weil ich ein
Idiot bin. Es tut mir so leid, Randi.*

Als sie seine Entschuldigung las, liefen ihr die Tränen die Wangen
hinunter. Sie legte ihre Maske ab und antwortete.

Evan,
warum hast Du es mir nicht gesagt? Ich muss es wissen.

Sie nahm an, dass das S als Abkürzung für Sinclair stehen sollte.
Er hatte ein geschäftsmäßiges Initial genutzt, genau wie sie den
Anfangsbuchstaben ihres echten Namens angegeben hatte, als sie
angefangen hatten, sich zu schreiben. Das hatte sie jetzt jedoch
hinter sich gelassen und sie würde sich nicht mehr hinter dem
Anfangsbuchstaben eines Namens verstecken, den sie kaum nutzte.

In ihrem Kopf spielte sich noch einmal ihre aufgeheizte Konversation während des vorherigen Abends mit Evan ab, besonders der Teil über die Möglichkeit, dass sie innerlich immer schon gewusst hatte, dass es sich bei S. um Evan handeln könnte. Obwohl sie es nie zugegeben oder bewusst über diese Möglichkeit nachgedacht hatte, konnte es vielleicht doch sein, dass sich ein Teil von ihr gewünscht hatte, dass beide derselbe Mann waren. Und vielleicht war das einer der Hauptgründe gewesen, warum sie ihn nicht persönlich hatte treffen wollen – weil sie die Befürchtung gehabt hatte, dass sie bei keinem anderen Mann das gleiche Knistern spüren würde wie bei Evan. Wenn sie S. getroffen und es zwischen ihnen nicht gefunkt hätte, dann wäre ihr ein Freund verloren gegangen, der ihr mittlerweile unheimlich viel bedeutete.

Evan hatte erwähnt, dass er überhaupt nicht überrascht gewesen war, als es ihm gedämmert hatte, dass es sich bei Randi um M. handelte. War sie denn jetzt wirklich überrascht darüber zu erfahren, dass Evan ihr geheimnisvoller Mann ist? Sie hatte sich von beiden immer auf unterschiedliche Art angezogen gefühlt, aber die Verbindung war ähnlich. Jetzt, wo sie die beiden zusammentat, war es nicht schwer zu erkennen, dass es sich um dieselbe Person handelte. Sie hatten Zeit gehabt, sich gegenseitig mit Hilfe von E-Mails kennenzulernen, doch für zwei Menschen, die sich niemals persönlich getroffen hatten, war diese Verbindung unheimlich stark. Ihre körperliche Verbundenheit mit Evan persönlich war plötzlich und intensiv gewesen. Beide waren kraftvolle Bindungen, die sie so niemals zuvor erlebt hatte. War es deswegen also wirklich so unwahrscheinlich, dass die beiden derselbe Mann waren? Wahrscheinlich … nicht.

Habe ich im Stillen immer gehofft, dass S. Evan sein würde? Ist das der Grund, warum ich ihn nie treffen wollte? Habe ich die Fantasie am Leben erhalten wollen, dass ich von ihm persönlich genauso angezogen werde, wie ich es durch seine E-Mails war?

Jetzt konnte sie mit Sicherheit sagen, dass sie wollte, dass sie derselbe Mann sind. Es war sehr wahrscheinlich, dass sie es zwar schon immer gewollt hatte, jedoch Angst vor einer Enttäuschung gehabt hatte, für den Fall, dass sie es nicht waren.

Es dauerte einige Minuten, doch Evan antwortete.

F. A. Scott

Randi,
*ich könnte Dir ganz einfach sagen, dass ich nicht weiß, warum
ich es getan habe oder dass ich einfach nur noch nicht dazu
gekommen war, es Dir zu sagen, doch das wäre nicht die
Wahrheit. Die Wahrheit ist, dass ich Angst davor hatte, Dich
zu verlieren. Was wäre geschehen, wenn Du nicht gewollt
hättest, dass ich Dein geheimnisvoller Freund bin? Was,
wenn er wichtiger gewesen wäre als unsere echte Beziehung?
Ich habe versucht herauszufinden, wie ich damit umgehen
würde, aber es ist mir nicht gelungen. Ich war ein ziemlicher
Feigling und habe versucht, in Erfahrung zu bringen, was Du
über mich denkst, indem ich die Rolle von S. noch eine Weile
weitergespielt habe. Es ist mir nie in den Sinn gekommen,
dass es Dich verletzen könnte. Ich habe es Dir sagen wollen,
bevor wir zum Ball gegangen sind, aber als Du mir geschrieben
hast, dass Du Dich niemals in einen Mann wie mich verlieben
könntest, hat es mich fast umgebracht. Ich glaube, danach habe
ich in einem Geständnis keinen Sinn mehr gesehen.*

Sie weinte nun stärker und las seine Antwort durch einen
Tränenschleier hindurch noch einmal. Bei jedem anderen Mann
hätte sie vielleicht gezögert zu glauben, was er sagte. Doch dies
war Evan, und er war etwas Besonderes. Sein Gehirn funktionierte
etwas anders und er hatte so gut wie keine Erfahrung mit echten
Beziehungen. Randi glaubte ihm.
Sie schrieb zurück.

Evan,
*warum spielt es solch eine große Rolle für Dich, was ich
gesagt habe? Wir haben beide immer schon gewusst, dass
unsere Beziehung keine Zukunft haben würde. Ich habe mein
Leben hier und Du bist dauernd unterwegs. Ich hatte nie
vorgehabt, mich in Dich zu verlieben. Es ist einfach passiert.
Vielleicht hätte ich es Dir nicht sagen sollen, aber ich konnte
es nicht länger unausgesprochen lassen. Ich habe jedoch*

nicht gedacht, dass die Worte Dir etwas ausmachen, und ich habe nichts erwartet, nachdem ich sie gesagt hatte. Ich habe gelernt, dass das Leben zu kurz ist, um jemanden, den man wirklich liebt, diese Worte nicht zu sagen.

Randi seufzte, als sie die Nachricht abschickte. Nachdem sie erfahren hatte, dass ihre Gefühle für einen Mann wie Evan *so* wichtig gewesen waren, zitterten ihre Hände noch immer.
Er antwortete schnell.

Randi,
vielleicht habe ich bislang noch nie eine Frau getroffen, die in mir das Gefühl geweckt hat, an einem Ort bleiben zu wollen. Vielleicht habe ich versucht, Ziele zu erreichen, die ich bereits erreicht hatte. Ich wollte besser sein als mein Vater und über Jahre hinweg war das meine Priorität gewesen. Doch wenn man die richtige Frau trifft, dann verändern sich die Prioritäten auf einen Schlag. Ich habe Dich gebeten, mich glücklich zu machen. Das tust Du. Du bist der einzige Mensch, der das kann. Es spielt keine Rolle, was wir tun. Wenn ich mit Dir zusammen bin, dann bin ich ein glücklicher Mann.

Sie las schnell seine Nachricht und ihr wurde bewusst, dass er sagte, er wolle mehr. Doch obwohl sie ebenfalls unbedingt das Gleiche wollte, war es einfach nicht möglich. Sie schluchzte, als sie ihm zurückschrieb.

Evan,
ein dauerhaftes Zusammensein ist nicht möglich. Ich bin die Tochter einer Prostituierten, Evan. Ich war ein Straßenkind. Du bist ein mächtiger Mann und die Leute würden sich freuen, wenn sie sich darüber das Maul zerreißen könnten, um Dir das Leben schwer zu machen. Ganz egal wie viel Du mir bedeutest, das kann ich Dir nicht antun.

Nachdem Randi ihre E-Mail abgeschickt hatte, wusste sie, dass es Zeit war, sich abzumelden. Sie fühlte sich leer und hatte ihre Antwort erhalten. Sie hatte sie mehr überrascht, als sie erwartet hatte. Sie war Evan so wichtig, dass er Angst gehabt hatte, dem Mann, der er gewesen war, als sie sich geschrieben hatten, nicht das Wasser reichen zu können, wenn sie sich persönlich treffen würden. Für solch einen komplizierten Mann waren seine Gefühle ziemlich einfach. Er hatte Angst gehabt, es ihr zu sagen, weil er nicht zurückgewiesen werden wollte.

Nur wenige Augenblicke später hatte Evan erneut geantwortet.

Randi,
Schwachsinn! Glaubst Du wirklich, dass es mich interessiert, was andere Leute denken? Deine Vergangenheit hat Dich zu dem gemacht, was Du heute bist, und ich liebe alles an Dir! Wenn ich könnte, würde ich Deine Kindheit verändern, aber nur weil außer Deinen Pflegeeltern niemand für Dich da gewesen ist. Jedes Mal wenn ich darüber nachdenke, was alles hätte passieren können, zerreißt es mir das Herz.

»Evan liebt mich«, sagte Randi zu Lily, während sie ihr über den Kopf streichelte, den die Hündin auf ihren Schoß gelegt hatte. Als sie Evans Namen hörte, stellten sich Lilys Ohren scheinbar auf, ihre Nase zuckte interessiert und ihr Schwanz klopfte ein paar Mal auf den Boden, bevor sie ihren Kopf wieder absenkte.

Randis Herz begann, so wild zu klopfen, dass es in ihren Ohren rauschte. Sie schrieb zurück.

Evan,
wenn Du das nächste Mal in der Stadt bist, können wir reden. Vielleicht brauchen wir nur etwas Zeit zum Nachdenken, bevor wir Hals über Kopf eine Dummheit begehen. Da Du ja bereits auf dem Weg zu Deiner Besprechung in San Francisco bist, können wir ein wenig Zeit darauf verwenden, darüber nachzudenken, ob wir es schaffen, eine Beziehung auf die Beine zu stellen.

Randi hatte das Gefühl, sie musste Evan eine Fluchtmöglichkeit lassen, eine Gelegenheit, sich darüber Gedanken zu machen, mit wem er sich ernsthaft einlassen würde, bevor er irgendwelche Versprechen machte, die er später bereuen würde. Die Entfernung und Zeit würden nichts an ihren Gefühlen für ihn ändern; sie würde ihn nur mehr vermissen.

»Hast du ernsthaft geglaubt, dass ich die Stadt verlassen würde? Ich werde dich davon überzeugen, mich zu heiraten, bevor du überhaupt die Möglichkeit hast, darüber nachzudenken, auf was für einen Idioten du dich einlässt – und wenn ich deinen wunderhübschen Hintern höchstpersönlich durch die Kirche zum Altar schleifen muss!«

Die männliche Stimme hinter ihr verschlug Randi den Atem. Sie drehte sich auf ihrem Stuhl um und dort im Türrahmen des Schlafzimmers stand der Mann ihrer Träume. Mit einer Schulter lehnte er gegen das Holz, das Mobiltelefon, mit dem er mit ihr kommuniziert hatte, hielt er in der Hand. Seine Augen blickten sie stur und entschlossen an. »Hallo, meine geheimnisvolle Freundin«, sagte er mit heiserer, verführerischer Stimme. »Es freut mich, dass wir uns endlich persönlich treffen können.«

Randis Herz schmolz dahin und ihr liefen erneut die Tränen über die Wangen.

Kapitel 22

»Was tust du hier?« Randis Sicht war wegen ihrer Tränen verschwommen, doch sie weinte nicht aus Schmerz, sondern vor Freude. »Deine Besprechung –«

»War mir nicht wichtig«, beendete Evan den Satz für sie. »Süße, was muss ich tun, damit du verstehst, dass mir ohne dich nichts irgendetwas bedeutet?«

»Werden sie es verschieben?« Sie wusste, dass Evan dieses Geschäft unbedingt in trockenen Tüchern haben wollte.

Er zuckte mit den Schultern. »Ich weiß es nicht. Ich habe nicht gefragt und es ist auch egal. Ich möchte nur hören, dass du mir dafür vergibst, solch ein Arschloch gewesen zu sein.«

Randi spürte, dass Evan es ernst meinte. Er hatte einen wichtigen Geschäftsabschluss sausen lassen, weil sie ihm wichtig war. »Dein Flugzeug ist abgeflogen. Als ich heute Morgen gejoggt bin, habe ich gesehen, wie es abgehoben hat.«

»Das war Julian. Er musste heute zurück nach Kalifornien, also habe ich ihm mein Flugzeug gegeben, denn ich gehe erst mal nirgendwo hin.«

Sie schluckte schwer. »Du gehst nicht?«

»Nein.«

Evan sah müde und erschöpft aus. Er hatte sich nicht rasiert und an seinem Kinn zeigten sich dunkle Bartstoppeln. »Ist alles in Ordnung?«, fragte Randi besorgt.

»Nein. Gestern habe ich mich zum ersten Mal in meinem Leben betrunken und ich habe nicht geschlafen. Ich habe nur an dich denken können und daran, wie sehr ich dich liebe.« Er richtete sich auf, warf das Telefon achtlos auf einen kleinen Tisch und ging langsam auf sie zu. In seinen Augen wütete eine stürmische See voller Verlangen, Besitzgier und Intensität.

Randi stand auf, während Lily Evan aufgeregt umkreiste und winselnd um Aufmerksamkeit bettelte. Evan streichelte der Hündin über den Kopf und löste damit freudige Ekstase bei ihr aus.

»Hast du gesagt, dass du mich liebst?«, fragte Randi und sah Evan fest in die Augen.

»Entweder ist es Liebe oder ich bin verrückt. Ich glaube, es muss Liebe sein, die eine Art von Wahnsinn hervorruft. Ich habe dabei zugesehen, wie Hope und meine Brüder alle das Gleiche durchgemacht haben. Ich hatte ja keine Ahnung, dass ich zu solchen Gefühlen fähig sein könnte«, sagte er mit rauer, heiserer Stimme und kam endlich nahe genug, um sie in einer festen Umarmung einzuschließen.

Aus Evans Mund hörte sich diese Erklärung hinreißend und magisch an. Er klang gequält und gleichzeitig erleichtert. Randi schlang ihre Arme um seinen Hals und drückte ihn fest an sich. Gemeinsam mit ihm ritt sie auf einer Gefühlswelle, während sie sich so fest hielten, als würden sie einander nie mehr wieder loslassen wollen.

»Evan, ich liebe dich so sehr, dass es wehtut«, gestand sie und schluchzte in den teuren Pullover, den er trug. Er sah in seiner Jeans und dem jadegrünen Oberteil einfach umwerfend aus. Sie wünschte, sie würde in etwas Hübscheres als Jeans und einen alten Collegepulli gekleidet sein.

Sie wusste, dass sie schrecklich aussah, doch Evan schien das nicht zu kümmern. Er hielt sie nur noch fester, nahm sie auf seine Arme und trug sie ins Wohnzimmer. Dort angekommen ließ er sich auf dem Sofa nieder und kuschelte sich mit ihr auf dem Schoß aneinander.

»Hör auf zu weinen. Ich will nicht, dass dir deine Liebe zu mir wehtut.« Seine Stimme klang bittend und war von all seinen Emotionen belegt.

»Das sind Freudentränen«, beeilte sie sich zu erklären. »Deine Liebe tut mir nicht weh. Sie fühlt sich wunderbar an.«

»Dann heirate mich, Randi! Ich will, dass du dieses wunderbare Gefühl für den Rest deines Lebens in dir trägst, und ich werde dir alles geben, damit du genauso bleibst, wie du bist. Du hast mir Glück gezeigt, von dem ich nicht gewusst hatte, dass es existiert. Ich brauche dich!«

Sie legte den Kopf zur Seite, sah ihm in die Augen und fand darin ihre Zukunft. »Ich brauche keine *Dinge*, um glücklich zu sein, Evan. Ich brauche nur dich.« Er hatte es noch nicht verstanden, doch sie brauchte ihn genauso sehr, wie er sie brauchte. Das Schicksal hatte ihn zu einem Zeitpunkt in ihr Leben treten lassen, als sie jemanden gebraucht hatte, um sich nicht so allein zu fühlen. Es hatte ihr jemand ganz Besonderen geschickt, einen Mann, den sie liebte – sein Herz, seinen Körper und seine Seele.

»Über das Heiraten müssen wir uns aber unterhalten«, sagte Randi vorsichtig. Mit jeder Faser ihres Seins wollte sie *Ja* sagen, doch es war für sie beide ein großer Schritt.

»Keine Unterhaltung«, knurrte er. »Sag Ja oder ich drehe durch!«, warnte er sie mit gefährlicher Stimme.

Sie setzte sich rittlings auf ihn und schlang ihre Arm um seinen Hals. »Was passiert, wenn ich es nicht tue?«, fragte sie neugierig.

Bevor sie blinzeln konnte, hatte er bereits seine Hand an ihren Nacken gelegt und ihren Mund zu seinem hinuntergezogen. »Dann werde ich dir den Verstand heraus vögeln, bis du keine Kraft mehr hast, Nein zu sagen«, keuchte er und hielt sie an den Haaren fest, um sie zu küssen.

Als sein heißer Mund ihre Lippen und Sinne vereinnahmte, verschmolz sie mit ihm. Er schmeckte köstlich, männlich und genau wie Evan. Sie erwiderte seinen Kuss und konnte sich nicht zurückhalten, ihre feuchte Muschi gegen seine harte Erektion zu reiben.

Die Hitze wirbelte durch ihren Körper, als Evan mit seiner Zunge in ihren Mund eindrang, sich das nahm, was er wollte, und ihr im Gegenzug gab, was sie so dringend benötigte.

Während er aufstand und sie unter wilden Küssen gegen die Wand drückte, hielt er sie weiterhin fest in seiner Umarmung eingeschlossen. »Zieh dich aus!«, brummte er im Befehlston, nachdem er seinen Mund von ihrem gelöst hatte. Aus seinen Augen loderten flüssige, blaue Flammen, als er sie ansah.

Randi spürte, wie sich eine weitere Welle feuchter Hitze zwischen ihren Schenkeln ausbreitete, als er ihr ungestüm den Pullover über den Kopf zog. Er öffnete ihren BH und ließ ihn achtlos fallen. Danach zog er seinen eigenen Pullover aus, der ebenfalls auf dem anwachsenden Kleiderhaufen auf dem Boden landete. Ihre Jeans und ihr Slip folgten nur Augenblicke später.

»Oh Gott, wie schön du bist!« Evans Stimme war ehrfürchtig und heiser, als er ihren nackten Körper ansah.

Randi spürte, dass er es so meinte. Es spielte keine Rolle, dass sie keine Schönheit mit großen Brüsten war, die stundenlang in einem Spa oder Kosmetiksalon saß. Für ihn war sie attraktiv und das allein zählte für sie.

Für sie war Evan perfekt und sie ließ ihre Handflächen über seine nackte, muskulöse Brust wandern. »Ich war immer der Meinung, dass du der heißeste Typ bist, den ich jemals getroffen habe.« Ihre Stimme war zu einem lustvollen Flüstern geworden. Sie musste ihn in sich spüren oder sie würde anfangen zu betteln.

»Immer?« Er zog arrogant eine Augenbraue hoch.

»Ja. Seit ich dich zum ersten Mal bei Emilys Hochzeit getroffen habe.« Ihr entfuhr ein kleiner Schrei, als er ihre Brüste mit seinen Händen umschloss und mit den Fingern ihre Brustwarzen umkreiste.

»Heirate mich!«, sagte er erneut.

»Evan, darüber müssen wir reden«, wimmerte sie.

»Es wird nicht geredet. Ich brauche ein Ja von dir.« Seine Hände bewegten sich langsam zu ihrem Bauch und weiter abwärts, bis sie zwischen ihren Beinen landeten. Seine Finger streichelten sanft zwischen ihren Schamlippen auf und ab und tauchten immer wieder langsam in ihre heiße, feuchte Muschi ein.

»Oh Gott!« Sie umklammerte seine Schultern und ihre Knie wurden weich, als er endlich über ihre Klitoris rieb. »Fick mich Evan! Sofort!«

»Du bist so feucht, meine Süße«, säuselte Evan mit tiefer, sinnlicher Stimme. Er unterbrach seine Stimulation und schob sich seine Finger in den Mund, um genüsslich ihre Säfte abzulecken. »Dein Geschmack macht mich süchtig. Wusstest du das? Jedes Mal wenn ich dich ansehe, will ich mit meinem Kopf zwischen deinen Schenkeln sein.«

Randis Beine knickten ein, als sie ihm dabei zusah, wie er jeden Tropfen ihrer Essenz von seinen Fingern lutschte, als wäre es Nektar. Evan legte einen Arm um ihre Taille und senkte sie langsam ab, bis sie neben dem Kleiderhaufen auf dem Rücken lag.

Er zog sich seine restliche Kleidung aus und kniete sich dann zwischen ihre gespreizten Beine. »Ich kann nicht mehr warten«, sagte er mit fordernder Stimme. »Sag es mir, Randi! Ich kann mich nicht länger zurückhalten, ich will nur meinen Schwanz in dich schieben und dich zum Höhepunkt ficken!«

Sein Blick war wild und gefährlich, wie er da so über ihr war, doch Randi fühlte bei seinem Kontrollverlust nur einen Lustrausch. »Dann tu es«, forderte sie ihn heraus. Sie beobachtete seine Reaktion, als sie ihre Hand über ihren Bauch und zwischen ihre Beine schob, wo sie sich selbst die Finger in ihre feuchte Muschi einführte. »Ich kann auch nicht länger warten.«

Sie sah ihn herausfordernd an, während sie über ihre Klitoris rieb und leise aufstöhnte, als ein Lustschauer ihren Körper durchfuhr. Mit ihrer anderen Hand streichelte sie über ihre Brüste und kniff sich in die Brustwarzen, womit sie ihren Körper noch weiter erregte. Sie wusste, dass sie Evan bewusst anmachte, doch es war ihr egal.

Vor Evan zu masturbieren hätte peinlich sein sollen, doch das war es nicht. Sie wollte, dass er den Verstand verlor, und er musste lernen, dass er nicht immer das bekam, was er wollte, wenn er sie nur so lange reizte, bis sie einknickte.

Einige Dinge bedurften einer logischen, vernünftigen Unterhaltung.

»Fühlt sich das gut an?«, fragte Evan erregt. Seine Augen verfolgten jede ihrer Bewegungen.

»Oh ja!«, stöhnte sie und beobachtete seinen heißen Blick, als sie die kleine Knospe oberhalb ihrer nassen Spalte noch stärker rieb. »Ich wünschte, du wärst jetzt tief in mir. Es wäre so gut zu spüren, wie dein Schwanz mich ausfüllt.«

»Ich will nur sehen, wie du kommst«, entgegnete Evan fasziniert.

Mit seiner Reaktion hatte er sie aller ihrer Absichten beraubt. Großer Gott, er wollte *wirklich* nur sehen, wie sie Lust erlebte. Er hatte damit angefangen, auf ihr Versprechen zu bestehen, dass sie ihn heiraten würde, doch sein Verlangen danach, sie glücklich zu sehen, hatte seine eigenen Wünsche und Bedürfnisse übertroffen.

Evan Sinclair war der komplizierteste Mann, den Randi jemals getroffen hatte, und der einzige, der sie so verrückt machen und gleichzeitig so sehr berühren konnte.

»Ich liebe dich so sehr«, stöhnte sie. Die Lust stand ihm ins Gesicht geschrieben, während er sie dabei beobachtete, wie sie sich langsam zum Höhepunkt streichelte und ihre Erregung kaum mehr kontrollieren konnte.

»Ich liebe dich auch, Baby. Mach es dir, ich will dich kommen sehen«, ermutigte er sie und seine Augen waren nun fest auf ihr Gesicht geheftet.

Die Tatsache, dass er sie so gebannt ansah, war so erregend, dass Randi sich fallen ließ und in den Abgrund der Lust stürzte, während sie ihre Knospe fester und schneller rieb.

Ihr Rücken bog sich durch und sie stöhnte auf, als ihr Körper unter den Wellen ihres Orgasmus zuckte.

Während sie ihre Lust herausschrie, spreizte Evan ihre Beine, hielt ihre Hände über ihrem Kopf fest und schob sich mit seiner vollen Länge in sie hinein. Das Gefühl, wie er sie ausfüllte, während sie noch immer ihren selbst herbeigeführten Höhepunkt erlebte, war beinahe mehr, als sie ertragen konnte.

»Das war eines der schärfsten Dinge, die ich jemals erlebt habe«, keuchte Evan über ihr. »Aber ich bin eifersüchtig auf deine Hände geworden.«

»Nichts fühlt sich so gut an wie das hier«, gurrte Randi und schlang ihre Beine um seine Taille. »Fick mich, Evan! Ich liebe dich.«

Sie hörte ein verzweifeltes, tiefes Stöhnen, das ihm über die Lippen kam, als er erneut in sie stieß. »Ich liebe dich, Randi! Zweifele nie daran. Es hat nie jemand anderen als mich für dich gegeben. Und es wird nie jemand anderen geben!«

Ihm zu glauben war nicht das Problem. Sie fühlte das Gleiche und sie wusste, dass solch eine Empfindung nicht einseitig sein konnte. »Oh ja, das ist so gut«, keuchte sie. »Mehr. Bitte.«

Er gab ihr, was sie wollte. Nachdem er ihre Hände losgelassen hatte, legte er sich eines ihrer Beine auf die Schulter, um den Winkel, in dem er in sie eindrang, zu verändern. Jedes Mal wenn er in sie stieß, rieb sich sein riesiger Schwanz an ihrer Klitoris und brachte sie dem nächsten Höhepunkt näher und näher.

Während Randi fühlte, wie sich ein weiterer Orgasmus in ihr zusammenbraute, beobachtete sie sein Gesicht. Evan war ihr ein Rätsel, ein Mann, von dem sie dachte, dass er für eine Frau wie sie unerreichbar wäre. Hatte sie doch nicht gewusst, wie echt er wirklich war oder dass sich hinter seiner arroganten Fassade ein Herz befand, dass so groß war wie der Ozean.

»Ich liebe dich, Evan«, wimmerte sie, während der Höhepunkt sie überrollte und ihre Gefühle in den Zuckungen der Lust umher stolperten.

Sie hob ihre Hüften an und kam seinen Stößen mit klopfendem Herzen und vor Ekstase vibrierendem Körper entgegen.

Evan ließ ihr Bein von seiner Schulter gleiten und fand ihren Mund, der ihre Lustschreie aufnahm, als er ihr einen wilden und verzweifelten Kuss gab. Sie schlang ihre Arme um seinen Hals und erwiderte seine Umarmung mit der gleichen, feurigen Leidenschaft.

Ihre Fingernägel gruben sich so fest in seinen Rücken, dass sie sich der Spuren, die sie hinterlassen würde, bewusst war.

Er löste seinen Mund von ihrem und biss sie sanft in die Unterlippe. »Scheiße, ja!«, entfuhr es ihm mit einem tiefen Stöhnen, das beinahe einem Heulen gleichkam, während sie sich weiterhin an ihm festkrallte und schier endlose Kontraktionen seinen Schwanz umschlossen.

Ihr Orgasmus hatte auch ihn dazu gebracht, sich in ihr zu ergießen, und die beiden klammerten sich gegenseitig an ihren aufgeheizten, durchgeschwitzten Körpern fest, während sie Mühe hatten, wieder zu Atem zu kommen.

»Du bist mein!«, knurrte Evan. »Du wirst immer zu mir gehören, Randi!«

Bei seinem animalischem Ton und lüsternen Worten erschauderte sie. Wundersamerweise fühlte sich sein Besitzanspruch jedoch mehr wie ein Versprechen an, seine Zusage, bis ans Ende ihres Lebens für sie da zu sein.

Er rollte sich von ihr herunter, doch zog sie mit sich, sodass sie auf ihm lag. Randi seufzte, denn sie wusste, dass es nur eine von Evans zahlreichen Handlungen war, sie zu beschützen, weil er nicht wollte, dass sie sein Gewicht trug, wenn er auf ihr lag, auch wenn sie nichts dagegen gehabt hätte.

»Ja«, sagte sie atemlos.

»Ja?«, fragte Evan hoffnungsvoll.

»Ja, ich heirate dich.« Sie würde alles tun, das in ihrer Macht stand, um Evan glücklicher zu machen, als er es je zuvor in seinem Leben gewesen war. Er verdiente es, zu lieben und stärker geliebt zu werden als jeder Mann, den sie vor ihm getroffen hatte. Randi wusste, dass niemand diesen komplizierten Mann mehr lieben würde als sie und dass niemand ihn jemals besser verstehen würde, als sie es könnte. Er würde vermutlich niemals seine arrogante und intellektuelle Maske ablegen, doch das spielte keine Rolle. Sie wusste, dass unter all dem ein großes Herz in seiner Brust schlug.

»Was hat dich überzeugt?«, fragte er erfreut.

»Nicht deine Verführungstechnik«, schalt sie ihn.

»Was war es dann? Ich würde es zur späteren Verwendung gern wissen«, neckte er sie.

Sie legte zärtlich ihre Handfläche an sein stoppeliges Kinn und sagte aufrichtig: »Weil es auch für mich niemals jemand anderen als dich gegeben hat.«

Der Blick der Erleichterung, der sich auf seinem Gesicht breitmachte, sprach Bände. Er bedeckte ihre Hand mit seiner und legte seine Stirn an ihre.

»Dem Himmel sei Dank!«, flüsterte er scharf, als ob sie das wertvollste Geschenk war, das er je im Leben erhalten hatte.

Randi wusste um die Qualen, die Evan erlitten und so lange mit sich alleine herumgetragen hatte, und hielt ihn deswegen nur noch fester. Sie schwor sich, dass ihr Mann in der Zukunft mit seinen Problemen nie mehr allein sein würde.

»Ich liebe dich, Baby«, sagte er rau.

Randi seufzte glücklich und fragte sich, ob sie nach allem nun doch vielleicht ein klein bisschen an Beatrices Zauber glauben sollte.

Epilog

Einige Monate später …

»Was tun wir hier?«, fragte Randi neugierig, als Evan sie um das Haus ihrer Pflegeeltern herumführte.

Es war ihr nicht leichtgefallen, das Haus zum Verkauf anzubieten, doch die beiden lebten gemeinsam in Evans Haus, weil sie es nicht aushielten, voneinander getrennt zu sein. Randis altes Zuhause brauchte einen neuen Besitzer und sollte eine andere Familie glücklich machen. Randi hasste, dass es leer stand. Es sah so … einsam aus.

In Amesport hatte mittlerweile der Frühling Einzug gehalten und Randi war sich sicher, dass das Haus vermutlich im späten Frühjahr oder zu Beginn des Sommers verkauft werden würde. Deshalb war sie umso überraschter, als Evan vorgeschlagen hatte, einen Ausflug zu ihrem alten Elternhaus zu unternehmen.

»Ich wollte die Tradition für ein weiteres Jahr aufrechterhalten«, antwortete er feierlich, nahm ihre Hand und führte sie in die Felder, die hinter dem Garten begannen.

»Welche Tradition?« Jetzt war sie komplett verwirrt.

»Diese hier.« Er hielt an und wies mit seiner Hand in Richtung des Baches, der sich auf dem Grundstück befand.

Randi blieb ebenfalls stehen und schlug sich die Hand vor den Mund. »Oh mein Gott!«

Dort neben dem kleinen, schnell fließenden Bachlauf standen mehr Calla-Lilien, als Randi zählen konnte. Sie blühten bereits, was dem warmen Wetter des Spätfrühlings zu verdanken war. Es war offensichtlich, dass Evan sie hierher gebracht und eingepflanzt hatte. Und alles nur, weil er gedacht hatte, dass es sie glücklich machen würde.

Die großen Lilien standen stolz und wunderschön entlang des Bachufers, doch der Gedanke an die Mühe, die Evan investiert hatte, um zu arrangieren, dass die Blumen importiert und auf ein Grundstück gepflanzt wurden, das bereits zum Verkauf stand, war einfach fantastisch.

»Gefallen sie dir nicht? Ich dachte, dass sie dieselbe Sorte sind, von der du gesprochen hast.« Evan klang zwar ruhig, doch auch etwas besorgt.

»Es sind genau die Gleichen. Wie soll ich dir für so etwas danken?« Randi warf sich in seine Arme und drückte ihn an sich. Sie war so unheimlich dankbar, dass dieser Mann in ihr Leben getreten war.

Die Nähe, die die beiden in den letzten Monaten erlebt hatten, war beinahe schon beängstigend und jeden Tag hatte sie sich ein klein wenig mehr in Evan verliebt. Mittlerweile liebte sie ihn so sehr, dass sie wusste, sie würde ihm nie wieder entfliehen können. Doch das würde sie sowieso nicht wollen.

Es verging kein Tag, an dem Evan nicht etwas tat, das ihr Herz zum Schmelzen brachte. Darüber hinaus schloss sich auch langsam die Kluft zwischen den Sinclair-Geschwistern und was einst eine zerrüttete Familie war, war auf dem besten Weg, eine Einheit zu werden.

»Ich hätte da ein paar Ideen«, sagte er und grinste sie schelmisch an.

Randi lachte glücklich und drückte ihn noch fester an sich. In den wenigen Monaten, die sie zusammen waren, hatte Evan gelernt, eine gewisse Unbeschwertheit in seinem Leben zuzulassen. Zu sehen, wie er sie anlächelte, ließ ihr Herz immer noch Freudensprünge machen.

»Dessen bin ich mir sicher«, neckte sie ihn zärtlich.

Sie drehte sich in seinen Armen um und ließ den Anblick der Lilien in ihre Seele einsinken. Evan schlang seine Arme um ihre Taille und Randi legte ihren Hinterkopf an seine Schulter. »Sie sind wunderschön. Joan hätte sie geliebt.«

»Bist du dir sicher, dass du verkaufen willst?«, fragte Evan vorsichtig. »Es ist ja nicht so, als würdest du das Geld benötigen. Du heiratest schließlich einen der reichsten Männer der Welt, weißt du?«

Randi lächelte, denn sie wusste, dass Evan mit diesen Worten nur die Sachlage schilderte. »Ich bin mir sicher. Es sei denn, du willst die Hochzeit absagen.«

In einem Monat würden sie heiraten. Evan hätte die Trauung gern eher vollzogen, doch er wollte auch, dass die Zeremonie perfekt sein würde. Bei der Organisation achtete er peinlich genau auf jedes Detail, doch Randi war das egal. Es faszinierte sie, dass er sich bereit erklärt hatte, bei der Planung zu helfen, und dabei gründlicher war als sie und ihre Freundinnen.

»Nur über meine Leiche«, sagte Evan. »Mir kommt es vor, als hätten wir bereits ewig gewartet.«

Tatsächlich waren es nicht mehr als ein paar Monate gewesen, doch auch ihr schien es eine lange Zeit zu sein.

Sie besah sich den wunderschönen Diamantring aus Gold und Platin und seufzte, als sie darüber nachdachte, wie lange sie wohl brauchen würde, um sich daran zu gewöhnen, dass Evan ihr jeden Tag ein neues Geschenk machte.

Doch sein größtes Geschenk war sein Versprechen gewesen, ein Grundstück zu finden, auf dem er eine Schule für Kinder mit Lernbehinderung bauen würde. Sie war in Tränen ausgebrochen, als er ihr erzählt hatte, dass er nie wieder ein Kind so leiden sehen will, wie er gelitten hatte.

Auch ihre größte Hürde – die Tatsache, dass Evan keine eigenen Kinder haben wollte – hatten die beiden genommen. Sie hatten sich darauf geeinigt, Kinder zu adoptieren, wenn er in einigen Jahren seine Meinung nicht geändert hatte. Es hatte sie unwahrscheinlich berührt, als er ihr gesagt hatte, dass Kinder, die sie adoptierten, nicht seine DNA brauchten, damit er sie liebte. Randi machte es ebenfalls nichts aus, weil sie der gleichen Meinung war wie Evan, doch sie war sich ziemlich sicher, dass er anfing zu verstehen, dass es ebenfalls in Ordnung wäre, wenn ihr eigenes Kind auch an Legasthenie leiden würde. Sie würden dem Kind beide von Beginn an helfen und sie hatte keine Zweifel, dass Evan ein wunderbarer Vater sein würde.

»Ich weiß immer noch nicht, was ich sagen soll. Es ist unglaublich!« Randi fühlte sich so ausgeglichen, während sie die Lilien ansah.

Lily ließ sich mit einem Plumps neben Evans Füßen nieder. Sie war überglücklich, wenn sie mit ihm zusammen sein konnte. Die Hündin hatte mit ihm genauso Freundschaft geschlossen, wie sie es mit Randi getan hatte. Im Gegenzug schien Evan sie zu vergöttern und er gab ihr immer wieder heimlich einige Stücke Steak. Glücklicherweise verwöhnte er sie in Maßen, sodass sie nicht wieder das ganze Haus mit Gestank erfüllte.

»Sag, dass du mich liebst«, schlug Evan vor.

»Ich liebe dich«, entgegnete sie gehorsam. Er wurde nie müde, diese Worte zu hören, und ihr ging es genauso. »Wirst du weiterhin Blumen an den Gräbern von Dennis und Joan niederlegen?« Evan ging immer noch jeden Tag zum Friedhof. Um diese Jahreszeit gab es zwar keinen Schnee zu räumen, doch es war Evan wichtig, die Gräber sauber zu halten und jeden Tag frische Blumen darauf zu stellen.

Er zuckte mit den Schultern. »Wann immer es mir möglich ist. Und bis jetzt war das jeden Tag.«

Evan nahm ihre Hand und verflocht seine Finger mit ihren, während sie sich langsam von dem Bach entfernten.

»Beatrice hatte Recht, weißt du«, sagte Randi beiläufig.

»Ich weiß«, brummte Evan. »Ich finde das ein wenig gruselig, denn sie hat Micah auch einen Kristall gegeben, als sie ihn bei Hopes Feier getroffen hat.«

»Willst du nicht, dass er glücklich ist?«, fragte Randi neugierig.

»Ich kann mir nicht vorstellen, dass er sich niederlässt. Er steht auf Extremsport und es existieren nicht viele Frauen da draußen, die es aushalten, mit einem Mann zusammen zu sein, der solch verrückte Sachen anstellt wie er«, antwortete Evan. »Aber ja, ich würde ihn gern glücklich sehen. Xander rutscht gerade wieder ab und Julian ist mit seinem neuesten Film beschäftigt. An Micah bleibt sehr viel Verantwortung hängen.«

»Ich frage mich, wer wohl den anderen Stein hat. Weiß er es?«

»Nein. Er hat nichts erwähnt«, sagte Evan. »Sie müsste eine unheimlich starke Frau sein, um es mit ihm auszuhalten.«

Evans Annahme, dass er in irgendeiner Form weniger arrogant oder anspruchsvoll als Micah sei, brachte Randi zum Lachen. Er reiste nicht mehr viel, schickte stattdessen seine höhergestellten Mitarbeiter los, um mögliche neue Geschäftsabschlüsse zu überprüfen. Er musste immer noch manchmal selbst reisen, doch sie lernten, Kompromisse einzugehen. Ehrlicherweise schien Evan jedoch überhaupt keine Lust zu haben, Amesport zu verlassen. Er schien zufrieden damit zu sein, seine Geschäfte von zu Hause aus zu führen und Zeit mit seiner Familie zu verbringen, auch wenn er immer noch nicht gelernt hatte, ihnen *nicht* zu sagen, was sie zu tun hatten. Es war trotzdem ziemlich komisch zu hören, dass er behauptete, sein ältester Cousin würde sich noch unwahrscheinlicher niederlassen als *er*.

»Ich bin mir sicher, dass sie das sein wird. Beatrice hat mit ihren Vorhersagen für die Sinclairs einhundert Prozent richtig gelegen.« Sie hatte sogar Recht damit gehabt, als sie Randi sagte, dass sie nach Joans Tod mit einem Teil ihres Lebens abschließen und einen neuen beginnen würde. Auch wenn sie ihre Pflegemutter jeden Tag vermisste, hatte sie dennoch endlich ihren Frieden gefunden.

Stokes stand bereits wartend neben dem Rolls-Royce, als die beiden um die Hausecke bogen. Neuerdings trug der Mann nahezu immer ein Lächeln auf dem Gesicht und er war zu einem Teil der Familie geworden, anstatt nur mehr ein Angestellter zu sein. Er weigerte sich dennoch immer noch, sich zur Ruhe zu setzen, weil er der Meinung war, dass er immer noch einige Jahre als Fahrer arbeiten könnte.

»Ist alles in Ordnung?«, fragte Evan Randi leise und hielt sie am Arm fest, damit sie kurz stehen bleiben konnten, bevor sie das Auto erreichten.

»Mir geht es gut.« Sie lächelte ihn an. »Danke, dass du das tust. Ich hoffe, dass die nächsten Hausbesitzer diese Tradition aufrechterhalten werden.« Aber auch wenn sie es nicht täten, wäre es nicht schlimm.

Es würde das Zuhause eines anderen Menschen sein, der andere Vorlieben hatte. Randis Platz war nun an der Seite des Mannes, den sie liebte, und sie war überglücklich, jemanden zu heiraten, von dem sie wusste, dass er sie ein Leben lang auf Händen tragen würde.

»Das hoffe ich auch, meine Süße«, sagte Evan und küsste sie auf die Schläfe. »Lass uns nach Hause fahren.«

»Ich koche Spaghetti«, warnte sie ihn.

»Gut. Ich werde mir die Kalorien heute Abend abtrainieren.« Er grinste.

Evan aß wirklich alles, was sie kochte, und er genoss jedes Gericht. Überraschenderweise hatte er angefangen, ihr in der Küche zu helfen, und die Zubereitung des Abendessens war zu ihrer Lieblingsbeschäftigung geworden, weil sie es gemeinsam taten. »Lass uns nach Hause fahren«, wiederholte sie schließlich und drehte sich ein letztes Mal zu dem Haus um, als sie zum Wagen schlenderten. Seit sie Evan getroffen hatte, hatte sich ihr Leben unwahrscheinlich verändert, doch sie würde niemals die beiden Menschen vergessen, die sie vor einem schrecklichen Leben auf der Straße bewahrt hatten. Dennis und Joan würden für immer in ihrer Erinnerung weiterleben.

»Bist du bereit?«, fragte Evan.

»Ich bin bereit.« Sie nickte. Sie war nicht nur bereit, sie freute sich auf das neue Kapitel ihres Lebens, das sie mit Evan verbringen würde.

Hand in Hand gingen sie zum Auto und waren überglücklich, dass ihr gemeinsames neues Leben jetzt beginnen konnte.

~Ende~

Anmerkung Der Autorin

Es wird angenommen, dass zwischen zehn und beinahe zwanzig Prozent aller Kinder eine lernbasierte Leseschwäche haben. Die meisten von ihnen sind Legastheniker. Wenn Sie ein Kind haben, das Schwierigkeiten beim Lesen hat, lassen Sie es bitte testen. Eine frühe Erkennung kann dem Kind dabei helfen, seine Lerngewohnheiten zu verändern und darüber hinaus seine innere Kreativität und einzigartigen Talente zu entdecken.

Biografie

J.S. Scott ist eine Bestsellerautorin pikanter Liebesromane. Sie ist eine begeisterte Leserin von Büchern und Literatur jeglicher Art. J.S. Scott schreibt, was sie selbst gern liest, und das sind zeitgenössische sowie paranormale erotische Liebesgeschichten. Sie handeln meistens von einem Alphamännchen und haben ein Happyend, denn so schreibt sie sie einfach am liebsten!

Besuchen Sie mich auf: http://www.authorjsscott.com
https://www.facebook.com/J.S.ScottGermany/

Oder senden Sie eine E–Mail an: JSScott_author@hotmail.com

Sie finden mich ebenfalls auf Twitter: @AuthorJSScott

Bitte tragen Sie sich auf meiner E-Mail-Liste ein, um über Neuigkeiten, neue Veröffentlichungen und exklusive Textauszüge informiert zu werden: http://eepurl.com/b2DuYn

Bücher von J. A. Scott

Die Sinclairs – Die Serie:

Kein gewöhnlicher Milliardär ~ Dante (Die Sinclairs, Buch 1)
Der verbotene Milliardär ~ Jared (Die Sinclairs, Buch 2)
Weihnachten mit dem Milliardär ~ Grady (Eine Sinclair-Novelle)
Der Milliardär mit dem gewissen Etwas ~ Evan (Buch 3)
Die Stimme des Milliardärs ~ Micah (Buch 4)
(ab Mitte Dezember 2017 erhältlich)

Ein Milliardär voller Leidenschaft – Die Serie:

Entfesselte Leidenschaft (Buch 1)
Das Herz des Milliardärs:
Ein Milliardär voller Leidenschaft ~ Sam (Buch 2)
Die Erlösung des Milliardärs:
Ein Milliardär voller Leidenschaft ~ Max (Buch 3)
Der Milliardär und sein Spiel:
Ein Milliardär voller Leidenschaft ~ Kade (Buch 4)
Ein Milliardär außer Kontrolle:
Ein Milliardär voller Leidenschaft ~ Travis (Buch 5)
Ein Milliardär ohne Maske:
Ein Milliardär voller Leidenschaft ~ Jason (Buch 6)
Milliardenschwer und ungezähmt:
Ein Milliardär voller Leidenschaft ~ Tate (Buch 7)
Milliardenschwer und ungebunden:
Ein Milliardär voller Leidenschaft ~ Chloe (Buch 8)

Milliardenschwer und unerschrocken:
Ein Milliardär voller Leidenschaft ~ Zane (Buch 9)
Milliardenschwer und unerkannt:
Ein Milliardär voller Leidenschaft ~ Blake (Buch 10)
Milliardenschwer und unverhüllt:
Ein Milliardär voller Leidenschaft ~ Marcus (Buch 11)
(ab November 2017 erhältlich)

Die Walker-Brüder – Die Serie:

Lass los!: Eine Geschichte der Walker-Brüder
(Die Walker-Brüder, Buch 1)
Vertrau mir!: Eine Geschichte der Walker-Brüder
(Die Walker-Brüder, Buch 2)

Obwohl die Serie »The Walker Brothers« zwanglos mit der Reihe »Ein Milliardär voller Leidenschaft« verbunden ist, stellt sie eine eigenständige Serie dar, die auch gelesen werden kann, ohne die Bücher von »Ein Milliardär voller Leidenschaft« zu kennen. Es handelt sich ebenfalls um eine heiße Liebesromanreihe mit Alpha-Milliardären.

Und auch die folgenden Bücher von J.S. Scott werden in Kürze auf Deutsch erhältlich sein:

Aus der Reihe »Die Sinclairs«:
The Billionaire Takes All (Buch 5)
The Billionaire's Secrets (Buch 6)

Aus der Reihe »Ein Milliardär voller Leidenschaft«:
Billionaire Unloved ~ Jett (Buch 12)

Aus der Reihe »Die Walker-Brüder«:
Damaged! (Buch 3)

www.ingramcontent.com/pod-product-compliance
Lightning Source LLC
Chambersburg PA
CBHW050013180626
46810CB00002B/400

* 9 7 8 1 9 4 6 6 6 0 4 4 2 *